谨以此书感恩生命中拉我一把的人！

丁朝东

丁朝东/著

一直朝东

All the way East

新华出版社

图书在版编目（CIP）数据

一直朝东 / 丁朝东著 . — 北京 : 新华出版社，2023.1
ISBN 978-7-5166-6716-3

Ⅰ . ①一… Ⅱ . ①丁… Ⅲ . ①散文集 – 中国 – 当代 Ⅳ . ① I267

中国国家版本馆 CIP 数据核字（2023）第 025592 号

一直朝东

作　　者：丁朝东

责任编辑：蒋小云　　封面设计：马静静

出版发行：新华出版社
地　　址：北京石景山区京原路 8 号　邮　　编：100040
网　　址：http：//www.xinhuapub.com
经　　销：新华书店
新华出版社天猫旗舰店、京东旗舰店及各大网店
购书热线：010-63077122　中国新闻书店购书热线：010-63072012

照　　排：北京亚吉飞数码科技有限公司
印　　刷：北京亚吉飞数码科技有限公司
成品尺寸：170mm × 240mm　1/16
印　　张：15　字　　数：269 千字
版　　次：2023 年 5 月第一版　印　　次：2023 年 5 月第一次印刷
书　　号：ISBN 978-7-5166-6716-3
定　　价：52.00 元

丁朝东，男，1948 年 11 月出生，湖北省武汉市黄陂区姚集街仁和村杨家田塆人。中共党员，自修法律大专文凭。

1968 年应征入伍，历任战士，班长，政工干事，军事科长等职。

1990 年 3 月转业，任武汉市黄陂区司法局副局长（正职待遇），2003 年转任调研员（正处级）。

2004 年 6 月，创办《新星文化培训学校》。2011 年 9 月学校交孩子接管，此后在黄陂区老年大学诗词班学习诗词。

张 萍，湖北省作家协会会员，黄冈市蕲春县赤东镇人，现定居武汉市黄陂区。已出版散文集《与你同行》（长江文艺出版社）、《遇见》（知识产权出版社）。散文《小镇时光》荣获第十四届冰心文学奖。

我们一家的老照片

我和部队战友们合影

我在司法局任职时参加中国政法大学培训学习

我和夫人

我们一家

闲暇时光

在家中

我创办的《新星教育》学校教职员工合影

序

我认识丁朝东先生三十多年了，但直到老年才交往甚密。当年上班时同在政府锅里吃饭，老来是驴友、麻友。在利川避暑时我们住隔壁房，闲暇时，漫步清江或寻幽览胜，看霞起云飞，听流水潺潺，如坐春风，其乐融融。此般交谊，丁君嘱我写序，当义不容辞。他古稀之年结集传记文学《一直朝东》，回望人生旅程，叙写世态人性，抒发旷达胸怀，笔墨清新，文辞隽美，读来令人荡气回肠，感触良多。朝东先生感情充沛，乐观向上，正如他诗中所描写的"天道酬勤结硕果，放眼未来总是春。"充分体现了他的率真品质和对事业的不懈追求以及对人生乐观自信、积极向上的品格。从他的身上，使我们进一步认识到了人的精神才是生命真正的脊梁。

作者将个人、家人、家族、社会及同乡、同学、同事等的过往经历记述在风起云涌的人生旅程中，置身于波澜壮阔的时代大背景下，所记的人和事无不打上时代的烙印，是社会生活的真实记录。他的自传细品之后，有其独到之处，它不是刻板的记录，而是把传记、散文、随笔融于一体的写法，纵记一生，横述故事，纵横捭阖，谈古论今。以他无可替代的身份，却又以平民化的视角，为我们展示了一幅幅真实的画面。当时间飞逝，过往已成历史，他的这些看似无足轻重的一篇篇短文，就有了沉重的分量。他始终以一个普通人的身份、立场，一个普通的共产党员的价值标准，叙写过往，评价生活，就有了真实的感人的力量。

清代金人瑞在"第五才子书水浒传序三"中说，"《水浒传》一个人出来，分明便是一篇列传，至于中间事迹，又逐段逐段自成文字。"朝东自传也有这个特点，不是繁琐臃肿的叙述，也不是味如嚼蜡的人生记录，把他的传记横断开来，就是一篇篇精美纯粹的散文，字里行间都是对人生清楚的透视，也珍藏着对人生最深情的思考。如"苦涩的童年""我的中学时代"等，视野十分开阔，题材也很广泛。阅读他的传记，如同进入一位老朋友为我们打开的一片既熟悉又陌生的新天地，在这里生长的文学之果，有作者笔下播种过的清新和正直，也有对美的憧憬和光明的向往。由于经历沧桑和世事的磨练，这些吐露心声的文字所呈现的倔强和坚毅，有了更多的“质感”和更强的“力度”，读后给人以启迪和震撼。

丁朝东出生地是湖北黄陂姚集镇仁和村杨家田，他对自己的故乡一往情深，想起故乡“心里时常涌起一份特殊的情感。”“可以说，我的老家杨家田湾是一个人间仙境。山不高却俊秀，水不深却清澈。‘蒹葭露润轻鸥宿，杨柳风微倦鸟栖。青柏间松争翠碧，红蓬映蓼斗芳菲。”这里的人经历了农耕时代的陶冶和浸润，养成淳朴善良的秉性。比如他的祖母、父亲、母亲因为善良质朴，最终得到了喜乐和长寿。这种命运感在他的忆乡篇中得到很好的体现。

朝东深情地抒发自己的情感说“我那终生难忘的故乡——仁和村杨家田湾，到如今只有一条路通向这儿。这是世上我唯一一条叫做‘故乡’的路，它生生世世牵引着我们回家。永远用温情的目光看着我们回家，永远亮着一盏温暖的灯火，照亮着我们向前行走。恰如人们常说的那样，故乡是一首不老的歌，是一首让游子永远都忘不了的情歌。回首过去，这首歌将永远响彻在故乡的乡间小道与游子的心灵深处。”正是这首歌哺育他成长。从 18 岁中学时代算起，半个世纪时间历程，可以称得上是“峥嵘岁月”。他说：“我这一生，似乎都在寻梦路上奔跑。”家乡给了他强健的体魄和坚毅的品格，在武汉打工的日子，他正是风华正茂的年龄，为伸张正义，痛打流氓阿飞，为了避祸趋福，寻找人生光明的旅途，又“辞亲赴戎机”，在部队训练时哑炮爆炸，几是“与死神擦肩而过”，在松滋山区的艰难与拼搏中，迎来了生命的曙光，光荣提干，家属随军，开始展露美好的人生风景，辗转回到黄陂也是一种荣归故里，后来转业地方在司法战线勠力前行，退休后又艰难起步，经过曲曲折折，“砥砺荆棘路”，办起了培训学校，托起“新星腾飞”。俯瞰历史长河，每一位成功者都有一曲自己的奋斗之歌。“希望向来垂青有准备的人。”丁朝东在自己几十年的劈波斩浪中，昂首奋起，在自己的奋斗篇章中写下了光彩照人的文字，在生活的交响乐中，让自己独特的人生旋律在时空飞扬。

丁朝东是“一直朝东”的人，他永远没有迷失自己前进的方向，朝着太阳升起的东方，勇往直前。

朝东是一个血性男儿，他除了眷恋故乡之外，还始终牢牢牵挂血浓于水的亲情。

他叙写自己的母亲，是农村贤良勤劳的典型。他说“母亲不仅善于持家，更会为人处世。虽然她没读一句书，却有着读书人的大智慧。她随口说出的话，句句都有深刻道理，现在回想起来都是至理名言。如‘出门看天色，进门看颜色'‘人狠不缠，酒狠不喝'‘吃要吃有味的，说要说有理的，做要做有益的'……这些朴实无华的话听起来似乎平常，然而母亲每次说出来都是掷地有声”。

“在那个贫穷的年代，每个家庭都有困难。母亲白天忙着田地的活，晚上则在煤油灯下纺棉线。尽管我们家极为贫困，母亲都会亲手用自己织的布为我们做衣裳，总能让我们穿着干净的衣服上学。”他对母亲的这些描写非常朴实，给了我们丰富的想象空间，同时也感受到母爱的伟大。父亲去世时，他在泪眼朦胧中，追忆父亲的一生，他说“父亲的一生是劳苦的一生”，他更多是感激。他说“您以明朗的一生，教育我做一个阳光、正气、厚道、善良的人。我时刻牢记您给我们的家训：勤俭为本，忠孝传家。任何时候，我都会以此明志，教育子女。如果有来生，我还要做您的儿子，用一世的亲情回报您，将您正能量的一生永世传承。”

在丁朝东的生命长河中，亲情永远流淌在他的血液之中，他对妻子和两个女儿一往情深。叙写他妻子时他说“遇见这样的好妻子，真是我上辈子修来的福气。几年实实在在的婚姻生活，让我知道了她是个富有内涵、具有高尚品质的女人。”岁月流逝，她的妻子从绰约风姿的少女到现在步入老年，几十年风雨同舟，相濡以沫，深爱不已，他写的《致妻》思如泉涌，一气呵成六百多句，一韵到底。三千余字体现出了他对爱妻一生的挚爱之情，他深情韵叹。

“我妻张忠英，武汉堤角人。一九五一年，五月十六生。随其隔父兄，取名潘茂珍。岳母王文州，前夫是潘君。生育有四子，夫病命归阴。孤孀带四子，实在难生存。出于无奈计，寻找‘倒插门’。单身张崇礼，组成新家庭。约定生子女，都要随潘姓。今天张忠英，当年潘茂珍。谦虚又谨慎，处处获好评。圈子多朋友，善良人赞称。家和百事顺，日子真开心。风雨四十载，铸就夫妻情。相互搀扶走，笑看夕阳红。共奏和谐曲，迈向钻石婚。”张忠英是我打过交道的人，虽说她是奔七的人，但一点也不显老，皮肤白净，还教模特班，身材高挑，走猫步，依然风韵犹存少妇心态，并乐于助人，有很好的人缘。丁朝东深爱两个女儿，小女儿我未曾谋面，但大女儿丁敏和我打过交道，她秉承父志，继办培训，我在“小桔灯”的会议上作过演讲，她给人温柔贤淑，精明干练的印象。正如丁朝东说他女儿“认真敬业、善于工作，富有激情，快乐向上”，还说“她是新星的校长，更是‘新星笑长’。新星一路笑着长大，她有什么理由不带着老师、孩子们一起笑着走下去呢。我祝福新星，祝福‘新星笑长’！”我也祝福有爱的一家人关爱有加，地久天长。丁朝东说“在部队时他非常想家”，当兵三年来写有堆成山峰的书信又怎能载动我满心的愁绪？哪能抵挡得住我对家人的殷切思念？特别是帮首长家劈柴的时候，我就会情不自禁想起临别家乡时，帮父母劈柴码柴的情景，就会想起故乡那轮橙黄的月，想起我在黄土坳的槐树下所立的誓言，想起杨家田那片贫瘠的黑土地，想起热情善良的父老乡亲，想起祖母及父母亲湿润的泪眼……

哦，我的故乡！我的杨家田！我真的是离开你们太久了！当年离开你们的那个野小子，现在已是一位沉稳干练的军官了。当有一天，我抖落一路的风尘，再次回到你的身边，你会以一种什么样的表情注视我？注视我满目的爱与忧伤？我想，那刻的我一定什么话也说不出来，只会闭着我的双眼，任凭我的热泪畅流……

那夜，借着雨的滋润潜入黑暗，通过那条悠长的小路，是谁家的灯光，牵动了我满心的思念？记不清那是谁写的诗，就像那夜的小雨，拨弄出绵长的思念与孤寂的美丽……

我在 / 荒凉的地方 / 流浪 / 你的身体 / 供我 / 停泊

仿佛 / 传说中的 / 港湾 / 都是 / 繁华……

丁朝东活得很真实、坦诚，他既豪情铁血，又侠骨柔肠。在汉口打工时，正是情窦初开的年龄，有个姓郝的女孩喜欢上他了，偷偷塞给他糖果、面包吃，他说："吃着这些小点心，心里暖暖的、甜甜的。"不巧的是在汉口遇到几个流打鬼找麻烦，朝东痛打他们之后，就不辞而别。"挥一挥衣袖，却把那片'美丽的云彩'放在心灵深处收藏着。回味亦是一种幸福，亦如春天的风铃在记忆中摇曳，发出清脆的回响一样，我永远怀念那段岁月。"

参军以后，也曾为战友代写"情书"。后来他调到荆州军分区过上了诗意而又规律的生活，恰在这时，军区首长的柔情似水又貌美如花的小姨子看上了他，但他不能违背老家的婚约，情牵心仪的未婚妻，只能婉拒那一颗向着她的芳心。由于这个缘由，他被调到隔离长江，紧靠湖南澧县偏远的山区松滋，人生似乎又跌到了低谷，但他意想不到的是他收获了纯真的农村女孩李英桂的关爱，在那困顿的岁月里，她给了他温饱，给了他家人般的关爱，老丁说"我不知道用什么来形容李英桂，觉得把世间所有的好词语都用在她身上，也不过分。这个 18 岁的农村女孩，虽然生长在农村，却有着脱俗的气质。那张红彤彤的鹅蛋脸，像刚熟透的红苹果一样，闪烁着青春的神采。那双会说话的大眼睛，一闪一眨的，像一潭幽深的湖水，仿佛能照应人间一切世事。"他还这样回忆："唉！打开我面前的这个日记本，里面记载着多少难忘的回忆？记载着她多少的深情厚意？还记载着我多少的失落与焦虑？飘忽的煤油灯下，她常常是我唯一的听众，那一双明亮的眼睛温柔地注视着我，犹如黑暗中的一串珍珠，让我的生活充满了希望与阳光。很多次，我被眼前这双秋水般的眼睛迷惑了。她让我想起了首长的小姨妹，她们俩有个共同的特点就是：都有一双会说话的大眼睛。那双眼睛盛满了世间美好的东西，让人产生无限遐想。还想起我的未婚妻，她有着和她一样淳朴善良的心。我还想起了中学时代，我读过戴望舒的《雨巷》，她似乎就像是那个有丁香般愁绪的女孩，那个撑着雨伞走在雨巷中的女孩，她有着丁香的一样的颜色，有着丁香一样的芬芳……我眼中的她，就像天上的仙女一般美丽、圣洁。”以多年以后他和李英桂通电话，“那一刻，我握着手机的手一直在颤抖。”他对着电话“说了很多很多，放下手机的那刻，我泪流成河！如今，四十多年过去了，悠悠岁月，拂去尘埃，我们都老了。那些朝夕相处的目光，苦乐共享的汗水，粗糙质朴的真情，依旧魂牵梦绕；人生的许多辉煌，都在悄然退去，唯有那段相依相伴的金色年华，依然绚丽夺目！它常让我想起李商隐的那首不朽的《夜雨寄北》，让我想起俄国诗人普希金说的‘一切都是瞬间，一切都是过去，而那过去了的就会变成亲切的怀念。’”

在我看来，丁朝东和李英桂那段感情是纯洁而真挚的，那个少女应该暗恋着他，但他们守着自己的底线，没有越过雷池一步。但这种距离彰显了人间的真爱真情。他没有忘记一切关爱过他的人，但他更爱自己的妻子和家人，这才是他一直朝东的动力方向。

女儿丁敏继任校长之后，丁朝东在老年大学习诗填词，写作唱和，乐此不疲，在“六十六岁生日感怀”中写道：“岁月蹉跎六六春，几多风雨踏泥痕。人生苦短光阴失，世事苍桑德范存。投笔从戎追夙梦，改行司法秉公心。退休兴业培桃李，霞照前程又一村。”

人届古稀，年华将去。但他依旧张扬着理想的翅膀飞翔，享受晚晴，续写华章。

诗人徐志摩在《罗曼·罗兰》一文中说：“一个伟大的作者如罗曼·罗兰或托尔斯泰，正像一条大河，它那波澜，它那曲折，它那气象，随处不同，我们不能划出它的一湾一角来代表它那全流。”这话也适合丁朝东。他如浩浩乎长江，有三峡的雄奇，中游的明丽，下游的坦博，我们截取哪一段来代表长江的性格？即使纵观了它的全流，也由于季节的不同，水位有低有高，水色有清有浊，水流有缓有急而呈现不同的姿态。但是“一直朝东”。他就是山谷里窜出来的一条溪流，水势时缓时急，水色时明时浊，河床有宽有窄，有曲折、有波澜、有枯荣。但这是一注活水，它溅着、流着、奔着，从不停息。他用奋斗塑造了一个无穷大的空间，来写风暴、迷雾、雷电、潮起潮落。

总之，这本传记文学《一直朝东》很有特色。精炼、形象、生动的笔触记述了作者的遭遇和命运，是他生活和智慧的结晶，足以薪传子孙，并成为文学长河中一朵浪花。

是为序。

戊戌年冬月于寒舍

周大望 中国作家协会会员，黄陂区文联原主席

自　序

很久以来，我一直有个心愿：想为自己的一生写个回忆录，给我的后代留点什么。因为我这一生经历了太多的事，从戎马倥偬的军营生活，到依法行政的司法机关，退休后创办培训学校的峥嵘岁月，我有着说不完的酸甜苦辣。我时常把这些经历像讲故事一样说给我的孩子们听，开始他们听得津津有味。听多了似乎有点嫌我“炒现饭”，还不免让他们产生“树老根多，人老话多”之嫌疑。他们说，您老人家还是用文字记录下来吧，这样才能让我们静下心来读，也能真正记住您这些宝贵的精神财富。孩子们的话让我陷入了沉思……

我退休后，一直忙于教育培训这一块，总有时间不够用的感觉。想静下心执笔写回忆录，实在是心有余而力不足。直到2011年我把学校工作全盘交给我的大女儿管理，卸下包袱，才有心思把这件事重新提上议事日程。

我打开尘封几十年的记忆，把所有的过往在脑海中一遍遍梳理，结果笔下越写越多，越写越长，写到后来有一种理不出头绪的失落与伤感。

老伴看到我一边写一边不停地流泪，担心我沉溺往事太深而伤身体，几次劝我放弃过往。无奈我听不进去，一股九牛也难以拉回的犟劲，让我以“不到黄河不死心”的决心对自己说：一定要完成这一心愿！

我弯路超越自己，请黄陂区作家协会的翟锦把墨，老师帮我整理自己所写的几万字流水账。她在暑假帮忙梳理了一段时间，由于教学任务繁忙，她也无暇顾及这块了。

我只能再次孤身奋战，或许年纪大了或文化底子薄的缘故吧？干这件事，真让我越来越吃力。写到最后遇到了瓶颈，发觉自己再也无法写下去了。无奈，我只得再次把这件事放了下来，准备沉淀一段时间再继续。

凡事都有缘。去年三月份，有朋友推荐武汉青年女作家张萍与我认识。见面后，她把她的散文集《与你同行》的电子版发给我看，让我读完她的文字再作进一步交流。谁知，一读她的文字，竟让我产生“神交已久”的感觉。

张萍的文字不仅打破了囿于传统写作的常规，她把想要说的事理，想要表达的情感，不藏不掖，洒洒脱脱，干净利落，就像与人面对面进行促膝长谈。而且我还发现她尤其擅长人物专访写作。

她看人如抵筋骨，寓机智于文里，融鲜活于句中，不落窠臼，富有新意。读后，感觉那一幅幅生动的画面就像电影蒙太奇一样不断地从脑海里闪过。我非常惊喜，觉得她就是我穿越瓶颈期的“大救星”。在我们再次坐下来进行了一番深入交谈后，我作出了让她重新帮我操笔写回忆录的决定。她欣然应许。

我很欣慰，虽然作为70后的她，与我相隔两代人的年龄距离，但我们沟通起来并不吃力。一番交流，她竟能全身心融入到我的故事当中，并且能用准确的语言表达出我的心境。言为心声，境由心造，做到这一点，的确很难，毕竟我是亲历者，而她只是代言人。但她做到了，做到了能为我心声写照，做到了经历我所亲身经历的人生体验。

这本长达近二十万字的回忆录，经过我俩八个月时间的磨合，终于合作完成。其质量我不敢说十全十美，但把我所要表达的情感全部用平实的语言倾诉了出来。我现在觉得轻松多了，愉悦多了，并有一种前所未有的满足与成就感。这是她的成功，也是我的成功！

我将此回忆录定名为《一直朝东》，是因为我丁姓，名为朝东。而经历的过往，虽无法与名人名家相提并论，却处处充满了正能量。亦如东方升起的太阳，充满激情的光芒，灼灼闪亮。我想让我的后代从我的故事中，能感受到奋斗的力量、热情的力量、生命的力量！

在新书付梓之际，感谢黄陂区原文联主席周大望先生提笔写序，以几千字给予中肯评价。承蒙黄陂区诗词楹联学会副会长《黄陂诗联》主编潘安兴先生在百忙之中为我的回忆录作赋、跋、序、回忆录札记。承蒙区老年大学师友李玉山、肖大华、吴江涛、彭文斌、吴世干、罗正明、韩光文、王铁军、熊淼清、杨利华、丁一巧、万仕田等的关注，给这篇二十万字的回忆录热情的祝贺与鼓励。由衷地感谢青年女作家张萍妙笔生花，把我多年的心愿变成厚实的作品，让更多的人分享我的故事、我的人生！

我的经历非传奇，但真实。记录下来，是给自己的人生作一个总结，也是给我的后代一份启迪、一份念想。年已古稀的我，将继续如我的名字一样生活：一直朝东，永远向前！

赋

潘安兴

千回归向，一直朝东。陂北丘陵之大海，山溪荡漾；鄂东人物之摇篮，泉水叮咚。地藏毓秀，莫测草图之诡谲；天降神奇，讵知村落兮朦胧。黄陂姚集，滠水蟠龙。世代耕耘之田野，波光云影；家园茹苦之炊烟，鹭羽松风。移民洪武，六百春秋之瓜瓞；拂曙新华，一家血脉兮和衷。

溯祖之靠山吃水，持家兮学艺务农。柴门草舍，先考之劬劳作雇；土灶杂粮，娘亲之勤俭为东。家道何期以中落，孤儿寡母；天资着意兮勃兴，厚德飞虹。霸家产，诡计空。晴天霹雳，两个哥哥之夭折；降世寂寥，一声呱呱兮非同。命里该当以老大，中兴有责；顶端执著兮领头，高义毕躬。

贵果，纠小辫，开单灶，著新裳。童年苦难，塾学苦读。幼小田间之劳作，青春校内兮钻研。求知进取，每获老师之看好；团结和谐，还赢同学兮赞扬。认真写字，严肃坐堂。打好未来之基础，初中阶段；创佳底蕴兮功夫，于此篇章。亦苦亦甜，少年梦寐兮起航。

作搬运，解闲荒。汉西仓库，苦力赚来以家用；叔父巢窝，寄身暂且兮日常。跑步上班以节约，马拉松自乐；下车御货兮窃欢，钱兑现兮欣狂。热情援手，豆蔻年华以酩酊；侠客挺身，地蛇丧魄兮惊惶。调教抖凶之无赖，一身孤胆；凯旋获胜兮大风，九曲回肠。

从戎报国，昂首挺肩。鼎鼐翻身之抱负，寻求出息；经纶转运兮初衷，奋斗抢先。兵营淬火，大炮轰隆之雷响；部队读书，熔炉炽热兮弥坚。热血一腔之踊跃，赴汤蹈火；两度死神之挥手，光荣一页；一枝拙笔兮抒情，理想五弦。

萌发作文之兴趣，情倾架鹊兮良缘。一封雁字，成就柳营之美事；几度板书，斐声陆旅兮整团。学习之挑灯不缀，姑娘青睐；虔诚兮秉笔无违，窈窕笑颜。能提擢，获升迁。当秘书，始上船。公文写作，军旅流传。教导队长沟之发轫，最佳适职；培训班尖子兮分工，特美开元。荆州大地，澎湃之心潮落户；戎马高丘，峥嵘兮风貌高天。坎坷之武装砥砺，风华依旧；迢遥之文化徜徉，意气如先。乡村驻队，倜傥之千回百折；智慧创新，崎岖兮一往无前。

大勇平生之正气，奇男仗义兮丰标。普通人物，打抱不平之品格；羸弱书生，悾惚无畏于英豪。市井之横行无赖，纠偏几着；周边兮称霸泼皮，敢试三招。镇邪大侠，怒目金刚以打黑；除恶干城，悬空利剑兮斩妖。肆虐以公门勒索，向阳地痞；妄为而衙署逞凶，沙港毒枭。不信邪能压正，安能屈可折腰？铮铮铁骨，怎可低头以就范？耿耿忠心，不因下属而屈坳。未向上司以媚，倾斜弱势；坚持原则兮守贞，追溯仰韶。退休办学，狡兔三窟之挫折；创格培优，激情万丈兮扶摇。创业之艰难无悔，青春第二；传薪兮热烈有为，篝火聚焦。

噫嘻！聆听民意，断却官僚。贬谪松滋以炼狱，下沉大队；寄居粮缺兮寒门，尝得饿殍。当年先进，背后实情之目睹；落地现实，皈真直面兮苦熬。融入农村之生活，山乡呼吸；穿行稻谷兮出来，泥土脂胶。改公厕，革私茅。创公卫，将臭消。创导以农家书屋，遂如兮庄户人曹。机关用水，解决难题之日夜；行政办公，运筹经费兮囊包。杰出之青年抉择，苍生家世；非凡兮支柱栋梁，黎庶蜗巢。征兵任务，出色兮锦旗授予；尚武风传，焕新以基地崇高。同坐以一条板凳，贴心话语；相牵万缕情丝，解困窟窑。

彰公益，搏急流。家非富裕，接济燃眉之父老；帮却豪奢，常能在点于当头。捐款救灾之义举，解囊慷慨；架桥铺路兮心驰，未雨绸缪。乡亲看病，救急之囊中倾袋；学子交钱，热心课外兮执牛。善心善举，慧觉慧眸。不用以别人好话，陌生应允；但逢兮窘境快肠，素昧解忧。借钱借物，倾尽以惟余仅剩；到底到空，竭诚兮仗义无留。跑路之风尘扑扑，家乡进出；淋淋兮汗水奔波，幸福应酬。光明输送，告别以漫漫长夜；快乐经销，应邀兮阵阵放喉。

嗟呼！守底线，划圈囚。爱莲说，惟品修。鉴析以红尘世界，不为诱饵；旗飘兮碧血军魂，岂上钓钩？坐怀不乱，方显英雄之本色；在位无贪，未玷圣哲兮神庥。暗室不欺以本性，昭昭天理；良知未改于童年，朗朗围兜。不被以歪风征服，岂同兮邪气蒙羞。糖衣炮弹，免疫超常之系统；荼毒砒霜，辨清敏锐兮环周。桀傲不羁于世俗，金刚不坏；心澄如镜兮玉虚，般若许由。纤尘不染，浊浪排空之自信我；阵地夯牢，硝烟呛口兮雄纠。方向之始终如一，千回百转；目标兮矢志不渝，万顷一舟！

木兰山樵诗曰：

特立江天对雾霾，诗人屈子未曾埋。
灵魂出窍难能觅，风骨横空却可偕。
信仰明灯穿黑夜，穹窿宝鉴照将来。
山河每有英雄出，又扫浮云玉宇开！

贺诗

贺《一直朝东》付梓

李玉山

英姿飒爽著宏篇，
砥砺前行五十年。
沐风栉雨忠使命，
披肝沥胆护公权。
酸甜苦辣心犹壮，
恩爱夫妻情更坚。
喜有敏晴催海浪，
人梯接力上云端。

肖大华

（一）

《一直朝东》堪锦章，
感时溅泪意悠长。
拨云驱雾见星月，
磨墨攻书作栋梁。
剑舞军营曾沥血，
法司桑梓复回肠。
辉煌过后更添彩，
家梦随同国梦扬。

（二）

幼小知难困，协家化雪寒。
攻书承祖德，卫国荐心辕。
为舍千般爱，宁伤一寸丹。
回眸风雨路，欲把泪流干。

（三）

采桑子

青春立志军营驻，
策马挥戈。
凯奏胜歌。
不负高天日月梭。
为民司法卫公正，
砥砺修磨。
终未蹉跎。
夕阳桑榆异彩多。

吴江涛

采桑子

少年投笔从戎去，
铁马秋风。
心系丹枫。
几度家山梦里红。

归来执法纾民困，
一直朝东。
不改初衷。
执笔凝成万丈虹。

吴世干

大江奔涌永朝东，
恰似情怀坦荡胸。
妙笔生花寄愚弟，

衷心祝贺赞尊兄。
寻思世事明伦理，
感悟人生响警钟。
更待捧书来细品，
酸甜苦辣与君同。

彭文斌

故土回眸念旧深，
早年磨砺苦悲辛。
萤窗对案怀鸿志，
军旅持戈葆赤心。
孝道长遵思父母，
天伦尽享傲儿孙。
弘扬国粹培桃李，
风雅情怀启后人。

丁淑银

（一）

族中笑傲立精英，
一直朝东方向明。
百炼成金戎火旺，
千流汇笔意情真。
精忱即在钢同铁，
壮志可牵星与云。
坎道难关无不克，
精神抖擞再长征。

（二）

一从浩帙华章后，
叠韵佳诗动地吟。
岁月如歌洇秀写，
情怀似水蘸悠萦。
松滋雨露春弥壮，
茎扎乡膏根愈深。
剑胆琴心磨翰墨，
灵犀一点写经纶。

（三）

榅玉挥珠起一笺，
引来诗客诵千篇。
豆芽种嫩英文茂，
司法持公桑梓安。
故里抒怀情似海，
几番创业绩如山。
黉门相聚着秋色，
异辈同班成美谈。

罗正明

不改初心家国情，
一直朝东向前行。
从戎剑舞霜晨月，
解甲文宗法典旌。
漫道雄关无险阻，
只缘方寸有光明。
稀龄摘取新星亮，
继往开来又启程。

韩光文

博击长空几十春，
如烟往事忆芳馨。
从戎悟道圆初梦，
普法铺鞭司准绳。
益智培桃珠满串，
精心育李果丰盈。
后生妙悟传灯录，
接棒捧薪迎大昕。

唐叔豪

未曾历遍风霜苦，
哪得寒梅放异香。

矢志朝东心永葆，
迎来盛世谱华章。

杨利华

拜读鸿文感慨深，
篇篇字字见真情。
半生戎马欣圆梦，
三世姻缘喜遇春。
爱女才优兴学业，
贤妻厚德孝亲人。
和顺家庭来不易，
家史留传启后昆。

读《致妻》有感

口语化诗文，真情笔底生。
妻怜硬汉子，夫爱俏佳人。
女孝孙亦趣，歌甜酒亦纯。
老牛回首看，硕果满琼林。

吴惠芬

（一）
采桑子
年青爱国边疆保，
万丈豪情。
铁马纵横。
永保江山代代兴。
投身司法行公正，
执法为民。
办学新星。
自传凝成启后昆。
（二）
捧读耘篇感慨深，
文韬武略启后昆。
柳营锻造真才俊，
卫国齐家万事馨。

王庆忠

一直朝东圆梦骋，
熔炉细柳铸忠贞。
鬓霜依恋酬家国，
铁血浩然精气神。

翁长生

嵌名诗
一卷华章自传精，
直言慷慨悟人生。
朝花夕拾研佳赋，
东播西收取圣经。
再历雄营千日苦，
创新教业四时耕。
奇谈爱恨恩情事，
迹过留芳又启程。

张淑芳

红土姚山锦绣文，
仁和清水慰初心。
丁男壮志朱光路，
癸女柔情碧梦春。
天马行空昭日月，
雄鹰展翅炳乾坤。
华章炫彩轩昂气，
一卷诗文永远存。

陈惠兰

开卷即觉正气腾，
慢嚼细品读人生。
叹观硬汉殊功路，

窥见男儿铁骨情。
跃马护疆身手显，
循章执法胆肝倾。
沉浮跌宕初衷守，
永远朝东圆梦行。

叶采刚

卫国青春献热肠，
复员桑梓兴犹长。
沙场战将柳营志，
赤子丹青漫水香。
法制中兴关大众，
情怀坦荡写华章。
新书一卷传真美，
名动江城醉夕阳。

江宗元

忆江南
（一）
丁公颂
大作见真情。
时雨犹将春季润，
鸿篇更令楚天惊。
处处露峥嵘。
（二）
丁公赞
光大紫云熏。
举案齐眉贤伉俪，
培桃炫彩俏儿孙。
幸福满家门。
（三）
机制转，
休学去参军。
北国南疆挥翰墨，
金戈铁马建功勋。
为国尽忠贞。
（四）
家乡美，
转业到西陵。
从教新星传道义，
弘扬法制秉公平，
执政为人民。

江宗元

少立鸿鹄志，终身报梓桑。
求学遭动乱，谋事遇悲伤。
军旅功勋建，南疆业绩彰。
复员弘法治，执法为家乡。
兴教培梁栋，育人著华章。
侍亲扬孝义，训女创辉煌。
美满家庭乐，松龄鹤寿康。

潘和咏

谁持红缨舞长剑？
呼啸七十尚翩跹。
寒门有子远行客，
任凭力勇克难艰。
信尔成与不容易，
伟烈良善浑不言。
阡陌桃李成嘉树，
慰此平生万千年。

郭建斌

嵌名诗
一往无前向远冲，
直心司法唱高风。
朝前不忘初心志，
东海青山迎彩虹。

罗宝珍

男儿少壮树雄心，
汗洒柳营建大勋。
解甲履新公秉法，
征程依旧汗湿身。
妻贤女孝家和睦，
言谨胸宽业创新。
已至稀龄未停步，
前行奋力再争春。

万仕田

一直朝东笃志行，
情怀家国梦云腾。
童年苦涩堪磨砺，
军旅艰辛献赤诚。
普法为民霜鬓染，
著书立说夜陪灯。
星星闪亮辉映月，
敏捷前行唱晚晴。

肖中耀

一路征程有春晖，
峥嵘岁月也芳菲。
华章铸就如春曲，
惠我斜阳铃书扉。

鞠家华

一直朝东向日奔，
春秋七秩墨传馨。
欣闻自传随曦出，
辉耀西陵字字金。

刘务刚

耿耿丹心为报国，
终成碧玉历琢磨。
一身浩气执权柄，
灿烂新星映漫河。

陈芳

绿水青山毓秀良，
熔炉锤炼铸成钢。
德才兼备持公道，
创办新星业绩强。

宋士清

经历中华七十春，
夕阳幸福得温馨。
柳营卫国追高尚，
司法持公握准绳。
更有芝兰香韵溢，
岂无桃李果园盈。
今宵捧诵人生录，
喝彩歌声至大昕。

郭艾英

鸿篇一直悟生梦，
信念朝东道更明。
弱冠艰辛磨铁骨，
青春美好献兵营。
急难险重不言苦，
砥砺前行攀高峰。
安享夕阳无限灿，
丹心壮志路千程。

张梦琼

奉献青春在异乡，
胸怀司法岁华长。
七旬尚喜回甘好，
自传新成字字香。

邓圻陵

一直朝东经历多，
保家卫国把枪驮。
雄关漫道凌云志，
戎马生涯奏凯歌。
司法求真营铁壁，
秉公务实斩狂魔。
为民作主初心在，
不负韶华大帅哥。

周谋晏

嵌名诗

一帆破浪载人寰，
直拓“新星”桃李妍。
朝夕经营歌岁月，
东君玉撰代相传。

丁一巧

旭日东升消晓寒
丁家独具育奇男。
唯能少小开心志，
敢入军营控剑弦。
低调平常人自好，
高风卓越月同圆。
女儿接力新星盛，
余热生辉注玉颜。

易厚新

嵌名诗

一卷雄文悟人生，
直上军政两段情。
朝气从戎效祖国，
东留司法颂廉清。
回头转战进诗海，
忆思同窗砥砺行。
录记课堂切磋技，
伴同诗友抖精神。

李刚明

风雨无阻面朝东，
人如劲松披霞红。
栽桃育李书又著，
教育腾飞中国龙。

朱芳

佳作盈成蔚大观，
字里行间皆美谈。
寒窗苦读胸怀志，
弃笔从戎为国安。
司法秉公何惧累，
培桃沥血不言难。
长江逐浪迎新日，
笑看新星捷报传。

李凤柳

朝东向远越关山，
壮志衷肠铁血男。
不惧家贫囊似罄，
岂愁甲重任如磐。
归乡司法秉公正，

砥砺办学克万难。
天道酬勤不负尔，
雄关漫道凯歌还。

颜学甫

采桑子

年少从军长城外，
梦中思家。
营房秋夏。
策马扬鞭啸栖霞。

甲子执教从头越，
问道桑麻。
不负韶华。
桃李满天品红茶。

丁华秋

岁月留痕歌盛世，
玑珠雅韵写华章。
植根沃土情深厚，
三绝韦编贮久香。

李长菊

一直朝东记录多，
风华岁月未蹉跎。
丹心碧血谱佳曲，
文采斐然似放歌。

潘安兴

莺啼序

钩沉钓来记忆，撰春秋一部。古稀过、欲把家事重叙。烙痕迹、曾经岁月，辛酸澎湃多倾诉。泪潸然、隧道穿空，尝艰苦。

偏僻山乡，逶迤画卷，诞贫寒小户。几伤心、饥饿童年，大灾盼食何补？读书郎、非常竭力，怅无奈、前途谁主？恰征兵、便投军旅！

从戎报国，舍命旌功，火红歃血许。秉笔录、壮怀情激，命运操持，炼狱松滋，塑魂毛著。根归桑梓，花明柳暗疑无路，展经纶、矢志鹏飞举。登坛法座，相赓潮动，新星冉冉前川，依稀豪气如虎。

平民本色，大侠刚肠，执干云尚武。总不改、无邪公义，打抱坚贞，市廛风骨。初心一直，朝东方向，千回百折驰沧海，淬峥嵘、追日翘夸父。难题自找麻烦，
解释迎头，坦陈肺腑！

目录

第一部分　往事非云烟

永远的故乡

提起生我养我的故乡——姚集镇仁和村杨家田，我心里时常涌起一份特殊的情感，一种一想起来就想流泪的感情。这大概是人到一定年龄所表现出的一种自然情感反应的缘故。

可以说，我的老家杨家田湾是一个人间仙境。山不高却俊秀，水不深却清澈。“蒹葭露润轻鸥宿，杨柳风微倦鸟栖。青柏间松争翠碧，红蓬映蓼斗芳菲。”门前有一条小溪绕村而过，冬暖夏凉终年不涸，杨家田湾的田地虽说算不上特别肥沃，但塘堰众多，水系纵横，大自然的庇护，确保了一方土地旱涝保收，谷丰禽肥。在地理位置上，杨家田湾东边与红安搭界，北边与大悟相连，西边与孝感接壤，南面与大武汉紧邻。尽管它的四周群山相衔，溪水连襟，却有一条让生活在这里的人们千百年来都难以割舍的羊肠小道，将小小的杨家田湾与外界连接。我虽不知道这条路的起点在哪儿，然而终点却是我们的杨家田湾，除此，再无其他的路通达村庄。一个 300 多人的杨家田湾，因其山清水秀，风景独好，简直就是一个天上人间的世外桃源。

我们杨家田湾民风淳朴，知文识礼，崇文尚武。听上辈们讲，我们湾自古就是藏龙卧虎之地，还出过不少文官武将。这里出了不少教书先生，我们所记得的丁平祯、丁朝园两位老师在我们那里就很有影响，后来的几位国家教师还是我的同龄人，如丁朝运、丁朝咏、丁朝仪、丁朝禧等人。有这些“秀才”作榜样，读书成为我们湾的风尚，让大家为之骄傲。像我的堂弟丁朝忠就很有悟性、聪明，小学毕业后考入黄陂三中（全日制中学）。后来他的两个儿子丁胜、丁沙都考取了南京大学读研究生和博士生，成为国家栋梁。作为孩子们的长辈，我为他们自豪的同时，更感恩杨家田的风水庇佑了这些后人。

有文气浸润杨家田，还有“武气”纵横杨家田。当兵入伍保家卫国成为风尚，我们湾先后有十多个有志男儿报名参军，成为驰骋疆场的解放军战士，丁平勋、丁和涛在部队入党提干。丁平勋，从小是一字不识的孤儿，一九五八年入伍，历任班长、排长、连长、营长，后来转业到金融系统成为部门领导。可以说，他的一生给我的影响很大，我入伍后，一直视他为榜样和标杆，他是我在部队成长的动力。

让我记忆深刻的还有我们湾的一些“精英”。有很多人虽然没有读什么书，在当年却是湾里的风云人物。如丁厚云、丁厚发、丁朝国、丁平栋、丁泽民、丁雅斋、丁朝寿、丁春生等人都是湾里或大队的干部，他们大字不识几个，却有很强的领导能力。特别是丁厚云，当时他任大队的书记，非常有威信，为人正直善良，我永远崇拜他。丁朝国当时任和平大队的大队长，也很有大将风范。丁厚发当小队长时间最长，有很强的组织管理能力，是湾里村民最信任、最信服、最成功的小队长。

谈起藏龙卧虎，湾里还真有不少龙虎级人物，他们这些面朝黄土背朝天的庄稼人，却有着惊人的智慧，讲故事出口成章。如丁朝瑞、丁朝俊、丁朝金、丁朝楚、丁朝刚等人最受大伙儿喜爱。他们记忆力超强、幽默风趣，讲起《三侠五义》《薛平贵征西》《拍案惊奇》来滔滔不绝，引得村里的男女老少总爱在茶余饭后搬凳子去磨盘碾子处，听他们绘声绘色“讲故事”，那场景不亚于听鼓书艺人“说书”。尤其是丁朝瑞、丁朝俊口才极好，湾里玩灯玩狮子，彩连船都是他们说彩。田间劳作能把《说岳全传》《聊斋》里头的故事一段不落地娓娓道来，听得乡邻如痴如醉。因此，大伙儿都爱和他们挤在一起，哪怕在插秧、割稻谷的时候也要围住他们听故事。和他们在一起，通常是活儿做利索了，故事令人回味无穷，人也不觉得累！我想，这就是文化艺术的魅力吧。

我们杨家田人勤劳智慧，过去我不知道出了多少能工巧匠，但在我们这一辈就出了很多靠勤劳智慧致富的能人。像我的堂兄弟丁建军、丁建文、丁朝义、丁朝顺、丁汉斌、丁汉勇及侄儿丁海华他们，当年都是家徒四壁、空拳打天下的穷小子，如今都成为富甲一方的成功人士。这些“九佬十八匠”与时俱进，遍及全国各地，续写着“无陂不成镇”的传奇。

谈起我的父亲丁平植（号丁忠斋）的一生，就如同翻阅一部我的家族血泪史。

父亲告诉我，当年生我的台子屋被人称为风水宝地，它后背环山，素有靠山之说，所以我们丁家祖祖辈辈人财两旺。我的祖父辈有兄弟四个，曾祖父丁厚恒，为人精明能干，治家严谨，忠厚传家。为家道中兴，他安排大爹丁和寿、二爹丁和斌去武汉做工，赚钱补贴家用。安排我的爹爹丁和畅和幺爹丁和焰在家务农，收得米麦保证全家生活所需。

但很不幸的是，我的祖父丁和畅于1934年因痨病去世，年仅36岁。抛下我的祖母和四个未成年的孩子，当时祖母才32岁。祖母是蔡店赵家冲的姑娘，长得温婉端庄，贤惠善良，在当地小有名气。祖父英年早逝，她拖着两儿两女，日子过得十分艰难。我的父亲丁忠斋是长子，当时才14岁，叔叔丁平棣8岁，大姑姑丁平芬6岁，最小的姑姑桂芬还在襁褓中。

让人不可思议的是，贪心的“泥巴”幺爹（泥巴是幺爹的小名）想当三房的家，动了坏心思。他竟然打起“孤儿寡母”的主意，打算将我的祖母卖给当地一位大财主作妾，还把我14岁的父亲当成障碍，想方设法把我的父亲“整死”。一天，幺爹以莫须有的罪名将父亲捆绑在椅子上抽打，并从厨房取来菜刀，欲杀死我父亲时，被幺婆婆拦住了。虽然幺爹歹毒，幺婆婆却是一个善良的女人。在撕扯中趁机帮父亲解开绳子，让父亲赶紧逃走。父亲一口气跑到舅舅家，且一住半个多月都不敢回家。

狠毒的“泥巴”幺爹想独占家产，认为嫂子和侄儿侄女都是累赘，又把我6岁的大姑姑丁平芬送到闵家湾，给一位叫闵启福的人当童养媳，然后幺爹很快就将我的祖母私自卖给一位大财主做妾。大财主迎亲的那天，我的祖母一脸的平静。她穿着一身素服，抱着我的幺姑姑出来面见大财主，她冷静地对大财主说：“老幺没有经过我的同意就把我卖给你，你看看我现在的处境能跟你走吗？我的大儿子已经被他赶走了，二儿子才8岁，大姑娘已被他送给别人当童养媳，我的幺姑娘还抱在手中……”大财主听了祖母的话，十分惊讶。

幸运的是，那位大财主也姓丁，十分开明，跟我爹同辈份，也算是乡里乡亲。他非常同情祖母的遭遇，当即从身上掏出10块银元递给祖母，让她不要为难自己。好好把几个孩子抚养成人，说以后有什么困难还可以再找他。结果，大财主抬着空空的轿子回家，也没找“泥巴”幺爹什么麻烦。幺爹那一场想独占家财，逼走亲人的恶剧，因那位大财主的义举而化为乌有。但那位财主的义举，倒让我家的人十分念记。

我的父亲在舅舅家住了半个月后，他的三个舅舅商量如何妥善安排这个外甥。他们考虑到外甥已年满14岁，可以帮衬姐姐一把，还可以做一些家务事，最后决定把父亲送回祖母身边。三个身强力壮的舅舅牵着父亲的手，一起把他送回杨家田湾。

舅舅们把“泥巴”幺爹从屋里喊出来，大声对幺爹说：“我们现在把外甥送回来了，他的爹尸骨未寒，你作为叔叔竟然敢做这种伤天害理的事情？现在我的外甥和姐姐都还是好好的，如果你再敢动他们一根汗毛，我们兄弟几个让你没好日子过！”说完，三个舅舅对“泥巴”幺爹伸出了粗壮厚实的拳头。

幺爹见此情景，知道嫂子的娘家人不好对付，吓得大气也不敢出一声，一直鸡啄米般地点头答应。从此，祖母带着儿女，和"泥巴"幺爹井水不犯河水，倒也相安无事。

作为长子，14岁的父亲从回家的那天起，就开始担负起了养家糊口的责任。父亲虽然长大成人，但身材单薄瘦弱。他被祖母送到地主丁福安家打长工，因为他非常勤劳，做事又认真，深受丁福安一家的喜欢。可是，没父亲的孩子是容易被人欺负的，有一次因为父亲做错了一件极小的事情，地主的大儿子竟然动手打了我父亲一顿耳光，打得耳朵鲜血直流。从此，他的听力大大下降，成了一个半"残疾"人。祖母没地方讨说法，也只能搂着父亲流眼泪。祖母想着，儿子光这样在地主家打长工也不是个事，学个手艺才是长远之计。

于是又把我父亲托给一位榨油师傅学习打油。祖母自己在家，一边在地里劳作，一边纺线、织布，还要照顾年幼的儿女，非常吃力地生活着。但是，不管日子是多么的艰难，祖母始终不让儿女们受冻挨饿。她将自己织好的布，一针一线做成像模像样的衣服，让每个孩子都穿得整整齐齐，干干净净。

父亲长大成人后，爱上了姑妈家的表妹。表妹名叫三妹，是个眉清目秀的姑娘。三妹也喜欢父亲，他们一起长大，两小无猜，可以说是亲上加亲。无奈他们的事遭到姑伯的强烈反对，因为姑伯不但嫌弃父亲是半个聋子，还嫌弃丁家太穷，怕三妹跟着他吃苦一辈子，很快将三妹嫁到了外地，让他们彻底断了念想。父亲伤心至极，后来经人介绍，很快与我的母亲成家。

我的母亲名叫王治兰，是离杨家田湾三华里的王家细湾的姑娘。母亲在娘家只有姐妹二人，家里没有男丁，这让外祖父母在人前抬不起头来。后来，外祖父母收留了一男孩作为继子，男孩是红安人，是路过此地讨饭的，年仅8岁。外祖母见他长得灵醒，十分喜欢。母亲是家里的长女，不怕吃苦，从小就学会帮家里分担所有的家务活。母亲是个精明、智慧、善良、能干的女子，不光会做一手好豆腐，还很有经商头脑，每天一大早就挑着新鲜的豆腐外出叫卖，在很短的时间就能把豆腐卖完。村里的人都夸母亲是远近百里挑一的好姑娘，谁娶到她是谁的造化。

但是，母亲的一生并没有享福。

母亲嫁给父亲时，年龄刚刚20岁。父亲自从与母亲成家后，就把家中的一切交给母亲打理。也由于父亲做的是榨行打油手艺，端别人的碗要受别人管，他很少回来陪母亲。同时，由于父亲从小失去父爱，长期身居逆境，跟着祖母看够了别人的脸色，受尽了屈辱，加上自己是半个聋子，这让他的性格有些孤僻，不仅对外人始终有一种本能的防范，对待我的母亲也如此。

父亲每次回来，只要看到祖母有一丁点的不高兴，就跟我母亲闹别扭。好在我的母亲十分贤慧，不和父亲计较，并能以柔克刚对待父亲。随着时间的推移，父亲感到我母亲确实贤良，由此对我的母亲也越发敬重，以致后来他们一直相敬如宾。

母亲在1943年生下了我的大哥，1945年生下我的二哥。大哥叫大狗，二哥叫小狗。兄弟俩长得虎头虎脑，非常可爱。那个时候，人们取名字总爱与猫啊狗啊联系在一起，认为名字取得越贱越好养。然而这么贱的名字却没有留住我的大哥和二哥，他们在同年同月，相继夭折。当时，大哥5岁，二哥才3岁。

不知道1948年的9月，对于我们家是个怎么样的日子。这一月母亲痛失两个儿子，肚子里还怀着即将出世的我。母亲悲痛欲绝，茶饭不进，整日整夜哭得死去活来。

在我两个哥哥夭折的第三天，也就是1948年的9月23日，竟然悄无声息地生下了不足月的我。我的祖母一见又是个男孩，马上转忧为喜，高兴得直抹眼泪。母亲见生下的我又黄又瘦，像一只小猫娃，有气无力地说："不要算了，前面两个孩子长这么大都死了，这个也养不活的。"祖母却不理会，她小心翼翼地把我从脚盆里抱起，然后把我放在她的心窝里暖着、捂着，怕我伤着、冻着。

一提起我的祖母，我的心就充满一股暖流，对她老人家充满深深的感恩与怀念。如果当年不是她把我从脚盆里抱起来，可能这世界上就没有一个"我"存在了。

她老人家一生命运多舛，却慈悲为怀。在自家极度穷困的情况下，她还收养了一个弃婴。那是在1947年，姚集喻家西湾一农民生了一女孩无力抚养，万般无奈准备送人，他打听到我的祖母为人慈善，就把那个取名叫喻桂枝的孩子一大清早送到我家门口。我的祖母早起开门看到门外的孩子，想都没想就将孩子抱起来。当她打开襁褓，发现里面写着孩子的出生年月和姓名，毫不犹豫地把孩子抱进了屋。虽然那时候我们家吃了上餐没下顿，祖母并没有把我这位捡来的姐姐看成外人，反而将她取名为"娇伢"带在身边宠爱着。

母亲生我时，因为痛失两个亲骨肉，整日整夜处在悲痛中，一直没吃没喝，所以就没有奶水喂养我。祖母怕我无法存活，每天抱着我去湾里东一家西一家讨奶水给我吃。好在那时村里的产妇比较多，大家又很同情我家的遭遇，每次祖母抱着我来讨奶时，那些善良的婶婶们都尽量让我吃饱。在我懂事后，祖母告诉我小时候吃喻干娘（即叔叔丁平民家）、吴大妈（即丁平祯大伯家）、肖大婶（即丁均平叔叔家）的奶水最多，让我长大后要记得报答她们。就这样，吃着“千家饭”的我总算活了下来。祖母经常心疼地对我念叨：“你怎么要投胎到我家来受这个苦呢？真是个苕伢！”因为我命里五行缺水，我小名本来该叫润生的，祖母这么一说，“苕伢”就成了我的小名。至于“润生”这个小名几乎没有人知道。

尽管那时生活极为悲苦，我的到来无疑给这个灾难重重的家庭带来一丝安慰。祖母非常疼爱我，特意为我蓄了一个小辫子，农村意之为“贵果子”。慢慢地，伴随着我的健康成长，家里人的悲伤逐渐淡化了。

家里所有的人都稀罕着我，生怕我有点什么闪失。但是有一天，我还是差点遇到“意外”。我有一个小我 25 天的堂弟，他的名字叫丁朝忠（即前面提到的考取黄陂三中的堂弟），小名大家都唤他“丑货”。他是二爹（我祖父的二哥）的长孙。那时候，我们两家住在台子屋的东西厢房，对门相望。两个三四岁的孩子无论做什么，都形影不离地在一起玩耍。

有一天，我和“丑货”在老台子屋旁边的水塘玩耍，不知怎么的我一下子掉进了塘里。吓得“丑货”哭着大声叫喊，惊动了附近的邻居，好心的乡亲把我从塘里救起，这才让我“死里逃生”。

为这事，祖母吓得不得了，她说已失去两个孙子，这个孙子无论如何也不能出事。最后，我的父母与堂叔婶达成共识，让两家分开居住。

几十年过去，如今杨家田湾发生了翻天覆地的变化，到处都是高楼大厦，我也渐成了白发如霜的古稀老人。每当我踏着深情的步子回到这片生我养我的故地，总忍不住热泪纵横。我忘不了故乡的山山水水、一草一木，忘不了我的父老乡亲，忘不了当年给我“千家饭”的左邻右舍。

跪在先人的坟茔面前，我仿佛又看到了几十年前的自己，在祖母及父母膝前绕后的时光。青山依旧，天公不老，只是时光不知都到哪儿去了？我叩头沉思，我扪心自问，那些渐行渐远的先人们，与我到底有着怎样遥远的距离呢？年愈古稀的我，也不知还有多少年，能和他们再度相逢？更不知来世我们是否还会在一起？

是的，来世我们一定还是一家人。正如我那终生难忘的故乡——仁和村杨家田塆，到如今只有一条路通向这儿一样。这是世上我唯一一条叫做“故乡”的路，它生生世世牵引着我们回家，永远用温情的目光看着我们归来，永远亮着一盏温暖的灯火，照亮着我们向前行走。恰如人们常说的那样，故乡是一首不老的歌，是一首让游子永远都忘不了的情歌。回首过去，这首歌将永远响彻在故乡的乡间小道与游子的心灵深处。

啊！杨家田塆，我永远的故乡。
山清水秀杨家田，故土碑歌颂众贤。
哺我乳汁情不尽，往事回眸感万千。

苦涩的童年

作为20世纪40年代末生长的人，我的童年时代只能用“苦涩”二字来形容。那个时候，“幸福”在我的记忆里是个模糊的字眼，我的愿望就是每天能有一碗白米饭吃、不饿肚子，家里的人能够平平安安生活在一起。

然而，在那个一穷二白的年代，能活下来就是最大的幸福，能够吃饱饭就是一件奢侈的事情了。

尽管当年的条件如此有限，我的祖母与父母亲依然视为我“掌上明珠”，总是想办法让我吃饱穿暖。听我的祖母讲，我的那条叫“贵果子”长辫直到快十岁时才剪掉。也因为有“过继的孩子好养一些”的说法，在我快三岁的时候，父母还把我过继给叔父丁平棣当“继子”。他们希望我以后的日子少些坎坷，能够平安长大。（我想，这样做的原因还是因为两个年幼哥哥的夭折，让全家人心灵蒙上一团永远不会消失的阴影吧？）

我的叔父丁平棣，与婶母葛氏膝下只有一个女儿，名叫丁冬芬，比我小一岁，不幸的是在我堂妹只有一岁多时婶母突然病故。为了接他家的“烟火”，家族人协商，着要把我过继给叔父。因为当时农村有个风俗，女儿算不上真正的后人，只有儿子才有资格在棺材面前为上人“送孝”。三岁的我便以“继子”的身份坐在“棺材”上面，送走了婶娘。尽管名义上我是叔父的继子，但实际上我还是与自己的亲生父母生活在一起。

从小，祖母为我取的“苕伢”这个名字一直伴随着我长大，直到我读书时，老师为我取名“丁朝东”后，“苕伢”这个丑名字才基本告别了我。我清楚地记得，一般孩子七岁就上学了。

大概由于母亲当年生我前痛失两个孩子不停啼哭，气瘀到了我身上的缘故，我生下来睾丸处就红肿疼痛。我的痛与哭，成了恶性循环。痛时睾丸红肿发亮，肿胀交替，难以名状。不懂事的我只能用哭来表达难受，可越是哭得厉害，在条件反射下痛得更是厉害，简直痛得不能下地行走。事实上，我得的病其实就是现在的“疝气”。

用现在的医学上说，这只是一个小手术罢了。然而当时吓坏了的我父母，他们是不敢让我动任何手术的。当时有个从武汉回乡探亲稍懂医术的乡邻建议，买桂圆泡水喝可以消气。我父母听了他的话，按照所说的“方子”来做，经过一段时间的坚持，睾丸上的红肿果然慢慢消失，疼痛也减缓了，直到我九岁才完全康复，所以那年我才上学。

学校就在离我家不远的地方——仁和小学，我和同龄人丁朝运、丁朝刚、丁朝忠、丁朝俊一起去学校报名。那时候，学校非常简陋，几间土砖房，外面的白粉墙剥落得像个癞子头。尽管如此，我们都感到非常新奇、兴奋，觉得能够上学就是天大的事情。

“我是来报名上学读书的。”我一脸兴奋地对老师说道。

接待我的老师是位头发稀少、额头发亮，像个学者一样的人。

“你叫什么名字？”老师问。

“苕伢。”我小声地回答。这个时候，我才明白叫苕伢是件丑事，当时我真是尴尬得想找个地洞钻进去。

“么事？叫苕伢？这只是小名，你的学名叫什么？”老师又问。

“冇得。”我再一次低下头来，羞愧得都要哭起来了。那位老师见我眼泪在打转，马上慈爱地摸了一下我的头，和蔼地说：“不要紧，老师为你取名字。”

然后他问我姓什么，是什么辈分。当他知道我姓丁，是朝字辈时，只见他摇头晃脑起来：“增加为正，减少为负；朝东为正，朝西为负。（后来才知道老师这是在背数轴）你就叫丁朝东吧。”从此，“丁朝东”这个名字便一直伴随着我读书、参军、工作、退休。感谢我的启蒙老师丁平仁先生，给我取了这样一个积极向上、富有正能量的名字。

那时候，我们小学只学习两门功课。一门是国语（即现在的语文），一门是算术（数学）。我非常喜欢读书，学习也很刻苦，成绩在班上占前几名。但由于家大口阔，我经常不得不停下功课回家干活。

我家是湾里典型的人多劳力少的缺粮户。要保证基本生活，就得拿钱出来买粮。缺粮肯定是缺钱的，怎么办呢？要么就少分粮食饿肚子，要么就向余粮户借。人穷志短，处在这样的环境下，我的父母是很难借到钱的。为此，他们不知吃了多少闭门羹和看过多少难看的脸色。

到了农忙时节，我干脆就不去学校，而回家上山砍柴、下田干活拿工分。那个时候，小小的我学着大人的样子插秧。站在田里，田里的水都快漫到我的腰间了。就这样停停读读，读读停停，但我总是抽空自学，成绩并未下降，并如期考上了黄陂七中。

记得有一次，我放学回家，饿得歪歪倒，渴望能早点吃上饭，可是我到家时，发现我的弟弟丁朝和先我一步回家，把自己的一份吃了后，竟把属于我的那一份也吃了。我见此怒从中来，气得大哭。他知道自己错了，转身就跑，我拼命地追赶，跑了 100 多米，逮住了他并把他打了一顿。打了之后我又后悔不已，兄弟俩抱头痛哭起来。是啊，我怎么能打他呢？他也是饿得无法呀！

正在长身体的我，经常饿得坐也不是，卧也不是，站也不是，走也不是，没有一种体态能缓解饥饿的折磨。胃里仿佛总有一块烧红的烙铁，一口一口白开水浇在通红的烙铁上，引出一声一声的咕噜轰隆。我想，没有经历过饥饿的人，是无法体会到这种复杂而真切的声音。那时的我时常就像害了黄疸，晕晕忽忽头重脚轻，冷汗涔涔，走到哪儿都像在梦游一般。

我至今记得我 11 岁时的一天，我们全家已无粒米下锅。母亲没办法，只得让我去蔡店粮管所找雷叔叔家弄点粮食。

这位雷叔叔叫雷传山，是蔡店粮管所主任。此人体恤民情，极富同情心。我父亲在他所里做临时工，可以说是我们丁家的恩人。在那个年代，如果不是他们时常接济我们，恐怕我们家人一个个都会饿死。他的爱人姓祁，也是个善良的人，很同情我们。我们喊她为祁阿姨。在最危急的时候，总是他们帮我们渡过难关。

那天，祁阿姨让雷主任给我家批了 20 斤细米渣子，让我快回家。当我走到村门口，就发现母亲提着一个篮子出来了。篮子里装的是我的小妹妹，小妹妹已经死了。我那可怜的小妹妹，还不到一岁，就这样活活地饿死了。我抢过母亲的篮子，摸着小妹妹冰冷的脸蛋嚎啕大哭。我狠狠地捶打着自己的胸脯，哭着喊着，自己为什么不走快一点？如果早几分钟回来，我的妹妹一定不会饿死！

经历过多次的生死，我的母亲似乎变得麻木了好多，母亲搂着我什么话也没说，似乎眼泪早就流干了一样。我们就这样草草地把妹妹埋进了湾后面的山上。

为了不让我们饿死，母亲带我上山挖棉砣。那种棉砣现在可能没有人再认识它，但当时却是我家的救命稻草。那时候山上的树都砍光了，留下的都是光秃秃的乱石杂草。母亲说草林下面有一种根可以食用。那种根非常的苦，挖回来后要熬很久，才能由苦到涩甜。然后，母亲将花生藤粉、糠渣子将它混合在一起，做成粑粑给我们充饥。比起啃吃树皮、树根、草根和观音土，这种粑粑在当时是最美味的佳肴了。

母亲没有读一句书，却非常智慧，懂得做人的道理，也知道为人处世重在一个“舍”字。有“舍”才有“得”这句话，我是从母亲身上体会其深刻的含义。在那个人人饿肚子的年代，母亲总能变着戏法，为我们改善生活。她生怕儿女们受外人欺负，总是想办法处理好各种人际关系，当别人来我家作客时，母亲总能在某个角落里，掏出一些食品来，做出几个像样的菜招待人家。因此，湾里上上下下都夸母亲是个能干人，心眼好。就是乡里的干部，也愿意在我家里坐一坐，只因为再穷，我的家都被母亲打扫得干干净净，别人走进来都觉得有家的样子，让人感到很温暖。也因为这些原因，我们家在最困难之时，总有贵人相助。

记得我 7 岁那年去田里插秧，生产队长对插秧的要求非常高。我人小，插的秧无法达到队长的要求。队长大骂，并要打我，让我不要在田里混工分。见我不肯起来，那个暴躁的队长扯着我的耳朵就打，我的母亲连忙找队长的老婆说情，他的老婆与我的母亲也合得来，连忙让她的男人对我“网开一面”。就连大队的书记丁厚云，也非常敬佩母亲的为人，时常在队长面前讲我家的困难处境，让他适当带过一些。母亲以她过人的贤能担当起“一家之长”的责任，让我们跨过一个个“坎”。

后来，我与母亲话家常时，总忍不住心疼，而责怪父亲脾气不好。母亲听后，又开始为我“上课”了。母亲说父亲虽然是个脾气暴躁的人，但心眼非常好。他本份在不会言谈上，而内心却是个很有责任感的人。她对我讲了一碗粥的故事，父亲 1959 年在汉口码头做工的时候，每天晚上只要加班，就会有一碗白米粥犒劳。父亲一连加了三个晚上的班，而那三碗白米粥他一口也舍不得吃，积攒在第三天，用一个小瓦罐子装回家，送给我的祖母、母亲和我吃。那晚，他从汉口跑步回家，走到家天还没亮。看着奄奄一息的我们把三碗粥咕噜下了肚，他才放心地走了。“如果没有你父亲的三碗粥，说不定我们几个都也饿死了哇！”那天，因我们两天粒米未进，母亲这样说着，眼里闪烁着慈爱的光彩。

母亲还告诉我，我小时候非常爱去门口塘里游泳，她管不了我，而父亲看到后，把我赶到田埂上，用竹条子把我打得全身血淋淋的。她心疼我，却又不敢上前制止父亲。“从那以后，你就不敢再去河里玩水了！如果不是你父亲管你，说不定你还成了水里的鬼呢！”母亲又这样对我说，她说父亲只是在自己最亲的人面前发脾气，在亲人面前发发脾气计较什么呢？她仿佛忘记了父亲所有的不好，记着的全是父亲的好，容不下我们对父亲有一丝毫的意见。

在我的记忆里，我记得只挨过父亲的这一次打，其实他怎么舍得打我呢？还不是怕我玩水出意外吗？

多年后，我成了家，为人夫为人父，回味着母亲对我讲的这些话，再一次理解父爱如山、母爱似海的内涵。而我现在唯一能够做到的事，就是每年的清明节、七月半、春节，驱车去几十公里远的故乡，去他们的坟头上一柱香。在清风中，点燃对父母无尽的思念。回想父母亲给我的一生，回想起我的苦难童年，我思绪万千。此时的我，写起这段难忘的记忆，真是越写越多，越写越绵长。那些苦难的字眼在父母爱慈的诗句中，也越来越温暖！

我知道，因为有他们，我从来就没有真正受苦受难！

身处艰难困苦间，缺衣少食度童年。

感恩长辈千般爱，温馨和谐苦亦甜。

我的中学时代

我的中学时代是一个崇尚理想、崇尚英雄的年代。我们心目中的英雄是红军战士、志愿军、八路军、新四军、董存瑞、黄继光、张思德等英雄模范人物。偶像则是科学家、工农业劳动模范、优秀售货员等。当时，我们的物资条件极端贫乏，家用收音机都是在城里人的稀罕物，我们在农村长大的孩子能有一碗饭吃，能够去学校读书，就算是相当不错了。

一九六三年秋，我和同湾的丁朝运、丁朝刚，从黄陂与孝感、大悟三县交界的一个小山坳出发，带着录取通知书和几件换洗衣服、几斤大米、红薯、一罐咸菜，还挑着一小担干柴，到离家十二里远的黄陂七中（即现在的蔡店中学）入学报到。

报名后，我们被安排到学校东面平房上下两层铺的寝室。那时的我，又高又瘦，肋骨显露，苗条得像根竹竿子。我穿的是母亲为我织的粗布衣服，心中充满着无比的希望，并暗自下决心一定要好好读书，将来成为有用的人，为家里争光，为社会作贡献。

我们学校规定学生每周回家一次拿米、咸菜、换衣服。说到回家拿米，我的心既欢喜又忧愁。欢喜的是可以见到祖母、父母，还有我的弟弟妹妹们，愁的是担心回家没米拿。

没办法，没粮时我只能带些红薯、南瓜、萝卜作为补充。有时候家里没办法拿出一斤米给我，我就只能靠这些杂粮、粗粮来维持生命。现在城里人都说红苕、南瓜、萝卜是绿色健康食品，可如今的我一见到这些东西就怕，就走得远远的。说实在话，这些东西我当年真是吃多了、吃够了、吃怕了。而每周带去的菜，永远只有一样咸菜。一周一罐头瓶咸萝卜或腌菜，有时候连咸菜也没有了，就只能弄些盐水化在饭里，把饭咽下去……唉，说起那段饥饿的岁月，我的记忆除了饿还是饿啊！

虽然那时候条件如此艰苦，但丝毫没有影响我们刻苦学习的精神。

同学们求知欲很强，老师也教得非常认真。记得当年我进的是初一（2）班，我的班主任是宋振东老师。教我语文的是李肇福老师，教我数学的是刘世耀老师。

我还因为，刻苦认真、学习优良，被老师和同学选为班长呢！由于我瘦，平时同学们都叫我“竹竿子”“排骨”，但在学习上，大家都很佩服我刻苦不服输的个性，很给我这个“班长”的面子，班级在我们几个班委的带动下，组织纪律各方面都非常不错，我也成为老师们的得力助手。

特别是教我语文的李肇福老师，给我一生的影响非常大。因为他的鼓励，我爱上了文学；因为他的严格，我练习了一手好字；因为他的关爱，让我自信地度过中学时光。

记得我读初一下学期的一天，李老师捧着一大堆作文本走进教室，然后让组长把作文本发下来。当组长发完所有的作文本时，唯一没发到手的人是我，这让我纳闷极了。这时，李老师走上讲台，放下讲义，拿出了一个作文本子。

我心一咯噔，认出那是我的作文本。只见李老师清了清嗓子，很高兴地说：“这次作文写得最好的是丁朝东同学，他把《我心中的母校》写得有条有理，语言优美，写景叙意，情景交融，突出了母校的特色。非常不错！”接着，李老师把我的作文当成范文，用普通话声情并茂地为同学们朗读了一遍。

当文章念完时，全班同学报以雷鸣般的掌声。所有同学都用羡慕的目光看着我，看得我满脸通红，当时我的心激动得“咚咚”直跳，兴奋得像喝了蜜一样的甜。事隔几十年，回想起当时的情景，就像昨天发生的事一样。可见老师的表扬对于一个学生来说是多么重要啊！

在我心中，李肇福老师是一位对工作极端负责的老师，也是一位追求完美的人。尤其对学生写字格外重视，他说“字”是一个人的门面。因此只要发现我们作业本上的字没写好，他都会毫不客气地罚我们重新写。我是班长，他对我的要求更为严格。他要求我所有科目的作业做完后，必须先上交给他“审阅”，过关后，才能交给其他科目的老师。

只要发现哪科作业字写得不工整，他必然沉下脸来让我重做。他的这种“偏爱”让我曾有一段时间不太适应。现在想想，他是多么一位难得的好老师啊！后来我去部队当兵、提干，直至到司法局工作，很大一部分原因是我工作态度认真，能写一些文章，能写一手好字。很多人说我“字如其人”，尤其在我们那个不注重读书的年代，能认得几个字就很不错了，能写出一笔漂亮的字就更加了不起了。

在那个贫穷的岁月，尽管我们吃不饱、穿不暖，但是我们这些求知如渴的孩子，也有属于自己这个年龄的“浪漫”情怀。记得爱好文学的我，当年最喜欢去校园的柳树下读书。我喜欢柳树，因为在我眼里它是报春的使者。我时常以少年多情的情怀解读有关“柳”的诗句。

早春二月，当别的树木还伸着光秃秃的枝桠时，校园的柳树就悄悄地冒出了新芽，唤醒沉睡的大地。枝条渐渐泛绿后长出嫩叶，好像一双双小眼睛，好奇地看着外面的大千世界。

那婀娜娇美的身姿，在轻风中翩翩起舞，似乎向人们报告春天的来临。陶醉在柳树下，我不禁轻轻吟诵“不知细叶谁裁出，二月春风似剪刀”的诗句，想象着我们这些学生，恰似二月的垂柳在扎入七中文化的土壤，呼吸着新鲜的空气，迎接着春天的到来。当阳春三月桃花载满枝头时，在绿色柳条的掩映下，我们的校园美得真像一幅唯美的画。那刻，屋檐下的燕子在呢喃，同学们在活动室里打球，还有的同学在玩游戏，嬉闹声招来了一群小鸟，它们也叽叽喳喳地站在柳树枝上看热闹。沉浸在这片绿色的诗意氛围，让我想起古往今来多少诗人写下多少有关“柳”的脍炙人口的诗句：

“草长莺飞二月天，拂堤杨柳醉春烟。”
“红酥手，黄縢酒，满城春色宫墙柳。”
“惜我往矣，杨柳依依。今我思来，雨雪菲菲。”……

这些美丽的诗句，伴随着我从美丽的清晨走向诗意的黄昏，徜徉在杨柳岸，我一次次与她作深情的对话。我用那个年龄的敏感与激情为她写下一行行青涩的句子：我爱垂柳，我欣赏她的垂下，其他树木花草拼命向上发展，树叶花果蒸蒸日上，它们早已忘却下面有根，对养育的根不理不睬。垂柳独辟蹊径，居上向下，柔软的枝条由树顶倾泻下来，她从不忘记她脚下的土地和根在那里。我爱垂柳，我仰慕她俯伏下来，向泥土飞舞和亲吻……没有人能够理解，这些在清风中写下的诗句，其实是一位 16 岁少年为母校留下的青春誓言。

尽管我时刻用一颗积极向上的心态，面对生活，相信未来的日子会越来越好。但是，残酷的现实，总在不经意间敲打那颗饥饿的灵魂。每次周末回到家里拿米，拿菜，看到为了家中无米下锅、无油做菜，祖母和父母亲喟然长叹，忧伤神情时，我的心就像刀割一般难受。

像我家这样的缺粮户，缺的更是钱。平时家里的开销主要靠母鸡下蛋和我们砍柴去卖。我们湾前后都是山，近处的柴都被村里的人砍光了，只能到路径崎岖的山顶去砍。每到周末，我总是带上毛镰、冲担，艰难地爬到山顶，花九牛二虎之力砍到一担柴，还要饿着肚子挑回家，晒干后再挑到彭家窑上去卖。一百斤干柴卖不到两元钱，别看只能卖出这个价钱，这可是我家唯一的经济来源啊！

我们的肚子从没饱过，就连身上也从来没有暖过。可怜我的母亲除了白天辛勤劳作，晚上还要纺线到深夜。线纺成了还要织布，布织成后用颜料染成白不像白色、蓝也不像蓝色的棉布。然后母亲用手工将这些棉布一针一线缝成一件件衣服和床单，这就是我们一年一度添置的新衣服和床上用品了。

我们兄妹多，不可能年年有新衣服穿。哥姐穿新的，弟弟妹妹就捡旧的。这也就是农村常说的"新三年、旧三年，缝缝补补又三年"的真实写照。

班主任宋振东老师，见我经常没带米而用红薯、南瓜充饥，平时做作业，连一支像样的笔都没有。非常同情我的处境，便向学校申请每月给我2元钱助学金，用来买点学习用品。可我想到家里更需要钱，就每个月节约1元钱补贴家用。

好在那时的孩子都淳朴善良，大部分同学的家庭都很困难，也没有谁因为哪个家里更穷，看不起谁。相反地，有几个家庭条件稍微好一点的同学，时常接济我，总是多带一些米，分一点给我，还让我和他们一起吃从家里带来的菜。至今我记得同学吴业敖、丁朝刚、朱星亮、朱绍焱、郭国勤等虽然都很穷，但都能互相帮助，亲如兄弟。我那时很喜欢打篮球，有的同学见我运动量大，会消耗体力，总把自己蒸的饭偷偷倒一些给我。

想起我的那些同学，就有一股暖流在心间涌过。虽然那时的读书环境很差，学生亦是"亦学亦农"状态，但我们班还是出了很多优秀的学生。至今我还记得郭容君、吴世兰、丁朝刚、罗仕凯、朱绍焱、郭玉英这些学霸的可爱面庞，还记得我们的班干部朱星亮、吴业敖那热情的笑容，还记得勤奋好学的袁奇生、徐勤华、钟育廷、胡丽娅、丁朝运、陈天厚、陈建勇等人挑灯夜读的情景，还记得休育明星郭国勤、季德祥他们在运动场上英姿飒爽的身影……

多年后，这些温暖的情景像电影中最动人的镜头，总在我的脑海里不停回放，每次一想起，往事便如风中的细雨，不知不觉淋湿了我的眼睛……

我曾天真地以为，我们这些相亲相爱的同学们，会顺利在七中度过三年时光，然后一起考入理想的高中，继续为崇高的理想而努力奋斗。然而一切都是一场梦。

1966年深秋，当我和同学们返回校园拿我的铺盖衣物时，学校已经人去楼空。我情不自禁又走到杨柳树下，那一排排垂柳依然巍巍林立在那里，几片残叶在枝条上瑟瑟发抖，在风刀霜剑中她奋力支撑着，顽强地与寒风作最后的搏斗。

让我惊讶的是，地面飘落下来的柳叶，一片片竟然都还是“绿”色的！见此情景，我悲从中来，想起曾经写下的诗句：我爱垂柳，她是春天的使者！我爱垂柳，我要像她一样长高长大，不用开艳丽的花朵，只要长成有用的林木……我从地下捡起一片柳叶，轻轻地抚摸着，含着泪水说：我多么想和你相伴在一起，但今天我只能和你说再见了……

和柳树说“再见”的时候，其实，我的中学时代已经彻底结束了。我知道，我再也不可能有读书的机会了。在浪潮的来去之间，我们只能保持沉默。在这静默与屏息的刹那，我心中盛满了难舍和忧伤。就像告别我18岁的青春一样，多少年过去，多少个午夜梦回，我还经常梦见自己在校园的垂柳下，读书、读诗，有好几只山鸟停栖在垂柳树上，婉转地呢喃、快乐地歌唱着，仿佛在倾诉一曲星与月的恋歌……

听着听着，我泪流满面。

在汉口打工的日子

如果说当年在汉口当“搬运工”，是我人生的第一份工作，我很想说这份“工作”经历对于我来说，可以写成一部电视剧。尽管只是一年多的时间，它在我的人生长河中，留下了无比深刻的记忆。

父亲和继父丁平棣把我带到汉口打工。

丁平棣既是我的叔父，又是我的继父。继父在婶娘葛氏离世后，很快，就和另一位叫阮翠红的女子组成了新的家庭。提起阮翠红这个女人，这中间有一段不能不说的故事。

听上辈们讲，阮翠红当时是远近闻名的大美人，大概应了“红颜薄命”这个词，起初她嫁给我堂叔丁平楠为妻，因为丁平楠沉迷于酒色，活到三十多岁就死了。年纪轻轻的阮翠红，便下嫁给其弟丁雅斋为妻。“丁雅斋”名字好听，却是个满脸都是麻子的男人。想必阮翠红不喜欢他，嫁给他也是委屈求全吧。但不知从哪天开始，她居然和我那高大帅气的叔父丁平棣发展成情人关系。

我的婶娘葛氏知道后不依不饶，天天在家和叔父大吵大闹。但无论吵得多么厉害，他们俩还是偷偷摸摸地黏在一起。时间久了，婶娘也拿他们没办法。要强的她终是咽不下这口气，一年后竟抑郁而死。

婶娘的死，凑成了他俩成为“合法夫妻”。当时我的堂妹冬芬才一岁多，这让我的祖母悲痛欲绝。祖母坚决不承认这个儿媳，也不准我们改变称呼。整个家族的人都骂阮翠红，说她是破坏别人家庭的“扫帚星”。后来，她受不了旁人的冷言讽语，在家里呆不下去了，叔父当时在汉口做工，就把她和堂妹都带到汉口去了。

时隔十多年，他们在汉口也有自己的住房。尽管日子谈不上过得富裕，但比起贫瘠的乡下，也算是衣食无忧。继父在他的单位帮我找了份临时的工作。当时继父在省日杂仓库当保管，他所在的仓库有不少零活需要人手，我的工作就是帮仓库搬搬东西、打打下手什么的。说白了，就是当“搬运工”。

安顿了下来，我便开始了打工生涯，每天一元贰角八分钱。继父的家住在汉口胜利街207号，而上班的地方则在汉西。两地相距二十多里的路程。我每天早上五点钟起床，过完早后，便跑步二十余里去上班，八点钟准时赶到汉西仓库。下午五点半下班，我又跑步二十多里回家吃晚饭。

之所以“跑步”上下班，是因为坐公交车上班一趟需要两角钱，如果一去一回，那就要花费四角钱了。这对于我来说，是无法想象的奢侈，我得想办法节省几个钱来贴补家里。为了多省一两个钱，我像在校读书的时候一样，从家里带米到食堂蒸饭吃。

好在上班的地方条件还过得去，虽然搬运东西算得上是件苦差，但吃喝比起学校可是要强多了。至少我不会饿肚子了，有时还有饼干、糖果之类的零食打打牙祭。我心里非常知足。

而且，我和继父一家也相处得不错。我的继母阮翠红这时候已是四十多岁的妇人了。这个一生没有生育儿女的女人，对我这个“继子”的到来既有防备之心，同时又抱着一分期望。尽管我们对她一直维持着最初她嫁给丁平楠时的称呼：干娘。她听了很不舒服，却又没说什么。

我的堂妹冬芬是她一手带大，但她俩的关系并不见好。大概妹妹从小就知道自己亲娘的死与这个女人有关吧。她幼小的心灵总有一种难以抹去的忧伤，对继母也有一种天然的“排斥”。无论阮翠红怎么和她亲热，她也难以和“继母”亲近。她是个性格内向的女孩，总爱沉浸在一个人的世界里，显得有些孤独。

我的到来让堂妹开心了不少，那时她还在学校读书，每天我下班回来，她也放学回家了，我俩时常在一起聊天。她对我讲在学校发生的事情，我则对她讲上班时遇到的事，她听了非常开心，外出玩的高兴时向院子里的伙伴们介绍，“这是我的哥，我有哥哥了！”那语气是自豪的。那时，继父每天都要在单位值班，晚上也不回来。只有周末回来住一天。这个冷清的家，因为我的加入而热闹了不少。

那年，我刚好18岁。正是人生最美好的年华。因为有了正常的生活规律，也没有饿肚子，我的身高和体重都在“蹭蹭”上升，达到了正常的标准，再也没有人叫我“竹竿”“排骨”了。身高180厘米的我，走在人群中，有一种鹤立鸡群的感觉。仓库的同事们，都开玩笑说我是标准的“美男子”，来这儿当搬运工，实在有点儿委屈，听得我哑然失笑。

生在农村、长在农村的我，从小就懂得生活的艰难苦涩，对这种戏称，压根就不当一回事。我当时的念头就是好好上班，用心挣钱，帮家里减轻一下负担。因此，只要有挣钱的机会，我就会想办法争取。

有一天，听说汉西车站来了一火车尿素，需要及时卸货退站的消息，我赶紧跑去打听行情。得知前后有几十车皮，一车皮50吨，要求用半天的时间卸下码好。如果检查合格，付力资费20元。50吨尿素，50斤一袋，计2000袋卸下码好。我和好朋友小郝商量，决定拿下一车皮。

我从车上卸下，小郝负责码好。那天我们挥汗如雨拼命扛，终于用三个小时卸下所有货物并按要求码好了。当时，我俩累得伸不直腰。但会心的微笑着，尽管每袋算下来，她从卸到码只有一分钱的工钱，我们却乐得合不拢嘴。那天，我和伙伴各自分得10元钱。10元钱，这对于当时的我们来说，真是一笔巨款啊！那时正式工人的月工资也才十几元钱，这三小时卖苦力相当于我八九天的打工收入啊。

捧着这笔血汗钱，我们高兴极了。继母得知我是卖苦力拿到这份血汗钱，有点心疼我，说上了200斤重的货物一律不准我去“扛”，不然伤了自己的身体，那是一辈子也治疗不好的。这些温暖的话听得我很感动，相处了一段日子，我也感觉到继母想以一种母爱的温情来感化我的心。或许在她心里，我就是她未来的一个依靠吧。（事实上，后来她的养老与送终，确实都是我一手来操办的。当然，这是后话。）

继父的工资不高，继母多年照顾妹妹没有上班，她也想让家里的日子过好一些，居然像男人一样，干起“扛码头”这个辛苦的行当。（黄陂人称搬运重货的工人为“扛码头”的。）只要得知什么地方需要“搬货”和“送货”的活路，她就带着我一起去“扛码头”。

很难想象当年一枝花一样的女子，人到中年却像男人一样，扛起笨重的货物，咬紧牙关向前冲。可以说，与继母在风雨中同行的日子，也让我对她产生了一些好感与同情。我慢慢地融入了这个家庭，也逐渐融入了大汉口属于我的那份生活。

在这期间，我还经历了一场朦朦胧胧的情感。我不敢说这是我的初恋，但绝对是我记忆中一段温馨的故事，它像一朵美丽的小花盛开在我的心灵深处。

有一个姓郝的女孩，是我在仓库上班的同事。女孩年龄和我差不多，身材匀称，十分可爱，纤弱美丽，苗条得就像林黛玉一样。那时库房有很多东西需要搬动，每次见她吃力地搬东西，出于本能，我都会上前帮她一把。她总是感激地冲我一笑，红着脸说声“谢谢”，听得我像做错了事一样满脸通红。后来，她总是从家里带来各种零食，趁别人不注意时，偷偷地塞给我。不是一袋糖果，就是一块面包。这些美食都是我以前从来没有吃过的，吃着这些美味的小点心，我的心暖暖的，甜甜的。

大概正是情窦初开的年龄，我感觉她喜欢上了我，那种喜欢绝对不是因为感激，而是她出自内心对我的一种依恋。因为她看我的眼神既热烈而又羞涩，我是个傻瓜也会读懂其中的涵义。同时，我发现自己也喜欢这个美丽的姑娘。

每天早上睁开眼，我就以最快的速度洗漱、过早，然后哼着轻快的歌儿上班去。那20多里的路程也因为我的好心情而变得很短暂，我跑得像一阵轻快的风，想到马上就要见到她，我怎么不高兴呢？

每当她没上班的时候，我就有种魂不附体的感觉，像失去了什么似的，做什么都心不在焉。后来，从别人的口中得知她的家庭条件非常好，父亲还是商运公司的经理，一股自卑感便像一团火苗一样，在我心里点燃了。我悲哀地想：我的父母都是面朝黄土背朝天的农民，我现在只是一个“寄人篱下”的打工仔，在这儿做的是临时工，我有什么资格喜欢这个大都市的美丽姑娘呢？

这种自卑感一旦产生，就像洪水猛兽一样困着我，让我有一种抬不起头的感觉，我既想见到她又害怕见到她。我时刻提醒自己：你是一个农民的儿子，要做一个安守本份的农村人，要明确知道自己的位置在哪里，不要做痴心的美梦。

她似乎看出了我的“逃避”。宽慰我说：“我父母知道我喜欢你，并偷偷地来看你了，他们很满意。说你人长得帅，对人真诚，为人忠厚，有担当，不会寄人篱下，你以后是会有前途的……”听到此，我热泪盈眶……

正在这时，发生了一件让我“大动干戈”的事情，让我从此告别“汉口码头”。

我们这栋楼有个叫大毛的孩子，自封“司令”。统领着20多个孩子，到处打架闹事。一天，有一个小孩挑唆大毛，跟我打一架。打赢了才能让他当司令，不然就不听他指挥（我完全不知情）。大毛比我小一岁，但个头很高，长得壮实，而且他还有三个弟弟，分别叫二毛、三毛、四毛。大毛经不起别人挑唆，为了保住所谓的“司令”职位，每次见到我就上前挑衅，但又不敢真正和我交手，大概见我长得高大威猛，他没有取胜的把握吧。

然而，这事没有完。

一天晚饭后，我刚走出家门就听到有人喊：大个子，你站着！我环顾四周，发现路上没有什么人，也没发现一个人比我个子更高。我回过头来，只见两个小伙子手持明晃晃的刀子站在我面前。其中有个孩子说道：“你是姓丁的吧？有人托我把你做了！”说完，就要对我动手。我大吼一声，怒斥他们为何无缘无故欺负人？并迅速向路过的大人处靠拢。有几个路人马上围拢了过来，那两个小青年见势便逃跑了。

走在回家的路上，我越想越生气。心想：肯定是大毛指使人干的。他娘的，他凭什么这么欺负人呢？我再三忍让，为什么要纠缠着我不放呢？老是这样，我接下来的日子该怎么过？想到这儿，我义愤填膺。不行，我得亲自和他算账！年少气盛的我，带着一种强烈的复仇心理，四处寻找大毛。在路边的一棵四季青树上，我终于见到吓得浑身打哆嗦的大毛。

“你这个狗日的，你给老子下来！”我大骂起来，“有本事来和我单打独斗！”他吓得不敢作声。我纵身一跳抓住他的衣服把他扯了下来，朝他狠狠地挥一巴掌。他哭着大叫起来：“你这个乡巴佬敢打我？老子让院子里的伙伴们，来把你打死，你给我滚回乡下去！”

“乡巴佬”三个字深深地刺激了我，我决定好好收拾这个臭小子一顿。别看他长得牛高马大，其实没有经过锻炼，哪有什么力气呢？我又一记拳头朝他腰部打去，他“哎哟”一声，顿时像一栋烂尾楼轰然倒地。他大哭大叫，嚎得像一头进屠宰的猪，满地打滚。

“你这么不经打，还想当司令？老子就要让你来领教乡巴佬的厉害！”说完，我像个凯旋得胜的将军，丢下他大摇大摆地回家了。

没过多久，大毛的父母找到家里。对继父、继母说，我把他们的大毛打伤了，打得他儿子肝脏破裂住医院了。我听后，义正辞严地道出打大毛的原因，他父母自知儿子理亏，就没再说什么了。继父、继母狠狠地瞪我一眼，“就不能忍一忍、让一让？还敢下手这么狠？吃了豹子胆吗？”

听了我顿时无语。

从此，这个院子里的孩子，再也没有谁敢找我的麻烦了，见到我都像老鼠见到猫一样，低着头落荒而逃。那一刻，我的心里升起一团快意。我幼小的心灵顿时明白：在这弱肉强食的社会里生存，不能一味地忍受和退让，只有自己强大了，才能让别人刮目相待！但是，我的继父、继母却很担心，说我这样下去，会让他们无颜面，左邻右舍难以和谐地交往了。他们还担心那些孩子在暗处，说不定哪天又会来找我的麻烦。于是，继父又和我父母商量，让我先回乡下，说汉口不是我久留的地方。

我是带着一脸的怆然离开武汉。

回到家时，正值农村征兵，我义无反顾地报了名。经过严格体检和政审，我被批准入伍了。命运真是个奇怪的东西，处在那样的环境中，竟有一双大手在冥冥之中为我指引另一条路。

多年后，我看到一位叫菲罗斯特的诗人写的一首诗《林中路》，似乎与我的人生有着某种契机。

“黄色的树林里分出两条路
可惜我不能同时去涉足
我在那路上久久伫立
我向着一条路极目望去
直到她消失在丛林深处
但我却选择了另一条路
他荒草凄凄，十分幽寂
显得更诱人，更美丽
虽然在这条小路上
很少留下旅人的踪迹
虽然那天清晨落叶满地
两条路都未经脚印污染
啊！留下一条路等改日再见
任我知道径延绵无尽头
恐怕我难以再回返
也许多年后在某个地方
我将轻声叹息将往事回顾
一片树林里分出两条路
而我选择了人迹最少的一条
从此决定了我一生的道路”

我没有再回汉口与同事、朋友们告别。就连那个对我充满好感的美丽女孩，我也来不及与她道一声“再见”。既然一段不现实的感情还没有开始，何不让它悄无声息地结束呢？我没有像诗人一样潇洒地“挥一挥衣袖”，却把那片“美丽的云彩”放在心灵深处收藏着。回味亦是一种幸福，亦如青春的风铃在记忆中摇曳，发出清脆的回响一样，我永远怀念那段岁月。

若干年后，我还听到继父对我说，当年那个小郝姑娘，总在向我打听你的消息，难道她对你有意思不成？

我没有回答。

前些年，看了一部叫《汉口码头》的电视剧，剧中主人公黄天虎在汉口求生的经历，我很受触动。看到他受尽委屈当扁担工，为情所困，为生活所累的曲折过程。我仿佛看到了当年在大汉口做临时工的自己。

我的人生，不就是一部现代版的《汉口码头》吗？是啊！每个人的人生其实都是一部电视剧，个中滋味，甘苦自知！

想到这儿，如烟的往事，又一次在我脑中回放，我的眼睛，不由自主地又红了！

壮志难酬奔汉口，舀干汗水灌天牛。

都市求生频遭辱，难忍归乡泪雨流。

第二部分　一生中难忘的岁月

每当见到着军装的军人，我的心总是抑制不住激动，甚至有一种上前与他握手的冲动；每当看到军装，我的思绪便回到那段朝气蓬勃的军旅生活；每当看电视剧《激情燃烧的岁月》，我总忍不住泪如泉涌；那段戎马生涯，沾满刀光剑影的烟尘，这辈子我怎能忘记？纵然似水流年韶华走，也带不走我深深的眷恋，梦里依旧在军营……

辞亲赴戎机

1967 年 12 月份，我从汉口回到老家，恰逢农村征兵的季节。我兴奋极了，赶紧去大队报名。因为“军人”从小在我眼里就是神圣的字眼，我心中的英雄就是驰骋疆场的“解放军”。经过严格体检和政审，我各方面都达到了入伍的要求。得到正式消息，我高兴得跳了起来。我的父母亲更是激动得不得了。特别是我的母亲，不停地抹眼泪，她没想到当年准备遗弃的儿子，竟然长大成人！也许是因为高兴过度，也或许是想起我那早年夭折的两个哥哥吧？如果我的两个哥哥还在，现在不也早得力了吗？或许还有了生命的延续，为人夫为人父了吧。

当时大队征了 5 个兵，分别是丁朝杰、何作银、邓泽华、刘新华和我。我们几个兴奋至极。特别是他们，在还没去部队之前的一个月，一个个都高兴地走亲访友，共叙情谊，捧着亲朋好友赠送的礼物，他们开心极了。

而我什么礼物也没有，因为家里穷，也没有去亲戚家走动，父母怕欠别人的情。看着白发苍苍的老祖母，日渐苍老的父母亲，还有年幼的弟弟妹妹，我心里酸酸的。

心想我马上就要离开家了，将会有很长时间不能见到他们了，我得为家里做点什么。于是，每天清早天还没亮我就起床，握着镰刀往山上跑去。在短短一个月的时间，家里房前屋后都堆满了我砍的柴火。我把那些柴劈成一截一截，再把它们整齐地码在门前的廊道上，堆得像山一样高。看着这堆柴像一排战士一样排着整齐的队伍，我多少有点安慰，这些柴足够家里烧一年半载了。

乡政府定于 1968 年 3 月 8 日到武装部领服装，10 日在蔡店区集中乘车到部队。当天晚上，我的家里挤满了前来为我送行的人，母亲把计划做种子的花生拿出来炒熟，招待乡亲们。

队长丁厚发买了钢笔和笔记本，还有牙膏牙刷送给我，说这些是全湾人的心意，并嘱咐我在部队好好干。

祖母拉着我，流着眼泪喊我的乳名，说：苕伢，你可是吃“千家饭”、穿“百家衣”长大的人，以后长出息了，可别忘记左邻右舍的叔爷婶娘们啊！老人家的话听得我鼻子酸酸的，我不住地点着头。

“王婆，苕伢去当兵，你给他多少零花钱呢？”（我母亲姓王，村里人都称她为王婆。）有一婶母突然问我母亲。

“他去部队就是国家的人，吃国家的饭，还要钱做么事咧？”母亲回答。

“那路上总还得要几块钱吧？怎能不给零花钱呢？”

“冇得钱。”母亲叹了一口气。

作为家里的长子，我怎能不知道家里的困难呢？就是有几块钱给我，我也不能拿啊！一大家子的人要吃饭、要过日子。我深深理解母亲的心情。再说我已长大成人，觉得无论如何也不能要父母亲的钱了，即使有天大的困难我也要克服。

那晚乡亲们散后，队长的老婆又敲门来我家了。她知道我家确实困难，又送来了两元钱说是给我在路上用。这两元钱在当时可不是一笔小数目，它更是承载着父老乡亲们多少的深情与厚谊啊！我接过这两元钱，感觉沉甸甸的。我的心跳得非常厉害。

那一夜，我没有合眼。想着家里的贫穷，想着年迈的祖母、耳聋的父亲、苦命的母亲、幼小的弟妹，全家辛苦劳作却不得温饱的处境……第二天，我很早就起来了，我把家里的水缸挑满水后，就背上了背包，踏上了告别亲人的路途。父母和乡亲们含泪送我到村头。

记得那天，天下着蒙蒙小雨，地面湿漉漉的，祖母和父母亲的眼睛也是湿湿的，他们用期待而又难舍的眼神看着我，仿佛有说不完的话。望着他们，我什么也说不出来。最后，我朝他们深深鞠了一躬，然后挥挥手别个头去。

当我走到村对面的黄土坳时，眼泪忍不住夺眶而出。我深深地望着这片生我养我的黑土地，深深地望着我们的杨家田湾，心里百感交集：我不是舍不得我的亲人，也不是舍不得我的家乡和父老乡亲，我难受的是这

个穷山沟太穷了,大家的日子过得太苦了……

现在既然上天给了我当兵的机会,我就一定要紧紧抓住,好好努力拼命干!“海阔凭鱼跃,天高任鸟飞”,将来我一定要改变自己及整个家族的命运。站在黄土坳的松树下,我抚摸着冰冷而粗砺的树干,郑重地许下诺言。我分明听到心底脉动旋律那个掷地有声的矢志传遍整个村落。最后,我再一次深情地望着这片土地,擦干眼泪,迈开坚实的步伐,向前方走去。

在大队部,我穿上了绿色的军装,胸前还配戴着大红花,在镜子前一照。嘿!别提有多帅气,简直可以说是英姿飒爽!我对着镜子不停地上下照。心里洋溢着无比幸福。同行的战友们,也和我一样,不停地抚摸着胸前的大红花,个个脸上都洋溢着喜悦的神采。我们一起走到赵店人民公社参加新兵欢送大会,一路上欢声笑语,锣鼓喧天,鞭炮噼里啪啦地响个不停。乡亲们都夹道欢送着我们,公社礼堂的喇叭放着《我们走在大路上》之类的歌曲。那壮观的场面、热烈的气氛,真让人热泪盈眶。毫不夸张地讲,在当时贫穷的乡镇绝对是空前的。

我们在蔡店区公所吃了晚饭,然后还看了一场打仗的电影。第二天就坐解放牌的敞车到横店火车站,再去汉口黄浦路兵站集合,接着到汉西火车站坐闷罐车到河南商丘,开始了我们所向往的军旅生活。

至今我还记得,我们在那个闷罐火车坐了两天两夜,很多人的脚手都坐肿了。到达目的地时,已是第三天的中午了。几辆部队的解放牌军车,把我们载到了部队所在地。这里的一切,让我感觉是那么的新奇。大概共有一千多人吧,都是来自全国各地的新兵。一张张陌生而又似曾相识的面孔,一声声南腔北调的乡音乡韵,一排排简洁整齐的营房……满眼的新事新景,将我们旅途的疲惫一下子抛到九霄云外了。

第二天,天刚蒙蒙亮。几声哨响,把我从睡梦中惊醒。我和同伴们急急忙忙穿上衣裤,连跑带蹿地跑到训练场,等候新兵首长训话。当营长用他那洪钟般声音讲道:从你们踏入军营的这一刻起,你们已不属于自己,而是属于祖国和人民!听到这句庄严的话,我深深感受到这身军装的份量,作为军人肩负的重大责任。放眼整个训练场,凡是醒目的地方,都贴着“掉皮掉肉不掉队,流血流汗不流泪”“平时多流汗,战时少流血”之类的标语,给人一种壮烈、厚重、肃然的军训氛围,我们三个月的新兵训练从这一刻就拉开了序幕。

部队的首长向我们介绍了驻军的结构和所处方位,接着说为了便于管理,把新兵分成营、连、排、班组织训练。

近 1000 名新兵各就各位后,接下来就是魔鬼式的新兵训练了。

第一个项目，是队列训练，它包括站军姿、立正、稍息、停止间转法；齐步、跑步、正步的行进和停止；步伐变换；敬礼、礼毕；蹲下、坐下、起立；脱帽、戴帽等；在队列训练中，让我感受最深的就是站军姿。班长说，站军姿是军人最基本的要求，其动作要领是：抬头，挺胸，收腹，两腿并胧，两手自然下垂并紧贴裤缝，两眼平视前方，保持这一姿势不动，就达到目的了。他的话音刚落，就有战友小声议论起来，这有什么难的，还用学吗。可经历了一天后才知道，站在那儿一动不动几十分钟，并且反复多次的做，其实并不是一件容易的事。一天下来，累得我们所有的人腰酸背痛，腿抽筋，搞得上厕所下蹲都是十分吃力。

要想通过这三个月的训练，完成合格军人的转变，其难度可想而知。何况我们都是些从乡下来、从学校来而又没受过什么教育的农村孩子。所以常常是刚教完上一个科目内容，在很多接受能力较差的新兵，还没能完全领会动作要领的情况下，就又紧接着训练下一个科目。特别是那些难度较高的科目，我们加班加点练习是常有的事，有时真让人感觉到快超过身体的极限。新训的班长们不仅在军事技能上对我们要求极其严厉，在军人素质养成上也从来没放松过。

记得有一天，大家正顶着烈日进行队列训练，突然间天阴了下来，不一会就“噼哩叭哪”地下起了大雨。队列里有些骚动，有些胆大的新兵开始跑离队列，这时只听值班首长用高音喇叭大声吼道：保持队形，继续训练！这如雷般的吼声，带着军人特有的威严，吓得那几个离队的战友赶紧回到了队列里。

当时，我用眼瞟了一下整个训练场，上千号新兵全都这样站在雨中，直到广播里传出“全体解散”休息的声音，班长这才带着淋得像落汤鸡般的我们，还高喊着“一二一”的口号列队，离开训练场。在回宿舍的路上，汗水、雨水、泪水交织在一起，那委屈的心情真是五味杂陈、难以言表。晚饭时，炊事班为我们端来一大盆热气腾腾的姜汤。

喝着热气腾腾的姜汤，我暗暗下决心：吃这些苦不算什么，一定不能掉队，一定要做到最好。因此，当累了一天的战友们，早已瘫倒在床上鼾声四起的时候，我一个人偷偷跑出来，然后去廊道，把白天没有练熟的动作在月光下反复地练习。

尽管身高 180 厘米的我，站在部队的新兵中属于鹤立鸡群，并且在他们面前，我这个有初中毕业文化程度的人，还算得上是个“文化兵”，但在训练很多细微的动作上，高个头的我，练习起来并不是很灵活、灵便。那些块头小一点的兵哥们一点也不比我差，相反，有很多地方他们还处在优势位置。我自认为自己算不上是那种特别聪明且很有灵气的人，但我相信“笨鸟先飞早入林”这句话，也坚信“梅花香自苦寒来”这句诗的涵义。因此，我必须要付出更多的努力才能迎头赶上。

我的心一刻也没有忘记离开家时，我站在黄土坳的松树下立下的誓言。我还听说三个月新兵训练是对新兵的直接考核决定你分到什么班。我多么希望通过自己的努力，分到一个适合自己的战斗班啊！

在经过队列、战术、操枪、实弹射击，单、双杠等系列训练后，通过自己的艰苦努力，超乎寻常的加班加点训练，我在新兵各项技战术考核中均被评为优秀，以骄人的成绩，结束了难忘的三个月的新兵训练生活。

当时让我感到迷茫不痛快的是我的新兵班班长。他叫赵大海，河南安阳人，1964 年入伍。他非常能吃苦，军事技术很棒，人也很耿直，但没有什么文化，听说小学还没毕业。他说话粗声粗气，举止一点也不文雅。可能与我天生不投缘，尽管初来乍到的我，事事都想做到最好，可他总是看我不顺眼，让我有一种无所适从的感觉。但我想，只要自己各方面做得出色，凭实力分到尖子班不会有问题。但是，三个月新兵结束后，满以为我们的新兵班长赵大海会把我留在他们那个班。但他明确表示说我是个“文化兵”，并说“文化兵”想法多，不好带。他的这个理由让我欲哭无泪。当时分班的情景，真是让我倍感耻辱，我委屈得差点哭起来。

“大海班长不要我要！”有一个声音铿锵响起，他是一班班长董延斌。他也是河南安阳人，同是一个地方的人，为什么他们的性格区别如此之大呢？当时，我真是兴奋极了，我心里无比感谢董班长解决了我当时的尴尬处境。后来得知，董班长一直在物色一名好的炮手，我其实早就被他相中了。我逐步认识到人与人之间相处，是要讲究缘分的。我们无法强求一切事情合乎自己的心意，更无法强求世界上所有人都对我们好。我们更不必企图讨好别人，做那个真实的自己就够了，一生有几个知心朋友就知足了。

赵班长可能做梦也没有想到，他关掉了我的一扇窗，董班长却为我开了一扇门。董班长是个心胸开阔的人，聪明睿智，非常善于发现每个人的优点，总把每天工作安排得井井有条、合情入理。因此，炮兵班的各项工作指标均被评优。我也如鱼得水，积极投入连队的训练生活。

为了提高我的写作，不断提高自身素质，完善自己，从入伍的那天起，我就养成了天天写日记的习惯。我认为写日记是自我提高的有效方法。一是通过回顾一天的训练生活，给自己“放个电影”。再总结归纳哪些地方做得好，为什么成功，哪些地方处理得不好，是什么原因造成的。明天我该怎么做，再定出自己的计划；二是写日记可以提高写作能力，总结归纳能力；三是对触及灵魂较深的事情，写成议论文，让自己印象深刻；四是写日记的同时，也达到练书法的目的。我觉得每天坚持写日记，对我的一生真是受益匪浅。

在部队的几年中，我不光坚持写日记，还把身边的好人好事写下来，投稿武汉军区战斗报社、团宣传股。我还积极参与办墙报，指导员见我的字写得好，还把办黑板报的任务交给我来做。由于我在连队的各种工作表现得非常突出，不到半年的时间，我被第一个破例提拔到二班当副班长。战友们拍着我的肩膀，对我表示衷心地祝贺，我是带着无比激动的心情“走马上任”的。

好景不长，我发现二班的班长江贵也很不喜欢我。让我郁闷的是，他也是河南安阳人，他和赵班长一样，听不得我提半点建议，容不得我张口说话。说白了，他们妒能嫉贤，觉得我是他眼里的一粒沙子，或者说我的存在，对他是一大威胁。最让我受不了的是他常无中生有在领导面前讲我的坏话，好在连首长并不听他的一面之词。

有一天，连指导员康益民找我去谈话，说我当副班长后，没以前努力了，辜负了他的期望。接着，指导员把我哪些方面做得不好的事实，一一指出来，听得我如同“窦娥”一般，失声痛哭起来。因为指导员所说的“事实”，完全是江班长颠倒是非捏造出来的。此时，一腔积蓄已久的委屈和哀怨，随着眼泪夺眶而出，像山洪爆发一般。指导员并没有劝阻我，而是等我平静下来后反映情况。

根据我所说的事实，连里调查得到证实，当时又正值老兵退伍、新兵补员时期。连队作出让赵大海、江贵退伍的决定，并任命我接替江贵为二班的班长。

接到正式上任通知的那刻，我又一次激动万分。当天晚上，我写完了日记，接着就给家里写了一封长信，信中向他们报告说我在部队一切都好的消息。然后，我把我积蓄的20元钱全部寄回家里，当时，每月津贴6元钱，我两月就向家里寄10元钱，每月控制用1元钱买牙膏、肥皂、信纸、信封等必需品。

至今，我还记得进部队的第二天，我就向战友邓泽华借了2元钱，把家里给我的2元钱，再加上部队发给我的6元钱，凑成10元寄给家里。人在部队，心却时刻牵挂着那个贫寒却是温暖的家啊。

那晚，我一个人来到月光下，对着明月我又一次寻找家的方向，我的眼睛再一次湿润。我亲爱的亲人啊，我离开家的那天，天是湿的，地是湿的，你们的眼睛也是湿的。而今，我在远方思念你们，也在迎接更加美好的明天，你们的眼睛会不会因欣慰而再度潮湿……

锻铁成钢男子汉，保家卫国赴戎征。

摸爬滚打强筋骨，常备不懈固长城。

与死神擦肩而过

部队沸腾的生活，时常像放电影一样在我脑海中泛起。但最难忘的莫过于两次与死神曾有过擦肩的经历。因为这种经历。让人似乎看到了鬼门关那模模糊糊的叠影。而这种叠影有时来得那么猝不及防，来得那么让人深感恍恍惚惚，就像一场梦。但梦醒过后，又有一种大彻大悟的感觉，一种英雄凯旋的感觉。

1970 年，是我难以忘怀的年份，因为在这一年，我在部队曾两次与死神擦肩而过：

一次是销毁废炮弹：

每次打靶时，总要出现几颗哑弹（废弹）。这种哑弹是非常危险的，你不知道什么时候触碰引信装置爆炸。

对于哑弹的处理，必须是要现场销毁的，否则会给人们的生产生活带来严重的威胁。而处理这种哑弹，一般是在绝对安全的地方，进行引爆销毁。无疑，引爆哑弹是相当危险的，操作稍有不慎，就会发生令人可怕的事故。

那是 1970 年的 5 月，我们在黄河边上的靶场打了三天靶。打出的炮弹有几百发，但也留下了 14 发哑弹需要销毁。按照规定，销毁工作需要一名干部和一名班长负责完成。当时是我们副连长带队，在选择一名助手时，我毫不犹豫举手申请参加。引爆废弹，通常要先挖一大坑，把废弹排列放好，装好引爆设备，点火员要计算好跑出 500 米的安全地段引信才能点火引爆。炮弹引爆后，检查废弹燃爆无误，才算完成任务。连首长批准了我担任点火手的请求。

那天气温很高，黄河热浪袭人。其他战友撤离到规定距离后，我和副连长留下点火。我们根据距离测算引信长度，点火后我们飞快撤离现场。可由于黄河河床沙细陷脚，你越想跑快，沙子却似乎越是拉住你的脚。加之天气炎热，心里多少还是有些紧张，在距离安全低洼处还有 100 米时，炮弹突然爆炸了。

弹片呼啸而过，爆炸发出的声浪气浪，烟雾笼罩，紧接着弹片雨点般从天落下。任何一小片如果落到身上，都足以致残致命。我与副连长一听到爆炸声，随即就地卧倒，用双手蒙住头。一声巨响后，连队其他干部战士被这突如其来的险象惊呆了。才过三秒钟，只听连长发出了几声咆哮"快救他们"!

战友们才回过神来,飞一般地奔向我们,大家在引爆点,看到闪闪发光的弹片和一望无垠的黄沙,就是没看到我们。连长顿时瘫坐在地上,伤心地拍打自己的脑袋。这时有个战士喊道:那边沙子有动静。大伙儿顺着他指的方向,涌过来扒开沙子,发现我和副连长的眼睛和鼻子、嘴全被泥沙糊着,完全分不清我们俩谁是谁。

发现我们没死,大家都欢呼起来。连长激动得眼泪都流出来了,让卫生员仔细检查我俩的受伤情况。卫生员仔细将我俩从头到脚一遍又一遍检查后说:报告连长,两位没有任何受伤部位。连长惊异万分,因为周围散落了大大小小的弹片,唯独我俩卧倒的地方没有弹片。

是我们命不该绝,还是勇敢的精神征服了死神?只有天知道。从此,这件事在部队广为流传。

这年夏天,我光荣地加入了中国共产党,并荣立三等功一次。

一次是驯服烈马护炮车:

当时炮兵连的炮车和炮弹的运输工具是由马来完成的。为了使马在实战中保持镇定不惊,必须在平时对马进行严格训练,尤其是新服役的马。训练时,马拖着炮车或弹药车驯马,战士们会根据要求,间断不间断地点燃大小炸药包。这些爆炸声从小到大,从弱到强,一直到军马能闻此镇定自如,完全适应,方可投入实战。

也还是在1970年的秋天,连队从内蒙古进得一批良马,其中有一匹马特别高大雄壮,力大无比。作为老班长的我,十分喜欢这匹骏马,并要求分到我班拉炮车,也就义不容辞地接受对此马的训练。

这匹马果然不是一般的马,跑起来速度非常快,动作相当灵活,我们都喊它"火龙驹"。"火龙驹"非常通人性,对陌生人时刻保持警惕,但如果和你有了感情,就会亲热地喷着响鼻,用头拱你,似乎有意向你撒娇一样。经过一段时间的磨合,我非常喜欢"火龙驹",巴不得天天都和"火龙驹"呆在一起。

当时,我连有两个驭手班,"火龙驹"分到驭手一班,为了训练它,加深和它的感情,我就利用周日休息,替驭手溜马。"火龙驹"成了我的首选,有时牵着它漫步,有时慢跑,有时骑在马背上小跑。马是个灵性动物,很懂感情,时常高兴用头拱我一下,表示感激与亲昵。

然而,这匹与我有感情的烈马,在一次马拖炮车的训练中,却让我再次与死神擦肩而过。

刚开始训练时,我顺利地把马套进炮车里,而起初随部队行进也还是比较正常的。可随着一声剧烈的爆炸声响,"火龙驹"一反常态,不知道为什么受惊了。它完全不听我的话，只见它昂起长长的脖子，发出一声长啸，拖着炮车没命地向前狂奔，似乎野性发作。这让我大吃一惊，周围的战友们也被吓得大声尖叫。情况危急，险象环生。

我紧贴马身，随之颠簸，但心里还是很清楚，想要拉住受惊的“火龙驹”是不可能的，只有紧紧地抓住缰绳，套在手上不至于脱落，才是万全之策。而做到这一点，既是相当危险的，又是相当有难度的。如果缰绳脱落，一千多公斤的大炮将从我身上碾过，炮车还可能倾覆，马还会受伤。

开始时，我还能勉强跟上马奔跑的速度。几百米后，我只能随马在地上拖。一会儿，手臂、腿、脸、腹已伤痕累累。尽管如此，我还是咬着牙，闭着眼，牢牢地把缰绳套在手中，尽最大可能去保护受惊的“火龙驹”与炮车。但再下去就有可能人亡车毁马受伤。

就在这凶多吉少之时，也不知是不是我无意中，将缰绳拉紧了一下，让受惊的马儿在越过一平坦开阔地面后，进入凸凹不平之地。炮车一进入坑洼之地，车轮竟被坑洼之地牢牢卡住，而“火龙驹”再怎么咆哮腾空，却还是不能动弹。炮车没事，“火龙驹”没事，而当时的我，军装全被拖破，两条裤腿完全撕开，腿上、胳膊、背上血肉模糊，身上到处是血。

但总算是保住了命！是坑坑洼洼之地救了我？还是吉人自有天相，抑或是老祖宗在保佑着我？我不知道，但我知道的是，我与死神又握了一次手。

两次大难不死，让我对人生多了很多感悟，正如毛主席教导我们的：要奋斗就会有牺牲，死人的事是经常发生的，但是我们想到人民的利益，想到大多数人民的痛苦，我们为人民而死，就是死得其所。

两次与死神擦肩而过，是我的幸运，但作为革命军人，随时都要做好为国献身的准备。

四十多年过去了，我已青春不再。但每当回忆那些惊心动魄的往事，脑海中总涌现出那激情燃烧的岁月。我收获了生命中最精彩的回忆，体会到了平平淡淡才是真的内涵！……

险境有风光！那次经历生与死，让我明白自己原来可以这么“英雄”。但我更想说的是：尽管那年我与死神两次擦肩而过，可是我无怨无悔。

因为一切都值得！

为有牺牲多壮志，试看烈火炼真金。

急难险重全不惧，铸造军魂铁血心。

我为战友写情书

20世纪六七十年代，我刚入伍时，我们连队战士的文化程度普遍较低，大多数都是小学文化程度。我这个初中毕业生算是“高材生”了，加上平时我爱写写画画，时常在刊物里发表“豆腐块”报道，在大家眼里，我就是拿“笔杆子”的人了。那时候通讯也十分落后，在部队唯一与外界接触的就是通信了。平常的日子战友们都是忙忙碌碌，到了节假日，就想着要跟家人写封信。

书信，是连接部队与社会的桥梁和纽带，也是稳定军心和谐社会的重要一环。战士写信讲述自己成长经历、所见所闻、所知所感。家长回信，讲述家乡变化、农业收成、家庭成员安泰等，无不双双激励。

给谁写信？当然是给家人、给朋友、给同学、给没过门的未婚妻。因为我们这些远离故土的战士，成了远方亲朋好友的牵挂；而换言之，只有写信告诉亲人、朋友在部队好的消息，才能让他们放心。所以写信成了我们业余生活中的一大内容，而等回信更是我们内心深处一个美好的期盼。写信拉近了人与人之间的距离，也缓解了思念，增进了彼此的感情。

我每个月都要给家里写两封信，向父母亲倾诉我在部队的点滴生活。每次我扑在案头写信的时候，战友们都十分羡慕，他们羡慕我写一手好字，更羡慕我写信不用打草稿，一口气就能写个三四页信纸。

而他们，每次拿起笔和纸，恰如蜗牛上树一般，往往憋上一两个小时，也写不出几行字，因此常常是写了撕、撕了又写，折腾了半天一封信还是没法完成。

作为一班之长的我，看到眼里，便经常“教”他们写信，说是教，其实是我报一句他们写一句，尽管如此，他们还是写得无比吃力。时间久了，他们索性把纸笔都扔给我，让我代写书信。当然，他们没有“亏待”我，一个个争着帮我洗衣服、整理内务……

一个星期天，战友黄斌昌找到我，还把我拉到外面，小声地请求我可不可以为他写封信。见他那副慌张而又有点难为情的表情，我就知道是“有戏”了。我笑着问他：“老实坦白，你是不是给女朋友写信？”他抓了抓头，不好意思地笑了。

对于这个毛头小伙子，我是很乐意帮他的。黄斌昌是湖北襄阳人，同是荆楚大地的人，与我也算是半个老乡啊。加上这个 19 岁的小伙子，为人忠厚实诚，我非常喜欢他。

他告诉我，家里来信说舅母为他介绍了一个对象，姑娘叫秀英，小他两岁，初中毕业，模样也俊，他在舅母家做客时就认识她，小时候两人还常在一块玩呢。所以舅母一提到这个女孩，他立刻就喜欢上了。然而秀英是不是也记得他，是不是也喜欢他，他心里就没底了。

想到秀英还是个初中毕业生，他更是心虚了，然而他内心怕错过了这个好姑娘，于是想让我这个“文化人”代他给秀英写封信，“可别让这没煮熟的鸭子飞走啊”。说完这句话，我看到黄斌昌急得脸都涨红了。

我当然理解他的心情。我们部队有很多兵哥，就是因为文化程度较低，光靠实干，是不能被提拔的。很多很优秀的战士，没法提干而退伍了，还有很多战友因为不会写信，让女朋友瞧不起，很多都是因为姑娘嫌弃他们没文化而泡汤了啊！

于是，我对黄斌昌说：“不急，咱哥儿俩共同努力，争取把秀英姑娘追到手！”听得他紧紧地抓住我的手。末了，还一本正经地对我行了个军礼呢！呵呵，这傻小子！

当我拿着笔和纸准备给秀英姑娘写信时，还真的一下子愣住了。我这个没有一本正经谈恋爱的人，从来没有为哪个姑娘写情书，这下来个“赶鸭子上架”，不是有点自欺欺人吗？可一想到黄斌昌那急切的心情，我决定拼死也要赶一篇“情书”出来。

不知道为什么，当我再次拿起笔，我脑中居然闪出远方的一位姑娘。她就是我当年在汉口打工的同事小郝姑娘，她用一腔真挚的柔情对我，温暖着我那颗自卑的心灵。可我走时连一句告别的话都没有送给她。她会怪我吗？她还会想起那个亏欠她一份真情的“爱情逃兵”吗？

美丽的姑娘啊，如今我在遥远的北方想起你，家乡的冬天一样的寒冷吧？冰莹的大地，是否和往年一样美丽霓裳？你是否穿着温暖的衣裳，坐在太阳底下偶尔也会想起我？……想到这儿，我的眼睛湿润了。在心里，我似乎有着和她说不完的话，我甚至有为她写一首诗的冲动！当我写上秀英妹妹时，我眼前就闪现了小郝姑娘那美丽的脸庞。在此，就把秀英当成“郝姑娘”来完成任务吧！有了这个念头，我一下子理清了头绪，准备结合黄斌昌的实际情况，把内心的一些感情融入一点就行，毕竟人家秀英姑娘不是郝姑娘啊。

我根据黄斌昌对秀英的描述，于是在信中礼貌地问她过得好吗，还记得小时候，我们常在一起玩的情景吗，你爹娘身体都好吗，等等。我至今还记得，当写到“你爹你娘”时，我突然觉得好生疏，马上改了“俺叔俺婶”，这样读起来显得亲切很多，也会让秀英姑娘觉得写信的“他”不是一个大老粗。

然后，我又着重在信中向她介绍在部队的训练、学习和生活及个人的成长和进步情况，这样写是想让她了解“我”的性格和追求，知道“我”是个通情达理而又积极进取的人。末了，我还使用了当时流行的祝福词语。现在想起来，真感觉这封“情书”有点像命题作文似的，写得中规中矩而又句句铿锵激情，里面没有缠缠绵绵的用语，没有柔情似水的甜言蜜语，就像下级对上级汇报革命理想的“论述”。

虽然是“情书”，里面看不到一个“爱”字。写完后，我心里没有多少底，但是黄斌昌读了，开心得不得了。用很崇拜的眼神看着我，说：“老班长，真有你的，写得太好了！”

信发出后，我居然也像热恋中的人儿一样，等待对方的回信。我的等待没有目的性，大概觉得自己写的情书底气不足，希望对方有一个稍微过得去的“评价”吧。再个，也是替黄斌昌着急吧，怕自己会“误了他的好事”。

半个月后，黄斌昌举着一封信，兴高采烈地找到我，大声说：“收到秀英的回信啦！收到秀英的回信啦！”他显得那么激动，神情无比灿烂。

信中，秀英说收到来信后非常感动，没想到部队的生活这么丰富多彩，她非常向往军营生活。并且说自己记得小时候常在一起玩的事情，她会珍惜这段感情，希望早日重逢，共话情谊……这封信写了快三页，读起来意犹未尽。

于是，我继续当起了为他回写情书的神圣任务。信，就像一条红丝带把两个人的心紧紧连在了一起。就这样，鱼来雁往了一年，他们的感情也日益加深。

到了第二年，秀英姑娘不打招呼地突然来到部队看望黄斌昌，战士们欣喜若狂地迎接着这位美丽、朴实、动人的秀英姑娘，黄斌昌羞涩地拉着秀英的手来见我，介绍说：“这就是我的老班长，我写给你的信，出自他的手。”

战友们听了都乐得哈哈大笑。只见秀英大大方方地说：“丁班长真够重情义，帮兄弟帮到家了！”听得我倒是浑身不自在，脸也热了起来。那一天，我们喝了很多酒，大家都感谢我这个特别的“红娘”，听得我心里也像喝了蜜一样甜。

不曾想我的举手之劳，竟促成了一对情侣的美好姻缘。这件事作为佳话在部队里传开了，这段往事，也成为我在部队里一段温馨的回忆。每当想起，我都会忍不住笑出声来。

铁血军人情似海，山高水远觅知音。
我为战友频执笔，鸿雁传书寄挚心。

人生的转折点

对于我这个出生于农民家庭的孩子来说，可以说是部队改变了我的命运。我经常想，如果我 19 岁那年没去当兵，以后会是怎样的人生呢？我想最大的可能还是一位农民，或者说是一位庄稼种得还不错的农民。

这样说没有贬低农民的意思，我想表达的是：因为在部队经过风雨的洗礼，经过专业的训练，我才会成长为一名有一定知识、一定文化、一定魄力的军人。在精神层面上，这是人生的一种蜕变，更是一种质的飞跃。

记得当兵三年前后，当年一起的战友，大部分都退伍回家了，我和少数战友作为骨干，继续留在部队发展。我必须承认自己的运气非常不错，但这种“运气”，并不是用什么手段得来的，而是实实在在干出来的。

可以说，从进部队的那天开始，我从没停止过前进的步伐。

我只有初中文化程度，在读初中时亦是半学半农，耽误了很多学习机会，文化“底子”其实非常薄。当时武汉军区办的《战斗报》是我的良师益友，每天只要有空，我就手不释卷地学习、研究这份报纸里刊登的每一篇文章，并认真作读书笔记。

我坚持每天写日记、练习书法。我始终认为“字”是一个人的门面，“闲时学来急时用”，这样对自己总有好处。由于日积月累，我的书法及写作水平有了很大提高。

连队的领导很欣赏我这种求知若渴的精神，总把办黑板报、墙报的任务交给我来完成。还有战士们的退伍鉴定、连队的半年小结、年终总结等材料，连首长也是叫我来完成。到后来上级检查、座谈会我都被邀请参加，几乎成了连首长的秘书。在大家心目中，我这个初中生是实实在在的“文化人”。

我知道，自己其实并不是一个智商很高的人。唯一能做到的就是“坚持”二字，而且肯吃苦，算得上是一个勤奋的人。因为从离开家门到部队当兵的那天起，我就在心中立下一个信念：一定要通过自身努力改变自己的人生！

在我来部队的第三年，迎来人生中一个重要的转折点。

那时候，连队首长把 12 个班长作为干部苗子来培养，我是受栽培的对象之一。但连队里很少有提干指标，大家在等待机会的同时，个个都很勤奋地工作。

当时，有一位名叫陈连生的班长，是汉阳县（现武汉蔡甸区）人。我们同是湖北老乡，当年还是坐同一辆闷罐车来部队当兵。陈连生头脑灵活，能说会道，情商很高，很善于处理人际关系，深得连首长的喜欢。

连首长在往师团申报干部名单中，把他作为排长候选人上报，并代理二排排长。虽然还没正式任命，但得到这个消息，陈连生简直是欣喜若狂。他以为这是"铁板钉钉"的事，迫不及待地就给远在武汉国棉二厂的姐姐写信报喜。

谁知道这封信不久就被退回部队，原因是信封上贴的邮票是已经用过了的。这位陈班长也真是"节俭到家了"，他不舍得花八分钱买邮票，（当时战士寄信是免费的，只盖三角章即可。）却为了证明自己是个军官，就用看起来像新的邮票，其实是"用过的废邮票"给他姐寄这封信。这封信到了武汉邮电局，被查出是废邮票后，就将此信按原地址退回到部队。

这封退回信让连首长很纳闷，当时因为不知道信是谁写的，部队只得拆信验明寄信人的身份。谁知信里面的内容让连首长大吃一惊。陈连生在信中极尽吹嘘自己如何有本事，并贬低部队其他的战士个个不如他。这封信让连首长大跌眼镜。他觉得此人不光性情浮躁，而且品行也有问题，遂报团政治处取消其排长任命，并作出让其退伍的决定。

因为一封信，陈连生的从军生涯从此划上了句号。也因为这封信，师团认为我连提干失察，好长时间都没给提干指标。很多人说，通过这件事可以看出：细节决定命运。而我想说，本质才是决定命运的关键。表面看这件事是邮票出了问题。其实，深层的原因不就是品质出了问题吗？

1971年春天，我部队野营拉练，到河南太康县休整。那年，团里来了20名提干指标。湖北省军区向我们部队要一批干部苗子，加强地方武装建设。因此，师团分给我连一名提干指标。由于长时间没提干，面对此时"僧多粥少"的局面，连首长也为难了。最后采取民主投票的方式进行筛选，经过三轮角逐，我和卫生员余小毛（卫生队提干指标）很幸运地胜出，作为一名优秀战士和预提军官，踏上地方部队湖北省军区的征程。

命运以全新的目光迎接我，同时又以一种崭新的方式注视我的成长。

我们到湖北省军区的第一站是省军区教导大队，教导队坐落在原武昌县（现江夏区）郑店村的一个山沟里。通过培训学习，可以全面了解每位战士的综合素质。当时职务上有军事参谋、政工干事、后勤助理员等。培训就是了解每个人的特点、长处，扬长避短，使其更适合自己所承担的工作。也就是说，通过这次学习和考核，可以决定我们以后的去向和职务。在这期间，教导大队办了两期墙报、黑板报，撰文和抄写又大都出自于我手。

因为这些墙报和黑板报，教导大队政治教员苏老师看上了我，要我留下来当政治教员。这让我受宠若惊。我在惊喜的同时，非常冷静地正视自己。我很清楚自己的文学功底并不深厚，虽然能写几句类似诗句的顺口溜，但那也是赶着鸭子上架，写出来的东西并没有诗的韵味和内涵。这样的水平如果来当政治教员会非常吃力。思考过后，我婉拒了苏老师的好意。一个月学习结束后，荆州军分区政治部干部刘干事把我带到荆州军分区，分配我到分区政治部组织科当干事。

就这样，我以一名“见习”的军官身份来到荆州军分区就职，开始了新的征程。

穿着崭新的四个荷包的军官服（当时区别军官和士兵的标志就是衣服，战士只有两个荷包，军官就是四个荷包），我内心澎湃万千。从一名普通战士到部队军官，我走过一段激情燃烧的岁月。这段岁月充满了艰苦与奋斗，充满了紧张和充实，充满了积极和乐观。部队把一个浑身充满野性的农村孩子，培养成为一位意气风发、积极向上的合格军人，我心中除了感恩还是感恩，而感恩的行动其实就是要更加努力地工作。

我庆幸在人生的十字路口，我选择了一条正确的路。在长长的人生旅途中，有许多大大小小的分岔路口，等着我们来选择，而我们多半只能选择其中的一条。选择的道路不同，遇到的人和事也就不同，人生的格局也会不一样。然而，在这条分岔的路口上，你又知道哪条更适合自己呢？不能后悔的是，你再也没有走回头路的时间和机遇。

荆州地处江汉平原，人多地广，美丽富饶，有1000多万人口。当时由天门、潜江、沔阳、荆门、钟祥、京山、监利、石首、洪湖、江陵、松滋、公安、沙市十三个市县组成。素有“江湖沔阳州，十年九不收，收一年狗子都不吃粥”之说。过去那里常年闹洪灾，现在国家投巨资修三峡大坝，可以说那儿是个旱涝保收的好地方。

我们刚分配来的年轻小伙子，安排住在分区平房宿舍里。工作、生活都很方便，和部队的集体生活也大不一样了。各种福利和待遇都提高了不少。当战士第一年的津贴是六元钱，第二年是七元钱，第三年是八元钱，现在每月要拿五十多元钱。过去拿的几元钱叫“津贴”，现在拿的就是“工资”了。原来每天训练时在地上摸爬滚打，现在则坐在办公室里上班了。环境与身份对于我来说，真是发生了很大的改变。

坐在明亮的办公室里，我既高兴又惭愧。高兴的是在毛泽东思想阳光雨露的哺育下茁壮成长，我成为一名光荣的军队军官；而惭愧的是思想水平、文化水平与工作要求相比,还相差甚远。如何保持普通士兵的本色,对于此时的我来说,尤为重要。

我们组织科的科长名叫覃朴,为人真诚善良,对我也非常友善。工作上他总是手把手地指导我、帮助我,使我成长很快。虽然我刚参加工作,感觉压力很大,但每一天我都过得很充实,很快乐。

我们军分区的叶首长是湖北孝感人,可有文化啦。作报告都能出口成章、引经据典,而且从不拿稿子念。他安排起工作来也是条理清晰,从不出差错。他平时谈吐言辞简洁,句句铿锵,让人记忆深刻。

他是读大学期间参军的,从干事到科长,政治部主任到首长,一路就像坐火箭似的上升。他当首长的时候,年龄还不到40岁,可以说从少年就得志,一路英姿焕发到今天。

我们机关干部个个都佩服他。他有一个幸福的家庭,妻子是一名医生,在荆州人民医院工作。六十多岁的老母亲和他们生活在一起,帮忙操持家务,一对可爱的儿女在读小学。

我与叶首长算得上是同乡人。黄陂过去就属孝感地区管辖,两个县城离得很近,两地的语言也很接近,我们交流起来,彼此感觉很亲切。他的两个孩子很喜欢我,总是丁叔叔、丁叔叔地喊我,并缠着我和他们一起做游戏。

他的老母亲是值得人尊敬的长者,慈眉善目,总用家乡话和我拉家常,没把我这个老乡看成外人,有什么好吃的常让两个小孩过来喊我一起分享。这让独在异乡的我感觉非常温暖,内心对他们一家十分感激。

我是农村长大的孩子,从小就会见事做事。见到首长的老母亲一个人操持家务,我总会不由自主地上前去帮她一把。有一次,首长买了一吨多煤,需要做成煤块,我知道后,推着小拖车去一公里多路的地方,挖黄土掺和搅拌做成煤块。

20世纪70年代初,居民做饭主要靠烧煤。为了节约煤,晚上一般不封炉子。那时没有煤球和蜂窝煤,而是把煤做成块状。我把一吨多的煤按照比例,将黄土加入其中用水搅拌均匀,然后把和好的煤倾入木制的煤架子里,做一块后取出煤架子,再做另一块。整个做煤块的过程只我一人在劳作,但我心里感到很愉快。我做一次的煤块,他们家可烧半年。

对于劈柴,我更是行家里手,我把他们家院子里的树木量得一样齐整,然后锯断劈好码整齐,免除了首长家人的后顾之忧。首长一看我做的煤块一般大小,柴也劈得很好,又码得整整齐齐,做事干净利索,他十分高兴,夸我会做事。他的母亲更是喜上眉梢,在旁边连连夸我聪明实诚,做事勤快,真是个好小伙子。

时间过得真快，一晃，我来荆州军分区工作快一年了，我的工作也越来越顺手了。首长对我亦是照顾有加，周末，常喊我去他家吃饭。休息无事时，还常喊我陪他们家人一起打扑克。通常是首长和他的夫人对坐，我则和他年方 20 岁的小姨妹对家，从 2 打到 A，谁先打到 A 就算谁赢，打到最后，经常是我与他的小姨子当赢家。首长见我俩总是赢，乐得哈哈大笑，打趣我和他的小姨子配合得真不错。听得我很不好意思，窘得手和脚都不知道放在哪儿。他的小姨子也不好意思地看我一眼，低着头笑了。

这种氛围散发着某种微妙，让我有些不知所措。面对眼前这位如花似玉的妙龄少女，敏感的我，又想起多年前的那位小郝姑娘，我家中那位未曾谋面的女朋友。此刻的我感觉很不适应。在他们面前，我产生了一种前所未有的自卑感。

那夜，我失眠了。不知道为什么，那刻我非常地想家。从来部队当兵的那天算起，我已整整三年半没回老家了。家书写了一封又一封，可那些堆成山峰的书信，又怎能载动我满心的愁绪？哪能抵挡得住我对家人的殷切思念？特别是帮司令家劈柴的时候，我就会情不自禁想起临别家乡时，帮父母劈柴码柴的情景，就会想起故乡那轮橙黄的月，想起我在黄土坳的松树下所立的誓言，想起杨家田那片贫瘠的黑土地，想起热情善良的父老乡亲，想起祖母及父母亲湿润的泪眼……

哦，我的故乡！我的杨家田！我真的是离开你们太久了！当年离开你们的那个野小子，现在已是一位沉稳干练的军官了。当有一天，我抖落一路的风尘，再次回到你的身边，你会以一种什么样的表情注视我？注视我满目的爱与忧伤？我想，那刻的我，一定什么话也说不出来，只会闭着我的双眼，任凭我的热泪畅流……

那夜，借着雨的滋润潜入黑暗，通过那条悠长的小路，是谁家的灯光，牵动了我满心的思念？记不清那是谁写的诗，就像那夜的小雨，拨弄出绵长的思念与孤寂的美丽……

我在 / 荒凉的地方 / 流浪 / 你的身体 / 供我 / 停泊
仿佛 / 传说中的 / 港湾 / 都是 / 繁华……
自古挥汗身有印，搏拼过后传佳音。
坚持三变三不变，从零开始启新征。

徘徊爱情路

生命是一树一树的花开，在轮回中展现出各种各样的姿态。季节在轮回中，哼唱着一首永恒的歌；每一个平常的日子，就像一首悠长的诗，诉述着人生的喜怒哀乐。

军分区的生活对于我来说，是诗意而又有规律的。每天，我早早地起床，沿着1000米的操场跑三圈，三圈下来我便是满头大汗。然后跑回宿舍简单洗一把脸，再去食堂吃早餐。机关的早餐通常是稀饭、馒头、包子，外加咸菜、鸡蛋、花生米。成了家的干部，拿着饭票带着碗和瓷盆到食堂的窗口，打好了粥和馒头、咸菜，然后带着笑容离开，他们要和家人共享天伦之乐。

我们这些没成家的光杆司令，带着碗筷围坐在食堂的长桌上，一边喝粥，一边大口地啃馒头，在北方当兵呆了三年，我们也喜欢上了面食，也有了北方人大大咧咧的个性。大家一边吃一边说笑，就像一个和睦的大家庭。

有一天，我在食堂吃到了一种特别的绿色食物——“豌豆芽”。那是老家特有的一种植物，小小的叶子、绿色的藤蔓。在那个饥饿的年代，母亲为了我们兄妹几个长身体，总是想方设法让我们吃上可口的饭菜。常见她将一瓢干豌豆泡入水中，待豌豆发胀后，再清洗放入皿器中，放置通风良好处，不出两三天，那些豌豆便神奇地吐出了新芽，再过两三天，竟又长出了嫩绿的叶子和藤蔓。然后，整个大盆里就像装着数不清的绿色“逗号”，在对我们甜甜地笑，闪耀着一种诱人的光彩。

母亲烧热了锅，放入一勺菜油，将这些绿中泛着白色的豆芽倒入锅中翻炒，一会儿，一盘绿色的珍珠便上桌了。在那个贫困的岁月，母亲的巧手，将这普通的东西做出了人间美味，至今让我一想起便觉得无比神奇。离开家乡多年，我再没看到“豌豆芽”，更没有吃到这种美味了。那天，久违的“乡愁”在餐桌上弥漫开来，我都激动得不知说什么好。可是，吃着吃着，却怎么也吃不出妈妈做的味道来。我感到十分惆怅。那刻，我十分想念老家，想我的父母，想我年迈的祖母，想我可爱的弟弟妹妹……

从那天起，我突然感觉生活少了从前的味道。而家，以一种异常亲切的声音呼唤着我那颗疲惫的灵魂，我时刻期盼着哪一天能回家看看。

还有一件事让我放心不下。自从那次在首长家回来，军分区的同事就爱和我开玩笑，说我就要成为首长的“连襟”了。这种玩笑话让我十分尴尬，甚至心里很不安。同时，我感觉有一种无声的压力黏附在身上，好像走到哪儿，总有隐形的目光在窥探着我。这种感觉像占了什么便宜一样，心虚而又彷徨。于是，我去首长家的次数也就减少了。

有一天，组织科的覃科长喊住了我，“小丁，你好像有好多天没去首长家了啊？”

“我……我感觉工作压力蛮大，想用休息时间多给自己充充电。”我嗫嚅着。

“你知不知道首长的小姨子看上你啦？你这个浑小子，有艳福啊！”覃科长接着打趣道。

“我一个山里伢，么样配得上她？”我脱口而出。说完这句话，我心里很不平静，因为想起了叶首长的小姨妹。这位年仅20岁的美丽女孩，她不仅家境好，受过高等教育，而且气质温文尔雅，还有一份稳定的工作。每次在首长家见到她，我从来不敢大大方方看她。

在我眼里，她就像一尊圣祉高高在上，更像是一只美丽的小天鹅，神圣不可侵犯。我这时虽然提了干，但与她的条件相比，还有着遥远的距离。尽管首长一家对我非常好，但在他们面前，我内心感觉自己很卑微。

“她家里给她介绍的朋友，她一个也看不上。她偏偏就看上了你。”覃科长又继续说道。“你可要把握好这个机会，多好的姑娘啊！”覃科长笑着，拍了拍我的肩膀。他的话，让我感到很不是滋味，因为我又想起了父母亲在老家为我相中的一位“女朋友”。这个“女朋友”虽然没有见过面，但因为是父母介绍的，总感觉有一种“责任”在约束我一样，使我不敢轻易接触别的女孩。

“我，我在老家有……女朋友。”我小声回应他。我的话让覃科长大吃一惊，然而他没有多说什么，只说了句“你看着办”就走了。

覃科长走后，我心头翻起了滔天巨浪。

想起老家那个所谓的女朋友，我不知道怎么和别人解释。其实，她只是我父母亲相中的一个女孩，谈不上与我有什么瓜葛。因为那是我在1968年入伍不久，有个陈姓木匠，来我家做了一个多星期的活，他和我母亲拉家常，得知我在部队当兵，还没谈对象，就给我介绍一个姓张的姑娘为女朋友。

三年多来，我与那女孩没有见过面，也很少通信。尽管我帮很多战友写了很多家信，还为很多战友帮忙写过情书，但事实上，我很少给家里的这位“女朋友”写信，因为不熟悉，也没见过面，谈不上有感情，能写什么呢？

而叶首长的小姨子，虽然我与她交流也不是很多，但每次见面，总能感受到她默默地关注我，她朝我莞尔一笑时，那羞涩的表情里藏着多少的爱慕我怎么看不明白？她有现代女性的时尚气息，也有传统女子的似水柔情，还有一位位高权重的姐夫。如果能和她结为连理，对我前程的帮助可想而知。其实不用过多的比较，我心里的砝码已经向她倾斜了。

可是，如果我选择和首长的小姨子交往，我回去如何面对父母呢？

果然，第二天叶首长找我谈话，"听说你在老家谈了女朋友，你那朋友怎么样呢？"他问。我低着头，把父母亲介绍女友的经过告诉了叶首长。

"她是哪个单位的？"叶首长接着问。当他得知女孩在家务农时，只轻声说了一句"那还蛮麻烦"。

我站在一边，不知如何是好。

过了一会儿，叶首长又问道："你探亲过没有？"我回答说"没有。"

得知我入伍三年多尚未探亲，叶首长马上联络了政治部，政治部很快给我批了 20 天探亲假。这 20 天假其实是首长给我下的任务。巧的是，也就在那一天，我接到家里发来的电报，电报上说：祖母病危，请速归。

我颤抖地拿着这份加急电报，第二天就火急火燎地往家里赶。

三年多没回来了，当我来到湾对面的山岗上，脚步却不敢挪动。我不知道我的亲人，见到我会是怎样的惊喜。毕竟，我在部队也算是经历过生死的人，作为亲人他们内心该承受了多大的压力啊！

此时，我的老家杨家田，还是像三年前一样贫瘠、落后，没有任何改变，那条羊肠小路，一条长蛇一样延伸到村落。踩在这片熟悉的土地上，我竟然有一种恍若隔世之感。感觉脚下的土地是软绵绵的，而我身子亦是轻飘飘的，就像来到海拔几千米的深山突然耳鸣了一样，变得有些陌生而不适应。

正在这时，我在家喂养的狗子——花花，一溜烟跑到我的面前，又是跳又是蹦又是舔，兴奋得不知如何是好。三年多了，它竟没有忘记我，我被它的忠诚所感动。此情此景，让我想起从前多少个夜晚，它和我作伴一起上山找牛，多少回走夜路为我壮胆。记得有一次我去武汉，它跟随着我去蔡店买票乘车，当我上车后，它跟在车后拼命跑，可怎么也追不上车子。十天后它才拖着满身疲惫的身子回到家中，我们全家看到它那副狼狈的样子，都感动得伤心的哭了。

此时，我父亲走到村头接我，他紧张而木讷地望着我，不知所措，随之而来是他呼喊母亲的声音。我发觉父亲在这三年老了很多，一道道皱纹像刀一样刻在额头，让我不忍直视。母亲从厨房出来了，用围裙抹了一把眼泪后，就紧紧地拥抱了我，把我从头到脚抚摸个够。然后含着眼泪对我说,“回来就好,回来就好!快去看你大,她快不行了!”(“大”是我在老家对祖母的称呼。)

此时,我那73岁的老祖母躺在床上,已是奄奄一息了。听母亲说,她老人家七天七夜没吃没喝,也没醒,只剩一口微弱的呼吸。

“大!我回来了!……”我一见到骨瘦如柴的老祖母,便“扑通”一声跪在地上,泪如泉涌。

紧闭双眼七天七夜的祖母,听到我的声音,竟然慢慢地醒过来了。她嘴巴嚅动了一下,用极其微弱的声音,断断续续地说着什么。大概是说自己还有一口气未断,就是想在走之前能看到我。尽管她的声音比蚊子还微弱,但我还是听清楚了她表达的内容。

此时,她老人家的眼睛已经看不见了,只能哆嗦着把手慢慢举出来。用那双冰冷的手,颤抖着抚摸我,她先摸我的头,然后摸我的脸,再从头到脚摸索着,微微地说我长壮实了。她那深深陷下去的眼窝里,此刻流下两行浑浊的泪水。

这三年多,她老人家该是多么想念我啊。听父母亲讲,祖母多次要求写信让我探亲,她担心可能见不到我,但父母总怕我分心,影响工作而婉拒。我是她最喜爱、最听话、最让她感到骄傲的长孙啊!我拼命地忍住眼泪,帮祖母擦干了泪,然后赶快把带回来的红糖化成水喂给老人家喝。可她已不能咽下任何东西了,只是象征性地用嘴唇舔了舔。在那一刻,我看到她老人家苍白的脸上,露出了虚弱可又是满足的笑容。我此时有点抱怨父母,应该满足老人家的要求,让我早点回来看看她老人家啊。

“该巧啵?她二儿子、儿媳回来,她姑娘回来,喊她千百次喊不醒,而大孙子回来只喊一声就醒了!”我听到有人议论。

听到这话,我的眼泪再一次夺眶而出。我想起祖母沧桑的一生,觉得她真是一位了不起的女性。

想当年我的祖父患痨病,36岁就去世,祖母才33岁。她只身一人拖着四个儿女,吃尽千辛万苦、受尽欺凌,好不容易才把四个孩子拉扯大。在我出生时,恰逢两个哥哥夭折,当我的母亲准备放弃已降临人世的我时,又是祖母从脚盆里把我抱起来,放在她的怀里,放在她的心尖上,用她的体温一点一点地温暖着我,才使我活了下来。可以说,我的命是祖母给的!

祖母为她的儿女操劳了半辈子,接着又带大几个孙儿孙女,特别对我这个长孙,她付出了全部的爱,生怕我冻坏了,饿着了,再怎么困难,都想方设法不委屈我……想着三年前我去部队当兵时,祖母拉着我千叮咛万嘱咐的情景,我泪如雨下……此时,我那用生命爱着我的老祖母还没等我大出息，还没有享我一天的福，她就要走了。此时，她支撑着最后一口气，为的就是要见我最后一面，而我却没办法把她留下……怎不让我悲痛难过？

几个小时后，老人家安详地走了。

她这个岁数去世是“白喜事”，我们全家按照当地风俗开始张罗丧事。

而我这次探亲，虽然遭遇祖母病故，但在家族人眼里，我回来是一件光宗耀祖的事。三年前，我离开家乡时，穿的是一套不大合身两个荷包的战士军装，如今是穿着笔挺毛料的四个荷包的军官服了。整个湾的人都轰动了。

他们满怀喜悦地在我家进进出出，问这问那，全家人也都忙不迭地递烟倒茶。湾里人说没想到当年的“苕伢”提了干，还当了军官。其实我提干当了军官快一年了，我家里人早就知道，是我写信告诉他们不要对外张扬。

等到祖母的后事处理得差不多，我的个人问题也提上日程。当母亲提出要我去见那位张姓姑娘时，我马上告诉她，叶首长的姨妹有意要和我谈朋友这件。并说是首长亲自做媒，不好推脱，如果这件事不成，会对我的前程大有影响。“就是天仙也不要，那个珍伢有哪样不好？在我家百事做……”（母亲说的“珍伢”是那位姑娘的小名。）没等我说完，母亲大声打断我的话。

“连面也没见，不和她谈朋友也说得过去。”我央求母亲。

“你说不谈就不谈？要是你当兵没提干呢？如果这次是复员回来，你会这么说话吗？你怎么能这样处理事情呢？”母亲一边说一边哭了起来，父亲也在一旁长吁短叹。

“这件事情由不得你，得由父母作主！你不肯也得肯！明天和我一起去见珍伢！”说到最后，母亲听不进我作任何解释，干脆放下狠话给我。

当天夜里，父母亲见我没睡，又把我叫进里屋，讲起了关于“珍伢”的很多事情。她说珍伢是个难得的好姑娘，不仅模样俊俏，心眼也好。她当初看了我的照片，一眼认准我就是她要找的人。这三年来我没回家，她把我的家当成自己的家一样，有事没事，就过来看我的父母，还帮我的祖母洗被子、梳头、洗衣服。在我家见什么做什么，全家人都很喜欢他，

“她还是个年纪轻轻的弱女子啊，在我们家百事做。图的是什么呢？”父亲这样感叹道。

“手心手臂都是肉，如果是你的妹妹，关键时刻被别人蹬了，你怎么想啊？反正我心疼她！”母亲说完又抹了一把眼泪。

父母亲的话，让我听得很不是滋味。想起这位还没与我见面的女孩，

用这样的一份真情对待我的家人，我真是感到汗颜。是一种什么信念支撑着她这么做呢？我一时茫然了。

母亲见我没吱声，认为他们说的话起了作用，于是“趁热打铁”地加上一句：“明天我陪你去珍伢家看一看。看了她之后，你就知道娘是不会骗你的！”

然后，她出去买了些烟酒副食之类的礼品，作好我第二天和她一起到准岳母家见“女朋友”的准备。

我拗不过要强的母亲，当时也有一种猎奇心理，觉得父母亲对她评价这么高，想必还真是不错，不妨先去见识一下吧。哪知道，当我迈出了这一步，其实就是作出了重大选择。

第二天，我和母亲来到一个叫压角坳的湾子。

没有提前给她家的人打招呼，母亲和我的来访，显然有点突然。当时准岳母正在地里劳作，看到我们来了，连忙放下手中的活，激动地把我和母亲带到家中。

新女婿第一次上门，在农村是一大新闻。一会儿，全湾人都知道了。不到几分钟，她家里就聚集了很多人。男的，女的，老的，少的，个个都用稀奇的目光看着我，问这问那，十分热闹。我也不停地起身，递烟倒茶打招呼。虽然是第一次经历这样的场合，但我也算是见过世面的人，心里尽管感到有些不适，但还是镇定、大方，有礼貌地回答他们提出的这样那样的问题。

热闹了好一阵子，午饭熟了，乡邻们渐渐散去。准岳母这时才从厨房里出来，向我介绍，“这是珍伢。”其实，刚才我就见到她了。我在记忆里，不断搜索三年前的相片与她作对比，一时拿不准是不是她本人。我瞧了一眼那姑娘，觉得她的模样还算清秀，有着农家姑娘的朴实。她也偷偷地看了我一眼，脸很快的红了，然后去厨房帮忙拿饭菜了。

接着，我们就一起吃午餐。

从准岳母的言谈中，我了解到她的身世。她的名字叫张忠英，原名叫潘茂珍，武汉市人。因其母潘姓前夫去世后，留下四个儿子无力抚养，出于无奈，房族人建议“招夫养子”。不久，一个叫张崇礼的单身汉和她的母亲组成了新家庭。

按当时约定，招夫所生的孩子要随潘姓，因此“珍伢”出生时就取名为潘茂珍，“珍伢”是她的小名。她跟着哥嫂生活并在武汉读书。哥嫂容不下这个同母异父的妹妹，时常欺负她、打她，被逼无奈，她只得回乡随父母生活，而武汉派出所那时常按地址查户口，查到他们家，总是见不到潘茂珍本人。她的兄嫂没好气地回复派出所的人，说她回到乡下生活了，不会再回来。就这样，她的城市户口也被稀里糊涂地注销了。

一九六六年，她的父亲病重无钱医治，在贫困和绝望中，选择了自缢身亡。15岁的她，只能和母亲在乡下相依为命过日子，孤女寡母在乡下，是很难生活的。她找到在武汉一建工作的、一生没成家的叔父张崇岳，请求叔父接济，叔父提出让她改为张姓，才能认她这个侄女。至此遂改名为张忠英，叔父也每月寄5元钱接济她和母亲。

记得刚开始吃饭，我们拿着饭碗的那刻，每个人脸上都显得有些拘谨不安。但是，听完她的身世后，我一下子愣住了，不觉对她产生了怜悯之心，并不时流下心酸的眼泪。原来我和她同命相连，都有着悲苦的童年。

准岳母边说边不停地为我们夹菜，以调节气氛，张忠英则羞涩地低着头，不敢多看我一眼。

而我那用心良苦的母亲，为了凑成我和张忠英的婚事，坚持要我多和她接触并在她家留宿。午饭一吃完，母亲便悄悄走了。

她家的房子非常窄，只有两间平房，一间用作客厅，一间是卧房兼厨房。我的母亲走后，她的母亲也借故出去了，家里就剩下我和她。

我刚想对她说不能和她谈朋友的话，还没等我开口，她就哭了起来："这几年，要不是因为等你，我早招工走了"。她说这句话，带着一种嗔怪的口气，也像是撒娇，仿佛我已是她的男人一样。我知道她说的都是实话，她这几年一直担任村里的妇联主任、团支书，还是文艺宣传队的骨干。

性格活泼开朗，长得又漂亮。一家好女百家求，当时村镇的干部都把她作为儿媳候选人，但她坚持说自己一定要找个武汉人成家。由此，也惹恼了很多人，他们以各种理由阻止她招工。听到她讲这些，我有些难堪，同时也为她感到一阵酸楚。她虽然没见过我，也没给我写几封信，但她这样以心相许，从一九六八年木匠将她介绍给我至今，她一直苦苦等着我，倾尽所有的真情，一心地对我和我的家人，这是怎样的一份执着？

面对这样的一份感情，我如何对她说"不"？

我在有意与无意间耽误了她这么多年，如果现在说不要她，她如何面对别人的眼光呢？她已是22岁的大姑娘了，在农村这是大龄女青年了。她错过谈朋友最好的年龄和机会，如果现在说不要她，她怎么承受得起啊。

那天下午，面对着她，我怀着满腹心事，不知道对她说什么才好。

晚上，我又是一夜辗转反侧。这一夜，我想了很多很多……

想起父母亲这一生的不容易，想起我在部队三年没回家，父母亲在家照顾祖母、照顾弟弟妹妹的情景，还要种那么多的田地，还有猪狗鸡鸭的喂养，还有那些做不完的家务事……如果不是她时不时来帮我的父母，承担一些力所能及的事情,家里还有现在的光景吗?

现在祖母走了,父母亲也一天比一天老了。我这一走,又要等一年的时间才能回来,弟弟妹妹尚未成年还在读书,家里能指望谁来帮衬呢?而她在我不在家的情况下,能对我的父母及弟妹们体贴入微、照顾有加,这真是难得的好姑娘啊!我现在如果不要她,怎么对得住自己的良心啊。

心有所动时,我又想到了叶首长的小姨妹。她真是个让我心动的姑娘,她的高雅与漂亮,是农村女孩没办法相比的。作为一个农家子弟,我能被她看中,真是倍感荣幸。如果娶到她,帅哥靓妹进出成双,将是我一生的福气,而且我的命运会有180度的大转变,我会在叶首长的关照下,平步青云。

但我转而一想,如果她和我结婚,她爱我,会爱我的家人吗?她会接受我在农村的父母,我的弟弟妹妹们吗?如果我的父母来部队看我,她能以尊敬的态度对待他们吗?会嫌他们脏吗?会和他们坐在一张桌子上吃饭吗?

想到这儿,我想到了军分区原来的老首长,他的女儿,嫁给一个农家出生的军官后,她不准公爹公婆进屋,也不准那位军官给家人一分钱。他们的婚姻只维持了三年,因为没办法容忍对方的一切,最后劳燕分飞。尽管他们的孩子当时才一两岁。这样一个痛心的结局,让我联想,如果和首长的小姨子结合,我们会不会也有这样的一天?想到这里,我打了个寒颤。

虽然首长一家对我十分满意,小姨子也对我情有独钟。从山里走出来的农家孩子我,此时在部队也是个军官,但在他们面前,我还是有一种距离感,觉得有一种高攀不上的自卑感。就是面对首长那漂亮可爱的小姨子,我同样从内心感觉自己配不上她。

如果真的和她成家了,我们之间会不会也像他(她)们走不到最后就不欢而散了呢?还有,就是她爱我,但并不代表她会接受我的家人,如果春节都不肯陪我回老家过年,我的父母会怎么想?如果嫌弃我的父母做的饭菜不好吃,还怠慢我的弟弟妹妹,不准我照顾我的家人,我该怎么处理呢?我在家可是老大呀,老大是要承担责任的,我不可能丢下家里的人不管!那样,她会怎么对待我呢?

想到这儿,我再一次不寒而栗。但是,我同时又在心里否定这一切,觉得首长的小姨子知书达理,不会像那些高干子女那样……

这样的想法,左一个倒腾翻来,右一个浪头打去,折磨得我一个晚上都没眨眼。我知道在天亮前,我必须做出决定。同时,现实告诉我,这次我来到她家,在别人眼里,等于承认了她是我家选定的媳妇,如果现在否定了她的身份，在人言可畏的乡村里，她怎么做人呢？

但是一想到如果这次选择了她，回部队后，我又该怎么面对首长和他的小姨子呢？

真是艰难的抉择啊！

我知道不管选择谁，结果都是一个“痛”字。

第二天，她的哥哥征求我对她的意见，我很平静地说：“她等我这么多年，为了我付出了很多，人还不错。”就这样，简简单单的一句话，确定了我们的恋爱关系，也把我和她的一生绑在了一起。

吃完早饭，我准备回家。也邀请她同去我家，虽然她以前多次去过我家，帮我家做这做那，但这次去我家因为有我陪同，意义变得不一样。她迈着轻盈的步子，跟在我后面走，脸上荡出甜蜜的笑意。

就这样，我们来回相处了六七天时间。由于祖母刚去世，悲痛的气氛还笼罩着家里。我一边帮着父母干一些家务，一边清理祖母生前的东西，同时还想着没有完成首长交给我的任务，心里真是别扭、难受极了。

三年多的时间，我过惯了部队紧张有序的生活，现在回到家里，生活规律完全被打乱，我真是极不适应。在家只住了半个多月，我越发力不从心，那些积蓄多年对故乡的眷念和激情，此时仿佛像漏了气的气球，一下子消逝在空中。我一人孤零零地走在那条蜿蜒的小路上，感觉自己像是被时间和空间戏弄了。因此，回部队的愿望也越来越强烈了。

我准备提前回部队的决定，让父母有些吃惊。但因为我已经同意了和张忠英的婚事，父母亲像吃了定心丸。为了我的前程，因此我要走，他们也没有多说什么。

临别时，我和张忠英一起，到祖母坟前点了几柱香，烧了些纸钱，磕了几个头。然后，我便离开了家，当然也离开了她。我这么被动接受和她的关系，心里乱极了。那种复杂的心情，只有我自己明白。对她，我没有表达什么依依惜别之情。

那天，我的心情难以名状！可以说是以一种逃兵的心情，离开故乡。我不知道，回乡前与回乡后的心情，会有这么大的反差！我亦不知道，我以后的命运会是什么样的结局。只知道，现在的我已不是过去的我。

生命的速度在飞，在不经意中，我已长大成人。生命已被一分为二：19 岁以前的故事和历史，都留在了故乡；19 岁以后的故事与部队不可分割地牵连在一起。同时，我进一步深深理解了乡愁的意义：家乡，其实就是一份距离，只有真正离开了家，才会产生对家的殷切思念。

当我离家时，乖巧的花花，一次又一次舔着我的双脚，呜咽着“汪汪”直叫时，我又一次愣住了！这个通人性的精灵，它是舍不得我走，还是理解我此时此刻复杂的心情？它就像当年送我离开家乡一样，跟着我走在乡间这条蜿蜒的小路上，走了很久很久。一直走到仁和店我上了车……直到看不见它的影子，我的眼泪再次夺眶而出。

寻求配偶非等闲，十字路口夜难眠。
非是不从首长意，父母之命大如天。

我欠伊人一首诗

有时候，我相信宿命这一说法。觉得人生有很多事情，无论我们怎样去努力，也改变不了现实中的很多东西。凡事都有一个定数，我时常走在逃离命运的途中，却总是与上天安排好的“命运”不期而遇……

第一次回老家探亲，经历了与祖母生死离别，又在无奈中接受了父母包办的“婚事”，我的心情糟糕极了，觉得现实中的一切，都不是自己真正想要的。当我提前六天回到荆州军分区后，就像犯了错误一样，不敢面对任何人。我知道，没有完成首长的“任务”，我是没法交差的。

上班后，我总是低着头，不敢抬头看人。走路总是绕着小路，尤其怕见到首长，但躲得了初一躲不过十五。第三天，首长那双锐利的目光逮住了我，把我喊了过去。我硬着头皮，跟着他走进办公室。心也在那一刻“咚咚”地跳个不停……

“家里还好不？”首长张口第一句话就问。

“还好。”我很小声地回答。

“那个事情处理好了吗？”他接着问。

“我父母亲不同意我与她分手，说如果那样，我就是陈世美……”我用很低很低的声音，说出了我不得不说的话。

首长的脸色，一下子变得很难看，他好半天都没有说一句话。我把头埋得更低了。最后，我听到他说了一句“你走吧！”

我不知道是怎样走出首长的办公室，只知道自己的双腿，像灌了铅一样沉重。我亦不知道前面等待我的是什么，但不好的预感告诉我：这次一定是凶多吉少……

果然，不到半个月，我就接到调离通知。

我被调到隔条长江，紧靠湖南澧县最偏远的山区贫困县松滋人武部。握着这份调令通知，我没有感到半点意外，仿佛一切释然了。知道该来的事情迟早要来，此时反而有一种解脱后的平静。

是啊，这半个月来，我像作了贼似的低头做人，不敢昂首挺胸面对别人。作为首长，他又怎么愿意面对我这个"同事"呢？还有，他的小姨子如果见到我，又该是何等的尴尬呢？还是走吧，走得越远越好……离开了这儿，一切都会风平浪静。

真的要离开这个工作了快一年的地方，我的心情却又久久的不平静。荆州的美丽风景，我还没来得及真正欣赏。军分区机关那团结紧张、严肃活泼的工作氛围，还有那些如兄如友的同事，还有那充满活力与笑声的操场、食堂……一切的一切，我都无法潇洒地说"再见"。

那晚，我想了很多，觉得自己在人生的路上，兜兜转转了一圈，一切又回到了起点。临别的时候，我应该与首长一家作个告别，感谢一年来他们全家对我的关照，但我始终没有这个勇气。我几乎是带着一脸的怆然离开这个让我依恋，同时又让我伤心的地方……当年关羽大意失荆州，而此刻的我是怎样失去荆州呢？那天，我在笔记本上写下几句顺口溜表心迹：

"突然一令贬松滋，个中缘由吾自知；首长难敌父母令，我成乡姑未婚夫。"

松滋是个丘陵、山区、平原各占三分之一的农业县，新江口镇是县城的所在地，县城依山而建，面临长江。松滋盛产煤炭、柑橘、水稻、茶叶。松滋人热情好客，还有一顺口溜广为流传：

"松滋人礼性大，进门就把椅子拿，毛包烟、砂罐茶，开口就是'哦伙那'。"（"哦伙那"是"你好"的意思。）

我分配到武装部政工科当干事，科长叫杨世才，还有王、周两位副科长，另外四名干事李志树、朱善斌、林锦波、陈育堂加上我，共八人。

那时的武装部，一是搞好民兵工作，为战时储备预备役兵员。做好民兵工作的重点，是抓好三落实。组织落实：主要是按年龄分别编入基干民兵和普通民兵。特别优秀的编为武装基干民兵，武装基干民兵是发枪的。武装基干民兵，大都由退伍战士和民兵骨干组成；政治落实：主要是学习党和国家有关政策法令，明确为什么要当民兵，怎样当好民兵，如何在生产中发挥积极带头作用，完成急、难、险、重任务；军事落实：就是抓好军事训练，熟悉和运用所掌握的武器，平时还要训练队列、技、战术等。二是配合县委中心工作抓经济建设。

初到这儿，我安排到县武装部联系点——老城公社文丰大队。这个叫文丰的大队，虽然地点是在乡下，却是省、地、县的民兵工作先进单位，这里支部重视民兵工作，民兵积极带头作用，发挥得非常好，民兵组织很有战斗力，有一股朝气蓬勃的新气象。来到这样的先进单位，我有一种莫大的压力，生怕自己胜任不了该担当的角色。我当时是在文丰大队二小队（驻点），队长安排我到农民杨凤早家住。

杨凤早家一家三口，两老和一个有些残疾的15岁女儿。他们家还有一个大女儿，已成家自立门户。时至今日，我还忘不了那个聪明伶俐，忽闪着大眼睛，总有问不完问题的可爱小女孩。别看她年纪小，心肠可好呢！无论我的脏衣服藏到什么地方，她都能找出来，为我洗净叠好。我晚上看书学习，她总是把煤油灯罩擦得亮亮的，并加满灯油。

这里民风淳朴，但生活条件，比起在荆州军分区，真是天壤之别。

这儿没有城市里的嘈杂，也没有都市的灯红酒绿。这里的天，是那样的干净，甚至干净得有些无奈；山，是那样的安宁，以至嗅不到一丝风捎来的乡野草味。每到夜晚，忙碌了一天的山村很快就回归了原始的漆黑与宁静。

初来乍到的我，根本就睡不着。听着屋外的狗吠蛙鸣，我仿佛又回到老家杨家田，感觉人生就像一场梦一样。

那个年代农村还没有用电，杨凤早把他家仅有的一盏煤油灯，放在我的房间。这盏煤油灯对于当时的我来说，就像唯一的知音一样，伴我度过寂寞的夜晚。在我的心中，在以后的每一个夜晚，它足以让我的世界灯火通明。

历经了初来乍到的新奇和心酸，剩下的便是面对贫瘠和梦想所要的坚持。

那时候，尤为痛楚的，并不是由于山里生活的简陋与艰苦，（因我也是乡里长大的孩子。）而是饥饿，常把我折磨得迷茫而无助。尽管当时的文丰大队，各方面是省、地、县的模范点，但那时的农村再怎么先进，也难达到家家粮油宽裕。

我所驻点的杨凤早家，平时生活比较节俭，每餐每人只有一碗饭，这是他家的潜规则。作为老人、小孩这碗饭应该说够填饱肚子。但对于我来说，最多只能说是我饭量的三分之一。这种饥饿的感觉不亚于三年自然灾害时所受的痛苦，而这种痛苦我无法对任何人说……

有一天，我和民兵排长李英桂在开会回村的路上，她突然邀约我去她家看看。一到她家，她连忙喊她的家家（外婆）快做饭，她去炒菜，一会儿，饭菜都做好了。我被留在她家吃饭。吃饭的时候她对我说："杨凤早家生活节俭，我知道你在她家吃不饱，但又不便叫你来我家吃饭。以后，你饭前或饭后都来我家，我每餐为你准备一大碗饭吧。你年纪轻，又是外出做事的人,这样老是饿着肚子怎么工作呢?"

以后的每一天,只要我回到村里,李英桂准会借谈工作之便,把我喊到她家,端一碗饭来,让我填一下肚子。或者在饭后,喊我再去"加餐"。聪明的她,知道我堂堂七尺男儿,一碗饭是吃不饱肚子的。此时,对于一个饥饿的人来说,还有什么帮助,能比这碗饭更实在?更值得感恩呢?多年后的今天,每当想起这些温暖的情景,我总忍不住热泪盈眶。

说起李英桂,其实她并不是这个村里的人,她也是"寄人篱下"的孩子。她的成长环境比较复杂:这儿的家是外公外婆的家。她从小跟着外公外婆和舅舅生活在一起。外公外婆膝下一子,即现在李英桂口中喊的"舅舅"。所谓的"外公外婆",也不是她真正的外公外婆,舅舅亦不是亲舅舅,而是她母亲的未婚夫。

当年李英桂的母亲即将与他结婚时,这个男人突然大病一场,然后瘫痪在床。李英桂的母亲是个善良的女子,当即认命,表示愿意就这样一辈子伺候公婆一家。

两位老人深明大义,不愿委屈这位善良的姑娘,后来将她当作自家女儿一样,嫁给当地一户不错的人家当儿媳。婚后,李英桂的母亲为感谢两位老人的大恩大德,把所生的长女李英桂送过来抚养,认两老人为外公外婆,认瘫痪男人为舅舅。母亲想等李英桂长大后,承担起这一家的家庭责任。

由于她家的老人、病人饭量都不大。加上李英桂是一个干部,时常在外开会吃饭,粮食有些结余。李英桂便时常接济于我,她的接济就是每餐给我留下一大碗饭。天天叫一个从外地来的陌生男子来家吃饭,这对于一个农家女孩来说,该是要鼓足多大的勇气啊!好在我和她因为是工作上的关系,有时在一起,也是配合彼此的工作,加上我是从上面派下来的干部,他们认为我在这儿是客人,也不会在这个地方呆多久,身份与地位不一样,所以大家对我也没有过多的非议。

李英桂的外公外婆及舅舅也对我非常友好,他们都感叹我这个从外地来的小伙子,来这乡村工作辛苦,如果不吃饱肚子怎么做事呢?善解人意的老人还叮嘱外孙女,叫我来他们家吃饭这事,不能让外人知道。尤其是杨凤早一家,如果知道我在他们家吃不饱饭,而要外人接济时,这让杨凤早知道会怎么想呢?如果此事让大队的领导知道了,他们又如何向上面交差呢?——我为这善良一家人的用心良苦感动不已!

说实话,我至今不知道用什么词来形容李英桂,觉得把世间所有的好词语用在她身上,也不过份。这个18岁的农村女孩,虽然生长在农村,却有着脱俗的气质。那张红彤彤的鹅蛋脸,像刚熟透的红苹果一样,闪烁着青春的神采。那双会说话的大眼睛，一闪一眨的，像一潭幽深的湖水，仿佛能照应人间一切世事，显得那么朴实、聪颖。比起同村里的女孩，她算是个文化人。

不仅读了初中毕业，还能说会道，而且能写一手好字。别看她小小年纪，却担任着村里的民兵排长，做起事来真有“巾帼不让须眉”的气魄。我进村的第一天，由大队支部书记带着我认识她，她见我带来一纸箱的书，感到非常吃惊。然后用一种特别的眼神看看我，充满一种好奇与欣赏。我一直记得她那时的目光。

善解人意的她，似乎懂得我所有的心思。首先，她带我熟悉村里的环境，然后告诉我，平时工作中接触较频繁的几位村干部的性格，与他们在交流时该注意哪些问题。她说我是从部队过来的人，没真正在农村生活，与农村人打交道会有很多不适应的地方。如果不摸准他们的个性，以后的工作会有很多麻烦，搞不好还会出事。这循循善诱的语气透着天真和真诚，像一位小老师，又像一位年长的智者。和她相处才几天，我感觉这个小姑娘，虽然只是农村的一个小干部，却有着超人的智慧，有成就大事的格局。在她面前，我像学生一样认真听她的意见和建议，也懂得了与农民打交道以及很多做人的道理。她非常爱看书，对我带来的《毛泽东选集》和几本小说很感兴趣，经常要求借阅。

那时候的农村连个户外广播、露天电影都没有，甚至想找点书报来读都极其艰难。每天晚上，民兵排长李英桂，就和湾里的几个年轻人，到我住的屋里陪我聊天，听故事，唱歌。如果天晴，他们就在家门口唱歌、跳舞、做游戏。他们都喜欢听战斗故事，这可是我的强项。通过这些活动，加深了我和他们的感情，对开展工作也大有好处。

在人间，尘世的苍茫与不安，抛给我多少无情，往往又给予我多少的深情。在那个特别的岁月，在我到这个山村工作的两年时光里，我经常想，如果不是这个聪慧善良的女子，给我带来温暖与关怀，我该如何走过那段人生低谷？

熟悉她后，我告诉她，我从荆州被贬到松滋工作的原因，还告诉她，我在家里有一位女朋友。她很认真地听着，一脸的平静。在听的过程中，她没有插一句话，也没有问为什么。仿佛我说的一切是在讲别人的故事一般，她没有感到惊讶与意外。

我一直不明白，这个年仅 18 岁的姑娘平静的外表下，掩藏着多少丰富的情感。对我，她始终像亲人一样体贴入微，关怀备至。有时候，我甚至觉得她像铁血男儿一样，把我当作一个柔弱受伤的女子来保护。

她对我说得最多的一句话就是：你是部队过来的人，还是个读书人，没干多少农活，别累坏了身体！你不要和我们比，我们生在农村长在农村，天天干活习惯了。

唉！打开我面前的这个日记本，里面记载着多少难忘的回忆？记载着她多少的深情厚意？还记载着我多少的失落与焦虑？飘忽的煤油灯下，她常常是我唯一的听众，那一双明亮的眼睛，温柔地注视着我，犹如黑暗中的一串珍珠，让我的生活充满了希望与阳光。

很多次，我被眼前这双秋水般的眼睛迷惑了。她让我想起了首长的小姨妹，她们俩有个共同的特点就是：都有一双会说话的大眼睛。那双眼睛盛满了世间美好的东西，让人产生无限遐想。还想起我的未婚妻，她有着和她一样淳朴善良的心。我还想起了在中学时代，我读过戴望舒的《雨巷》，她似乎就像是那个有着丁香般愁绪的女孩，那个撑着雨伞走在雨巷中的女孩，她有着丁香一样的颜色，有着丁香一样的芬芳……我眼中的她，就像天上的仙女一般美丽、圣洁。

还记得有一次，上级安排我们加固老城的水库，水库两边的坝堤需要石头垒砌泥土填缝加固。这是一项艰难的工程，（既要能充分蓄水，又能达到防汛的目的。）这项巨大的工程，上级规定必须在春节前完工。村里的男劳动力都用上了，由于赶不上工期，大队只得组织女民兵上阵。

李英桂作为民兵排长，带着村里的四位女民兵赶了过来，住在附近的农民家里。当时条件极其有限，男男女女挤在一间大屋子里，吃饭还好说，但是由于人多，男女有别，晚上睡觉的安排就成了大问题。原先男劳动力挤在一间屋里打地铺，马虎一点也说得过去。现在平添了四个女的，怎么睡呢？因为农民家里没那么多的房间，有人提议，男女结合部由我和李英桂。当时她红着脸默认不作声，觉得此时也只能是这样了。

深夜，劳累了一天的民工们都很快睡着了，李英桂也发出了轻微的呼吸声。睡熟后的她，像个安静乖巧的婴儿，脸上带着一丝甜蜜的笑意。她的身上散发着少女的清香气息，伴随着她匀称的呼吸，真让我恍若梦中。

望着眼前恬静入梦的她，看着她为我抖开的被子，和她几乎没有间隔，我怎能入睡？又怎么敢睡呢？她还是个连朋友都没谈的18岁大姑娘啊！我怎忍心打扰她这样的好女人？深夜十一点，我只能骑着破旧的自行车，赶到县武装部去住。

那夜，冷冽的寒风阵阵向我袭来，冻得我咬着牙骨，拼命地踩着自行车向前飞奔，但我觉得很应该……当我到达武装部的时候，已经是深夜十二点多了。为我开门的是政委龙厚林同志，他非常吃惊地看着我。

得知我骑着自行车跑了十多里路的真正原因，老政委重重地拍了一下我的肩膀：小丁，你真是条汉子！并夸奖我做得对，作为军人时刻要铭记自己的身份，守着军魂就是守住自己的灵魂。多年后，一想起那些个日日夜夜，我庆幸在关键时刻把握住了自己，守住了自己的灵魂！

对于李英桂，我经常问自己，那是一种什么感情？如果说是一场惊天动地的爱，这场爱里没有任何华丽的词语；如果说是一份血浓如水的亲情，但这份情却让我有一种生死恋人般的依恋；处在那样艰苦的环境，因为有她的存在，我再也没有饿着肚子干活，也没有因为工作上的压力而挺不过去。她这个称职的合作伙伴，在我们合作的两年之中，我想到的地方，她都想到了；在我没有想到的地方，她也都想到了，她是我真正的知心朋友。

两年后当我离开时，真是对那儿产生了难以割舍的依恋。我常想，是真的依恋那儿的山山水水吗？不，是因为她！因为有她，这个贫瘠之地才闪烁着圣洁的光华！我和她之间，仿佛前世都懂得彼此一般，似乎从来就不用多说什么，一个眼神、一个手势，甚至是一缕笑意，彼此都明白。

多年以后，当我看完艾米的《山楂树之恋》后，我才明白，有一种深爱是埋藏在彼此的心里；有一种相思是不说出口更加深情；有一种相依是无关生死情意更浓。我和她之间一直那么平静、单纯、质朴，宛如一对纯洁的栀子花。

两年后我回到机关上班。她也从民兵排长升任妇联主任，再上升为大队副书记，再后来调到老城公社协助做民政工作。因为工作突出，后又转为国家正式干部。当然，她一路走来，我在中间起了不少作用。我应该尽我之力补偿她。我给不了她的幸福，只能默默地关注她、祝福她一切安好，我希望她有一个幸福的未来。

当我回到武装部后，有一天，在办公室遇到一位郑姓的军官，得知眼前这个帅气的小伙子，是回来探亲，还没有谈对象时。我立即想到了待阁闺中的李英桂，觉得他们各方面都般配。我这个平生没做媒的人，第一次自告奋勇地当红娘，为他俩牵了红线，最终成就了一段好姻缘。

2011 年，我带着全家到松滋故地重游，兴致勃勃地看望当年的老领导、老朋友、老战友，唯独没有去看她。其实哪有不想见她的道理呢？多少年来，梦里总有她的倩影，总有她与我谈工作、喊我去她家吃饭的情景，总有她听我读诗时的认真样子，总有她听《小路》时淡淡忧伤的表情……如今，我已是当了爷爷的人，可我还是不敢面对她，我真怕见到她时，我会克制不了自己而失态。

我忘不了她为我做的一切，忘不了那双秋水般深邃的眼睛！但是，离开松滋的时候，我还是忍不住和她通了电话。电话那头的她，断断续续地说了些祝福和问候我的话语，接着就是沉默，再过一会儿我听到了她的抽泣声。虽然声音很轻，但我感觉出她是在压抑着自己，不让自己哭出声来。她告诉我，自己生活得很好，老伴也对她不错。儿子在荆州工作，最近准备成家。那刻，我握着手机的手一直在颤抖，我对她说，如果我下次再来松滋，请她把我带到她的外公外婆坟前烧纸祭拜，感谢他们当年接济了我；我还对她说，明年你一定要来武汉，我带你去汉口江滩，带你游黄鹤楼……我说了很多很多，放下手机的那刻，我泪流成河！

如今，四十多年过去了，悠悠岁月，拂去尘埃，我们都老了。那些朝夕相处的目光，苦乐共享的汗水，粗糙质朴的真情，依旧魂牵梦绕；人生的许多辉煌，都在悄然退去，唯有那段相依相伴的金色年华，依然绚丽夺目！它常让我想起李商隐的那首不朽的《夜雨寄北》，让我想起俄国诗人普希金说的“一切都是瞬间，一切都是过去，而那过去了的就会变成亲切的怀念。”

此时，我用一生的真情为她，也为那段不能忘怀的岁月写下一首诗：

我欠伊人一首诗，
当初不敢越雷池。
军人守则条令在，
萌动春情暗自思。
驼铃渐远雁来迟，
我欠伊人一首诗。
仰望星空遥对月，
几回蝶梦几回痴。
当年懵懂成追忆，
搅动尘埃多叹息。
我欠伊人一首诗，
至今依旧难提笔。
北马南船各自驰，
沧桑岁月满头丝。
陈年老酒尤甘冽，
我欠伊人一首诗。

是的，我欠伊人一首诗，梦断关山松滋情！

如果有来生，请让我为你唱一生的恋歌，偿还一世的真情……

一纸调令贬松滋，茫然无奈有谁知？
幸遇李君嘘冷暖，心存万首谢伊诗。

围城尝百味

我在松滋工作的那些年里，发现了当地的风俗习惯，与湖北绝大多数地方大相径庭。这个地方的特点，用一个通俗的词语形容就是“阴盛阳衰”，就拿婚姻为例吧，松滋一直以来倡导男到女方入赘。

不仅如此，入赘后还有一个不成文的“规定”：男方到女家后，还要改随女方姓。这样在外人看来以为是兄妹，其实是夫妻关系。这种作法，当然也有很实在的好处，起码解决了女方的劳动力不足，婆媳关系难处的问题。不过他们结婚后，还有这样一个约定：第一胎所生的孩子随男方原姓氏，第二个孩子再随母姓。“松滋公安隔条堤，家家户户招女婿；吃起饭来一大桌，问起姓来各姓各。”这里的“公安”指的是与松滋紧邻的“公安县”，这首歌谣，是当地现实并形象的一种风俗记录。

由于这一风俗，形成了男贱女贵的格局，男女比例失调，女性多于男性，有点《西游记》中女儿国的感觉。这里的女孩一到成人的年龄，就急着找男朋友，以免下手太慢，好男人被别人抢走了。

我们武装部的小伙子，就成了当地女孩想方设法“猎取”的目标。她们利用在各单位工作的武装部家属做媒，介绍与我们这些单身的小伙子接触。我这个 24 岁的未婚军官，置身于“女儿国”中，仿佛成了她们眼中的“御弟哥哥”（唐僧）。当时的我，虽然调到这个偏僻之处，但依然保持当兵时的好习惯。天天都坚持运动，如晨起跑步，晚饭后打篮球，羽毛球也是我的爱好。加上个子长得高大魁梧，在这些女孩的眼里，我是个“高大全”式的人物。总有部队的家属跑到我面前来给我做媒。

那些女孩得知我家里有女朋友，居然也不介意，说只要我还没结婚，她们就有追求我的权力与机会。对这些美女们送来的“秋波”，我总是一笑拒之。武装部的家属也挪揄我：这儿那么多的美女不要，非要等一个一年到头，也见不到一面的农村妹，真是个活苕！是啊，她们说对了，我的小名就是叫“苕伢”呀！

1973 年，我已年满 25 岁了，这个年龄，在当时已是大龄青年了，我该结束单身汉的生活。在松滋这个多事的“是非之地”，如果再这样下去，不知道接下来会发生什么事情呢。考虑再三，我向组织申请回乡结婚，组织也批准了我的请求。

我的决定，也是我的选择。选择了现在的未婚妻，就是选择了长久两地分居的孤独和艰困,就是选择了贫困和忍耐。在现实面前,我能掌控得了自己的人生轨迹吗?

我的终身大事,是整个家族的大喜事。我的父母亲更是开心得不得了,终于要完成他们心头牵挂已久的大事了。这也是我家要办的第一件大喜事,他们非常重视,请村里的算命先生挑选好日子。算命先生拿着我和未婚妻的生辰八字掐算,说腊月二十六是黄道吉日,所以我的婚期就定在腊月二十六这天。婚期与春节紧密相连在一起,这让我回家的步子显得格外急切。

腊月23日这天,我的未婚妻张忠英就早早地来武汉,接我回家。我记得那天大雪纷飞,刺骨的寒风吹到人的脸上,就像刀子在割一样。我在车站见到她时,发现她双手不停地放在嘴边呵着热气,青春的脸上洋溢着满满的喜悦。见到我的那刻,她的眼睛一下子就亮了,用一种灼热的目光痴痴地看着我。那张小脸不知是冻得通红,还是少女独有的红晕,那一刻在我眼中变得生动起来。

望着眼前的她,我说不出是喜还是悲,我没有选择首长的小姨妹,也没有选择其他的女人,而最终选择与她相伴今生。眼前的这个女人,将要与我洞房花烛;眼前的这个女人,将要为我生儿育女;眼前的这个女人,将要与我厮守一生一世……其实,她选择了我,同样是选择了吃苦耐劳,同样是选择了艰辛与贫穷。命运的幸与不幸,摆在我们面前,岂是一两句话就能道清的么?

1973年的冬天真是特别寒冷,在我赶回武汉的那几天,大雪一直没有停下来。那些天由于路面结冰,客运班车都停运了,我和她被困在了武汉。在武汉等了两天,再等就来不及了。二十六日是我们的大喜日子,全家人没有等到我们俩回家,一定心急如焚。哪有客人到了而新郎新娘还没回家呢?我们找到客运站的领导苦苦相求,当时也有很多人焦急万分地等着回家。客运站领导只好派出一辆解放牌篷车出行,为防意外,他们在车轮上加装链条应急。我们就这样顶着凛冽的寒风和飘洒的雪花,在那辆破旧的车里相互靠着、挤着,一路站着回到了家。

说是结婚,我俩却没有新房。我的"新房"是父母腾出他们的睡房来给我俩结婚的。床是父母睡的床,只是象征性地在上面涂了些红油漆,做了个花边。柜子也是父母用过的柜子,也只是重新上了点红油漆,盖一下旧痕迹罢了。据说,这些床和柜子还都是我的祖父、祖母那辈子用过的呢。

我们结婚那时候,时兴"三转一响",即:自行车、缝纫机、手表、收音机。而我们结婚却连开水瓶也没买一对,我的家一贫如洗,她的家也没有嫁妆送给她,我和她真是两根苦瓜一根藤,十足的"门当户对"呀!好在她没有一句怨言，也理解我的父母。她说她看中的是我这个人，虽然我们现在贫寒，但只要在一起好好过日子，就会有出头的一天。

第一天晚上，我们的新床垫上了新棉絮。到了第二天，除了床单是新的外，垫絮就换成了破账子裹着的旧棉絮了。

我们就这样结了婚。

新郎一下子变成老公身份，新娘也成了我的老婆大人，人的折旧率有时比物件来得更迅速啊！

年过完了，我的婚假也到期了。我带着依依不舍的心情离开父母、弟弟妹妹，还有新婚的妻子。我想起了第一次从部队回来探亲，我是如何地抗争和委屈，并提前回到部队。而这一次，一切都成了自然，变得难舍难分。人心啊，真是个奇怪的东西。我到部队一个月后，家里来信说妻子怀孕了，我真是喜出望外。我马上就要当爸爸了，从此就要担当起丈夫和父亲的责任了。

在部队很多人的眼里，我是个特别能吃苦的人。他们还说我特别能战斗，特别能忍耐，还是个特别善于换位思考而顾全大局的人。我认为这一点，他们的评价是中肯的。我当时的工资只有 52 元，每个月我都寄 30 元回家，家里有两个弟弟和一个妹妹正在上学，还有正怀着孕的妻子。我不能在身边照顾他们，只能省吃节用补贴家里。我把自己每月的开支控制在 8 元之内，一年累计结余的一百多元用来每年一个月的探亲。

而我将一个月的探亲假，总是安排在“农忙双抢”最忙的季节。我平时无法照顾家里，只能在农村最忙的时候回来，帮家里人分担一些重活。七月份是一年最热的季节，多年未干农活的我，在田里割谷、插秧、挑稻谷，火红的太阳很快把我晒成了“黑炭果”。吸附在腿肚上的蚂蝗咬得我的脚鲜血直流。村里的人看得直摇头，都说糟蹋了我这个“军官”，这个时候跑回来受这个苦是为了什么哟？而每次回部队，大家看我的样子，都笑话我是刚从非洲逃回来的难民。其实我最对不起的人是我的妻子。从谈朋友到成家，我从未单独给她一点零花钱。每次回家，第一件事就是把身上的钱交给母亲，家里的一切开支由母亲支配，她的权力在家里是至高无上的。

尽管如此，我们都没有抱怨过母亲，因为她为了这个家是该用的用，该省的省，没有瞎用过一分钱，她的压力比我们大得多啊！尽管妻子有时候也在我面前嘀咕过几回，说我多少应该留点钱给她零花，但她最终还是选择了包容，因为她也理解我的难处，说我所做的一切都是为了这个家。

是啊，一切都是为了这个家。

这让我想起了我读初中时候，每个月拿两元钱的助学金，我还节约一元钱补贴家用的情景。

我又想起刚入伍离开家里时，队长妻子送给我两元钱。一到部队我就凑成十元寄往家里。因为那两元钱我没用一分，在火车上拿到当月的津贴费六元钱，再向战友借了两元，凑成一个整数寄回家。

我想起当兵第一年津贴六元，第二年七元，第三年八元。三年下来，我寄给家里共有210元钱。平时我只买牙膏、信封、信纸、肥皂，一个月最多就用一元钱。我这个穷人家的孩子，从小就被贫困扼住了咽喉，它卡得我喘不过气来……

现在，我成家了，快做爸爸了，面临的压力就更大了。那时我唯一的愿望就是努力工作，一定要让妻子和孩子随军，吃上商品粮，过城里人生活！当时随军的条件是：年龄满35周岁，军龄15年或营职干部，达到其中一条即可。这个条件不知是什么人制定的，真是太苛刻了。不是吗？等混到个营职，年龄、军龄也都到了，家属还有随军的机会吗？

我所在的松滋县人武部，地处偏远山区，人员难以流动。，即使空出一个位子，很快上级机关就安排人来，填补空缺了，根本不可能有提拔的机会，我只能熬着军龄、年龄这两个条件了。

为了能让家属顺利随军，我只能选择拼命工作，生怕在未随军前转业。如果在军龄不足15年转业了，那么我的妻子、孩子就不能转为城镇户口，就会在农村呆一辈子，我以前的努力也会前功尽弃。

我清楚地记得，当年武装部，就有同我一样的四名“半边户”。参谋姜绍坤，河南人。在他军龄14年半转业了。听说他的爱人在政委家苦苦哀求过，但最终还得服从组织决定；参谋任贵杰，领导要他转业，为了求领导开恩，在生活极度困难的情况下，他花20元钱，从家乡买10斤小麻油送领导，最后也未能幸免；还有一个是干事陈育堂，孝感人，他和我同一个科室，也在军龄即将满时转业了。面对这样紧迫的局势，我如坐针毡，生怕厄运随时就会降临到我的头上。

那些即将随军却被命运卡在门外，我的战友们啊，如今你们在家乡还好吗？每当我为自己庆幸的同时，却总会想起他们，心里泛起阵阵酸楚，我们都是一个战壕里，同命相连的苦命人啊！

看着相似处境的“半边户”战友们，一个个相继离开部队，我别无选择。唯有在工作上做得出色，才尽可能摆脱“回家”的命运。我时刻紧绷着神经工作，时间久了，感觉实在是太累了，累得有一种喘不过气来的虚脱感。在政工科，我的业务水平只能算中等，但一有重要任务，重大典型材料、汇报材料及文件起草，大都压在我的头上。尤其是有的领导不好分，就直接推给我来完成。他们知道我不敢反抗，因为我的生死大权掌控在他们手上。只要他们编一个理由或一声令下,我就会遭遇转业的命运。

可以说,在松滋的那些年,我是忍辱负重在讨生活……

一次,军事科要完成两个材料,但他们借故不写,领导做我的工作要我帮忙完成。我出于无奈答应了下来,但军事和政工角度侧重点是完全不同的,隔行如隔山。

为了完成任务,一个多月,我深入调查,每天挑灯夜战阅读材料。由于睡眠不足,我总感觉头晕脑胀,吃任何东西都索然无味。到材料完成之时,我整整瘦了十斤。

完成后还要工工整整撰写,不能有一个潦草字。这样恭恭敬敬、废寝忘食地工作,我还不敢对任何人说一个"不"字,对领导不能,对同事同样,也不能发一句牢骚。生怕一不小心说错了话,还担心有人打小报告,遭遇"飞来之祸"。如今一想起来,我真的佩服自己当年强大的承受能力。

在生活上,我同样不敢出半点差错,我必须少说多做,我必须小心翼翼,我必须样样做到循规蹈矩。生活在县城,绚丽多彩的城里生活,哪有我不向往的地方呢?但是,我反复告诫自己,那些好玩的地方,都不是我该去的地方,搞不好,就会弄一手脏甚至是一身的刺。就是下乡,我也尽量避免单独和女民兵、女干部接触和说话,包括武装部的家属,我也是能远离就远离。虽然我结婚了,但妻子在老家,我的处境和单身汉差不多。稍有不慎就会引发议论与纷扰,我必须谨记自己是有妇之夫,还马上为人父,我不能在生活作风上,让别人对我有半点非议,更别说有什么绯闻了。

1974 年 10 月,我的大女儿平安来到人世间。初为人父,我激动极了。压抑了很久的心终于放松了一些,我回家探亲,将我那粉嫩的女儿抱在怀里爱不释手。亲着她那粉嘟嘟的小脸,我激动得止不住流下眼泪。我把她取名为"丁敏",希望她将来做一个聪明敏慧的孩子,不要活得像爸爸那样累。

时间一晃到了 1976 年,一天从武汉传来不幸的消息,在汉西仓库上班的继父,由于货物滑坡,他被活活地砸死了。53 岁的老人家就这样离开了我们,连一句告别的话都没来得及和我们说。

继父是因公牺牲的,按照当时政策与公司协调,可以安排一个直系亲属来顶职。他的亲生女儿丁冬芬早已安排了工作,公司也都知道。我是他的养子,我当时想让妻子顶职。为此,我们和继母协商以后如何孝顺她,让她衣食无忧,并承诺对她生养死葬。但她信不过我们每一个人,坚持要自己顶职。她当时 48 岁,已过了顶职年龄,只能按政策抚恤。就这样,白白浪费了一个"农转非"的指标。

她这种不近人情的做法,是有自己的如意算盘的,因为她很快物色到一个男人，不久就和那个男人生活在一起了。不仅如此，她又回到老家，要卖掉土改时分给继父的那栋房子。那栋老房子，平时一直是我家住着，东西两厢房，古皮隔窗。房子中间有一天井，很亮堂。三面还有转楼，可放粮食、柴草，也能住人。我家常住着来打靶的部队官兵，楼上可住两个班，能容纳二十余人。

关于这栋房子，我应有继承权。一是我从小就过继给叔父；二是继父死后安葬在祖坟山，全部是我操办；三是继父死后，我一直在履行对继母的赡养义务；四是妹妹冬芬在武汉上班，按农村习俗和她的意愿，她已放弃继承权。

我们对继母晓之以理，动之以情，并把湾里同房人请到一起，做她的工作，“叔父因公牺牲每月有抚恤金，我们每月还补贴你二十元，并负责为你养老送终”。我当着房下好多人对她许下承诺。可好说歹说，继母一句也听不进去，非要我们拿1200元钱来买这栋房子。

1200元钱，这在当时真是个天文数字，我两年不吃不喝才能有这个数字。我们实在拿不出这笔钱来，湾里也没人愿意买这栋有纠纷的房子。继母不甘心，就跑到大队，承诺用400元作为感谢费请求大队出面来帮忙。

我是现役军人，且房子有争议，如果我不同意大队拆，他们是拆不成的。无奈，当时正值征兵，我三弟丁朝平体检合格，准备去当兵。大队就用此作为要挟，逼着我们拆房子。同样心酸的父母劝我把目光看远些，不要得罪大队，弟弟也含泪求我，因为他想去当兵。

万般无奈，只能眼睁睁地看着大队把房子拆走了。拆走了一半怎么住人呢？没办法，我的妻子只好到武汉请求她的叔父帮忙，善良的老人家，拿出了他一生的积蓄400元钱，交给我的妻子，我们才把房子重新建好。

那段时期，正是我的二女儿丁晴出世，妻子还在坐月子，由于没有休息好，还要忙进跑出，又累又怄气，最终她落下了心绞疼病，直到现在，稍有不慎就会发作。

继母的好日子没过多久，再嫁的那个老公又死了，她无颜再找我们了。就搬到娘家去住，后来也死在娘家。我们得知后，念其早些年对我们还有些好的地方，便不计前嫌，把她安葬在祖坟山上。每年清明，我们还是前往她的坟前祭奠，烧些纸钱给她。

一九八零年，我们武装部的“半边户”只剩我一个人了，长女丁敏已到上学的年龄。我向领导请求，能否家属子女提前来部队，领导同意了我的请求。但没有户口，就没有粮油供应，另外工作也不能安排。面对这种困境，我没办法把四岁的小女儿一同带来，只能把她留在老家让父母照顾。妻子和长女丁敏来到松滋后，妻子在新江口镇塑料厂找了个临时工作，开始了一天十二个小时的上班生活，丁敏在实验小学读一年级。

可怜我那六岁的女儿，小小年纪一切都是自己自理，每天洗好米，然后送到食堂蒸饭，放学后还要给她妈妈送饭。那时，妻子上班的时间是十二小时，要么是白班，要么是晚班。一次，妻子下晚班回来，发现女儿忘记关大门，床上的蚊帐也没合拢，睡熟的女儿身上爬满蚊子，有的蚊子，已经吸血过饱飞不动了。妻子抱着满脸红肿的女儿，哭得直捶打自己的腿，恨自己为什么这么没用，让孩子跟着受这份苦。

可是穷人的孩子必须早当家。每天晚上，她不仅自己买饭吃，还要送饭给上班的妈妈，回来后自己到食堂打热水洗澡。松滋武装部依山而建，到家要爬20级台阶。因她人小，多次累得连人带桶摔倒，还得哭着爬起来，继续向前走。那时很多人怪我，不会心疼孩子，说这么小的孩子，怎么能干这么重的体力活？写到这儿，我的眼泪也流下来了。我心疼我那懂事的女儿，她从不怨爸爸常年下乡不能管她，也从不怨妈妈上班没时间照看她……

而留在老家的小女儿丁晴，时间久了见不到我们，也在家里又哭又闹，她想爸爸妈妈和姐姐，也要过来和我们一起生活。我的父母被她吵得没办法，父亲只好带着她来松滋看我们。见到我那四岁的小女儿，我内疚得说不出话来。父亲看我们的日子确实不好过，他说服小孙女还是回老家好，并说过些日子，再带她过来看爸爸妈妈和姐姐。小女儿含着眼泪答应了，临行前的那晚，我和妻子紧紧地搂着小女儿失声痛哭。

我们舍不得让她回家，却又没办法让她留在这里。我在心里对女儿说：原谅爸爸妈妈吧！不是我们心狠，不是我们不努力，只是时间还没到，请你相信爸爸，不久的一天，我一定让你过上幸福的生活！小女儿见我流泪了，很懂事地说：爸爸不哭，我过些天再来看你……她还为我擦干眼角的泪水。

第二天，父亲带着小孙女，依依不舍坐上回武汉的便车。（一位熟人的顺风车）后来得知，那天便车晚上十二点才到武汉。祖孙俩只好下车，他们又冷又饿。父亲拖着我的小女儿在风雪交加的泥泞路上，整整走了六个小时，快到天亮，才走到我住在汉阳建港的姑姑家。

那时候，姑姑家也没有什么吃的，给我父亲和女儿填肚子，只是起来熬了一锅米粥为他们爷孙俩充饥取暖。我那可怜的小女儿，吃到一半，就歪倒在桌上睡着了。每次想到这件事，我的心就剧烈地疼痛，这是我一生刻骨铭心的一件揪心的事。父亲健在的时候，每次一提起这事就伤感，我的心亦被刺得阵阵巨痛。

往事不堪回首啊!

不过,松滋这个让我伤心的地方,同样有很多让我终生都忘不了的好心人。

我忘不了老城李英桂的外公外婆,每年杀年猪,都要送几斤肉给我们全家过年;街河市的李定国,他老婆在粮店工作,时常把细米打成米粉接济我们;还有老乡徐敦才、肖伯华、万良仁、李志树,他们也经常在我危急关头,解囊相助。我永远在心里感恩他们!我经常教育我的孩子,要永远记住所有对我们好的人,更要像他们一样,做一个正直、善良、肯对别人伸出援助之手的人!

走过人生最寒冷的冬季,我们终于迎来了阳光灿烂的春天。1983 年是改变我们全家命运的一年。那一年,我的年龄、军龄、职务都达到了随军条件,妻子和两个女儿都办理了随军手续,解决了多年梦寐以求的商品粮户口。捧着红本蓝印户口薄,全家人围在一起,高兴得又哭又笑,我们终于过上了城里人的生活。

成家十年,在围城里经历了无数的风风雨雨,个中滋味只有自己明了。现在,我们全家终于团聚在一起了。这对于很多人来说可能算不了什么,但对于我来说,却是发生了天翻地覆的变化。对于我的整个家庭,更是一个重大的转折点,因为我彻底改变了家庭的面貌,我为自己的辛苦付出,掬一行心酸泪,我更为挑战这段苦乐年华而骄傲自豪!

国策特殊卑贵论,城乡差别优劣分。

油盐酱醋凭身价,人为鸿沟整死人。

别了,松滋!

我还将说吗?为了来到那里,来到你在的地方,离开你不在的地方,你必须沿着一条其中没有狂喜的路走;

为了来到你所不知道的地方,你必须用一种无知的方法去走。

——艾略特

蓦然回首,我来到松滋这个偏僻的地方工作已经 13 年了。这 13 年似乎过得很快,我每天像机器人一样忙忙碌碌,甚至忘记了白天与黑夜;

这13年又似乎漫长得如同13个世纪，它让我饱受了世事的沧桑与生活的艰难……每当想起这13年的艰难岁月，我的心总是不停地颤抖。站在午夜的风中，我时常感叹人生像一场梦……

自从家属随军后，我就萌发了回黄陂老家的念头。这念头一旦有了，就像迎风生长的小树一样，越长越快，越长越繁茂。我实在想离开松滋这个地方，因为它给我太多的压抑和屈辱。我把自己的青春都留在了这儿，现在人到中年，必须要回到老家，照顾我的父母和家人了。中秋节那晚，我在日记里写诗言心声：

一年容易又秋霜，月照小窗思故乡；
十年一梦边关月，大雁南飞欲断肠。

写完抬头望外，一轮皎洁的明月正照在我的窗口，那一刻我真的泪湿盈眶。想着远方的父母，他们该是多么盼望我们回家团圆啊。接着我又含泪写道：

母倚柴门父依栏，四目相对望儿还；
但求一展风云志，来日归家侍膝前。

写完这些，我暗下决心：今年一定要离开松滋！一定要回黄陂！

坚定了这个想法后，我的激情一下子点燃了，觉得灵魂像有了落脚点一样，做什么事情都非常有干劲。当然，这个想法我没有告诉任何人，只是埋藏在心里。如果我贸然向上级提出调动，而得不到他们的支持，这件事会弄得满城风雨，不仅影响我在单位的进步，还会让我无颜面在这儿呆下去……所以，在事情还没眉目之前，我都是小心谨慎地思考下一步该如何走。

这时候，我想起了一个重要的人——他是我生命中很特别的一个人！我当年在荆州军分区工作，受到他的关心与厚爱，得到他全家的呵护与关注！也是因为他，我才被贬到松滋这个偏远的山区。他是我生命中的贵人，也是让我一想起就无比伤感的人——荆州军分区的首长。

那个当初因为他的小姨妹看上了我，我不敢违背母亲包办的婚姻，而放弃了那位美丽高雅的女孩，让首长这个大媒人颜面尽失，他一怒之下，将我调往松滋。他的这一张纸令，让我的命运彻底改变了，使我在松滋这个贫困的地方"卧薪尝胆"13年。

但不知道为什么，尽管这13年我吃尽各种苦头，却从来没有怨恨他。

尽管一想起他，我心里不是滋味，也曾怪他无情无义，但心里始终对他恨不起来。大概他身上有一种强大的气场，让我折服吧，我只在心里怪自己，没有这个福气，与他的小姨妹有缘无份。

想起首长，很多久违的往事又回来了。还记得我来松滋的第二年，有一次去荆州军分区开会，我忍不住去看了他。我买了两斤松滋茶叶送给他，感谢他全家曾经对我的关照。

他见到我非常惊喜，但看我的眼神一瞬间变得复杂起来，有尴尬的成份，同时又有一些内疚与怜惜。得知我成了家，老婆孩子还都在老家，生活过得并不如意时，他好半天都没有说话。

好一会儿，他才叹了一口气，有些伤感地说："你呀，当初就是不听我的话！"可能他是遗憾我和他的小姨子没结缘，而心疼我现在过的苦日子吧。然后，他拍了拍我的肩膀，又叹一口气说："你的做法也许是对的。"接着就没有和我多说什么了。

我心里十分伤感，却无法解释什么，只能苦笑着点头。临别的时候，他紧紧地握住我的手，很真诚地说："你还很年轻，好好干，争取老婆孩子随军！"

后来，就是"随军"这个信念，支撑着我在松滋生活下去。我还知道，首长一直都在默默关注我。因为每次松滋武装部的领导去荆州军分区开会，他都要向我的领导打听我的情况，问我工作和生活怎么样。

领导回来后，都很好奇地问我和首长是什么关系，为什么他这样关心我。每次我听后，都只是笑了笑，我告诉他们，首长和我是老乡，他的老家孝感与我老家黄陂是近邻。

其实，他们哪知道我和首长差一点就成了"亲戚"呢，他们又怎么会想到因为"没成亲戚"我才调到松滋呢。我不是傻瓜，其实我明白在松滋的 13 年，首长还是在有意无意中关照我。不然，我为什么能在松滋工作这么多年，而没有转业回家？

当初武装部的"半边户"们可都是提前转业了，我的条件并不比他们优越多少啊。这中间如果没有首长的关照，我同样摆脱不了"回家"的命运。一想到这，我心里很不平静。我辜负了他的美意，他心里并没有否定我的一切啊。

一转眼，十年没见到首长了。当我再次在荆州与他面对面时，彼此都感慨光阴似箭、日月如梭——我们都已不年轻了。我准备了一对松滋特产白云边酒送给他，我知道他是不会在乎我送的礼物，但这是我的一点心意。

不知道为什么，这次见到他，我百感交集，仿佛是孩子见到了亲人一样可以撒娇和倾诉，还没开口和他说话，我的眼泪就夺眶而出……他似乎感同身受，握着我的手不停地安慰：别激动，别激动……

一会儿平静下来，我向他汇报想回老家黄陂的想法，并请他帮忙。

“江汉平原多好啊，再说，你家属子女已随军了。”他说。

“叶落总是要归根的，黄陂毕竟是我的家乡。”我说。其实，我内心深处的种种憋屈，是不敢向他倾诉的。

“真的还是假的？明天我去省军区开会，我可以帮你提一下这件事。”首长很痛快地答应了我。接着，他又问了一些我的家庭情况。我很简单地向他汇报了，那时我很想问一下他的小姨妹现况如何，但始终没有启齿。因为他没有提及，我也不好意思打听。时间是把筛子，最终会淘去一切沉渣。十多年过去了，沧海化成了桑田。我只能在心里默默地祝福她一切安好。

事情真是顺利极了，仅仅只用 14 天时间我的调令就到了。武装部秘书张兆铁，和我是老乡，知道我要回黄陂，替我感到非常高兴。他偷偷把调令拿给我看，尽管这作法是违规的。但我还是高兴得心都要跳出来了！真是太好了，我终于要离开这个地方了。

人生真是有太多的巧合，当年我探亲回荆州军分区，因为没完成首长交给的“任务”（没和他小姨妹谈朋友），我在军分区也只呆了 14 天，就被一纸调令遣到松滋。14 天的时间，我从天堂到了地狱。13 年后，同样是 14 天的时间，我又将从地狱回到天堂了。这个“天堂”就是我的故乡，怎么不令我激动呢！

由于调动之事，我没有漏半点风声，就连我的妻子也不知道这件事。武装部部长顾同钧和我是邻居，他对我的妻子说：“小张，丁朝东要调回黄陂啦！”我的妻子听后，吃惊得半天说不出话来。当我回家时，妻子嗔怪道：“这么大的事你都不和我说一声，你要是把我卖了，我是不是还要帮你数钱呢？”说罢，她就哭了起来。我知道，她是喜极而泣。我们开始为回家作准备了，单位也为我们派了一辆解放牌货车搬家。

我有脱笼之鹄之感。

我的青春，我的热血，我的眼泪……多少年遥望我的故乡，无处话凄凉？多少年的委屈憋在心头，无处诉衷肠？多少个日日夜夜，没完没了的工作逼得我无处躲藏？多少讥讽，多少忍耐，无时无刻不在折磨着我。可以说，在这儿的 13 年，我没有真正做一回自己，现在，我终于可以长吁一口气了，终于可以飞回属于我的天空了！

——别了，松滋！

当我怀着急切的心情清理行李时，心情却又变得极不平静。因为整个屋子里的家当，都有着感人的故事。我望着眼前的一切：自己房间的一张大床，女儿的小床；一整面墙的三开门柜，女儿的单人衣柜；我们的五屉柜子，女儿的写字桌；我们的大床头柜，女儿的小床头柜……这一屋子的家具，让我思绪翩翩、热泪滚滚。我想说的是，这些家具，其实不是我在商场买回的，而是松滋的朋友们送给我家的。更重要的是这些都是他们亲手制作的！

我清楚地记得三年前（即 1980 年），当我的妻子和大女儿刚来松滋生活时，我的一大帮朋友前来看望。他们望着我空空如也的单人宿舍，连一件像样的家具也没有。

大家饭后七嘴八舌地说：丁哥，以前你单身一人生活，什么也没有说得过去，现在嫂子和侄女都来了，你可不能让她们受委屈哟！孩子要上学了，不能连一张写字桌也没有！他们的话让我惭愧不已，就凭我现在的状况，一大家子有口饭吃就不错，哪有能力再添置其他的东西呢。这时候，在松宜煤矿上班的哥们徐敦才说话了：这样吧，我们哥儿几个都是有手艺的人，帮丁大哥打一屋家具送给他们，怎么样？苦了咱哥不要紧，可别苦了我们的小侄女！别人家有的东西，咱哥也得有！他的话得到了大家的热烈响应，纷纷说这是个好主意。

在这一群人中，罗自然兄弟是矿机厂的木工，他与我认识多年，一门好手艺在松滋是很有名的。而在砖矿工作的肖伯华兄弟，则是做油漆出身的。“刷油漆的事就交给我了！”他很豪爽地承诺下来。“打家具的木头，就由我负责。”徐敦才大声嚷道。这位兄弟因为在煤矿工作，煤矿有很多地方需要用树木。当他借工作之便，弄来好几棵上好的树木送到我家时，真让我这个七尺男儿感动得说不出话来。面对兄弟们的用心良苦，我除了不停地说“谢谢”，就再也不知道用什么语言，来表达我的感激之情了。

很快，通过他们精心合作，满屋的家具不到一个月就全部完工了。望着涂着鲜红油漆的新家居，我的妻子高兴得直抹眼泪，女儿乐得一会儿摸摸新床，一会儿跑过去拉开新衣柜，接着就兴奋地在屋子里翩翩起舞。我则像个幸福的傻瓜，被一屋子炫目的红色迷糊了眼，看着一脸兴奋的妻子，我像在云雾中飘绕一样，真有又结一次新婚的感觉。觉得这才像是家的样子，这才像城里人过的生活。感谢我的兄弟们给我一个温暖的家，感谢他们的用心良苦……

现在，我说声走就真的要走了，我好像有一种如释重负的感觉，觉得自己早就该离开这里。可是此刻，望着眼前的一切，我的心就像被一团温暖的火点燃了，一瞬间激动起来。

想着这些年大家苦乐交融的时光，想起他们无私对我这个外地人的帮助。想起他们兄弟般的真情付出，想起他们喊我大哥的亲切声音……我的眼泪再一次夺眶而出。我忍不住把这些家具摸了又摸，如同和兄弟们在紧紧握手一样。突然间，我对这儿的一切又无比留恋……

真的要动身走了，我的心感到十分矛盾，觉得周围的一切都是那么熟悉而亲切。13年的时间啊，几千个日日夜夜。新江口、大同、八宝、沙道观、老城、陈店、南海、街河市、西斋、杨林市、滝水、王家大湖、刘家场、桃花、卸甲坪、斯家场、王家桥……这些熟悉的地方，留下我多少的足迹，同时留下我多少的汗水与泪水，留下我多少的爱与恨，留下多少的深情目光。李英桂一家人的关爱，杨凤早家温暖的灯光……此情此景我又如何能忘记？

“朝东，人往高处走，雀往亮处飞。你回家后不能忘记我们啊！”

“常回松滋看看，这里是你的第二个故乡。这里有你那么多的朋友和战友、同事！”

那些告别的话语如催泪弹向我涌来，让我忍不住一次次落泪。还记得临行前的那晚，城关镇武装部杨德龙部长，为我饯行。他说感谢我多年来，对他乡镇武装部工作的支持与帮助，连声说：哥，这些年辛苦您了！他的话，让我想起我每次下乡的温暖场景，尽管我在我这儿工作感到压抑不堪，但每次下乡镇，总会得到同仁们贴心的关照。尤其是杨部长，每次见面都是热情洋溢，并积极配合我的工作，让我无比感动。他是个豪爽的性情中人，相仿的年龄及军人的共性让我俩有着说不完的话。此刻，他见我流露出伤感，握着我的手说：丁哥是个军人，但身上更有着文人的气质，现在就用文人的胸怀看待这次告别吧，莫愁前路无知已，天下谁人不识君。哥哥无论走到哪儿，都是我们的好大哥！

这真情的话语透着无尽的豪爽，让我又找回熟悉的感觉。这种感觉让我们情不自禁发出“仰天大笑出门去，我辈岂是蓬蒿人”的豪情。

开始喝酒了，为了烘托气氛，他和我玩起了文字游戏，要求我们每喝一杯酒，必须带数字说成语，我很痛快地答应了。我饮下第一杯时，大声对他说：一片真心！他爽快地回应一杯：两厢情愿！当我们共同举第三杯时，一起说出：三生有幸……接着就是四季发财、五子登科、六六大顺、齐（七）心协力、八面威风、九九归一、十分满意、性格适宜（十一）、略有一二……那晚我们各饮12杯酒，边喝边聊，情到浓时还流泪。最后均醉……

第二天，武装部的领导，家属都过来了，顾同均部长，周启学政委等领导紧紧握住我的手，谈了很多祝福和恋恋不舍的话，尤其是那些与我朝夕相处的战友们，如李志树、林锦波、文坤贵、朱善斌、易小炎、黄良清、张兆铁、杨普爱、吕海明、劳其良、赵成元、谭敦武等,他们一个个紧紧地拥抱着我,久久不愿松开。这些共同并肩战斗过的男子汉们啊,面对真枪实弹不眨眼,此时与我告别时,竟变得儿女情长起来……而我时时刻刻想要离开的地方,在这一刻变得难分难舍。松滋啊松滋——这个爱恨交织的地方,让我如何向你告别……此时,我只能挥挥手,把所有的祝福别在衣襟,再背过头,强咽下流淌在喉咙里的泪水。再见,或许再也难见,而人一生中有着许多美好的回忆,但愿我们的记忆里永远都有彼此!

车缓缓地启动了,松滋也渐渐地远去了。窗外风景飞掠,一似回望里纷飞的往事。

但我万万没想到的是,送我的货车开到汉阳县铁铺镇时,突然走不动了。为我开车的司机赶紧下来查看,发现车子出了大问题,并一时半会儿是没办法修好的。当时正是11月份,这个季节的下午四五点钟,天已经有点冷了。在这个前不着村、后不着店的地方,遭遇这种突发事件,一时间让我不知所措、六神无主。这下我该怎么办呢?

当我冷静下来,我第一个念头,就是打电话给我在汉阳的战友龙善岳,他在汉阳县汽车修理厂工作。好在我的电话簿里,抄着他单位的电话号码,我赶紧快步跑到镇边的一个公用电话亭打电话,终于联络上了龙善岳。

当他听出我的声音时,非常惊喜。得知我的遭遇,他劝我不用急,随即就开车到了现场,将我的妻女及司机接走了,并安排好他们的食宿。随后,我又打电话向黄陂武装部汇报情况,让他们第二天派车来接我们。

做完这些,天已经黑了。空荡荡的大路边,只有我一人留在大货车上照看东西。望着远处的万家灯火,我不由悲从中来。原以为现在好了,人和家当都在车上,终于就要到家了,一切都是顺风顺水。谁知快到家门口,车子却突然抛锚。难道这兆示着什么,或真是乐极生悲吗?

当我躺在货车后座上时,浑身像散了架似的,真是感到身心疲惫。抬头仰望天空,夜空中闪烁着几颗星星,它们时隐时现,偶尔一闪一眨的,似乎也在为我发出几声叹息!一阵寒风袭来,我忍不住打了个寒颤……

那一夜,我想了很多很多……想起我悲苦的童年,想起我的读书年代,想起我的入伍岁月,想起我在荆州军分区的生活,想起我在松滋这些年的艰难……我觉得我这一生的路,走得真是磕磕绊绊,简直就像唐僧去西天取经,经九九八十一难一般。记得看《西游记》结尾那段,写的是唐僧师徒在返程时,如来佛和观音菩萨掐指一算,算来算去只经历了八十难,还差一难。遂安排他们在返回的途中,被老龟掀到河里差点淹死……此刻的我,在松滋是不是还有一难没经历,而上天就安排我在回来的路

中，遭遇这一劫呢？

我又想到了这一年（1983年），我正好是35岁，将进入第三轮本命年。在荆州地区，人们特别重视过36岁生日。他们认为36岁是个“结巴数”，很难过这个坎。因为人在36岁前都会涉及到事业、家庭、婚姻、老人、儿女等问题，这些问题，在这个年龄基本定型。如果过好了36岁，后面就是康庄大道。

想到这里，我心里舒服了很多。觉得世间万物，自有它的定数，一切都是上天的安排，不知不觉我就睡着了。那夜，虽然我睡在车上，而且又冷又饿，但我还是睡得很香，很踏实。

第二天一大早，黄陂武装部的车来接我们了。经过好一番折腾，我满车的家当搬到另一部车，他们还把坏了的车，拖到汽车修理厂去维修。安排妥当后，就到了吃午饭的时间。战友龙善岳又请我吃饭，说昨晚我受苦了，要为我压压惊。这样一来，直到下午三四点，我们一家才赶回黄陂。

让我欣慰的是，家乡黄陂以细腻温暖的阳光迎接着我这个远方归来的游子。武装部的领导更是给了我一个大惊喜：分了两间四居室的套房给我们全家住，屋前屋后还有一个小小的院子。这真让我们欣喜若狂，连日在路上遭遇的不快一下子烟消云散。

顷刻间，我们改变了在松滋一家四口挤在一间房子的历史。望着明亮宽敞的住房，我们全家每个人的脸上都写满了幸福的笑容。多年前憧憬的美好生活，就要实现：院墙上要种上绿色的爬藤植物，院子里种上几棵树，还要种一些花和草，甚至种上一架丝瓜，两畦菜蔬，和家人在自己的家门前体验耕作的乐趣，一条石径小路横穿院落……

终于在自己的家乡拥有舒适、安稳的家了。稍作安顿后，我就给在松滋的李志树科长写信。他是我的上级，更是我的兄长。在工作和生活上，他给了我无微不至的关照，想起在松滋一幕幕感人的场景，我几次泪眼婆娑无法下笔。

这时，我想与李科长倾诉衷肠。此前，得知我要回黄陂，他多次挽留我。因为他刚升任政工科长，很期盼有我的帮助，希望我做他的副手。但我去意已决，此时我拿着信纸和笔，千言万语在笔下一泻千里，信中我对他说：李科长，在松滋的十三年，真的是我人生中最心酸、最压抑、最难忘的十三年。“半边户”身份的尴尬桂冠并由此导致的贫穷，就像一把无形的铁钳子，无时无刻地卡住我的咽喉，让我喘不过气来。为了让家属随军，这些年我真是如履薄冰。我必须少说多做，我必须循规蹈矩，我必须小心翼翼，生怕自己提前转业。

在我们武装部的战友中，大家的条件都比我好，他们不用提心吊胆为工作担心，就是有点小闪失也不用害怕，而我却不行。我的自卑，我的心理压力和所受的苦难，只有身临其境才能深切体会到。所以一随军，我就决心离开这个让我伤心的地方……这封信我写了近二十页，把我多年的委屈对他一吐为快。我相信亦友亦如兄长的他，能读懂我的心声。信写完了，天都快亮了。我依然毫无睡意，那晚我在一本外国文学刊物里，还读到了英国诗人艾略特写的《四个四重奏》，其中有几句诗写得非常有韵味，直捅我的心灵深处：我还将说吗？为了来到那里，来到你在的地方，离开你不在的地方，你必须沿着一条其中没有狂喜的路走；为了来到你所不知道的地方，你必须用一种无知的方法去走。

是啊，为了有一天成为自己想做的人，我们必须做一个不是自己的人，必须沿着不是自己的那条路走；而我们不知道的东西，则是我们唯一知道的东西，我们拥有的正是自己不要的东西……

现在，我终于开始走自己要走的那条路了，也终于开始拥有自己想要的东西了。别了，松滋！再见，松滋！

天和地利人和聚，意畅风清草木嬉。

泪溅松滋望故乡，携妻挈女听黄鹂。

乡关任雕琢

“美不美，家乡水；亲不亲，故乡人。”最通俗的语言，往往表达了人们最真切的内心感受。

自从回到老家黄陂，我的心情，就如三月的春风，时刻洋溢着温暖。这种温暖，是如此的安全，踏实，熟悉和亲切。走到记忆中的那座小桥，看着那潺潺流过的溪水，我仿佛回到了童年；走近母亲的土灶台，看着门前的片片落叶，也会让我感慨不已。

这是一种对时光的敬畏，更是对现有的生活充满感恩。就像看到此时家里点亮的灯光，都会让我心生感激和依恋。思绪浓处，不禁想起苏轼的一首词《定风波》：“万里归来年愈少，微笑，笑时犹带岭梅香。试问岭南应不好？却道，此心安处是吾乡！”他乡可安心，更何况是身在家乡呢！

对于一个男人来说，纵横天地间，其价值不光是为了给妻儿老小一个温暖的家，更应该有属于自己的一份事业。立业安家，沧海横流，方显男儿本色。我在松滋工作的那些年，只能说是被动地应付生活所需，而无法说是在做一份自己真正喜欢的工作。但回到黄陂后，我感觉家乡的一切，于我来说，真是天逢其时，人逢其缘，正是我大显身手的好时候。我像一条快乐自在的鱼，随时准备在大海里游弋……

当时黄陂隶属于孝感地区，1983 年年底划为武汉，成为武汉市的一个远城区。这一改变，让黄陂各方面都上了一个新台阶。而黄陂人武部本就是藏龙卧虎之地，以前归孝感管时各项工作就名列前茅，划归武汉后，区组织部对这一批经达部队熏陶的队伍更是重用。在“如何跟上大都市的发展步伐”的过程中，人武部奋力当先，在历任领导石传山部长、吴仕贵部长、鲍相生部长、秦罗记部长、黎伯刚政委、黄连生政委、廖汉元政委、吴方法政委的组织和带领下，整个武装部一派生机勃勃的景象。还记得当时的副科长胡传波、训练参谋刘庆忠、战勤参谋何新建、动员参谋卫水洲、杨惠亮、李金洲、方汉平等，个个都是好样的。而且，这些领导干部大都是朝气蓬勃、生龙活虎的年轻人。政工科长熊连春、后勤科长邹雪涛、军事科副科长胡传波、后勤助理吴地兴、刘争鸣、刘福国、战勤参谋何新建都分别担任正处级、副处级和正科领导职务，他们身上透着青春的活力，像一团火一样包围着四周，让人一靠近总会被他们的激情所感染。相比松滋，我这位 36 岁兵哥算是资深的“老革命”了。可是，我丝毫没有妄自菲薄，相反认为和这些热血沸腾的年轻人在一起工作，心态变得更加年轻了。我暗下决心，一定要在新的环境里，以崭新的工作面貌，奋发努力，力争在各方面作出新的成绩。

由于黄陂人武部是多年来省、地、市民兵工作先进单位，在 1984 年春，军委总政治部，省委宣传部、省军区决定：1984 年 6 月，在黄陂罗汉召开全省“一兵带全家，一排带全村”民兵工作经验交流会。对此各级领导极为重视。但具体组织工作任务艰巨，武汉警备区派出宣传科长吴怀金带队，我主动请缨，到罗汉做试点准备工作。吴怀金科长很有领导经验，全方位的指导工作。我结合在松滋文峰大队的工作经验和做法，配合得很好，工作上得以创新突破。

领导的信任，对我来说是莫大的鼓舞。我非常珍惜这次工作机会，并怀着“士为知已者死”的豪情壮志。我把岳母从乡下接来操持家务，又一次告别妻女奔赴乡村。尽管从军龄上看我是个老兵，但在黄陂人武部我还是初来乍到，新人一个。工作是立足之本，何况我是一个没有任何背景的人，我除了想把工作做好，还是想把工作做好，一定要做出个样子来。

“一兵带全家，一排带全村。”这是罗汉公社人武部长雷永幺总结出来的经验。在农村实行大包干后，民兵工作如何跟上时代发展步伐，怎样才能在最短的时间，以完美有效的方式把民兵组织起来，是摆在我们面前的首要问题。而所谓的“一兵带全家，一排带全村”，就是一个基干民兵带一家，一个排带一个村。每一个自然湾都建有一个民兵排，一个大队建一个民兵连，一个乡是一个民兵营，一个公社是一个民兵团，一个县就是一个民兵师。如果这样发挥民兵组织的作用，就能把整个农村各项工作带动起来。

作为一个在农村长大的孩子，我从小就体会到农民守着“一亩三分地”的艰辛。故在松滋下乡指导民兵工作时，我就认为干部去农村驻点，最关键就是要全身心融入农村生活，把农民当成自家人，为农民办实事。让他们看到希望，看得到实质性的变化，他们才愿意和你交心并和你并肩战斗。

为做好罗汉试点工作，首先，我向带队的军分区宣传科长吴怀金汇报，第一件事得把村里的路修好。这个意见得到了领导的支持，更让全村的人为之沸腾。

修路不仅是为迎接上级领导检查做的“面子工程”，更重要的是让“村里的人能够开心地走出去”，能让“外面的人能够顺利地走到村里来”。有了“一进一出”，自然会带活整个村子的经济。于是，修路这件大事在村委会领导下，民兵发挥积极带头作用，干得热火朝天。

那时修的路，自然没办法和今天的路相比，但在当时有限的条件下，能把路基夯实，把路面修整平，能让汽车开进来。实现“村村有路、湾湾通”是真的不容易。记得大路全部修好的那一天，整个周寨村轰动了，中李湾更是张灯结彩，大家都为通路而欢腾。说上面领导为他们做了一件大好事，这条路修得好！它是一条希望路，是一条致富路，更是一条幸福路！

路修好了，人心也齐了。农民最纯朴的品质就是懂得感恩，你给他们一尺，他们必定还你一丈。对我们这些驻村的干部，乡亲们真是比亲人还亲。我们驻点，为如实了解情况，方便听取群众的意见和呼声，我们轮流在各家各户吃饭。乡亲们总是想方设法为我们做可口的饭菜，说我们是从城里来的，不能寒碜了我们，还说来乡下工作辛苦，不能让我们的身体吃亏。

这朴实中透着谦卑的话，听得让我心里既感动又难过。我的父母一生，不也是这样为人处世吗？

我在松滋工作下乡镇的那些年，杨凤早、李英桂他们，不就是这样掏心掏肺地对待我吗。现在，我在自己的家乡，用土生土长的家乡话和他们一起唠家常，再也没有当年漂泊的感觉了。有时候和他们聊着聊着，我会情不自禁地流下热泪。人啊，只有经历了生活的磨难，才会真正懂得珍惜很多东西。

用现在的“精准扶贫”来理解我当年的驻点生活,其实那时下乡就是来“扶贫”。而扶贫最先得扶智、治愚。我在中李村驻点近半年,最重要的就是想方设法为村里办实事、办好事。

那时,当地农村的卫生条件非常差,每次走进村民的家里,一进门就会闻到一股浓烈的臊臭味。原来他们家里都放着粪桶,大小便就在家里解决,为的是攒自家的菜园及农田的肥料。这在当年的农村是普遍的现象,完全理解他们的做法。我觉得要开展卫生文明村活动,必须解决农村的“脏乱差”问题。

为让村民家里远离恶臭,又让他们的庄稼有肥料,我想到了在湾里,为村民盖起公共厕所。这一点子,又很快得到了领导的支持。我按照自己的思路设计了男女厕所图纸,既考虑每家有一粪池,又考虑男女都能到室外上厕所,并解到自己家所在的池中。遂将厕所每格分男女隔开,还为每格编序号。最重要的一点是把厕所的粪池显露在外侧,以方便每家每户取肥料。做好了公共厕所,又在每户门前修卫生池,为的是让村民把室内室外垃圾倒入池内。这样既改变了村里的卫生环境,又解决了村民的积肥问题。

有了清新的生活环境,村民们也非常愿意配合卫生工作。看着村里发生了翻天覆地的变化,大家真是欢天喜地。在此基础上,我们又将卫生责任区进行了划分,以便民兵开展监督和管理。面对村民的愉悦,我有一种说不出的欣慰,觉得这才是为农民办了大实事啊!

在路通与改厕后,我又有了新的想法:解决了物质生活,更要丰富村民的文化生活,遂决定在湾里建起文化室。尽管当时的农村并不富裕,离精神文明标准,还有一段距离。但是,我想如果先让村里有了“精神文明”的条件,那么,村民的精神追求自然就有了。只要有领导的支持、村民的理解和配合,办起这些,并不是困难的事。

说干就干,呼啦啦,大伙一齐努力,在很短时间内,就把村仓库改成了文化室,并为文化室添置了相关设备设施,如公示栏、表扬栏、宣传栏、图书室。特别是在购买图书方面我很注意,让湾里购买一些实用性书籍,民间故事类刊物,我还特地从黄陂新华书店购些科学种田之类的科技书籍,有意吸引那些闲着无事的年轻人来文化室翻阅,让他们知道在家致富也有出路。

有了文化室,就有了开会、学习的地方,风吹不进来,雨也洒不到,这让村民们十分欢喜。时间久了,他们逐渐养成了借阅书籍登记的好习惯,还饶有兴致地来文化室排练文艺节目。休息时,他们在田间地头为村民演出,笑得村民合不拢嘴。

环境的确改变人。这样一来,农村抹牌赌博、打架闹事、偷盗等现象大为减少了,农民的精神面貌,在无形中变得积极向上了。上级领导下乡视察,当他们看到周寨村这半年来日新月异的变化,个个都夸我们做得好。这半年下来,我和村民们早已融为一体,我觉得在农村工作真是很快乐开心。

6月份,全省开展"一兵带全家,一排带全村"的经验交流大会在罗汉周寨村中李湾如期召开。我在大会上作现场解说。当我以点带面将几个典型进行描述后,全场响起了雷鸣般的掌声,我也感受到了上级领导们的赞许眼神。武汉警备区刘焜政委在大会上表扬了我,当时松滋人武部的周政委也在会场,会后他快步走到我面前,紧紧拥抱着我,激动得相互间说不出话来。他连连夸我调回黄陂的短短半年时间里,做出了这么好的成绩。

现场会后,武汉警备区的刘政委要提拔我到警备区当机关协理员(正营职)。他说我工作有办法,有实干精神适合当协理员。刘政委原是荆州军分区干部科科长,我在组织科当干事还是他安排的呢。此时在我的家乡得到他这样的肯定与欣赏,太让我受宠若惊。哎,真是人生何处不相逢啊!

刘政委要调我到武汉警备区工作,这件事让我开心了好一阵子。能够进入大城市工作,该是多少人梦寐以求的事情啊!加上黄陂离汉口比较近,我可以每周末回家。但经了解后,我又犹豫起来了。协理员工作不好做,大家都称之为"不管部"(即军、政、后勤都不管的地方),成天处理的都是千头万绪的杂事。什么卫生区域的划分与检查,什么干部子女的上学联系和工作安排,什么家属之间纠纷扯皮事的调解等等。这种工作如果没做好,就是吃力不讨好。

在犹豫中,我向刚提为警备区参谋长的原黄陂县武装部部长吴仕贵讨教。他说做这项工作的人必须是头脑转得快的人,你丁朝东忠厚本份,只会干实事,不适合做这份工作。我思考了很久,觉得吴参谋长分析得有道理,就婉拒了刘政委的好意。而且,黄陂武装部的领导也不希望我离开,他们承诺将为我安排新的工作岗位。

不知我是正值春风得意,还是人的个性使然,1984年人事制度改革时,我接受了一项光荣而艰巨的任务。那时,组织人事部门拟在农村选拔一批优秀青年充实基层乡镇行政工作,当时分到我们武装部有26个人武干部专项指标。我们按人事部门的要求和安排,经过乡镇推荐,再以参加考试环节,按3∶1的比例,预定78人参加考试。

为了选拔真正的优秀人才,结合武装部工作特点,我增加了军事知识考试和优秀加分办法。此建议得到领导同意,即军事知识考试100分评判定分。加分办法是:中共党员加5分,在部队服役的加5分,当民兵连长的加5分,在部队当班长的加5分,受嘉奖加5分,立功的加10分。由于工作细致,且公开、公平、公正、透明,26个名额顺利而艰难地产生了。我向部党委逐一作了汇报,并同意了录取结果,只是尚未到公布时间。

谁知我们的做法,引起了组织人事部门某领导的不满。一天,组织部人事局的领导来到武装部,横加指责我加考军事和优秀项目加分,称加考与加分项目文件上并没有规定,擅自加分无效。武装部黄连生政委连忙解释,这个建议是经过部党委研究同意的。见此,那位领导才压低声音说,趁名单尚未公布前可否换下一人,其他25人原则上尊重我们的意见。

啊!原来这才是问题的实质,我完全明白了他的意思。我全心全意为党工作,毫无私心杂念,提出的加考军事和优秀加分办法,是为了让人武干部素质更高,不是我心血来潮或有任何私心,而且这是经过领导反复研究和决定的事。而他为达到不可告人的目的,居然前来质疑我。

当时,我热血涌动,将不满一下子变成了愤怒,不计后果地把那一摞招聘材料"啪"的一声摔在他面前,大声说:"这26人我一个也不认识,完全按规定程序,公正、公平、公开、透明进行。我没抽他们一根烟,没喝他们一口茶,这名单已经按标准和要求定了,你们要换,出了问题我概不负责"。

见我如此强硬态度,那位领导非常惊讶,只说了一句:"小丁怎么这么大脾气?"说完就悻悻地离开了。

我不是不想给领导面子,只是我不能让自己的良心受到遣责。我必须顶住这个压力,给这批青年机会。作为当事人,我只是做了我应该做的。我秉承原则,敢作敢为,不图其他,只愿他们能够一直保持淳朴本色,更多更好地为人民服务。

值得欣慰的是,当年这26位年轻干部,如今大多挑起了大梁,担任了乡、镇重要的领导岗位。有的担任书记、乡镇长,有的还进城当了局长。那个差点被换的年轻人,也成为人武战线的军事骨干,后来还当了武装部长,再后来还提升为某乡镇副乡长。

人啊,没有一身浩然正气,如何立身社会,让人信服呢?

1985年,在我调回黄陂的第三年,我升为军事科科长,武装部党委委员。这预示着事业的春天,已微笑着向我走来……

我在职务上上了一个新台阶,但新的工作压力也随之而来。武装工作三大件:征兵、整组和训练是武装部的三项工作,更是军事科的主要工作。好在军事科的历届科长和参谋工作都非常出色,他们打下了坚实的基础，在警备区、省军区都有一定的地位。如何保持和发扬光大，这对我来说是一个极大的挑战。

我天生是个完美主义者。我觉得做任何事情，要么不做，要做就要做得最好。而我的团队，也是一群非常较真的年轻人，每次我们军事科到上级机关参加学习、比赛，个个都像草原上的雄鹰一样，奋力拼战，他们拿回的大多数是第一名的成绩。用他们的话说，我们去比赛，冲的就是第一名！真不愧为当兵的人啊，我欣赏他们这种好胜与拼搏精神。

在我当军事科长的六年时间，我像又回到在部队当兵那段激情燃烧的岁月。那时为了建设规范的民兵训练基地，使武器仓库、民兵训练、征兵三位一体，我长期住在征兵体检站。

民兵训练基地坐落在鲁台一所几近废弃的粮校，后经县政府同意，经过严密的规划、设计，把原存放在区人武部地下室的武器装备，全部搬迁至此，消除了前川地区的安全隐患，建成了一个规范的民兵训练基地和征兵体检站。

我带着军事科相关人员吃住在这儿，进行封闭式管理。严谨的军规制度、有规律的部队生活，又在这儿得到充分体现。每天早上，当太阳升起时，我们迎着五星红旗高唱国歌，歌唱着我们的祖国，我为自己是军人而骄傲，更为自己一生与军人为伍而自豪。

更让我骄傲的是，我们人武部的征兵工作得到省军区、警备区和区政府的高度赞扬。我们的征兵工作，一直坚持体检政审的高标准，是连续25年的无退兵单位，被国防部授予全国征兵工作先进单位。区长到北京，由时任国防部部长张爱萍授予一面“全国征兵工作先进单位”锦旗，这对我们来说，真是莫大的鼓舞和鞭策啊。

当时黄陂获部级奖励，只有国家体委授的“田径之乡”和能源部授的“沼气先进单位”。这份珍贵的荣誉来之不易，也特别让我们长精神。每年征兵，我就把这面红旗挂在楼顶飘扬，这也是无声的激励，我们军事科连年被评为先进科，这就是前进的动力。

是石，是玉？是沙，是金？自有事实评说。站在家乡的热土地上，回首那段流金岁月，我有一种成功的喜悦。感谢曾经那些孤独、迷茫、绝望、失败、痛苦和坚持，让我收获如今这份来之不易的荣誉。我想说的是：每个人的人生都在诠释着一种生命的可能，但生命只是灵魂的载体，我们要完成的不单单是生命本身，而应该是逐日升华的一个因追求理想而闪耀的灵魂。在这个因追求理想而闪耀的灵魂里，温暖的乡情使其不断地得到了升华。

感谢温暖的乡情，在不断地雕琢着我，让我成长，让我成熟，让我走向

成功!

如愿以偿回故乡,妻有工作又有房。
征兵整组和训练,力争上游铸辉煌。

在挑战中迎接挑战

梦在心中,路在脚下,事在手上,人生一切,无不都是在挑战中。

我这一生,似乎都在寻梦的路上奔跑。如果说最初的梦想,是为拿铁饭碗而选择去部队发展,那么后来在司法局工作的那些年,则是我为追寻一个遥远的梦想而进行的亲身实践。寻梦路上,我经历了太多太多的挑战。但不管这种挑战来自何方,有何艰难,我自始至终,都能做到像一棵安静的小树,身无旁骛,用力生长,奋发向上……

时间走到1990年,我回家乡武装部工作也已经7年了。这7年,是我人生最充实的阶段,我像一条快乐的鱼儿,在部队的海洋里自由自在地游弋,收获了太多的欢喜。我想,我这一辈子是属于部队的,但在我刚刚走过不惑之年,我又一次迎接新的挑战……

铁打的江山流水的兵。武装部作为军事机关,对于年龄是有严格限制的,到了一定年龄,就得让位于年轻人去干。我42岁时,组织部门安排我到区司法局任副局长(正处级)。在职务上,我又前进了一步,但对司法行政工作却完全是陌生的。区领导只对我说一句"我相信你能干好!"这份信任让我很有压力:我如何在一个完全陌生的领域里工作好呢?

严格来讲,武装部与司法局,其单位性质是有所区别的。作为个人身份,也应是由军转为民。说来让人惊讶,我初听"司法"二字,觉得与部队工作应该有所联系。但实际上,司法局同公安、检察院、法院一样同属于地方政法机关。政法四家作为国家机器,其职能既相互配合,同时又相互制约。一般情况下,公安局的主要任务是维护社会治安、破案和预审;检察院的主要任务除反腐外,还有对公安机关送达的案件,依法批捕和提起公诉;法院除民事经济案件外,还要对检察机关提起的公诉案件依法判决;司法局除了做好法制宣传和依法民事调解外,还有律师进行法律辩护,这是防止冤假错案的最后一道关口。

司法局常设科室有:宣教科(普法办公室)、基层科(民事调解科)和刑满释放人员的帮教科,还有公证处和律师事务所。虽然司法局的工作不像公安局常处在社会的风口浪尖上,但普法宣传和人民调解,其工作繁杂且要求高。这对于一个在部队工作多年的我来说,在司法局工作无疑是一件相当吃力的事。

当年的司法局坐落在向阳大道上。局长王锐,还有两位副局长,一位是祝木庭,另一位是黄木河。他们都年长我几岁。祝木庭是部队团职干部转业,黄木河当年还是我一个部队的战友,我们如今又在同一"战壕"上并肩奋进了。

初来乍到,我就发现司法局并没有我想象中那样生龙活虎的工作氛围,更不讲究什么军容风纪。科室间,人与人之间没有部队干部间的那种直率,说话大都是欲言又止的半拉子话。这可能就是部队和地方的区别吧。

我工作一段时间后又发现,由于单位自身原因,加之司法工作职能较弱,局里很多工作并没有引起区委、区政府等上级领导重视。存在的问题也比比皆是。主要反映在三点:一是在干部任用上,外面调入的多,内部提拔的少,干部感觉没有奔头,工作积极性不高,以致一潭死水;二是因为职能弱,财政预算仅够发工资,车子开不动,医疗费报销不了,造成干部意见大,各项工作开展得相当滞后;三是领导班子不团结,各唱各的调,各吹各的号……

我调入司法局后,负责人事和财务工作。在领导班子成员里,我年纪最轻、资历最浅。俗话说,先到为君,后到为臣,特别在业务方面,我真有无处下手的感觉。真是隔行如隔山,此时我除了虚心学习,还是学习、学习、再学习。

看我态度诚恳,性格谦卑,当年退休在家的朱世安局长非常关心我,他语重心长地给我讲述司法局工作的性质和任务,以及如何开展工作的方法,给我信心和力量。还有分管普法的祝木庭副局长,给我拿来了很多法律读本让我学习,分管律师公证的黄木河副局长,则常给我讲法律案例,这让我十分感动。局长王锐对我亦是信任有加,期望也很高,把人事和财务交给我分管,因为人事和财务工作一般是由一把手亲自主管的。对此,我暗暗下决心:一定要尽快熟悉业务,一定要把这份工作做好!

决心好下,事情难扛。接下来的具体工作,我算是真正尝到了"当家作主"的酸甜苦辣。

用水,是当时机关干部反映最强烈的问题。那时,城镇建设滞后于城镇发展步伐,原来埋在地下的供水管口径小,我局地处用水下端,白天几乎没有水用,楼层越高越没水供应。天气炎热、气温高时这个问题愈发突出,干部家属对此烦不胜烦。

主要是因为经费长期困难和办事不力等原因,这件事几年来一直得不到解决。困扰着局领导和整个局机关,有些偏激的干部和家属直接点名骂领导无能。作为新上任的分管领导,我应该义不容辞地迎接挑战,解决好这个水的问题。当然,这也是对我工作能力的一次实际检验。

为烧好头把火,我主动到城建部门咨询。在了解相关情况后,连忙召开局机关相关人员会议,共同商讨办法。会议上,大家你一言我一语,抱怨不停,说自来水每天只在深夜时来一点,白天是滴水没有,连饭菜都没法做。晚上,想洗个澡、冲个凉都很困难,如同生活在沙漠,这样的日子怎么过下去啊!

经过讨论商议,最后大家说唯一的办法是制作一个大铁桶埋在地下,晚上无人用水时桶便可盛满,再购一加压泵,这样就可以在早上准时给各家供水。

于是,我连忙安排办公室主任荣熙成去农机厂联系,请求厂方制作一个十吨的大铁桶,荣主任很有协调能力,让农机厂的领导和师傅们非常理解并配合,于是加班加点制作出了大铁桶。(但是,各家必须准备好接水用的盆和桶。)其实采取这种方式,在当时有限的条件下,是没有办法的办法,但起码解决了各家各户的用水问题。于是,大家心平气顺了。我很欣慰,当领导就是要给大家办实事、办好事。

蓄水的大铁桶做好了,可由于它只能埋在地下,上端呈现一个碗口粗的进水管暴露在外面,看起来既不卫生,也不安全。为防止调皮的孩子往里面扔垃圾,我随即又派人买回几百块红砖,大家一起动手,做了一个一米多高的简易墙当围栏。当然,这也是局里资金不足,为了节省开支,所采取的不得已的措施。

一波才平,一波又起。积蓄的大水桶有了,保障安全的墙做了,大家不满的情绪也平了下来。谁知,这时杨园当地有两个小青年得知围墙盖好,居然不请自到,"热心"地拖来一斗车白石灰水,把这个围墙里里外外刷了个白。我感到奇怪,在杨园居然还有人为司法局做好事?我正纳闷时,有人告诉我,这两名小青年是杨园有名的小混混,他们有事没事四处晃悠,想方设法捞取"保护费"。这次拖石灰水刷墙肯定是没安好心。

人言可信。果然,这两人干完活,就来到司法局办公室要求付款,办公室人员告知,分管财务的领导已经换了人。他们于是就找到了我的办公室,一进门就大声嚷嚷:他们帮忙刷白了围墙,必须付 100 元费用。瞧着他们那副目中无人的地痞模样,真是让我厌恶极了。但我还是冷静地笑问他们:是谁安排你们来刷墙的?又是谁与你们谈的价格?他们愣了一下,答不上话来。我说,既然如此,就感谢你们学雷锋做好事了啊!他们狠狠地盯了我一眼,然后悻悻地离开了。

然而，五点钟我下班路经杨园村时，这两个小混混竟然站在马路中间，摆起架式拦着我问给不给钱？我一见他们气势汹汹的派头，当即就停下自行车，很镇定地对他们说：已下班，有事明天到办公室找我。他们凶狠地说：不行，今天必须给钱！说完，他们两个还恶狠狠地挥舞着拳头。

哼！真是鲁班面前舞斧头。看这两个小混蛋的情景，既让我感到好笑，又让我义愤填膺，他们竟敢在光天化日之下和我赌狠！我蔑视地轻笑两声，不禁想起少年时代在汉口打工的日子。当年也是有两个小混混受一个叫大毛的孩子指使，在大街上拿着明晃晃的刀子威胁我。那时我也是像他们这般年纪，只是我当时是个手无寸铁的农村少年，完全是凭一身正气和勇气震慑了他们的嚣张气焰。现在，我都是不惑之年的人了，部队早就把我培养成铁骨铮铮的硬汉子，对付眼前这两个毛头小伙子，我自认为不在话下。

我“叭”的一下，将自行车锁好，再轻挽两衣袖厉声吼道：“你们两个在地上划个圈，老子不把你们摁在一个圈里就算老子输了！”我咆哮的声音把这两个小混混震慑住了，他们吓得连连直退，望着我好半天都没敢吱声。可能他们没想到我是个不好说话的人，也可能在以前，他们在我局里要钱要得太顺利了。他们还没有想到，我这个管财务的新局长还是当兵出身的，一会儿，就有不少人围观了过来，这两小混混一看形势不对，觉得就是两人齐上可能还不是我的对手吧。于是，他俩你望着我，我望着你，然后沮丧着脸离开了。

当时正值下班时间，路上行人如织，有我任武装部防暴队长时几个防暴民兵（同事）也在现场，他们气愤不已，说要去教训这两个小子，给他们一点颜色看看。我劝他们，不要和小混混计较，我明天要找相关人员处理的，不要做违法的事情。

当天晚上，我回到家翻来覆去睡不着，心里很窝火。妻子很担心，她说沾上这些地痞流氓不好办，大人无所谓，我们两个小孩可是天天有规律地上学放学呀。

为防患于未然，第二天，我就让办公室主任把杨园村的书记、主任找来，把昨天的事向他们作了简述，严正告知书记和主任：当初建司法局征用杨园的地，是按政策规定付了钱的，局机关大楼和宿舍楼的承建，也是照顾你们村给盖的。还有局的大小维修，都是请你们的村民干。堂堂的司法局是讲法的地方，也是讲情讲义之处，岂容你们村的地痞来我局进行敲诈，还敢在光天化日之下威胁我们。如果这样，我局不仅会把这件事上报公安局，而且以后司法局的任何事情，都不会再照顾你们村里。

两位村干部听后羞愧难当，连说好话，表示对此事真的一无所知。当即就把这两个混混找了过来，对他们严厉训斥，要他们当我的面跪下来赔礼道歉。作为国家执法人员，我怎么会让他们下跪磕头呢？我只是教育他们以后要好好做人，别做不好的人。这两个小子此时吓得浑身筛米似地颤抖，表示再也不会为非作歹了！

也真是有意思得很，我仅用一招就治服了他们。可见以前是被人纵容和忍让惯了，才会让他们肆无忌弹。后来呢，这两个混混不仅没再闹事，还和我们交了朋友，建立了良好的邻里和合作关系。为此，同事们都笑“天生一物降一物”，还说我是专治恶霸出身的。此时我想起了儿时的一段话：狭路相逢勇者胜。面对邪恶，你弱他就强，你强他就弱，更何况我们是有理的一方啊。

常言道：“家家有本难念的经。”一个单位，也有许多不为人晓的难处。在旁人眼里，可能普遍认为带“局”字的单位，是国家响当当的单位，什么都不用愁。其实，事实远远没有旁人想象得那么好，起码当年的司法局，就不是一个有钱的单位。干手沾不起盐。如何让一个缺钱的单位走上正轨，让各方面的工作能渐而依次开展开，对于我这个分管财务的局长来说，真是一个不小的挑战。

当时区财政的确拮据，在下拨给司法局的款项中，一般情况下，只能解决局里的吃饭（发工资）问题，及少量的办公经费，其他的什么也没有。

面对如此境况，我在大会上建议局里大力开展开源节流活动，摆脱困境：一是过紧日子压缩办公室，把局办公楼的一楼作为门面租出去。再引进商家改建成餐馆进行营业。局里每年就可以收取 4 万元租金。4 万元在当时是一笔不小的数目哦。这样一来，车能开动了，医疗费也能报销了，局里其他一些必要的工作也开展开了，大家昔日的愁眉苦脸，也阳光了许多。

接着，我利用中南政法学院院长罗玉珍，院长助理肖伯符与我是老乡关系，商议与中南政法学院合作开办函授经济法大专班。社会正需，条件成熟，为什么就不能把法律的课堂搬到公众面前呢？很快，我们和中南政法学院协议达成，共同开设了宪法、刑法、民法、刑诉法、民诉法、劳动法、金融法、税法等法律课程，大学语文、哲学、政治经济学公共课程。学期为两年，有近 160 名学员报名参加。在收取的相关费用中，除交学院和办学开支，又为局里解决了 4 万余元的经费问题。不仅如此，我们还结识了财政局局长和两个副局长（他们都在我们法律班学习）。所见所闻，他们理解司法局困难，由此也为我们解决了不少难题。

花开两朵，好处满枝头。开办函授班，不仅为局里带来了创收，更为我个人得到了无价的收获。因为我也参与其中,在学习班学到了专业法律知识。从此,我知道了“法”字的内涵与力量。

司法局办经济法班,是个学习提高的好机会,我积极主动报了名。对于一个军人出身的人学法律,难度不小。我常想:作为一名司法局的领导班子成员,如果不懂法律,这是多么具有讽刺意味的事情啊!

当时,我已是43岁的年纪了,为了学习法律知识,我经常自学到深夜。慢慢地,我对法律也加深了理解,我认识到法是源于情和理的,是情理的最高表现形式。到了我这个年龄,记忆力已逐渐减退,但在理解上占有优势。每次考试,即使我记不清完整条文,我也会在理解的基础上多写几句。可能是因为有些“感情分”在里面吧,每次考试,我居然都能及格。这真是让我喜不自胜。

对于公共课、大学语文、哲学、政法经济学,作为只有初中文化程度的我学起来就更难了,什么文言文、阅读理解、作文等,我只能借助辅助书籍,一课一课慢慢琢磨,想方设法弄懂。在这两年多时间里,我几乎每天都是学习到深夜12点以后。

说实话,工作任务很繁重,压力很大,加之自己基础差,学习完全靠晚上自学,只能自我加压,真是咬着牙挺了过来。记得那两年,我头发掉得非常厉害,经常整夜失眠。大家都说丁局长来司法局两年老了好多,

老天没有亏待我的付出,两年后我终于拿到了中南政法学院颁发的经济法大专文凭。这成绩对于年轻的专业人士来说可能算不了什么,但对于我这个年纪的非专业人员,真是难为我了。捧着这份来之不易的毕业证书,我激动得说不出话来。

大家投来信任似的目光,我还担任自学辅导站的站长。在这里,党组成员政工科长张立凯、纪检组长杨祥喜也像我一样,付出了很多努力和艰辛。我们和学员一起相互鼓励,相互促进,相互交流学习心得体会,让大多数报考的同事拿到了大专文凭。当时,组织部门对文凭很看重,很多同学得益于这一文凭,才获得晋升的机会,我同样要珍惜自己现有的一切啊。

机会向来都是垂青于有准备的人。

1993年春,中国政法大学政法干部管理学院,开办政法管理干部培训班,学习地点在北京《中国政法大学》,时间为半年。当时每个省只有两名现任司法局长参加的名额,而我却幸运地得到了这个千载难逢的培训机会,那年,湖北省只有我和新洲区的司法局长魏军参加。这真是一个学习的好机会,任课老师均为中央党校、清华大学、北京大学、人民大学、政法大学名教授授课。

他们深入浅出的讲解,如同春风化雨滋润着我们的心田。当时参加学习的大都是地、市司法局长,他们都是科班出身,而我作为一个门外汉,学习难度可想而知。虽经历了经济法的自学考试并拿到了文凭,但和这些有实践经验的同学相比,我离他们有着太远的距离。

我内心有一种自卑感,但我不停地鼓舞自己:我必须努力学习!我必须加班加点!我必须挑灯夜战!必须成绩合格。经过半年时间的学习,我以不懈的毅力迎接挑战,向前奔跑。在结业考试时,我挑战成功,进而顺利地获得了培训合格证书。

结业回单位后,正好分管律师公证工作的黄木河副局长,要到石门镇蹲点,我就接管他的工作,分管律师事务所和公证处。律师事务所和公证处是局对外的法律窗口,是很重要的工作,是从法律理论到法律实践的工作。

我很看重这次分工,同样也是从实践中学习的好机会,每次律师事务所的主任解长顺和律师们谈及案件、分析案件时我都认真倾听,搞清里面弯弯转转的法律关系和来龙去脉。有时,我甚至还对他们提出一些法律建议,这样既加深了和他们的情感友谊,还有利于开展工作。我常要求他们要以事实为依据,以法律为准绳,依法行使辩护人的合法权利。有时律师遇到困难,我也常出面到公安局、法院、检察院进行协调解决。在这一年多时间里,我和律师们同舟共济,较好地完成了各项工作任务。

在分管公证工作中,我和先后担任公证处主任的王涣敏、彭定宏,为避免发生假证、错证,经常深入当事方调查取证,让证据真实有效。发挥国家公证机关的作用,为国家经济建设和人民生命财产保驾护航。

到司法局工作,较之武装部压力大了许多。在武装部任军事科长,毕竟是内设科,天塌下来有“长子”(即部领导)顶着。在司法局担任领导,就是要独当一面,看起来在台上坐着光鲜,其实也是不容易的,工作要想细一些,多动脑筋不出错。

为此,我常蹲下身子,向大家学习请教,办公室主任荣熙成、宣教科长陈年权、基层科长杨开富、帮教科长张国洲,法援科长王桂珍都是我的求教对象。司机柯汉林、徐友新为人正直、正派、敢于直言,我也特别注重倾听他们来自最基层的声音。我想群众是真正的英雄,只要真心实意地尊重他们,心齐气顺,才能把各项工作任务完成好。

当然有些事情也是必须自己亲历亲为的,如主持会议、工作汇报、案件分析协调,必须拿出真知灼见的指导意见,这就要求平时注意积累,多动脑、多动手、多动口,锻炼自己。

风雨二十年,岁月弹指间。2003 年,赶上国家干部年轻化政策,时年我已55岁了,从原领导岗位上退了下来,改为非领导职务。当时政策是职务,经济待遇不变,让位于年轻人。时任区委副书记雷震找我谈话,问我有什么要求,能解决的尽力解决。我笑着回答:我档案无污点,里面都是立功受奖的红色资料,一生坦坦荡荡;我的子女无违法、包括亲戚,没有一个因为违法而找过我麻烦;我身体无大病,比较健康,没有要求。

是啊,无要求!这既是真实情况的反映,也是一个共产党人应有的本色。

我在司法局工作近20年,没向司法局要半间房子,因为还是住在当年武装部分给我的那套老房子里。期间,我的两个孩子都已到了参加工作的年龄,她们没要求,我也无意利用手中党和人民赋予我的权力为她俩在局里安排工作,姐妹俩都是通过应聘,自谋职业。在位时,我两袖清风,没有谋取任何私利;离开时,我抖落一身风尘,坦然面对所有的人。无私无畏才自由啊!

但是,我依然感动在那些年的追梦岁月,它让一个挥舞刀枪的军人,成长为一位感性与理性相结合的执法人员。在这一过程中,我经历了无数挑战,无数风险,无数曲折,在理想与理性中,完成了一个既浪漫又现实的梦。

二十年的梦啊,我无怨无悔!

军人服役有条例,转业司法新阵地。

依法行政为人民,迎难而上总努力。

第三部分　春光再度嘉年华

嘉年华，原本是欧美“狂欢节”的英译。但于我来说，却是一个激情再度燃烧的年龄段。正是因为在这个年龄段，春光再度，梦想翻新，把我的人生事业推向了一个绝佳的高峰。

由此，我没有遗憾！

艰难的起步

经常在一些刊物上，读到很多老年人励志创业的成功故事，他们的拼搏精神让人为之鼓舞。说实话，我觉得这种心灵鸡汤式的文字所构筑的是一个理想世界，而对于大多数人而言，这些都是遥不可及的梦想。但是，我做梦也没想到，在我56岁那年也迎来了人生的第一次创业，而且，涉及到的是一个完全陌生的行业。至今，我还在为之激荡，为之奋斗……

2001年，黄陂区委机关行政单位，大刀阔斧地搞起干部年轻化的人事制度改革：年满55岁的局级干部统一一刀切，让出位子给年轻人。到了2003年，年满55岁的我，也从领导岗位上下来了。在这之前，已成家的两个女儿，就为我即将退休作好了准备。她们劝我处理好黄陂的房子，小女儿丁晴在汉口常青花园小区，为我们购买了一套价格不菲的房子，让我退出二线后就去汉口生活。

在心理上，我已作好了退下来的准备，但在感情上我始终乐观不起来，一下子就要离开为之奋斗了近20年的单位，还是从领导的岗位上下来，这不是想放下就能放下的事情。离开司法局那天，我把手上的工作一件一件清楚明白地交接好后，单位领导安排司机用车把我送回家里。

我的俩闺女非常善解人意，她们怕我在黄陂受不了各种情感的纷扰与煎熬，在2003年元旦到来之时，就开车把我们接到了新家。她们说常青花园小区设有老年大学，我在这儿可以上老年大学，报各种兴趣班学习，还可以结识新的朋友。

这是个不错的主意，爱好书法的我，到老年大学就报了书法班，我想就是退休了也不能不求上进，一定要让自己的生活充实起来，做到老有所乐，老有所学，老有所终。

这样的生活于我来说是满足的，每天去老年大学听听课，回到家里就逗逗几岁的小外甥，练练字，还帮老伴分担一些家务活。周末，俩女儿还煞费心思地陪我们去看一场电影、逛逛街，享受着这份天伦之乐，我没有理由不开心。

然而，我也是失落的。来汉口有一些日子了，却无法很快融入城里人的生活。虽然黄陂也属于汉口的一个远城区，但汉口人的生活方式却与黄陂不同。他们是标准的都市生活方式，大家住在一个小区里，但彼此却不相互往来。他们下班回来，把自家的门一关，各过各的日子，就是邻居也成了熟悉的陌生人。这让我很不习惯。

我怀念在黄陂那种无拘无束、充满人情味的日子。出门都是熟悉的人，邻里之间见面都热情地打招呼，大家相处得就像一家人一样。我在汉口的日子过得也舒坦，但生活似乎缺少一些东西，究竟少了什么，却又没办法说出来。

现在回过头来想想，可能缺少的就是激情吧？用老伴的话来讲我，一生是个爱折腾的人，走到哪儿不捣鼓一点什么出来，就浑身不舒服。只是我没想到，因为在这儿上了老年大学，我的人生又来了一次大转折：与教育培训行业结下了难解的缘分，从而改变我55岁后的人生……

在常青花园老年大学上了几次课后，有一天常青花园的老总刘光本找到我，说有要事与我商量。刘光本兼任老年大学校长，实际上是常青花园管委会的主要负责人。他对我说，老年大学分管教学的副校长最近有要事辞职了，问我是否有意向来当这个校长，因为副校长大多由学员中产生并说这是一项义务性的社会服务工作，每个月会发几百元工资作为辛苦费，问我愿不愿意干？我听后大吃一惊。我告诉他，这不是我愿不愿意干的问题，是因为我没有教育经验，胜任不了这个职务。

我把自己的工作经历讲给他听，并对他说，我是黄陂人，连普通话都讲不好，如何当得好这个校长呢？他听后哈哈大笑，却用笃定的语气说：我看你行！我在学员人群中观察你好久了，觉得你与众不同！今天从你的交谈中，进一步了解到你有军人的气质，更有领导的气魄，适合做管理人员。

得到刘老板这样的一番鼓励与肯定，一种自豪感在我心中激荡。当时，我也是脑子一热，顺着他的话作出激情地回复：那就试试看吧！能当就当下去，当不了就不当！

就这样，我成了常青花园老年大学的副校长，生活随着任务的增加而变得忙碌起来，每天和年龄相仿的老同学们一起学习，一起探讨，偶尔还带领他们外出采风，参加一些有趣味的活动，日子倒也过得充实快乐。时间久了，我这个校长也当得像模像样了，似乎有一种在上班的感觉。这种感觉还真是不错呢！

半年后的一天，有一家培训机构来到老年大学，找到我说有一个项目想与老年大学合作，看我们能不能达成共识？他们是搞《现代英语》培训的，想租用老年大学的校舍，与我们进行合作办学。他们的想法是这样的：你们老年大学教室的设备设施齐全，平时都是周一至周五用，双休两天都空着。而我们《现代英语》恰好只是双休用。你看我们能不能共享资源？他们的话让我听着觉得有道理，我点头让他继续说下去。“周一至周五，老年大学的教室由你们支配，双休两天则由我们来使用。至于工作分工这一块，你们提供教室负责招生与管理，我们则负责提供专业老师来授课，双方四、六分成。”听到这里，我觉得这个项目值得考虑，反正双休日教室空着也是空着，何不利用现有资源开拓第三产业呢？

我赶紧向常青花园管委会的领导汇报了这件事。管委会的领导听了，当即就举双手赞成。他们认为有培优机构入驻小区，无疑又增加了楼盘的卖点，对后期房子的销售会大有好处。于是，这家“现代英语”培训机构就这样进来了。让人高兴的是，双方配合得还真是不错。因为常青花园小区配套设施齐全，周边环境也不错，入住率较高，所以学生生源这一块根本不用愁，有了生源，财源当然也随之滚滚而来。

《现代英语》的老板姓龚，就是首次来老年大学，找我谈合作的那个人。这位龚老板四十多岁的年纪，口才非常好，很健谈，言谈举止中就看出是个很能干的人。不知为什么，这个小我十来岁的武汉男人与我似乎有着不浅的缘分。自从与老年大学合作后，他总是三天两头地找我，不是请我喝茶，就是请我喝酒，天南海北无所不谈，当我是他认识多年的朋友一样。

用他的话说，丁校长是个爽快人，和你在一起感觉很靠谱！这不要钱的好话很受用，我也真是听进去了。我们吃着喝着，总会聊起很多男人间的话题。他谈得最多的是自己开创《现代英语》的坎坷经历，我则谈我在部队那段激情燃烧的岁月；他谈到创业最辛苦的时候，接连几天都是矿泉水、方便面充饥，我则告诉他，我在司法局自修经济法的那段苦行僧的日子。同是为了生活，为了理想，我和他所走的路截然不同，然而却有着相似的一份心酸。

和这位年轻人在一起交流，真有一种酒逢知已千杯少的感觉，这种感觉,就像太阳落山的时候,那逐渐点亮的灯光一样,让人亲切而温暖。酒到酣处,情到浓时,他称我丁大哥,他对我说:“认识丁大哥,真是我的福气!好像我来老年大学合作,就是为了专门认识哥一样!”我也豪气地与他干杯:认识龚老弟是我们有缘份。

我心里真是高兴,来汉口大半年的时间,认识了这样一位无所不谈的忘年交朋友。三个月后的某一天,龚校长在一次聊天时突然问我:丁大哥,你想不想回黄陂办一家《现代英语》培训学校?

龚校长的话让我大吃一惊。我很惊讶他怎么会有这样的想法,我马上开玩笑地回应他:你这兄弟,专门拿你大哥开玩笑!你知道大哥我从来就没有接触教育行业,更没有教育培训经验,怎么有本事办培训学校?

谁知道龚校长听后,不以为然地说:“办教育不一定要自己内行啊。最重要的是要会管理,你就是行家里手啊。”见我愣住了,他又补充道:“你阅历深,在部队、司法局工作多年,有丰富的组织能力和管理经验,非常适合办校创业啊!”说这些话的时候,他的表情是认真的,一点也没有开玩笑的意思。我见他这样认真地与我谈话,想必他是经过深思熟虑的。我很理智地回答他:听你突然这样讲,我还真的是一点思想准备也没有,我一个退了休的人,哪还有精力创业哟,再说,就是创业还不知道从哪儿下手呢。

谁知他当即拍板,对我说:“有兄弟我啊,我有多年的办校经验,有我帮衬支持,怎么会做不好呢!”龚校长的话,让我感觉他话里大有文章。只是我想不通,他为什么会让我回黄陂办相同的学校,他不是在汉阳钟家村开了一所培训机构,现在又与老年大学合作开班,他让我回陂办校,又是什么意思呢?我想再听一听他的心里话和具体想法。

他的话立刻像打开了水闸门一样:“说实话吧,我多年前就想找个黄陂人合作,把《现代英语》搬到黄陂办一家分校。黄陂是武汉的远城区,人口多,市场前景非常乐观”。

他接着说,“这些年我一直没找到一个合适的伙伴来做这件事,直到认识了大哥你,我就知道你是我多年要找的合适人选。第一,你面相慈善,非常有亲和力;第二,你有招牌式的微笑,为人正直,给人以信任感;第三,你阅历深,有几十年的工作经验。加上你是黄陂人,对黄陂又熟悉,有广泛的人脉;第四,我会全力支持你办校,为你提供专业教师,帮助你解决任何困难。有了这些作后盾,你还担心什么呢?再说,你现在才五十多岁,有精力有时间,为什么不可以再拼搏一次呢?你现在老年大学当校长,一个月只是几百元补贴,我保证你回黄陂办校收入翻几番。你可要再给自己一个大展身手的机会啊,同时,这也是我们最好的合作机会啊!”

龚校长的话让我沉默了。他的话，让我明白了市场商机无处不在，同时，也让我明白了他主动接近我的真实意图。我必须承认，他是个精明的商人。他所说的话句句铿锵有力，而且很实在，直接挑明了我和他合作的种种好处，也诠释了我的顾虑与担忧。只是，我感觉十分突然，对这件事没有一点思想准备。于是，我笑着对他说："这是件大事，容我回去和家人商量一下，再回复你！"他握着我的手，充满信心地说："我相信你的家人会同意，更相信我们会合作愉快！"

龚老板走后，我的心情再一次不平静了。

我想起了自己这55年的人生。我这一生，似乎都是与贫穷朝夕相处，从小生在贫穷的农民家庭，长大后赤手空拳去部队当兵；结婚时，也是一无所有白手成家，为家人吃商品粮而埋头苦干；在武装部也是一门心思工作，只想踏实做事、本份做人；在司法局这个清水衙门当副局长20年，同样正直清廉、两袖清风。

可以说，现在我的生活是一天天地好了，两个女儿都成家了，并且婆家都是不错的家庭。但是，作为一个国家普通干部，我们家一直过的是紧巴巴的日子。虽然现在不愁吃也不愁穿，但身上并没有存一分多余的钱。作为孩子的家长，我的俩女儿结婚时，我没有给她们办一份丰厚的嫁妆，就连我现在住在常青花园的房子，也是小女儿买的。

想到这儿，我心里真是有点难过。对俩孩子的亏欠太多，她们俩没沾我这个老爸的一点光，毕业后都是自己找工作，没让我操一点心。由于家里底子薄，生活不宽裕，感觉孩子也都有一种卑微感。我为什么就不能再次创业？为什么就不能再多挣一点钱，贴补一下俩孩子？现在，龚老板提供了这样一个创业的机会，我应该去试一试啊！

何况我在黄陂这么多年，一生为人端正，还有着良好的人脉，真的可以利用天时地利人和在自己的家乡大干一场呢。说不定还真能一炮打响，做成大事！

想到这儿，我抑制不住激动，越想越兴奋。

经过深思熟虑后，将龚老板要与我在黄陂合作办校的意向讲给老伴和俩女儿听了。谁知道她们听后，当即就持反对意见。老伴说："你都是退了休的人了，还折腾什么呀？你回黄陂没地方住，你又不会弄吃的，你准备回去，喝西北风啊？"俩女儿也异口同声地说："不行！不行！"老大说："老爸，我们现在的日子已经很好了，你就别折腾了！再说，老妈要在这儿帮我们带宝宝，也没法回黄陂照顾你呀。你一个人回去我们怎么放心得下呢？"老二说："是呀，老爸！你现在不缺什么吧？这么大年纪还说回去创业，让人家怎么看我们呀，人家以为你俩闺女不肯养你呢！再说，你冒着风险回去办学校，你以为就那么容易吗？”

小女儿说完，叹了一口气。她是一名律师，接着就给我分析办企业的重重困难，说很多人创业不但没赚到钱，还惹了一身官司。叫我不要听人家几句好话，就心血来潮想创业。天下没有免费的午餐，如果那么容易做黄陂早就有人做了，为什么会轮到你一个老人家来冒这个风险呢？

女儿的话让我无言以对。是啊，这个行业如果好做，为什么黄陂就没有人做起来呢？现在黄陂，也有人在做培优这块，可都是零零散散的几家在小打小闹，没有形成气候。

想到了“气候”二字，我突然惊醒了过来。正因为现在没有形成气候，才会有市场啊！如果已形成了大气候，我还来凑什么热闹呢？正是因为现在没什么人来做，才需要我来做啊！——难怪龚老板看准了黄陂市场，就是因为培训机构在黄陂还是一个没成气候的产业。

想到这儿，我幡然醒悟龚老板的想法，他真不愧为培训行业的精英！他嗅觉灵敏，善于分析市场行情，知道哪儿可以做成蛋糕。他精明能干，他看好了黄陂，也看好了与我合作，我为什么就不试一试呢？

再说，五十多岁的人，算是老人吗？每当在报刊杂志上，看到很多年过花甲的老人开荒种果园，成为百万富翁的故事，我就很激动。虽然，这里面有很多理想化的成份，但毕竟是发生在现实中的事情。我还没到60岁，而且身体还很健康，为什么就不能像那些老人，在能做事的年纪，去做一件值得做的事情呢？大不了失败，大不了从头再来！

当我这样说服自己时，自己也吓了一跳。显然，我现在是心动了。但心动并不代表马上行动。我告诉自己：冷静，一定要冷静！好好分析，好好思考现在到底是一个什么样的行情。

我坐在家里，冷静地思考着这件事。想了好几天，我感觉这件事真的值得去做。按我思路来分析现在的市场，我认为有三种行业值得去做：一是美容美发行业，因为现在人们的日子过好了，女人有心情爱美了。荷包暖和了，为了美，女人们是不会吝啬几个钱的；二是保健品、健身行业，这一块的消费人群多了，年轻人怕长胖、要减肥，老年人要健康，热衷于保健品。三就是教育培训行业，不管市场怎么变，教育不会改变。现在人们生活水平提高了，但竞争是越来越厉害了！每个家长都是望子成龙、望女成凤，谁也不愿输在起跑线上。这是社会永远不变的潮流，也是值得去做的阳光事业。说大一点，还是一个千秋功德的事业。

想到这里，我再一次热血沸腾。我告诉自己：一定要试一试！不做怎么会知道自己是行还是不行呢？

为了慎重起见，我没有马上回复龚老板。而是认真阅读理解《民办教育促进法》等法律,国家对民办教育的政策是:积极鼓励,大力支持,正确引导,依法管理。并独自一人回黄陂打探市场行情,进行为期六天的深入细致的社会调查。我先去教育局咨询,然后去各学校找校长咨询学生家长需求信息。

我在司法局工作时,学校学生是普法的重点,我分管普法工作与每所学校的校长熟悉,所以他们对我都很热情。听了我的想法后,各个学校的校长都极力支持我回来。特别是前川一小的陈亚初校长,他兴奋地对我说:"丁局长,这件事值得做啊!你看武汉有多少家培优机构?我们黄陂才几家?如果你回来办校,我们都会支持你!"就连教育局的陶副局长也热情地鼓舞我:"老丁,完全可以做啊!你看我们黄陂的学生并不比武汉学生差多少,为什么一到比赛,总是拿不到名次呢?我想就是差了培优这一关。黄陂没有一家像样的培优机构为孩子们向前推一把啊!"

听到教育界的领导们这番真诚的鼓励,我再也不犹豫了,最后下定了决心:一定好好大干一场!

当我答应与《现代英语》签约时,龚老板高兴极了。他说,您果然是个做大事的人,我的眼光没看错!

真的到了签约时,我十分慎重。我是个懂法律的人,知道一旦签订了合同,就具有法律作用。我的小女儿作为律师再三嘱咐我,一定要让对方给我发全权委托书。还有一条必须是:甲方不得在乙方设立相同培训机构。这些,龚老板也一一答应了。于是,我们很痛快地签订了协议书。

签订了协议书,一切便就成了定局。我在心里暗下决心,并给自己立下誓言:一,老年壮志不言愁。千困难,万问题自己解决;二,咬住青山不放松。自始自终,抓住教学质量,学生安全,教学管理三项主要工作;三,不到长城非好汉。一定要把"现代英语"做成黄陂第一品牌!这三大誓言,字字犹如军令状,我几乎不给自己留下任何退路。做,就一定要做好!

我这个年纪,已没有理由对任何人谈问题、谈困难了。五十多年的路,什么坑坑洼洼都经历了。我一生就是个特别能吃苦、特别能战斗、特别能忍耐的人。这些"特别",恰恰是一个军人应有的灵魂。我以军人的气质、以执法人的品德来做人、做事,我相信一定会成功。

2004 年 6 月 6 日,我挑选这个表示"六六大顺"的吉祥日子,在黄陂城建学校挂牌招生。我租了城建学校三楼三间教室,在二楼租了一间办公室正式办公。我请了一个女孩来当会计,她叫陈娟,是我一好朋友的女儿;还请了我弟弟丁朝和,帮忙处理一些杂事情。我们就这样准备进行教育行业的第一场"战役"。

做好了宣传单、做招生宣传、联系学校等系列工作后,我一人来到三楼教室。发觉这三间教室年久失修，窗户的玻璃还破了好几块，墙面上有很多污迹黑斑，看着很不舒服。于是，我连忙跑去向阳村工地要了一桶白石灰水，还买来一个扫把和一个竹篙子。为了节省开支，我没有请人来刷墙壁，一个人把毛刷子往竹篙子一绑，就这样刷起墙来。忙了整整一天，我让三间教室的墙面见了一个白。望着粉刷一新的墙壁，我心里舒服极了，也不觉得有多么累。

老伴得知我天天在“康师傅”快餐店，不是一碗面，就是一碗粉地过日子，非常心疼。当初我坚持回黄陂，租住城建学校附近的一间小房子，里面没有空调，甚至没有一件像样的家具。除了一张简易的铁架子床，其它是什么也没有。

6月份的大热天，我一人住在这个蒸笼一样的小屋子，任凭一个小电风扇有气无力地摇摆。老伴对女儿说，让你爸折腾几天吧，过不了多久他受不了自然会回来的。

老伴说错了，我不是三岁的小孩，既然下了这么大的决心，说明做好了一切准备，怎么可能轻而易举放弃呢。

刷好了墙壁，我又拿着米尺量好窗户玻璃的尺寸，去玻璃店买回几块玻璃，也没叫师傅，还是自己把玻璃安好了。

做完这些，我全身大汗淋漓。但我没有感到累，反而有一种大功告成的喜悦。感觉四周都是亮堂堂的，如同我满心敞亮的希望。

做完这些，已是下午的一点钟了。就在我准备外出吃午饭时，迎面碰到三个打着赤膊的小伙子走进来了。那三个小伙子酒气熏天，气势汹汹地看着我，那个留着一头长发的大个子对我嚷道：“这墙壁是谁刷的？这玻璃又是谁安装的？”我一听这等语气，知道来者不善，又是来讨保护费的吧。我自嘲地笑了笑，笑自己这一生真是见多了大风大浪。从少年到中年，总是遭遇各种流氓、地痞骚扰和敲诈，现在到老了，都还不得安宁，都有狗仔来惦记我，那就恭敬不如从命吧。我笑对那三个小伙子说，墙是我老人家刷的，玻璃也是我老人家安装的，怎么的？那三人听了，立刻反驳：“不行，这墙必须由我们来刷，这玻璃也必须由我们来安装！”我听了，火冒三丈，厉声问：“你们知道我是谁吗？”

谁知这三个小毛头压根就没把我放在眼里，用调谑的语气说：“你不就是司法局的丁局长吗？你不是退下来了吗？你还跑到这里来干什么？”他们说完这句话，满脸露出鄙夷的神情。显然知道我已非昔日，这么大年纪，也不是他们的对手，我说：“你们想怎么样？这是办公室，你们先下去在一楼的操场等我，我马上下来！”那三个小伙子见城建学校此时没有别的什么人，我一老人不会有大动作。他们三人对付我这一老头子自然不在话下,他们冷笑几声,就一起下楼了。

我见他们离开了,赶紧打电话给前川派出所报案。让他们快到城建学校来,有三个小混子要向我“吃黑”(敲诈勒索的意思)。当时的前川派出所就在前川一小对面,离我们城建学校不到两百米。我与派出所的所长比较熟悉,他让我别急,说马上派人过来。

我估计他们接到电话后不到10分钟就会赶到这里,时间快到时,就走到二楼向下喊学校的门卫:“盛师傅,你快把大门锁上!别让操场那三个吃黑的家伙跑走了!”正当盛师傅进屋拿钥匙时,那三个小混混闻声狼狈而逃。他们走出校门时,恰好派出所6名干警赶过来了。他们进来后,直呼:“丁局长,那几个小混混在哪儿?”我笑着回答他:“你们已经完成任务,听说你们要来,他们已被吓晕了。逃跑了喔!”

接着,我把他们请进办公室,告知所有经过。警察同志连声说,以后有什么事,我们随叫随到!

自此,在杨园、向阳这一块,再也没有小混混来找我的麻烦了。他们对别人说:“这派出所干警,就像是他们家里的,反应快速,一会就到了,好厉害呀!”这让我想起以前司法局的同事就说,我是一治恶霸出身的。现在那些小混混以为我老了,没再当领导了,就以为能爬到我的头上嚣张吗?真是一群没见世面的混蛋啊。

7月8日,我在学校开了一场大型的培优公开课。龚老板在武汉请了3名外教和6名英语老师前来讲课,这场公开课吸引了几百名家长,当天就有108名学生报名了!

我们按年级编排了6个班,正式有模有样地上课了。

在这个如火似荼的夏天,年近花甲的我进行人生的又一次起航,迎接一个又一个的挑战,我笑着对自己说:不管前面有多少豺狼,迎接它的有猎枪;不管前面有多少风风雨雨,我都会迎头而上;就是活到了99岁,我也会咧着无齿的嘴笑着对自己说:永不放弃——

因为,梦想不灭!

培育桃李启征程,立下誓言响铮铮。

以德化人凭操守,诚实守信为人民。

砥砺荆棘路

蓦然回首,往事皆付笑谈中。

每当我回首初办培训学校那些年所走的路,心情真是既激动又难过。那些往事,就如同结了痂的层层伤疤,每层都标志着不一样的经历与苦难。它让我不忍转身回看我那风干的泪眼,我那伤痕累累的心扉,还有我那萧瑟的身影……在这条路上,我深深体会到了商场如同战场,残酷、无情、激烈、冷浸,彼此碰撞,彼此撕咬,但也让人深深感受得到人性的温暖。

在这条路上,我就像一个孤独的战士,一个埋头拉船的纤夫,砥砺前行,经历着一场场突如其来的风雨与生死较量。我不孤独求救,但求良心静好。每次想起旧事,总像有陨石破空砸下,击中我心底最柔弱的地方,荡漾着一阵阵莫名的痛楚……

自从《现代英语》进入黄陂城建学校后,我的生活开始变得紧张起来。那种“紧张”不同于在部队、在司法局工作的那种紧张,而是被一种无形的压力,一份不可推卸的责任所牵绊,这份“牵绊”让我坐寝难安。因为我现在面对的是一群求学的孩子,而且还都是天真幼稚的小学生,他们的到来,让城建学校变得热闹非凡,也让我的生活注入了无穷的活力。

我很快发现,我选择在这儿办校并不妥当。尽管城建学校是个有四层楼的办公兼教学大楼,有黑板、课桌椅,里面环境也还过得去,但周边环境却不理想。周围都是小商小贩做生意,菜市场与之毗邻各种声音掺合在一起。让学校这块净化之地,也充满了市侩气。那些来来去去的行人,总喜欢将车辆乱停乱放在学校门口,给孩子们进出学校造成诸多不便。尤其是上课的时候,各种吆喝声、叫卖声、讨价还价声,声声聒耳,让正在上课的老师和学生们烦躁难安。

想到办学校是一件长远的事情,我真是懊恼不已。当初我急于找房子,只考虑到城建学校有些现成设施,而没有考虑到这儿是城乡结合部,没有一点书香氛围。

再想起初来这儿,就遭遇地痞、小混混来敲诈勒索的情形,我不禁打了个寒颤。现在的孩子,个个都是父母的宝贝,万一在这儿出事了,这可是不得了的事情啊!

想到这儿,我决定重新找房子,尽早“搬家”。因为我深深懂得办学校重要的条件不仅仅是教学质量,更重要的是学生安全。没有了安全,别

的都是免谈。

经过多方打听和寻找，我得知区老政府办公大楼现在空着。区政府大楼搬到新址后，决定把闲置的办公楼安排给了区总工会。如果能租借使用，还真是办校的理想之处，它位置处在城中心，前面是文体广场和老干部活动中心。四周安静、详和，周边都是机关单位，最重要的一点是与各所中小学都比较近，走进来就能感受到一份浓郁的文化氛围。

我找到当时的工会领导，与他商量是否可以把我的培训学校搬到这儿来，他听后非常支持，说当然希望我把学生带到这儿来增加人气，还可以为他们工会搬迁做免费宣传，让社会更多的人知道工会已搬到这里办公。工会领导还希望我多邀几家培训机构进来，说这栋办公楼空着也是空着，不如都租出去增加收入。

于是，我邀请了一家书法绘画班和一家围棋培训机构进入。工会也先后把老年大学和人才交流中心引入进来，这栋面积4000多平米的空着的办公大楼，这下都有了用武之地，一时间充满了欢声笑语。

就这样，我把《现代英语》培训学校从城建学校搬到了工会的三楼，时间是2005年的3月12日。新的地点，也增加了新气象，我长吁了一口气，总算为孩子们找到了一个合适的学习环境。

这半年来，我与《现代英语》的龚老板也配合得不错。每到开学与放假前夕，他都会亲临教我如何做广告、如何招生、如何写宣传单发放各所学校、如何管理好老师与学生，让我这个对培训行业一无所知的外行人也逐渐懂得了办校的理念与诀窍。遇到他工作忙碌不能来黄陂亲自指导时，他也会把武汉的培训导师请来帮助我。

有一位叫左红的市场部部长，就经常被安排到黄陂指导我的工作。这是一个年轻漂亮的成熟女性，工作能力相当强。记得我校搬进工会最初，都是她亲自指导我如何操作教学流程，就连教室的装饰和布置，也是她一手设计、策划而成，她小小年纪办事沉稳老道，让我十分钦佩。

在《现代英语》总部的帮助下，我的培训学校慢慢步入正轨，由原来的108个学生上升到200多了。这时的我浑身也像注入了无穷的活力，把全身心投入到繁忙的工作当中。

说起来也真是惭愧，初次办校，我没有雄厚的资金投入，全凭一腔热情上阵。表面上，我的招生情况好像很不错，但每次所有的学费除去上交总部，房租，办公人员，任课老师的工资发完后，我发觉不但没有一分钱多余，就连平时的办公费用也要我从退休的工资中挤出来添置。

让我更为头痛的是，我的弟弟丁朝和嫌我给的几百元工资低，做了三个月就不干了。会计陈娟是我朋友的女儿，工作了几个月突然生了重病，也辞工回家休息了。我一个光杆司令怎么办？急得我真是团团转，急切之中，我突然想到了我同学的侄女吴玉湘，她正在为做生意找门面，答应我可以过来帮忙一下，但工作三个月后，她又离开了，因为她的生意开张了。无奈之下，陈娟拖着病体，为我找到她的好友李凤柳，来我这儿接班。空荡荡的办公室，当时只有我和李凤柳在忙前忙后。好在李凤柳是个能干的女人，为人也非常朴实厚道，她在做好本份工作的同时，总会帮我处理错综复杂的事情，我从心底感激她。

在办校过程中，龚校长对我讲得最多的一句话就是“广告效应”，他让我时刻记住《现代英语》的品牌。要我随时随地做好宣传这一块，一定要把《现代英语》的牌子打出去，让整个黄陂都知道《现代英语》的存在。

明白了这句话的份量，于是请广告公司制作各种宣传单，发往各所学校，还做了好几块精致的宣传板，放在离培训学校最近的实验中学门口（因为实验中学地处最中心地带），向进出的师生们广而告之。为扩大影响，会计李凤柳还在校门口，当起了现场咨询老师，她耐心回答师生们的各种提问，宣传《现代英语》的优良教学，效果非常不错。当时我就想，如果长此以往，有这样的内外环境与条件，《现代英语》是很有发展前途的。

但社会就是社会，它是一个复杂的系统结构，它不可能一直按照我个人的意愿前行，它必然也会发生一些令人意想不到的事。

有一天，李凤柳吃过午饭回到实验中学时，发觉放在实验中学门口的五块宣传板不翼而飞。她焦急地打电话给我，说宣传板不见了，是被城管没收了。当时她就匆忙赶到城管执法大队要宣传板，城管几个工作人员严肃地对她说，宣传板放在学校门口，影响了市容，违反了城管治安条例，要罚款2万元。听说要罚款2万元，她吓坏了。她告诉对方，这宣传板是原司法局丁局长办培训学校做的广告，请大家网开一面。

谁知，那位工作人员听后，竟慢条斯理地说，既然宣传板是丁局长的，那就减少罚金，罚2000元吧！李凤柳说完这些后，让我快来城管看看，说自己没办法把宣传板拿回。我听了，感到既好气又好笑。我安慰李凤柳说，不要紧，那就让他们先开好发票，一会儿我来交钱吧！谁知过了几分钟，李凤柳又来电话，说工作人员不肯开发票，他们要我亲自过来交钱。这下我知道了其中的端倪，赶紧去了城管执法大队。当我来到城管一楼办公厅时，几个执法人员一见是我，就笑着说，既然是丁局长亲自来了，就罚200元意思意思吧。我笑了笑，带着一丝嘲讽的语气问他们：“你们凭什么收走我的宣传版？凭什么罚款？”他们回答我说，这样乱放宣传板影响了市容市貌。

我一听就火了，大声说：“我的广告板做得那么精致漂亮，怎么会叫影响市容？何况我放在校门口侧边，并没有影响学校，也没有如你所说的乱放，还有专人看管，影响到了什么？我觉得不仅没影响，这还是一道亮丽的风景线。我劝你们现在还是尽快把宣传板还给我，今晚我请你们去‘靠杯’（喝酒）。如果不让我带回去，到时候可能要“麻烦”你们送到我的学校去！”

我的话铿锵有力，还带着一种威胁意味。那几位工作人员听了都不敢回话。只有一位工作人员说：“丁局长，既然没收了你的宣传板，就是立了案，如果不交罚款，不可能让你拿回去。”我听了，笑着对他说，既然这样，我也不为难你们，你们就等着看结果吧！

说实话，我当时之所以有底气对他们说这些话，一是因为我认为在学校门前放宣传板，并没影响市容和交通，他们没收是没有道理的。二是因为城管局的几位领导都是我的熟人。局长何觉先是原政法委的副书记，与我交情甚笃、亲如兄弟。副局长刘庆忠是我在武装部当科长时我的参谋，另一位副局长鲁贤进住我楼下，和我是邻居。

当我走进何觉先的办公室，他一见到我，乐呵呵地说：“老兄，是什么风把你吹到城管来了？”我苦笑着说：“我是来向你求助的。”当他得知事情整个经过，于是带着我走到一楼办公室，沉着脸地对他的下属说：“丁局长回黄陂办培训学校是好事情，你们要支持他，凭什么收他的宣传板？”那些工作人员听到领导的训话，都红着脸没吱声了。接着何局长说：“快叫一个麻木车，把丁局长的宣传板送回他的学校！”

听到这儿，我说道：“老弟，叫车就不用了，还是我自己拿回去吧！”就这样，我顺利取回了宣传板，又放到了实验中学门口。从此，我在黄陂任何地方为招生做广告、拉横幅作宣传，城管局没有人再来找我的麻烦了。

这件事让我心情久久无法平静，我深深体会到一个人要在社会上办成一件事是多么不容易啊。我作为一名国家退休干部，开培训学校，就遭遇了各种各样的刁难，如果是普通老百姓，那该要遇到多大的困难啊。

时间一晃两个月就过去了，当五月到来时，天气也一天天地炎热了。李凤柳提醒我：丁校长，天气开始变热了，你得想办法，给每间教室配上空调啊，暑假补课，没有空调怎么行呢？李凤柳的话提醒得非常及时，夏天教室里没有空调，怎么能招到学生呢？没有良好的学习环境，哪个家长舍得把孩子送到这儿受苦？

那时的我真是囊中羞涩，要拿出好几万元来添置十几台空调，对于当时的我来说，的确是一件困难事。我实在没有办法，倾其所有也只有几千元。于是，我又向同学借了几千元，可还是凑不够买空调的钱。

见我实在无法凑够钱，善良的李凤柳，担心我买不成空调，竟然把手上仅有的两万元定期存折递到我手上，说暂时帮我垫付一下。这真是雪中送炭啊！有了她和朋友们的帮助，十几台空调的钱总算是凑齐了。

那年六月，我从电器城一下购回十几台格力空调，让每间教室都吹来一缕缕凉爽的风。那刻，我的心情真是舒爽极了，我用满心的期待迎接暑期的到来。

人心是肉长的，我不会忘记，在我创业最艰难的那几年，很多朋友对我倾心帮助。

侠骨柔肠我的老同学张新宇。张新宇是建筑商人，当初我的培训学校从城建学校搬到工会时，他第一时间就赶到现场为我策划、设计装修，把原来的办公室改装成教室模式。然后把每间教室里里外外粉刷一新，让这栋陈旧的办公楼有了学校的气息和面貌。让我最为感动的是，他做完这些，竟不肯收取任何装修费用。用他的话说，你现在正处创业期间，能节约一分钱就省一分钱，装修是我份内能做的事，才有机会帮你这个忙。而且他还说，同学之间帮这点忙也是应该的，别的什么也不用提。这番发自肺腑的话，我一直铭记在心。

而会计李凤柳，这个坚定、善良、能干的女人，同样与我非亲非故，却在我最困难时，自愿伸出双手为我解决燃眉之急。她说，认准的路就一定要坚持走下去，万事开头难，大家相互支持，总会渡过难关。“万两黄金容易得，知心一个也难求！”而我何德何能，遇到这样一位不求任何回报的工作搭档，无私地为我付出真诚的爱心？我为人生中遇到这样一些患难知交而无比自豪。

这一年的暑期招生，果然达到了我期望的目标。而令我更加欣慰的是，在 9 月份的奥林匹克全国英语大赛中，有好几名在我校培优的孩子，获得了大奖。这个消息真让我欣喜若狂啊！我像自己中了状元一般，兴高采烈地告诉每一个我认识的人，由衷地为孩子们所取得的成绩感到骄傲。龚校长也兴奋地紧握我的手，一直说黄陂果然有发展前景，丁校长啊，好好把这块蛋糕做大、做好。我满怀信心地看着他，不住地朝他点头。

但好景不长，一件意想不到的事情发生，让我一时感到一筹莫展。

2006 年阳春三月的一天，工会的那位领导突然找我谈话。说我和他们的租赁合同已到期，工会不准备与我校继续签约，让我们搬出工会。我听后大吃一惊。当我连声问领导“为什么”时，他回答得十分干脆：你们的学生太多太吵，影响了我们工会的工作，大家上班没有一个安静的环境，没办法做事。工会研究的意见是：让《现代英语》离开这里。

工会领导的这番话，让我目瞪口呆，我没想到当初他们极力支持我校搬进来,还说感谢我们为工会做免费广告。现在才过一年时间,他们怎么就改变主意了呢?这突然之间让我们搬走,我们能搬到哪儿去呢?听完他的话,我极力控制自己的情绪,告诫自己不要在这时候发脾气,我赔着笑脸对那位领导说:主席,我才来这里办校一年时间,现在学生也熟悉了这儿的环境,你让我一时半会往哪搬啊?

谁知道那位领导面无表情地回答:这是你的事,与我们无关,反正一年的合同期已经到了,给你一个月的时间搬家,别的就免谈!他这一句“免谈”生生硬硬地从口中嘣出,似乎不允许我开口作任何解释。

我僵持着,惴惴不安地站在那儿,那刻我的心真像有十五只水桶打水七上八下,不知道下一步该怎么办。这一年多的时间,我倾尽所有的精力和财力投入到这所学校,现在他们说要我搬走就要搬走,这让毫无思想准备的我怎么办呢?我一时真的是无计可施了。

我再一次放低身段,百般好言好语,甚至近乎哀求,恳请工会领导换位思考,为我考虑一下再作决定,我向他保证一定加强学生管理,把影响降低到最低限度。可那位领导依然面无表情,就像我欠了他几十万大洋一样,冷冷地说:我们已经忍受你们的学生吵闹了一年,现在不可能再忍受下去了。这件事已成定局,没有商量的余地。你别再说了,尽快搬走吧!说完,他头也不回地离开了办公室。

这些话,从他的口中轻飘飘地说出来,就像一根针掉在地下,他们根本不当一回事,可我听来是那么有力,那么冷酷,那么刺耳,真让我如五雷轰顶,无法接受。

那一天,我不知道自己是怎样走出工会办公室的,只觉得脑子里全是空空的。当我迈进三楼校舍,望着装修一新的办公室和教室,感觉人生像一场无情的梦,我不知道何去何从。付出了这么多,难道就这样说搬走就要搬走吗?这真是让我哭天无路,哭地无门啊。

几天后,睿智的李凤柳提醒我说,你跟区领导这么熟悉,而且大家都很支持你办校,你可以试着给区里的领导写信呀。向他们求助延缓搬迁的问题,或者请他们做工会的工作,让我们学校继续签约。

李凤柳的话让我眼睛一亮。是啊!我为什么不能向区领导求助呢?区里的几位领导我都比较熟悉,我在武装部和司法局工作了几十年,工作曾多次得到了他们的支持与肯定。想起两年前我退出领导岗位时,区里的领导多次对我说,有困难随时可以向他们提出,能解决尽量解决。现在我不正是遇到了特殊困难吗?我何不向他们求助?不管成与不成,我也要试一试。求官不成,秀才还在啊。当夜,我便坐在灯下一气呵成完成这封信:

“尊敬的区领导：

你们好！我是已退休的区司法局副局长、调研员丁朝东。2004 年 6 月退休后，我本着对家乡的热爱，对下一代的关怀以及‘莫道桑榆晚，为霞尚满天’的情怀，报请区教育局、民政局批准，租用区总工会三楼开办了《现代英语》培训学校。至今刚满一年，这一年的时间我们开拓耕耘、负重前行。在党和政府支持民办教育春风以及在有关部门的指导下，我的培训学校逐渐步入正轨，也取得了一定成绩。正当谋划更大规模发展时，区总工会通知我校，提出解除租赁合同，让我们在一个月之内搬出工会。如是，学校生存陷入困境，不得不求助区领导，望能从学校和学生的利益出发，让学校能继续租用区总工会用房，原因如下：

第一，办学一年的时间成就斐然，深受学生和社会好评。

为不辜负学生家长的期待和区教育部门的信任，我们始终坚持‘诚实守信、服务于民’的宗旨，坚持‘质量、安全、管理’并重的方针。一年来，学校做到了无事故、无纠纷、无投诉，信誉和质量为社会所公认。特别是在去年全国奥林匹克英语大赛中，我校有多名学生荣获大奖，还在省、市、区组织的各类竞赛中，有数十名学生获得好成绩。

第二，再寻校址使学校发展遭遇到难以逾越的困难。

区总工会通知我校一个月之内搬迁，这实在让我们力不从心。因为我校学生现近 300 名，多个班级。倘若搬迁，时间太紧，地址难定。学校的选址、装修、包括对学生和家长的沟通工作，需要充裕的时间来调整。我校是获教育局、民政局批准的培训机构，势必要担负相应的责任和义务。另外，我校因为想与区总工会长期签约，已投入数万元装修费用，现在搬迁，对于一个刚起步的学校来说，将会造成巨大的经济损失。尤其是搬迁后，招生前景难以预料，势必造成教师和学生的不稳定，潜在的风险太大，我实在难以承担。

综上所述，对我校而言，这次搬迁是难过的一道坎，而对区总工会来说，无碍大局。况且我听说，区总工会正在筹建工人俱乐部，一旦付诸实施，无论是办公还是活动，都有更大的空间。退一步而言，暂缓一段时间让我校搬迁，使我有足够的时间挑选新址，另图发展，也是一个选项。本着忠诚教育事业，对组织、对学生、对家长负责的初衷，我冒昧陈情，恳请区里领导帮助支持，以解燃眉之急。不胜感激！”

这封信，我写到了深夜十二点。第二天，我去邮局以快件方式寄往区政府办公室。让我万万没想到的是，一周后，区领导直接派人出面与我联系。我不知道区委办公室是如何做好工会的工作，只知道工会突然又对我说，学校不必马上搬走，合同也可以续签下去，但如果续签合同，得有两个条件。第一,必须涨租金;第二,学校必须由三楼迁到一楼。这两个“必须”条件,对于当时的我来说,无疑是天上掉下来最好的“福音”。尽管学校要从三楼迁往一楼有些麻烦,但比起离开这里重新找位子办校的困难,真的是容易太多了。我一口答应了工会提的两条意见。房租涨就涨吧,只要把学校认真办好,何愁房租的钱赚不回来呢?我一颗提到嗓眼子的心终于掉下来了。

事后我才知道,区里相关领导以多种方式做通了工会的工作,说服他们继续与我签约出租合同,他们说老丁退休后办培优学校,是为黄陂学生做好事,理应支持。让工会多理解多包容,并说服工会,让他们调整办公地点,尽量与学校距离远一点。他们还对我提出建议,让我加强学校管理,尽量维持好学生的秩序,把所有可能会出现的问题降到最低点。

真是山重水复疑无路,柳暗花明又一村。就这样,一件日夜让我担心的事被区委办公室领导充分协调,轻而易举地解决了。最后的处理方法真是两全其美:工会由一楼搬到四楼办公,我校则由三楼搬到一楼。这样做,学生在一楼上课不影响工会办公,同时学生在一楼上课更方便、更安全。从此双方和平相处,再没发生别的纠纷了。

写到这儿,我从内心对社会充满感恩,对区领导的支持充满深切的谢意。他们在工作万忙之中,居然把一个普通退休干部的信,当作一件重要的工作来处理,怎不让我感动呢?当下,我唯有实实在在做事,踏踏实实把学校办好,才不辜负大家的期望与支持。

我创业的激情再一次被点燃了。人啊,只要心情是晴朗的,人生就没有雨天。只要保持积极乐观的态度,就没有过不去的坎。给自己一个微笑,无论你过去做了什么,将来即将做什么,生活中总因为有了这份微笑而充满期许……

“学校”经过一番周折,总算是稳定下来了。我开始高密度、多渠道地在各校进行广泛的宣传,再一次迎接暑假的补课。每年的寒暑假都是学生补课的高峰期,学校有没有效益,寒暑假就决定了一切。学校生源这一块真没让我失望,这两年就像滚雪球一样,学生越来越多,我的学校规模也越做越大,用黄陂人的话说,《现代英语》已垄断了整个前川。这话没错,学生人数是一年比一年多。

但让我郁闷的是,这两三年,学校影响打开了,但我似乎就没有赚到钱,甚至还有种赔钱赚吆喝的感觉。说起来真让人感到不可思议,为什么 300 多个学生入校,怎么会赚不到一分钱呢?我掰指一算,每个学期把《现代英语》总部的百分之二十管理费一交,再加房租水电费,老师和工作人员的工资一发完,我总是两手空空地迎接新年。

这是怎么一回事呢？每次我与别人探讨这件事，别人都不相信我的话。认为我野心大，赚一点点钱不当一回事，只有一大把一大把进钱才叫赚钱。这真让我百口难辩，有苦说不出啊。还有人说，万事开头难，头几年不赚钱是正常的。这话我也听进去了，我也期待着口袋暖和的那一天早日到来。

在这两三年创业的日子里，最对不起的是我的家人。我的老伴见我一人在黄陂过饱一餐饿一顿的日子，总在周末，从汉口回来为我洗衣做饭。还煞费心思地买回排骨和莲藕，用大砂锅炖罐煨排骨莲藕汤，经常让我把所有的任课老师叫来打打牙祭。老伴说，这些伢都是从汉口坐两个小时的车来黄陂上课，不管你赚没赚到钱，老丁你不能委屈这些老师啊。老伴的做法让我感动不已，那些老师也与我的老伴很投缘，每次见到她总有说不完的话。

我的俩闺女，也很心疼我在老家独自创业的辛苦。她们原以为我“折腾”了一段时间，会回汉口再过“老年大学”的悠闲生活，哪知我像一头倔犟驴，硬是赖在黄陂不走。学校办了两年，也没见我拿一分钱回家，时不时还向她们伸手求助。

她们知道我的脾气，也不敢在我面前多说什么，每个周末，开车把老妈送回黄陂照顾我，还不忘记买一大堆吃的喝的带回，让我增加营养。“创业可以，不能亏待自己的身体啊，老爸！”每次女儿走时都以这句话作为告别语，给我一个温暖的怀抱。我在感激的同时，内心充满深深的内疚。觉得欠我的亲人太多太多了……

一次，从总部过来指导我工作的左红与我谈心，谈到我与总部所签的合同细节时，她突然问：“丁校长，你每学期都要向总部交百分之二十的管理费，你还有钱可赚吗？”左红的话让我疑惑不解。她小声对我说：“丁校长，按武汉市场行情来说，培训分校只需要向总部上交百分之十的管理费才合理啊。你交百分之二十，除掉所有的开支，到你手上还有钱可赚吗？”

听了左红的话，我恍然大悟，这才明白两三年来我没有赚钱的真正原因。论理说做这一行并不需要太多的资金投入，而且我的学生生源这块也不差，为什么我总没有赚钱呢？现在，我明白原因就出在交总部的管理费的比例上。左红还告诉我，武汉所有的培训机构分校向总部上交的管理费基本上都是百分之十，没有听说比例有超过百分之二十。得知这个消息，我真是吃惊不小。原来我亏钱就是亏在自己是个门外汉，不懂市场行情上啊。现在，我和《现代英语》的合同都签了三年，怎么向他提出异议呢？再提这些边外话，不是违约吗？我是个学法知法的人，怎么不懂这

些道理呢。

左红好心地提醒我说，你可以试着向龚校长谈谈，让他重新修订合同，建议他“放水养鱼”。然后你再向他申请第一年上交百分之十，第二年上交百分之十二……以此类堆，到第五年就可以涨到百分之二十了，看他的意见怎么样。这位小姑娘真不愧为古代“智囊团”式的“清客”和“军师”，她将所有的一切分析得如此透彻，又合情合理，给我在商海的课堂生动地上了一课。

我感激她在这重要关口上，告诉我这些题外话，这些都是牵涉到我校生死存亡的心里话啊。当我问左红为什么要告诉我这些商业机密时，她真诚地对我说，你一个老人创业不容易，再说你为人实诚，我不忍心看你赔钱只赚吆喝。听了她的话，我的心真是五味杂陈。金钱面前，人与人之间的表现为何这般云泥之别。

我是一个军人出身的人，在农村长大，父母教育我要做一个朴实本份的人，部队把我培养成铁骨铮铮的男子汉，军分区的生活让我懂得军人的魂，司法局的工作让我明白做一个堂堂正正的人的涵义。现在，作为一个退休后的创业者，我始终也是按照部队和机关的做人做事模式，来办我的培训学校。

面对复杂的社会，我以一颗理想化的心相信别人，从不提防别人，更不知道采用什么手段以获取个人利益。我始终认为君子爱财取之有道，在生意场上，同样有它的道德规则，在利益面前，人人都只该拿属于自己的一份。为什么总有人不知道满足，总要做违背良心的事情呢？我决定和龚老板好好谈谈合同的事。

当我和龚老板面对面谈合同问题时，他一时语塞了。他说你好端端地，怎么突然会说我们的合同有问题呢？之前我俩不是合作得挺好吗？我平静地说，我都打听过了，武汉像我们这种合作学校，管理费从来就没有上交百分之二十的。他一听就勃然大怒，大声说：“做人要有良心，不是我好心带领你来黄陂开发市场，你一个学生都不会有。不要说百分之二十，就是收你百分之五十也不过分。”他的这番话，显然是激动之余脱口而出的，但实实在在说出了他内心的真实想法。

而从侧面来看，一提管理费他就不自觉地表现得这般激动，更说明其中存在猫腻。我当时也气坏了，决定以其人之道，还治其人之身，我大声说：“感激你的成就，现在我把黄陂市场也慢慢做起来了，要不你来管，我收你百分之五十管理费试试？”

我的话让他恼羞成怒，他气极败坏地说：“合同都签了，别和我谈这些没用的话，你是个懂法的人，知道违反合同的后果。”那一天，我和他都极不冷静,所谈的每一句话都充满了火药味。当我平静下来,试着和他沟通,降低管理费用,按办校时间逐年增加管理费比例时,他一口拒绝,说一切都按合同来,别想毁约,更别想抵赖。

在一个知法懂法的人面前,他提到"毁约"与"抵赖"的字眼,真让我羞辱万分。我感觉自己已经陷入了合同的陷阱之中,已无力多说什么了。每到新的学年到来时,龚老板都会按时来催交管理费,我只能像哑巴吃黄莲一样,吃力地上交百分之二十的费用。从这以后,我们的合作关系也变得微妙起来,他不再像以前一样,热情地支持我的工作,除向我要管理费,我们之间变得无比生硬。人啊,在牵涉到钱的问题上,感情怎么就变得这样脆弱呢?

在外人看来,我办校两三个年头了,学生越来越多,口袋也越来越暖和了。他们不知道各种费用,压得我根本喘不过气来,只是我要强、好面子苦苦撑着罢了。我一个年近花甲的人,动这么大的声势来创业,怎么才干两三年就不干了呢?想起我在办校时,给自己立下的三条"军令状",我不禁热血沸腾。我再一次鼓励自己:坚持,一定坚持下去!干每一件事不可能一帆风顺,只要脚踏实地往前走,一切都会迎刃而解。

谁知,一波未平,一波又起。有一天,教育局的分管领导陶局长找到我,说有要事与我商量。当我们见面时,他握着我的手,非常热情地向我打招呼:"这几年丁局长回来办学校,非常不错啊。我看你学校学生越来越多,生意也越做越大啦。"我谦虚地说:"哪里哪里,都是仰仗教育局领导的支撑啊。"他话锋一转,笑着问我:"这几年我局对你不错吧?"我连连点头,感谢他们这几年对我校工作的大力支持。同时,我知道他今天找我过来,一定是有什么重要的事。

于是,我主动挑明话题,对他说:"领导有什么事情,只管明示!"他听了,用欣赏的目光注视着我,夸奖我的头脑好,总能一眼看准别人的心思。然后很直接地说:"我有一侄儿,也在汉口的《现代英语》总部上班,他多次想回黄陂办培训班,我不同意。因为他年纪轻、涉世浅,我担心他做不好,会给我带来不好影响。现在老哥你在黄陂把《现代英语》做起来了,我想让他回来帮衬你一把。主要是想让他学习一下管理经验,跟着你丁局长学,我放心。"陶局长的这席话,让我有点意外。考虑到我的学校目前也的确需要人手帮衬,我便一口应下了。

谁知第二天,我接到一个陌生人电话,他劈头盖脸地问:"你是老丁吧?"然后不等我回答,就又说:"我是陶局长的侄儿,你此时能不能到古田四路来,我要和你谈点事。"知道了他的身份,我不意外。我吃惊的是这个小伙子的素质,他应该知道我的年纪,在没见面的情况下,竟用这种居高临下的口气和我讲话，连起码的礼貌也没有，这让我听了很不舒服。我没好气地回答：“我是老丁，现在正忙。有什么事明天你来黄陂找我。”说完，我就挂了电话。

彼时我知道事关重大，赶紧骑着自行车来到教育局，我笑着对陶局长说：“局长老弟啊，你的侄儿给我打电话了，小伙子没接你的代啊，你为人那么客气礼貌，这小子却不是这样。在电话里大模大样叫我老丁，好像他的年纪比我还大一样，还让我去古田四路找他。”陶局长听了，愧疚地说：“是啊，老哥！要不我怎么说让他跟着你学习呢？”一天后，他的侄儿来黄陂找到我，这个年纪才二十多岁的小伙子，见到我依然是一副漫不经心的样子，还是像在电话里一样直呼我为老丁，那狂妄的态度和傲慢的眼神仿佛在提醒我，他来这儿与我谈话就是给我极大的面子。这让我格外不舒服。用这样的态度与我谈合作，我会接受他吗？

我毫不客气地对他说：“小伙子，我在这里告诉你，老丁不是你叫的。我以前在司法局当副局长，只是退出了二线，你可以叫我丁局长；我现在办培训学校，是学校的校长，你也可以叫我丁校长，你叔叔是我小兄弟，你能叫我老丁吗？”我的话，让这个傲慢的家伙脸红一阵白一阵，他见我不是一个好说话的人，然后悻悻地离开了。

陶局长知道所发生的一切后，劝我说：“老哥，我的侄儿年轻不懂事，你老人家不要和他一般见识。这样吧，你不肯和他合作，我表示理解，那就让他以你校的名义在周边开个小培训班吧，他招初中班，你校招小学这一块，互不影响好不？”陶副局长的话让我一时无语极了。显然他已经作好了安排，作为办校这一块，我的培训机构由他管控，年年都要与他打交道，我能说什么呢？

这样一来，黄陂又多了一个《现代英语》的初中班，我们可以说井水不犯河水。但开学报名后，陶局长的侄儿又找到我，说要我给他几本交费的收据。我告知，这些收据是现代英语总部盖章的三联收据，要按比例向总部交管理费的。你如果拿去，需经《现代英语》同意，并单独交管理费。他头也不抬地说：“这是你的事，不关我的事。”他的话让我火冒三丈，世上怎么有这样不讲理的人，只管收钱而不交费用？我拒绝了他的无理要求，他一气之下也走了。

这件事过去后，陶局长似乎对我很有意见，再也没有以前一样对我笑脸相迎了，而是一副爱理不理的样子。但我是个讲原则的人，觉得自己没有错，哪会在意你的脸色好与不好。但是我想错了，在这个小小的圈子里，我没有“按常规出牌”，注定我要遭受各种各样的排挤，各种各样的陷害……

该来的事总是要来的。2007年,回避不了的事,真的就来了。这一年,是我人生中最灰暗的一年。这一年,各种各样的灾难接踵而至,几近将我置于生死边缘……

这年年初,《现代英语》的龚老板突然声势浩大地来到黄陂在前川一小旁租场地办学校。知道消息,我震惊不已。我们当年签合同时,有一条就说明甲方不得在乙方所在地设立相同的机构,而现在我们的合同尚未终止,我的管理费仍在如数向他上交,他这样做显然是违反了合同条例。当我质问他违反合同时,这个时候,他不再是从前的龚校长了,他拿着教育局给的批文摆在我面前,不容我多说什么,只说自己怎么做都是合法的。我这才明白,他是有备而来的,他已打点好了一切,我说什么也已经没有用了。除非我不想把学校办下去。

山雨欲来风满楼。很明显,他这是在为我上演一场恶作剧。不!是在全面向我展开争夺战场的实际发难,是想借助某些阴暗势力,以竞争之名将我逐出黄陂。就在龚老板来黄陂正式开学的前天,我校的10个任课老师与(现代英语的签约老师)打电话给我,说有事情要与我洽谈。这时我就预感到又有什么不好的事情要发生。

见面后,牵头的潘捷老师对我说,龚校长要把他们10名老师,都调前川一小他的培训学校上课,并让老师打所带学生家长的电话,让孩子们去一小上课。如果去一名学生另发50元作为奖励,还承诺每人给2%的干股,10名老师计20%的干股给任课老师。如果不服从调动和安排,就把他们的文凭及各种证书扣留下来!……这位老师所说的话完全出乎我的意料之中,同时也出乎我的意料之外,我没想到一个人翻起脸来这么可怕,会做出这样无情的事情来。

我努力说服自己:情绪激动时候,一定要冷静!千万不能失去分寸!我颤抖着手,双手不停地搓揉着。慢慢地,我平静下来了。我动情地对老师们说:"感谢你们10位老师对我的信任,能及时告诉我这些事情。说内心话,我希望你们能留下来。你们在这儿快工作三年了,黄陂学生离不开你们,家长也离不开你们。我也离不开你们!时间久了,你们与学生也有感情。我相信,你们也舍不得离开他们。但此时,我也不能强求你们。因为你们也不容易,来黄陂这么远的地方来上课,坐车都那么辛苦……"说到这儿,我说不下去了,我的眼泪都流了出来。

我让他们重新考虑一下是与非,去与留的问题,无论作出哪种选择,我都表示尊重。这些老师都不安地看着我,我让他们去商量后再给我一个统一意见。当他们走到另一间教室协商的那一刻,我内心翻起了惊涛骇浪,我知道此时自己所面临的是学校生死攸关的问题。如果这些老师在这个时候都走了,我有天大的本领也撑不下去了。我风风火火办校这么多年,难道就这样解散了吗?我的心实在不平,我的心犹在滴血……或许是我的真情话语打动了这些老师的心,也或许是我的感情牌打得诚实。

过了十几分钟,那10位老师从里面出来了。他们齐齐地站在我的面前,用一种很特别的目光看着我,其中一位老师开口说:“丁校长,我们10个人商量好了,我们决定都不走!我们认为你是对的,龚校长这样做不厚道。我们在黄陂三年,你对我们10个老师都不薄,还经常给我们加餐打牙祭,当我们像自己的儿女一样。现在,我们要和你一起共渡难关!”这位老师的一番话,听得我泪如泉涌。

当时,我真的是在这些孩子面前热泪畅流。那刻,我太感谢这些老师的选择,真正是他们救了我,把我的学校从死亡边缘拉了回来啊!我感慨这世上的人心,真的从来都不是求来的,而是前世修来的。我平时只是给他们一个善意的微笑,一顿饭一碗汤就让他们记得,他们以这样的方式感恩,怎么不让我感动呢?我想起了诗人汪国真写的一句诗:让我怎样感谢你,当我走向你的时候,我原想收获一缕春风,你却给了我整个春天!此时,他们就像一盏盏明灯一样,温暖着我,照亮了我的周围,照亮了我前行的路。

我当即就在这10位老师面前宣布:大幅度提高他们的底薪,大幅度提高课酬,大幅度提高奖励比例,提高各种福利和待遇。还要给老师提供公费旅游:上半年一次出国旅游、下半年一次国内旅游。我的话一说完,所有的老师都热烈地鼓掌,他们说相信我能做到,也相信我一定会把学校办得更大、办得更好。

真是一波三折,波波不平。每年的开学时期,是我们培优学校最忙碌的时候,但2007年的新学期尤为反常。开学的时间到了,前来报名的学生人数不仅大为减少,甚至来学校的家长大都是要求退还上学期已交的全年学费。我知道这些不正常的情况,是龚校长他们捣的鬼。他是想通过这种釜底抽薪的方法,来搞垮我的学校。

果然,有家长对我说:“丁校长,我听说教育局已不批准你开办《现代英语》了,现在学生都要去一小《现代英语》了,我们得要回学费,去一小报名。”这位家长一说完,就有一大群的家长围了过来,争着要退学费。这样的场面,同样是我之前没有想到的。但我什么也没有多说,极力地稳住自己的情绪。我让李凤柳赶紧去银行取回两万元钱,并让大家排好队,我告诉他们,我们会尊重大家的意见有序退学费,让他们放心。这条要求退学费的队伍,呼啦一下子就从办公室排到了学校的操场。一会儿,李凤柳把钱取回来了,我就在旁边协助会计办退款手续。借这个机会,我有意拿出与《现代英语》总部所签的三年合同，该总部给我颁发的“全权代理委托书”，向正在退款的家长们解释说明，我与《现代英语》合作的整个过程，告知在一小的《现代英语》培训学校是违约的。在办退款的同时，李凤柳也微笑着告诉家长，你们很快就会知道真相，相信我们没有说假话。

那些家长也都是有心之人，在一个个相互传递合同时，一边小声地议论开了。人心本有一杆秤，孰是孰非自分明。当我退款退到第29位家长的时候，这位家长突然对我说：“这学费我们就不退了，我的孩子继续在你校学英语！我看明白了，你们办校是合法的，在一小的那家是违约。再说，我的孩子如果去那儿，又得从《快乐英语》开始学起。孩子都学完《剑桥英语》到《新概念》了，再回头学《快乐英语》是浪费时间。”这位家长讲完这些，后面的家长恍然大悟，然后他们异口同声地说：不退了，不退了！免得我们的孩子又要适应新老师，再说去一小接送孩子又不方便。

或许人都有一种从众心理，这样一来，后面的人反过来影响了前面的人。真是犹如战场上的战机瞬息万变，前面那些已经退了钱的家长反过来纷纷表示赞同，并纷纷又把已退的钱排队补交了上来，还说孩子在这里补课补得蛮好的，怎么又突然冒出一个《现代英语》呢？还是在老地方补吧，让人放心些。就这样，一场难以避免的退款风波在家长们的理解和支持下，有惊无险地平息了下来。

我们又一次反败为胜。这一切既是意料之外，又在情理之中。这一天学校不但没因退学费风潮减少生源，反而戏剧性地增加了不少前来报名的新生。当这一天结束的时候，我浑身累得像散了架一样，不知道这一天我讲了多少话，作了多少解释，才让这场招生风险化险为夷。

在这场残酷的商战较量之中，我庆幸自己做到了以理服人，选择了与善为伴，选择了光明与正直。如果我以恶攻恶，以阴暗报以阴暗，这会儿所有的老师走了，这些学生也都走了，我还拿什么来办学校呢？风雨过后见彩虹。但是，我在那天还是紧张得大汗淋漓，虽然时值春天，武汉的天气还那么寒冷……

事情走到这个地步，龚老板对我可谓恨之入骨，他狠狠地给我校那10位老师放下狠话：你们违约，2000元押金不退，身份证、毕业证不给。到了这时，我也毫不示弱。我立即向这10位老师作出诚恳的保证：2000元押金他不给我给，证件不退我来帮你们打官司！我是从司法局出来的人，他有我懂法吗？后来，龚校长出于无奈，还是把老师们的证件都退回了，他明白在法律面前，这种做法是苍白与愚蠢的。至于老师们的合同押金，我当场就取回两万元发给了10位老师，让他们能够安心在我校工作

下去。

我这一招也可说是壮士断腕，让龚老板与我分道扬镳，彻底决裂了。我们就这样在黄陂各干各的《现代英语》，内心都提防着彼此。在这样的环境下创业，老实说，这断刀式的一着，实在有违我的初衷，我的心很不是滋味。在利益面前，人与人之间的感情实在是不堪一击啊！

说归说，此时我与龚老板，虽然彼此心存介蒂，但我还是时常牵挂着他。这不知是年龄的原因，还是因为有过一段莫逆之交的感情，让人难忘之故，我还是想与他再续前缘，共创事业。我与《现代英语》所签的三年合同是在 2007 年 6 月到期，考虑到这三年的努力，我在黄陂已做出了市场，如果放弃《现代英语》，就是放弃了所有的一切，

在 3 月 12 日这天，我决定找龚老板商议再签合同事宜。我拿着这一年所要交的管理费，在李凤柳的陪同下，来到龚老板的办公室。这次，他见到我与以前判若两人，他用半冷不热的态度，问我来做什么。想起三年前我们在常青花园老年大学相识的点滴细节，真有恍若隔世之感。

我真诚地对他说："龚校长，今天是 3 月 12 日，这个日子对于我来说，是一个非常特别的日子。39 年前的今天，我离开家乡到部队当兵；38 年前的今天，我加入中国共产党；37 年前的今天，我被提为军官；2005 年的 3 月 12 日，我从城建学校搬到工会，我和你共同办校，相互合作了近三年；今年的 3 月 12 日，我又重新来与你谈合作问题。我之所以选择这个特别的日子来见你，是因为相信这个特别的日子，会给你我带来好运。"龚老板听我说完这些，冷笑几声，用一种嘲讽的目光看了我一眼，仿佛我此刻是在上帝面前背圣经一样，觉得我异常天真、非常好笑。

当我把 25000 元管理费递给他时，他倒是很痛快地接了。然后，他冷冷地对我说："我们是不可能再合作下去的。我已在黄陂开了学校，你如果再想与我合作，那就回到常青花园老年大学再当分校的校长吧。如果不同意，那你就另找合作伙伴。"说完，他若无其事地走了，丢下我和李凤柳在这儿。

那一刻，我气得浑身发抖，站都站不稳。李凤柳赶忙紧紧地扶住了我。龚老板的这番话，每一句都像一把锋利的刀子，深深地砍到我的心尖上，刺得我鲜血淋漓。

我恨自己，你都是 59 岁的老人了，为什么会这么天真？为什么来这儿用热脸贴他的冷屁股？我恨自己，他这样狠毒至极，恨不得置你于死地而后快，你怎么还会幻想谈继续合作的事情啊？……他这样无情地对我，真是天大的侮辱啊！

可一想起办了三年的学校，就要这样付诸东流，我脑子里的热血不停

地往上奔涌,感觉自己马上就要倒下了。回想我和他相遇的每一个细节,我们在三年前成为忘年交的日子,我俩没日没夜地聊天,谈彼此的成长,谈创业的艰难,谈合作的意向,谈成功的喜悦,谈失败的原因……这三年,我和他可以说是风雨同舟走过来的啊。他当年这么热情地鼓励我创业,现在大家正走在半途中,怎么走着走着就要走散了呢?怎么走着走着就成为彼此的仇敌了呢?人情冷暖,商战无情……我有意与他缓解一下关系,想扭转一下局面,我觉得世间没有解不开的结。

可此刻,我发觉全是自己的一厢情愿。他的话像一记响亮的耳光,粗重且又无情地打在我的脸上……我恍恍惚惚离开了他的办公室,走出大门时,一个趔趄,让我踉踉跄跄地向前冲出几步,几次差点栽倒在地上……李凤柳一直紧紧跟着我,紧紧地握住我的双手。她见我脸色太难看了,怕我一头栽下,不停地拍着我、安抚着我。我像个无助的婴儿一般,木然地跟着她向前走。

事后,她告诉我,那一天,我像突然老了十岁一般,我恍惚的模样让她害怕极了。她说我像魂不附体一般,不停地喃喃自语,吓得她都要哭了……每当回想起 2007 年的 3 月 12 日,我的心总是忍不住的颤抖。多少年的 3 月 12 日,让人难忘,让人兴奋。

可这年的 3 月 12 日,却成了我终生感到是耻辱的日子。那天,我难受得眼泪都流不出来,想到多年创业的激情在这一天化为灰烬,我心实在不甘。人生能有几回搏,我付出了这么多,为什么换回来的却是这样一个结果呢?我太伤心了!

然而,心伤却不能让自己真的倒下。想起从少年到中年,从中年走向老年,我的一生经历了多少苦难啊,但每次都是大难不死。人说大难不死,必有后福。现在,我人到老年,面临创业路上一个个突如其来的灾难,唯有迎头而上,冷静地面对。作为一个军人出身的人,我不停地对自己说:如果在这个节骨眼下倒下了,真是天大的笑话。枉费军人出身,也枉费活到了 59 岁!

面临当前的局势,我已经清楚教育局的相关领导已与龚校长内外串通了。但私下又想到,只要教育局没有明文规定,不准我办培训学校,我就有资格干下去。并且我将继续保持军人本色干下去,决不与他人进行龌龊勾结,干些不讲道义与违法行为。

记得 6 月份我去教育局办《年度审批报告》时,职称科的王科长对我说,没有分管领导的签字,他不能为我办理相关手续。我一听,就明白了这是某位领导从中作梗,我婉拒了与他侄儿合作,他怀恨在心,现在联合龚老板一起想整垮我,给我小鞋穿。以前每年年审,都是王科长办理,现在王科长办理不了,说明是有关人员作了交待。我在二楼办公室笑对王科长说:“我理解你。我自己去找。他今天批了便罢,如果不批,别怪我把他搞得难堪,我会让他下不了台。”说完,我直奔四楼陶局长的办公室。

在上楼的过程中,我知道与王科长说的这种“敲山震虎”式的话,王科长必定会打电话汇报的,并且他也是要掂量掂量的。为了给他们通电话的时间,我有意放慢脚步,走到三楼去别的科室聊了一会儿天。十分钟过后,我再向四楼陶局长的办公室走去。

果不其然,陶局长一见到我,态度来了一个180度的大转弯,很热情地接待了我。我二话不说,就把《年度审批报告》递到他面前,他很痛快地签了字。然后打电话王科长,让他来四楼,当着我的面他对王科长说:“丁校长的报告我已经批了,你打印出来让他带去吧。”对于陶局长的这种态度,一切都在我的预料之中,我明人不做暗事,他不敢在我一切豁出去的情况下,去硬碰硬。学校审批报告顺利办妥了,他们再怎么使绊子,也没办法阻止我办下去。

时间真是一把尺子,它既能衡量奋斗者前进的进程,又能把人性最真实的一面测量出来。我没想到龚老板在黄陂办《现代英语》的过程中,采取那么多不可思议的手段,最终他“搬着石头砸自己的脚”,让自己的事业步入不归路……

自从龚老板来黄陂办学校后,他处处与我对着干,想尽一切办法在各校做宣传。他认为现在有教育局领导撑腰,做什么都会顺风顺水。为了揽生源,他想办法贿赂各校班主任,直接给每位班主任好处。如果班主任推荐学生来他校报名,每推荐一人就直接给班主任100元钱。这让很多班主任尝到了甜头,也很卖力地为他推荐学生。但他没想到的是,学校还有其他的科任老师没得到好处。

再说,各班级的班主任也不是每年都在当班主任,而是根据实际情况要进行调换人手。有些得到好处的班主任,为防止其他任课老师心里不平衡,就会把钱拿些出来买东西大家分享,而有些班主任却把得来的钱独自私吞,这就让有的任课老师感到心里不平衡,有的干脆公开表示出了不高兴。

有一天,武汉市教育局收到了匿名信,举报黄陂某校某些老师收取《现代英语》培训学校的好处费,让上级领导前来查看。这下,黄陂教育局陡地搅起了一潭不平静的湖水,局长下令有关人员,查清到底怎么回事,要求该整顿的整顿,该严肃处理的严肃处理。

我清楚地记得这一天2007年9月24日,正是农历八月十五,传统的中秋佳节,教育局通知《现代英语》的法人代表龚校长和我前去教育局开会。

我把提前写的《培训三年，硕果累累》的报告，复印了30多份。在办校三年的时间里，我每年都有写总结报告的习惯。通常都把学校一年来的基本情况和成绩估价、基本作法和体会、存在的问题及解决的办法逐一写出来。写这些是我的习惯使然，也是为了应对上级各项检查，更是为了来年更好地开展工作而准备。这些资料我都会放在电脑里存档。现在，我把它带到这儿，同样是为了应对工作。

当天来教育局参加会议的有教育局局长、各科室科长、城关6所小学校长、教办主任，一共30多人参加会议。那天陶局长振振有词地在大会上讲了一个多小时，斥责自《现代英语》进入黄陂以来，就发生这样那样的问题。点火式地称：以前黄陂没这个培训机构挺好的，怎么《现代英语》一来，各个学校就出现了鸡飞狗跳墙的问题呢？

他的话在我听来，明显有所指。似乎就是点明，是我把各种不良之风带到了各大校园，甚至暗指那封检举信，也是我为报复龚老板而投诉到市教育局的。陶局长的一番话，所有不明真相的参会人员惊讶不已。他们一个个发表意见，说既然《现代英语》为赚钱而把黄陂各个学校搞得鸡犬不宁，那干脆取缔他们办校资格，还教育行业一片安宁的天！

我一直静静地听着他们七嘴八舌地发言，我知道他们所讲的每一句话都对我存在着种种威胁。我集中精神告诫自己，下一步该以什么方式回应他们。我尽量不让这些话影响我的头绪，我把视线停留在办公室天花板的一角，让自己梳理好情绪，为接下来的发言作好准备。

果然，陶局长再次开口了，说这次都是因为《现代英语》而引起的纠纷，现在你们两位《现代英语》负责人就发言表态，解释清楚到底是怎么一回事？我站了起来，对大家说，这位龚校长才是《现代英语》的法人代表，还是让他发言表态吧！而龚老板则用幸灾乐祸的眼神看着我，他苦笑着说我才刚刚进入黄陂不久，这些年《现代英语》都是你丁校长在黄陂掌控操作，我在这儿能讲什么呢。于是，大家又把目光锁定在我身上，让我来讲话。

我理了理手上的一大摞《年度总结》，然后把打印好的文件，发给在坐的每一位参会人员，清了清嗓子，我对大家恭恭敬敬地说："今天是中秋佳节，是中华民族的传统节日。我们的教育局领导却在这样的一个日子，为《现代英语》的工作召开专题大会，这说明局里各位领导对《现代英语》的支持与重视，在此我表示衷心地感谢。刚才领导讲了很多有关《现代英语》来黄陂把各校搞得乌烟瘴气的问题，我想把我回黄陂开办《现代英语》的三年总结先在这儿给大家作一个汇报，我想请大家看完我这三年来所做的成绩后，再来听听我说下面的话。"

我的那份年度总结报告引起了大家极大的兴趣，我刚才所讲的话也让大家沸腾了起来。几分钟后，与会人员都看完了，他们纷纷看着我，让我有什么话接着讲下去。

于是，我来了一个绝地反击，我用洪亮的声音说："由于教育局重视、社会各界的支持、学生家长的信任，三年来，我的培训学校学生累计达到了上万名，有多少学生在区里、市里、乃至全国得了多少奖项，这在三年前是很少有的。我安排了多少人就业，这个职称科的王科长最清楚。王科长曾在前不久的年终大会上，表扬我的《现代英语》培训学校是'三无'的优秀学校：无事故、无纠纷、无投诉，而为什么今年突然就出现了问题呢？这个就要问今年入驻黄陂一小《现代英语》的龚校长了。"

说完这些，我的目光停留在龚老板的身上，所有的人都顺着我的目光，齐刷刷地望着他。那一刻，我发现龚老板的脸色都变了。

接着，我把与龚老板签订的三年合同书发给大家看，然后又大声说："现在黄陂出现两所《现代英语》培训学校，这本身就不是一件正常的事情。我想请问一下龚校长，你是怎么进黄陂来的？"我的话让全场震惊了。

接着我面向龚校长，开诚布公地说："自从你进入黄陂办校以来，弄得黄陂人良莠不辨，是非不清，真假难分。《现代英语》在黄陂的牌子是谁做起来的？是你老龚同志吗？你在黄陂谁人认识你？都是我老丁在这儿做出来的啊。你在这儿办校不仅违约，还把各种不良之风带到这儿，为了招生你贿赂各校班主任。

刚才，局长拿着那封检举信，有人怀疑是我心里不平衡而写的匿名信。我一个马上 60 岁的人，没那么无聊啊！想把这件事赖到我的头上，不觉得好笑吗？在这件事上，我才是真正的受害者啊！"说完这些，我用坦荡的目光注视着每一位在坐的成员。那刻的我，仿佛就是一个大义凛然的战士，我决定向在坐的每一个人证实自己的清白。

我的一席话再次让全场沸腾。大家传看我当年与龚老板所签订的合同和颁发的全权委托书，又你一言我一语地发表意见。轮到各校校长发言的时候，前川一小的校长陈亚初说："老丁这两年把《现代英语》办得蛮好，怎么又来了一家呢？建议教育局严肃查办这件事，还老丁一个清白！"会议又一次出现了高潮，这时我看到陶局长的脸色变得非常难看，他一改刚才开会时的口若悬河，此时一句话也没说。

会议将要结束时，他突然当着大家的面夸奖我说："丁局长是我的老哥、老乡、老领导，你讲完这些，大家也知道了事情的原委。我们还是支持你、相信你。你就继续把培训学校办下去吧，相信你会办得更好！"

那一次的"中秋会议"，我如同"华山论剑"了一回，出其不意间为自己打了一个大胜仗。感谢那封匿名信，让我在危机四伏中找到了切入点，让我因祸得福。

这件事应证了中国一句老话："害人之心不可有。"事后，教育局调整了各位副局长的分工，当初分管这一块的陶局长被安排分管别的部门，由另一位郭副局长分管民办这块，从此教育局再也没有人给我出难题了。

自那次"中秋论剑"后，各个学校都不再支持龚老板在黄陂办学校了，这时的他居然又低下身段回来向我求情，说要与我合并成一所学校，《现代英语》在黄陂的这一块就全权交给我一人管理，他再也不参与了。

但在这时，我不是没有胸襟，不泯恩仇，而是发生了这一串事情后，我的确是心有余悸，再也不敢与他合作下去了。于是，我委婉谢绝了他的要求。后来听说他搬离了前川一小，在另一个地方半死不活地办学校。再后来，又听说他离开了黄陂，把《现代英语》学校转让他人管理了。

至此，我和他再无交集了。人与人之间的关系就是这样，你眼中有我时缘份就在；你眼中无我时，缘份说走就走了。我和他之间的合作关系，只能成为一个遥远的回忆。这个回忆里，有美好，有伤心，更多的是遗憾。

多年后的今天，回忆我和他的故事，我心里充满深深的失落感，但更多的是感恩，感恩他在这个故事里，让我成为主角，还成就了我的人生。如果没有他的存在，能有我今天的故事吗？在教育这块领域里，会有我的一席之地吗？我真想有一天，再次找到他，与他一笑泯恩仇，能像当年一样，喝茶喝酒聊人生……还有这样的一天吗？

我想有！

2007年年底，武汉小新星教育集团来黄陂，寻找合作伙伴，想与我谈合作办校的事情。经过友好的沟通，我与小新星达成共识，一次性交了4万元的加盟费，办起了《小新星教育培训学校》。

到此，我与《现代英语》作了彻底的告别。接着又与《小桔灯》作文、《天奕直线数学》合作，这样一来，语数外科目我校都有了。

学生也越来越多，到2008年，我的小新星培训学校，已成为600人的培训大校了。看着来回进出的孩子们那天真烂漫的笑脸，这一次我真是舒心地笑了。

回首办校最初几年所走的路，我感慨万千。时间像个魔术师，它时而让我成为伤感的诗人，总会为冗长的往事伤感流泪；时而让我成为激情的勇士，时常有拿起刀枪再上战场干一次的冲动；时而又让我变成年轻人，觉得自己有浑身使不完的劲……回首往事，我经常忍不住泪流满面，觉得自己这一生，都是行走在荆棘的路上，在这条路上，我走得真是太艰难、太坎坷。

可是,独自舔干所有的伤口后,我又慢慢感悟到:人生精彩的地方,恰恰在最难之处体现出来,真正的价值,又是体现在拼尽全力去奋斗的时候,恰如"无限风光在险峰"。如果说所有的经历,都是一笔难得的财富,那么,我真想再向苍天,借我五百年……

如今,我虽老矣,也知是非成败转头空,更知世间多少事,皆付笑谈中。但我依然能用一颗年轻的心,来应证我名字的真正含义:一直朝东,永远向前!

逆水行舟砥砺行,几多风雨风多晴。

胸怀壮志浑身胆,披荆斩棘往前奔。

致敬!携手人

当我满含泪水回忆初办培训学校那些年的辛酸历程,发觉那些在荆棘中前行的日子,恰恰是我人生最富有的时候。尽管每次我一想起就泪流不止,但它犹如一部时光机,承载着我在不再重来的岁月里自由地来去。我真想对所有的过往喊出:岁月,你好!感谢所有与我一路同行的人,伴随我走过那段苦乐交融的日子……

时间走到了 2008 年,我办培训学校已有四年的时光了。从《现代英语》到《小新星》,再到新星文化培训学校,我走过了一段曲折的路程。从一个对教育行业一无所知的人,到实践中一步步摸索从而得到了磨炼,让我逐渐懂得要想办好一所学校,必须要有学校文化,而"学校文化"四个字包含多少的内容啊。

学校文化是学校发展的一种"软实力","软实力"是与学校的物质条件、硬件设施、教学艺术、制度规范等硬实力相辅相成的,一旦相互有机结合,将刚柔并济,形成强大的综合力量。

在我看来,这种软实力,最关键的就是教师团队这块了。教师是学校的脊梁,水能载舟也能覆舟。就说当年,《现代英语》下派的 10 名英语教师,如果在关键时刻弃我而去,我还有今天的故事吗。我很庆幸,一群尽职尽责,忠于职守的教师队伍,一直伴随着我经历风风雨雨,他们成就了我的事业,也成就了我的"学校文化"。

最要感谢的人,是和我风雨同舟,不离不弃,度过最艰难岁月的工作搭档李凤柳。这位四十多岁的女同志,自从第一天进我的培训学校开始,就把这份工作当作自己的事来做。其实她最初来我这儿上班,拿着微薄月薪。她的任务是收费,可她在我这儿工作,从来不分份内份外,真是什么苦差事都干了。

每天上班她来得最早,下班走得最迟。一来上班做的第一件事,就是把办公室收拾得干干净净,有条有理。所做的账目理得清清楚楚,日清日结。培训学校的杂事很多,很多时候都靠她出面解决,尤其在和学生家长沟通的问题上,她更是帮了我的大忙。我毕竟是男人,又是从部队和机关走出来的男人,平时大大咧咧惯了,情感远远没有女人的那份细腻,没有耐心和学生家长和风细雨地话家常。

但李凤柳却有着极好的性格,她热情真诚,总是面带微笑把每一位家长当成老朋友一样,聊着聊着,就聊出亲切与感动。她还像母亲一样,对每一个来校的孩子呵护备至。可以说,很多家长都是被她的人格魅力所打动,而选择把孩子送到我校来补习。记得当初我校的招生宣传牌被城管收走时,她比谁都着急,第一时间赶到城管与人理论;每次去外面招生做宣传,她都积极参与其中;那时由于经济困难,为了节省开支,往往都是我用红纸写好宣传内容,到各学校人口稠密区张贴,她都是冲在前面。学校每次搬家或换教室,她都像男人一样撸起袖子搬桌椅……说实话,对这位从创业跟随着我摸爬滚打多年的伙伴,我心里充满深深的感恩。

我常说,认真做事,可以把事做完。用心做事,才能把事做好,她就是属于这种用心做事的人。由于她工作认真负责,业绩突出,后来,就由办公室主任升任分管行政的副校长。每当她家人说这份工作太辛苦,劝她放弃时,她说:“帮丁校长其实也是帮我自己,丁校长是个好人!他有胆识,还能吃苦。这么大年纪这样艰苦创业,我为什么不能向他学习,和他一样用心奋斗呢?他让我知道:工作着是美丽的!”

李凤柳的这句“工作着是美丽的”其实诠释了工作的全部意义,让我时常想起那些“工作着是美丽的”育人者。

我还记得办学校的第二年,我诚聘黄陂一中刚刚退休、教英语的教师钱人彦,来我校任分管教学副校长。钱人彦老师大我四岁,他不仅是黄陂教育界的名师,还是一位性情中人。在我眼里,他亦师亦兄更如诤友。他多次提醒我:“你要办好学校,必须有自己的教师队伍。不能老是依赖总部给你派老师,这样会处在被动状态,你要变被动为主动啊。”这千金难买的话让我很感动。

当我们发出招聘老师广告后,就有很多大学生前来应聘,一支年轻的教师队伍,经他打磨后都能胜任教学工作。他手把手教年轻教师,从规范发音开始,再到教他们如何备课,然后还开办“第二课堂”,让他们练课、赛课,进行循环讲课,再以“老师当学生”的模式举行“教学比武”。这种魔鬼式的训练，培养出的教师队伍真可以说是百里挑一。

黄陂的家长一提到钱人彦的名字都是如雷贯耳，可以说很多学生，都是冲着他的名气来的！他把退休后所有的热情倾注在这儿，工作起来像个充满活力的小伙子。很多时候，看到他一把年纪，还常忙前忙后，搬桌搬椅做这些粗事、杂事，我真是感到过意不去。他则说，我和你蛮投缘，我喜欢和你一起做事。这句话代表了千言万语，每次想起他，我心里涌出的都是深深的敬意和感动。

我还记得，2008年《小桔灯》作文与我校联盟合作后，我聘请实验中学刚退休的语文教师江碧华，来我校分管这块工作。这位女老师当年既是实验中学的教导主任，同时还是优秀的班主任、教育部门的优秀教师。只要她一走上讲台，整节课她都是激情四射，妙语连珠，学生的思维火花也不断迸发，让人感觉到思考的快乐与畅快言说的喜悦。我常以“学生”的身份，去听她讲作文课。印象给我最深的一次，她给孩子们讲《我最爱吃的水果——西瓜》一课，当时她抱着一个大西瓜来到教室，孩子们真是乐翻了天。接着她让每个孩子用一个词或者一句话来形容西瓜的形状，孩子们都七嘴八舌地抢着回答，什么“又大又圆”，什么“皮薄如纸”，什么“绿色的瓜皮中间有许多黑色的道道”……各种各样的声音，把这个水灵灵的西瓜，描述得让人口水直流。最后江老师还真是把这个大西瓜切开了，再让孩子们进行词语轰炸，或来一段有关西瓜的故事讲给大家听。

故事讲完了，每个孩子手上都拿着一片西瓜吃得津津有味……这真是一堂生动有趣的作文课，她让“一切妙境皆共生”，还让学生体会到写作原来可以这样快乐和轻松。多年后的今天，我还记得她的那次作文课，那个又大又圆的西瓜，在我记忆里是那么的鲜活。

她的课让我懂得了“学问深处是性情”，还让我分享到了“作文课的味道”就如同西瓜那般甜美。当很多家长告诉我，他们的孩子爱上了作文，喜欢听江老师的课时，我感同身受地说：我也和孩子们一样，喜欢听江老师讲课。很多从她那儿学习过的老师都对我说，跟随江老师学习教作文，愈来愈发现她为人的性情与趣味。我想，这就是教师的魅力。她像一位快乐的农夫，赤脚走在语文的田梗上，播种着语文回归的希望……

不仅如此，她后来还为我校培养了一批优秀的作文老师。

当我校的《小新星》英语和《小桔灯》作文在黄陂独具一格打开局面的时候，《奥数》也与我校结缘合作。说来也真是“天意”，《奥数》的老板是个年轻的小伙子。小伙子有博士文凭，有专业知识，但缺少管理经验，妄自尊大，脾气酷似当年教育局某局长的侄儿，说话很“冲”，由于他的不尊重，与我合作得不是很愉快。

但是他手下一位叫张俊的数学老师,倒与我很投缘。当我与他合作半年后因故解除合同时,张俊老师居然辞掉了在奥数的高薪工作,只身来到黄陂投奔于我。他说十分看好我的为人和我校的发展前途,愿意帮我把数学这块做起来。

这个80后的年轻小伙子,真是“初生牛犊不怕虎”,扛起《天奕直线数学》大旗后,很快以独特的教学风格,吸引了黄陂的家长和学生。每次,只要张俊一上讲台,必定全场爆满。他最大的特点是“冷幽默”,课堂上他不拘言笑,可讲出的每一句话,总让学生乐翻了天。

他有自己的一套教学方案,讲课不按常规死搬硬套,以自编的教材、幽默的谈吐,吸引所有的孩子。我必须承认他是个数学天才,他以自己的实力,在我校乃至整个黄陂赢得许多人的认可。十年过去了,当年的小伙子现在已是三十多岁的中年人了,依然在我校独当一面,三分天下有其一(英语、作文、数学),他是我们学校的一面旗帜。有他在,我校则生机勃勃。

说实话,我办校最初的目的确实是为了赚钱,但在创办过程中,我深深地感受到更多的是一份责任。说大一点,还可以说是一份“情怀”。当你置身于一份热爱的职业后,你会发觉,赚钱已变得不是很重要,而觉得和一群积极向上的人,在干一件有意义的事,才是人生最大的快乐。

生活教会了我,做任何事情前,必须先做好人。人与人之间其实就是一面镜子,你对他笑,他就会对你笑;你对他哭,他必然以丑陋的面孔对你;任何时候,学会换位思考对待别人,就没有什么解不开的结。任何时候,做一位善良富有爱心的人,永远没有错。

记得我办校不久,学校一位郭姓教师的父亲。在他处聚餐时喝酒过量意外身亡。得知消息后,我第一时间赶去安慰和了解情况。知道她家经济拮据,我带头捐款,同时号召教师们为她捐款。并依据法律法规和相关政策,奔走于法院、司法局、律师事务所、街道法律服务所。之间于情于理于法协调,最后当事人得到了应有的赔偿。在解决燃眉之急的同时,也温暖了那位教师和家人的心。我承诺,在我校工作的老师,都应享受相应的权利和福利,让他们有归属感。

对每一位教师,不光在生活上给他们贴心的关怀,在待遇和福利上,更不能亏待他们。每年组织全校老师外出旅游,这项福利,我说到就必须做到。不管当时我的荷包多么不暖和,我都把这一块放在首位对待。和这些年轻人在旅游的途中欢歌笑语,他们觉得开心,我自己也感觉年轻了很多。“事业留人,还不如待遇留人;制度留人,还不如感情留人。”

我的办学宗旨是:诚实守信、服务于民。我的办学方针是:质量第一、安全第一、管理第一。我的办学核心价值观是:专业高效、团队品牌。

我的行事风格是:“把人当人、把事当事、干得痛快、玩得潇洒”,即在我校工作的老师,都应得到应有的尊重,也要求老师把各项工作任务完成好,由于风清气正,公开、公平、公正、透明,充满积极向上正能量,老师工作时感到愉悦。所以我校的老师工作得非常开心,同时他们也觉得“英雄有了用武之地”,都极尽所能投入到我提供的平台上,将才情发挥得淋漓尽致。

在招聘教师这一块,我们严格把关,教英语的必须是英语专业的大学本科毕业生,并持有四、六级英语证书、普通话等级证书、省考试委员会的培训上岗证书。教作文、数学的教师也应分别是汉语言文学、数学专业的大学毕业生。学校的中层乃至高层领导都是在优秀的教师队伍中产生。不断从政治上引导和激励老师,让每一位老师都觉得有奔头,从而实现“事业留人、待遇留人、制度留人、感情留人”。人心齐,制度必然完美化实行。把机会留给每一个人把握,正如好的农夫不会将优质的种子私藏起来,而是会拿出来与人分享。有了这些过硬的“软件”,“学校文化”也就自然而然地产生了。

作为一家民营的培训学校校长,我庆幸自己没有做累死的“诸葛亮”,而是把机会给所有的老师,实现我所不能创造的价值。其实,我哪有什么通天的本领,一个人能把一所几十人的教师队伍、几千孩子的学校管理好?都是依靠他们的力量。很多人夸奖我是个有人格魅力的校长,说我不仅有教育家的文化素养,还有企业家的管理能力,更有政治家的鼓动热情。

这些赞誉,其实名不副实,但保持一颗热情奔放、积极向上的心,我时刻都有。多年前,我就喜欢阅读古龙的小说,最欣赏他说的一句话,“朋友,要和有热血的人交。恋爱,要和有热血的人谈。酒要和有热血的人喝。死,要为有热血的人死……”我不是圣贤豪侠,但和古龙一样有一腔热血的心。就凭一腔热血的心,我才会在退休后选择创业,才会和一群同样有热血的老师,走到如今。

历经六年的发展,到了2010年,我校各方面都有了一个质的飞跃。通过教育部门、民政部门各项考核,我校各方面都具备了独立法人资质:学校面积达到600平方米以上,教师都有资格证书、本科以上学历,教室配套设施齐全,安全设备设施到位。

教育局通知我作为法人代表去办理相关手续的那天,我激动得热泪盈眶。几度风雨几度春秋,风霜雪雨搏激流。历尽苦难痴心不改,老年壮志不言愁!我终于拥有属于自己的培训学校了,再也不用仰人鼻息,总求别的培训机构给我代理权了,再也不用求爷爷告奶奶,向他们讨要生活了。因为我已有自己一支强大的教师队伍,他们能为我撑起校园的一片天了。

我饱含热泪将学校更换了新的名字:新星文化培训学校。希望我的学校永远以最新的状态,像明亮的星星闪烁于灿烂的天空。当我去教育局办理相关手续时,职称科的王心力科长紧紧地握着我的手,不住地说我吃了那么多苦,总算是熬过来了。办校这么多年,他目睹着我经历多少的艰难与挫折,目睹着我经历怎样的风吹雨打,目睹着我如何顽强地拼搏奋斗……他常说一般人早就被折腾垮了,而我还能像一颗螺丝钉坚持到今天。这对于一个年已花甲的创业者来说,真是一个奇迹啊!

而此时的我,面对他这番鼓励言语,除了激动还有感动。我不会忘记那些年,他对我的工作给予了多少的支持,提供了多少的方便。他不但帮我协调与上级领导关系,而且还帮我留意国家有哪些政策适合我用,甚至单独与我谈教育培训学校这块的法律法规,为我办校工作,提供了很实在的帮助。“喝水不忘挖井人”,我如何能忘记他的倾力相助,那刻,我紧紧抓住他的手,不停地说:感谢,感谢……

是啊,有太多的人太多的事值得我铭记。我感恩社会为我提供这么好的平台和机会,成就了今天的新星!

我不会忘记前川教办主任何利民,他总像朋友一样关心我办校的进展,问我遇到哪些困难,有什么需要帮助的地方,都让我告诉他。能解决的问题他尽量支持我、满足我。最让我感动的是,他在前川街校长会上,呼吁各学校的校长支持我的工作。为我们去各校招生、上公开课铺平了道路。而前川一小的陈亚初、邓格枝校长,二小的阮焕桥校长,五小的吴瑞国、王俊校长,六小的朱校长还有胡克强主任,四小的宋宜生、王康平校长都给予了支持与配合。我校能在黄陂发展到今天,有他们的汗马功劳。

我还不会忘记民政局社团科的方科长,用心良苦的他,总是很留意民办教育方面的政策法规。在教育刊物上,看到外地培优学校好的经验和做法,他都会小心翼翼剪下来,做成剪报给我看,让我来学习人家的好点子、好方法。因为有他的指点和帮助,才让我有信心立足黄陂,胸怀全局,跟上时代发展的步伐。

可以说办校那些年,我吃过旁人所难以想象不到的苦,但无论走到哪儿,都遇到贵人相助,这是我人生最大的幸运。包括我过去的老朋友和同事,都为我的第二次创业给予了极大的支持。特别是我的老战友黄木河,见我老是饱一餐饿一顿在外吃快餐,常在周末,拉着我去他家喝点小酒,打点牙祭。我的同学和战友,都心疼地说我回黄陂办校瘦了很多,憔悴了很多,总是时不时地拉着我外出喝高骨汤补身子。回想一幕幕温馨的场景，一切仿佛就在昨天。想想看，在当时那种困境下创业，如果没有他们精神上的大力支持，我就是铁打的身，也难以挺过来呀！

所以说，这一张办校资质证书，凝聚着多少的辛酸与泪水啊！千言万语载不动我太多的思绪……写到这儿，我的笑容也越来越多了，似乎所有的阴霾都已烟消云散，明媚的阳光对我露出灿烂的笑脸……

但说到办证验资这件事，又有点让我啼笑皆非。

办理法人登记证，验资证明是必备环节。当我拿着银行存折去会计事务所申请验资时，两位会计均是我的学生家长，他们热情地接待了我。谈及验资证明时，他们说光持有银行存折不行，还需相关银行出证明才行。我认为这一说法似乎有理，于是去中行要求出具证明存款真实。但银行负责人称，存折就是证明，无需再证明。我又认为似乎有理，回复给会计事务所，但他们坚称要银行证明才能办理。

三番两次协调无果。我很无奈，遂用车把教育局职成科经办人，中行负责人一起接到会计事务所。我笑着对大家说："我办培训学校这么多年是真实的不？你们的孩子都在我校培优是真实的不？我的银行存折是真的不？你们都坚持自己的所谓原则规定，似乎都有道理，据此相互推诿、扯皮，这不禁让我想起由黄宏、巩汉林、董卿演的小品《开锁》……"说着说着，只见他们你望着我，我看着你，面面相觑，无言以对。

最后，还是银行负责人打破沉默，答应以财务章代替行政章。会计事务所说，只要是你银行盖章，我就出证明。这件事经过一段小波折，算是圆满地解决了。但每次想起那段戏剧性的情节，总让我忍俊不禁。回想当年办事的手续是多么麻烦，各种证件、各种盖章困扰了多少人啊！相比现在政务中心，一进门几分钟，就能把事情办好，我真为社会的进步而欣慰。

后来呢？后来的故事可真是越来越好。我的新星文化培训学校正式挂牌成立后，学校按年级，分别开设了快乐英语班、剑桥英语班、看听学班、小升初英语衔接班、新概念班；作文开设启蒙班、鉴赏班、萌芽班、基础班、提高班、升华班；数学开设了 3 ~ 6 年级培优班，还开设了初中部英语、数学、物理、化学培优班。到了年底，学校已近两千多学生了。于是，第二所分校又在实验中学附近挂牌成立。此时的新星就像一个朝气蓬勃的青春少年，站在蓝天的肩膀上，开始展翅腾飞了……

新的学校必须走在新的时代前沿，这时我已把现代化设备设施都请进了校园，让每个老师都配有电脑备课，进行电脑教学。还让多媒体电视走进教室，与孩子们同步。

我在学校的办公大楼隆重贴上"诚实守信，服务于民"八个遒劲有力的大字,这八个大字就是我的办校宗旨。面对这八个大字,我真有面对五星红旗的感觉,心里充满神圣。甚至有一种“担大任,壮起黄陂文化”的豪情在心中奔涌。

作为从毛泽东时代走过来的人,我在部队就学习了“老三篇”,更懂得“为人民服务”的真正内涵。我现在把“为人民服务”的理念用在办校中来,服务对象就是学生和家长了。服务好了学生和家长,培育好学生,不就是实实在在的为社会服务吗?

一分耕耘,一分收获。在大家共同的努力下,新星文化培训学校先后被北京大学外国语学院授予《北大新星儿童英语》教学基地;被小新星教育科技集团授予《全国百强小新星学校》;武汉市民政局授予《民办非企业单位自律与诚信建设活动》先进单位;小桔灯作文总部授予《明星学校》《示范学校》《奥林匹克全国英语大赛教学训练基地》。

在年初和年末的全国小学生英语奥林匹克赛和小桔灯作文竞赛中,陈井泉、骆扬等76名学生分别获一、二、三等奖;在2010年楚天杯及小桔灯作文竞赛中,周雨轩等35名学生分别获一、二、三等奖;在2010年全国“走进数学王国”数学竞赛中,蔡思桐等16人分别获一、二、三等奖。喜闻孩子们获得这么多来之不易的荣誉,看着孩子们捧着各种各样的奖品,我心里真有种说不出的自豪。他们不光为自己争得了荣誉,更是为我校争了光。

站在春日的阳光下,我的心如沐阵阵温馨的风,无比欣慰。我的办校宗旨是“诚实守信,服务于民”,可我“服务”中的这些孩子,也是在实实在在为学校创品牌真真切切地为我服务啊。这些年,从孩子们的身上,我得到了太多的启迪,学习到了太多感人的东西,每当想起和他们在一起所发生的故事,我的心总是无法平静……

孩子的心永远是那么纯真。

在我的记忆里,有一篇扣人心弦的作文,至今在我脑海中挥之不去,它的作者是一个刚满十岁的女孩子。我清楚地记得那篇作文的题目叫《渴望》。当初,为了了解老师的教学情况和孩子的写作水平,我常抽出时间听老师讲课和翻看孩子们写的作文。有一天,当我看到一位姓徐的小朋友在作文本上写出对家的渴望时,我的心真是被深深地震撼了。记得她这样写道:“我渴望有一个幸福的家,希望爸爸妈妈恩爱,希望他们永远不要分开,希望我们三个人永远在一起。”

接着孩子用细节揭示主题,“我的妈妈非常漂亮,爸爸却长得普通。但我的爸爸非常爱我的妈妈和我,除上班工作外,家务事他都包了,在家里洗衣、做饭、擦地板样样都干。有一天,爸爸在厨房做饭,我们突然听到了‘哎哟’一声，我和妈妈跑到厨房一看，发现爸爸在切菜时，不小心让刀子伤着了，他的手鲜血直流。我原以为妈妈会立刻过来帮爸爸包扎伤口并替爸爸做饭，可妈妈装作没事一样，若无其事地回客厅里看电视。当时，我真是伤心极了！我想，是妈妈不爱爸爸了吗？是爸爸不配妈妈爱吗？我万分担心有一天他们会分开。真的，我不要他们离婚，更不要后爸后妈，我只想和自己的爸爸妈妈在一起，我多么渴望我们三个人永远生活在一起啊……。”

看到这儿，我老泪纵横，这孩子的话真是句句戳人心窝。这个敏感而懂事的孩子，多么让人心疼啊。我看完孩子的作文后，心情很不平静。当时就在想，我能为孩子做点什么呢。我不能让她这么痛苦，我要不要把孩子的家长请过来，好好的交流一下呢。但这样做会不会让家长感到尴尬呢？

思考良久，我决定去冒这个险。当我找出这个孩子父母的联系方式时，接听电话的是一个女人的声音，她告知自己就是孩子的妈妈。当我试探着邀请她是否抽空来学校，交流一下孩子的学习情况时，没想到她很爽快就答应了。没等多久，一位年轻的女子来到了我的办公室，她真是一位气质高雅的美丽女子，与孩子笔下的漂亮妈妈非常吻合。我对她说，今天请你过来，是想让你分享一下你孩子写的作文，因为她写得太好了，文章太让我感动了。

孩子的妈妈听了我的话，非常高兴。当她绕有兴致地打开女儿的作文，一口气读完孩子的心声时，她的眼泪，瞬间就像断了线的珍珠一样滚落下来……我在一旁什么也没有说，等着她慢慢平静自己的情绪。好一会儿后，她开口说话了，她说：“丁校长，感谢你让我看这篇作文，你和孩子都为我上了一堂课啊。我没想到自己原来是这么自私的一个女人，我的行为不仅伤了孩子，还伤了孩子爸爸的一颗心啊。”

她坦然告知孩子所写的一切都是真的，平时她总瞧不起孩子的爸爸，嫌他不像别的男人那么会赚钱，长得又不潇洒：“可生活中他真是个好男人。处处体贴我、关心我，不让我受一点委屈，不让我做任何家务……我突然发现我真是身在福中不知福啊。”

女人说到这里，又泪雨滂沱。我听后深深地叹了一口气，其实，现实生活中这样的家庭真是太多了。人生最大的悲哀：莫过于轻易地放弃了不该放弃的，固执地坚持了不该坚持的。我们总容易忽略身边的轻幸福、小幸福，而习惯把目光投向不现实的浪漫与远方。

孩子的妈妈离开的时候，是带着一脸的感动走的，她连声说感谢我及时“拯救”了她的家庭，从现在起她会珍惜自己的家，会体贴孩子的爸爸，做一位像样的贤妻良母……

故事到这儿并没有戛然而止，喜剧的结局还在后头。那位孩子的家长也和我成为好朋友，而他们的家，正如女儿所渴望的那样，三个人幸福地在一起，生活十分甜蜜。

我常想到她说的“感谢”二字，其实，她要感谢的应该是她的孩子。是她那聪明的孩子，用美好的心灵、灵性的文字深深地打动了我们这些做大人的心，让我们能静下心来检讨自己的行为，思考这个社会存在的种种问题。同时，我感叹文字的力量，一个小孩子的文字感化着我，让我在不经意间做了一件好事。由此，让我深切感悟到教育这一块的内涵，社会担当。不仅仅教好孩子的学习成绩，更重要的是相信孩子，给孩子心灵的慰藉。我们唯有不断从孩子们身上，找到天真无邪的宝贵，汲取更多的正能量，倾听他们心灵深处最真的东西……孩子才是我们应尊重的老师啊。

人啊，到了一定年龄，心总会变得无比柔软。见不得别人的眼泪，见不得穷人日子过得不开心。就说我自己，办校最初几年，并没有赚什么钱，但我总会尽自己最大的力量，帮助那些需要帮助的孩子。

有一年的冬日午后，我正在办公室忙碌，发现一位六十多岁的婆婆在门外徘徊。她几次欲进欲出，似乎有什么事想进来说。那位老人衣衫破旧，满脸沧桑。一头被冷风吹得零乱的头发耷拉在脑后，整个人显得那么单薄，那么憔悴。我赶紧走出门外，让老人家进屋暖和一下。那位老人进屋后，犹豫了半天。然后看了我一眼，几次欲言欲止。我说，老人家有什么事情，你讲出来吧。她又看了我一眼，深深地叹了一口气，说：“我很想让孙子来你们这儿培优，可是我又没有钱。”然后，她愣了愣，随后谈起了她的家庭。

她说孙子叫陈磊，今年 10 岁，儿子在外面打工没赚到什么钱，却得一身的病。儿媳受不了这样的生活，离家出走了，丢下祖孙三人相依为命。为了生活，儿子没办法只得拖着病体出外打工，每个月给她 500 元生活费。因为他们老家在塔耳，为了照顾孙子在城关上学，只得在鲁台租房子陪读。房租一个月占了 150 元，剩下的 350 元，就是她和孙子的生活费了。孙子很听话，但从乡下转来，基础差，如果不补课，怕是没办法跟上了，可是自己又交不起培优费……说到这里，老人家面露不安的神情，仿佛为自己所说的话感到自责。

听了她的话，我心里不是滋味。当我让老人家把孩子带到学校与我见面时，站在我面前的是一个满脸惶恐的孩子。孩子身上穿的衣服十分破旧，并且非常单薄……看着孩子冻得双腿瑟瑟发抖，我难过极了。他那寒酸的样子，让我想起了自己的童年，那个在冷风中饿着肚子，为了给家里挣点工分，在田地里奋力劳作的孩子。不就像眼前这个瘦弱单薄的孩子吗？

顿时，一股怜悯之心油然而生。我当即就对老人家说：这孩子我收下了，不要你们交学费。随后，我把孩子拉到面前，对他说："孩子，爷爷不收你学费，但不收你学费是有条件的，你要认真学习。每次考试必须是 90 分以上，如果没考到 90 分，就要补交学费。考了 95 分以上，会给你发奖品。"那个孩子听了，不好意思地看着我，然后十分用力地向我点头。真是穷人的孩子志气大啊！

这个孩子自从进了我的补习学校，成绩很快地跟了上来。每次测验都是 90 分以上，一年后，每门成绩都超过 95 分。我不禁连连为他竖起大拇指。那两年，我没有收取他的一分钱学费，还常买些作业本、圆珠笔等文具送给他，作为奖品鼓励他继续加油。每年春节，我还包 1000 元红包给他们过年。后来，那个孩子以优异的成绩考进了初中，再后来，听说他考取了重点大学。这样的结局多让人高兴啊！我为这个争气的孩子感到欣慰，也觉得自己所做的一切很值得。

想起我年幼家里穷得揭不开锅时，不都是靠别人的帮助而挺过难关吗？读小学、读初中的时候，不都是在老师和同学的赞助下才完成学业的吗？人穷一时不怕，怕的是志气短啊！这个孩子用骨气、用行动为自己交了一张完美的答卷，我真为他感到自豪。

让我感到辛酸的是发生在背后的故事，孩子的奶奶很淳朴，老是惦记我的这点恩情，却总感觉手长袖短。她家唯一一只下蛋的母鸡，所下的每一个鸡蛋她都舍不得吃，小心翼翼地收集在一个小铁盒子里。当盒子装满后，她就送到我这儿来，说是给我补身子，并说这是她的一点心意。我无法拒绝这份心意，只能收下。当我打开她送来的那些鸡蛋时，发现只有上面的两三个是好的，其余的鸡蛋都坏了。可见这些鸡蛋让老人家攒了多久，他们是舍不得吃才放坏的啊！看着这些鸡蛋，我的眼泪就来了……

当时，我的学校也在起步阶段，我没条件拿出更多的钱资助别人，但我真的想尽最大的能力，帮那些贫困家庭的孩子渡过难关。每年学校遇到这样的学生总有好几个，我没收一分钱，反而倒贴一把的举动，让学校办公室的几位工作人员大为不解。他们说，你这样办学校，什么时候能赚到钱，你不能一直这样扶贫吧？话听到这个份上，我只能一笑置之。但一遇到穷孩子，我还是坚持让他们免费就读。

办校那些年，我经历过太多的风风雨雨，很多事件似乎与孩子们没多大牵连，可发生在孩子们身上的事，有太多太多扯痛了我的心。

我不会忘记那个大雨滂沱的清晨，一位孩子的家长哭着打电话给我说："丁校长，我要为我的孩子请假，我的孩子不能来上课了！"当我惊问"为什么"时，他悲痛万分地告诉我，孩子在昨天游泳时溺水了。

这个消息真让我如五雷轰顶，我无法相信这是真的。此时，我的眼前不断地晃动着那个小女孩天真烂漫的笑脸，她每次上学只要见到我，都会礼貌地喊"丁爷爷"，那甜甜的笑声还在我的耳边回荡。多么可爱的孩子啊！她还不到10岁，怎么能说走就走了呢，这让孩子的家长怎么受得了啊！

我的心在滴血。我忍着伤痛询问，她们姐妹俩一共交了多少学费，负责收费的李凤柳告诉我，已交一学期学费600元，我让李凤柳快去准备3000元作为慰问金，请上钱人彦、李凤柳两位副校长，叫上一辆的士，前去东风村孩子的家里探望。看到那个可怜的孩子直挺挺地躺在竹床上纹丝不动，我心如刀割一般。孩子的家长哭得死去活来，孩子的祖父母，和我年纪不相上下，此刻他们扑在孩子身上哭得天昏地暗。

看着白发人送黑发人，我的心抽搐般地痛……然而，我只能忍住眼泪上前劝慰他们节哀，别让孩子走得不安宁……

随后，我把准备好的3000元慰问金，已交的600元学费，作为一种精神安抚送给他们。当时，他们家的大女儿也在我校培优，我表态免去孩子的上学费用。我能做到的也只能是这些了。孩子不幸走了，生活还得继续，我只希望他们早日走出失去小女儿的痛苦，把目光投向大的孩子……

我去孩子家安抚她的家人这件事，很快就在东风村传开了。他们没想到一个培训学校的校长，会注意一个仅在周末，去学校补课的孩子，还会这么用心用情来慰问她的家人。

其实，这在我看来是一件再平常不过的事，但在别人眼里就不这样看了。他们把这件事作为好人好事广泛宣传，让我的新星培训学校在社会上进一步扩大了影响。经过教育局推荐，我的个人事迹在区档案局《黄陂创业功勋志》一书里，以"军人本色"为题，介绍了我的办校成果和取得的成绩，以及在社会上的影响力。

和那些成功的企业家，他们的成绩与社会的贡献相比，我深感惭愧。我只是一个普通的老人，一个带领一大群孩子，在玩中学习、在学习中玩乐的"孩子王"。以一颗年轻快乐的心，在做自己愿意做的事而已。我的身上没有过人的成绩可宣扬，只有一颗热爱生活的心，和我的老师与孩子们相拥在一起。我珍藏的只有一份冗长的回忆，还有那些永远也讲不完的故事……

记得有一首诗这样写道：一首歌唱了很久，还只唱了个开头；一首诗写了很久，也没有写到结束。我想说的是，发生在我身边的故事，我讲了很久,也只是讲了个开头;这些故事我写了很久,也没办法写到结束。

岁月虽不老,但我真想激情地拥抱所有的回忆,说:致敬,曾与我携手并肩,并创造了许多动人故事的人……

携手情缘识味人,鲜活画面暖如春。

排忧解难关键处,夜半思恩泪沾襟。

"新星"再腾飞

"我们的头顶有一个火热的太阳,我们的心里有一份真诚的热情,我们无惧骄阳,我们为自己骄傲!我们的孩子顽强有爱,我们的家长顽强有爱,我们的老师顽强有爱。

我们的新星,因为有你们,而无限精彩……"当我在校园的宣传栏上,读到这段充满激情,代表新星的灿烂语言时,时光已走到了2009年。我的新星文化培训学校已由最初的小规模,发展到有两所分校的大型培训机构了。站在芳草萋萋的操场上,看着孩子们欢歌笑语的身影,阅读这些充满力量的语言,我的心情如沐灿烂的春光,洋溢着无限暖意。是的,我的学校终于办起来了!我的"新星"终于开始腾飞了!

"新星"在发展,已成燎原之势。

当我的学校步入正轨,逐渐产生效益时,当我不用再为房租水电、教师的工资而急得焦头烂额时,生活已由当年的一贫如洗,走到了如今的略有盈余。也就是说,我这个被贫困缠绕了一生的人,已逐渐走向小康生活了。似乎别人拥有的东西,我慢慢地也都拥有了。

在黄陂,我在工会后面买了一套二手房,并把老伴从汉口接回家。我终于可以长吁一口气,像别的老人一样,在悠闲的日子里,牵着老伴的手在小区悠闲地散步;还可以在平常的日子里,吃上老伴亲手炒的几个家常菜,我们慢慢地喝着用冰糖、红枣泡成的酒,有一句没一句地话家常.

还在无事的时候,和朋友打打小麻将、聊聊天;或者约上三五个朋友,去景点散散心,谈谈属于我们这个年龄的故事……当我沉浸在这美好的遐思而流连忘返时,有一天我对着镜子,发现镜中的人儿已白发苍苍了。

是的,我已经62岁了。从穷得难以填饱肚子的童年,到饿得精神恍惚的少年时代;从火一般的部队生活,到严于律己的司法行政机关,我从火热的青春一步步走到了老年,再到退休后一无所有的创业办校,走到华发丛生的今天……我似乎从来没有停止过前进的步伐。当我觉得可以停下来,歇歇松一口气的时候,我发觉自己是真的老了。

面对镜中那位花白银发的老人,我有点不敢相信自己的眼睛。这位老人是我吗?我会是他吗?那深刻的皱纹,布满层层丘壑,一道道刻在我的脸上,让我看到了父亲当年的影子,还让我想起了母亲沧桑的面容。如今他们在远方的远方,到底是去了哪儿呢?

怎么走着走着,我也走到了老年人的行列呢?我一直认为自己是一棵不老树,有着浑身使不完的激情,怎么能与“老”字挂上钩呢?……站在镜子面前,我一人喃喃自语,我和往事对着话,与岁月较劲着,忍不住泪流满面……

九月二十三,是我的生日,全家人围席而座,庆祝我62岁生日。每年的生日,我的弟妹,我的两个女儿全家,侄儿、侄媳、侄女、侄婿和孙辈们,都会陪我去酒店吃一顿饭,算是祝贺,今年也不例外。数了数桌上的人,大大小小已有20多人了。大家频频举杯,祝我生日快乐、健康长寿。

最先说话的是我老伴,她举起酒杯,眼睛闪烁着盈盈笑意。她说:“你这些年办校辛苦了。祝你生日快乐,天天快乐!”一句简简单单的话,从老伴的口中说出来,她说完竟然落下了眼泪。然后她别过头去对两个女儿说,你看,你们的爸爸这几年辛苦办学校老了很多。这一句“老了”,听得我黯然神伤,想起前些天照镜子时的情景,不禁悲从中来。我长叹一口气,对大家说:“是啊,62岁了。老了就是老了,不服老不行啊。”

两个女儿都没作声。本来大家都是高高兴兴地为我庆祝生日,但此时的气氛不同往年,似乎有一种伤感弥漫开来。大女儿丁敏开口了,她说:“爸爸,这些年你办校一路走来,真是太不容易了,我们都明白。你看,你的头发都熬白了,还要这么拼命,我们做晚辈的,心里真不舒服。我们现在该怎么做,才能帮你一把呢?”丁敏的话,让大家都沉默了。小女儿丁晴立刻来到我身边,像小时候一样偎依着我,然后给了我一个拥抱。

这个刚从法国留学回来,在一家律师事务所当律师的女儿,一直是我的骄傲。她的这个亲昵的动作,让我想起了小时候的她,总是在我面前撒娇的情景。只是眨眼之间,她也长大了,并且为人妻为人母了。

她们姐妹俩都长大了,而我和她们的母亲已日渐苍老了。时间啊,都到哪儿去了呢?她突然以一种征询的目光看着丁敏,对她说:“姐,要不你辞职回来,帮一帮老爸?爸爸奋斗了这么多年,现在年纪大了,该让他休息一下,享受享受生活了!”丁晴的话,让所有的人大吃一惊。就是我这个当父亲的,也没想到她会讲出这句话。而且,我也没有想到有一天,我会退出自己创建的舞台,让女儿帮我撑起一片天。

丁晴的话让大家眼睛一亮，特别是老伴，像找到了救星一般。兴奋地直说："这真是个好主意。你们姐妹两个，总得要有一人回来帮你的爸爸，他精力有限，一个人顾不过来，这两所学校啊。"

这次生日宴，就围绕着姐妹俩的话题，全家展开了热烈的讨论。商量着谁回来合适，才是问题的关键。但显然大家都没有作好充分的准备，在说说笑笑中，并没有得出一个结论来。

那晚从酒店回来，我失眠了。

突然间感觉好累，真的想停下脚步歇一歇，好想踏踏实实睡一个安稳觉。这几年我劳心苦累地挣扎着，把学校发展到今天，其实没有哪一天不在操心，没有哪一天睡了个安稳觉啊。虽然现在学校在大家的努力下，已在黄陂城关打下了坚实的基础。可学校越是顺利的同时，我感觉到了更大的压力。

随着社会的进步、科技的发展，我这个年逾花甲的老人，已越来越感到力不从心了。不仅很多观念跟不上时代的潮流，就是高科技互联网这一块，也让我望尘莫及了。有时候，站在年轻人面前，听他们畅谈网上开店，网上谈生意各种新鲜的事物，真的让我产生人在云中游的漂浮感，甚至有一种"惟恐在日渐强大的竞争中淡去"的危机感。

这种危机感，让我有点畏惧自己的年龄，内心真想有个年轻的接班人，来我身边，帮我承担这份重任。办学校是个长远的事业，我能指望谁来接班呢？我只有两个女儿，大女儿丁敏家住汉口，在一家非常不错的港资企业上班。她聪明能干，担任主管职位，收入可观。而且，领导还有提拔她当副总的意思，她能放弃优越的环境回来帮我吗？小女儿丁晴，事业更是如日中天，是一家非常出名的大律师事务所的合伙人，我不忍心让她放弃来之不易的律师职位，而回到黄陂这个小地方帮衬我。她们都成了家，也都有孩子，能为了我的事业，而让她们抛家不顾吗？这种做法说白了，也是自私行为啊。那刻，我在想如果她们姐妹俩有一个是男孩，那该多好，我可以理直气壮地让她回来继承这份事业，把我的新星学校做得更大、更好。

让我没有想到的是，这件事在几天后就有了结果。

大女儿丁敏作出了重大决定。她跑回来很平静地对我说："爸爸，我觉得妹妹的话说得很对，我们姐妹俩现在该为你承担一些事情了。我是家中的长女，还是让我回来帮你吧！妹妹目前事业正红火，不能让她不当律师而回来帮你。我虽然在外企是高管，但还是打工的，与其帮别人打工，还不如回家帮自己的老爸。"丁敏的话，让我又惊又喜。我不放心地问："你都和家里商量好了？你也作好了回来工作的准备？"丁敏很用力地向我点头，说一切都准备好了，家人和孩子都支持她回黄陂。

丁敏的决定，让我重新打开了思路，我开始很慎重地思考这件事。我在想，我该以一种什么方式对待我的女儿。严格说来，我这个父亲，在丁敏面前，算不上是一个非常称职的父亲。我当年在松滋工作，丁敏和她的妈妈来到我的身边时，她还是一个小萝卜头大的孩子。

那时，日子过得清苦，她没有享受像别家条件好的孩子那样幸福、快乐的童年，更没有养成在我们面前撒娇的习惯。而是像个小大人一样，天天帮我们洗衣、做饭，俨然一个小管家。在她求学阶段，我调回黄陂武装部工作，不是住队，就是下乡，很少过问她的学习。她初中毕业时，我已是司法局副局长了，我也没有利用自己的职务之便，为她谋一份体面的工作。一切都是凭她自己外出应聘，自己找工作，奋斗到今天的外企管理者身份。

现在，她决定来我的身边工作，我严肃认真地对丁敏说："你回到我的身边工作，就是我的员工了。你要作好思想准备：你的工资得按学校规矩发放，比你在'新世界'的工资低很多，你还必须从底层做起。我校所有的管理层人员，都是从基层提拔起来的，你也一样。有为才有位，有位必有为。"丁敏听了，一点也没觉得奇怪，用很坚定的眼神看着我，然后还是那句话回答："我作好了准备，同意你的意见。"

就这样，丁敏放弃了在新世界年薪近 10 万的工作，回到我的身边。我给她开出的工资是每月 3000 元，不及她以前工资的一半。由于她没有教育工作经验，我让她天天来回于两个校区熟悉情况。以实习生的身份向各位副校长、主任学习管理经验，让她熟悉各个环境，包括如何接待学生家长，和学生怎样沟通，我都让她虚心向前台的工作人员学习。

好在丁敏非常争气，她放下从前优越的环境，也放下了管理者的傲慢气息，很谦卑地在这儿从头开始学习。每天下班前，她脱掉了高跟鞋，拿着扫帚和抹布把每间教室打扫得干干净净，然后去洗手间拧开水龙头，把每个公共卫生间冲刷得干干净净。回到家里，通常都是晚饭的时间了。

她的母亲看到女儿一脸疲惫的神情，暗暗自责着为什么让女儿回来受这种苦，老实说，丁敏的做法让我感到有点意外，同时我很骄傲，觉得这才像我的女儿，有军人的不怕苦精神。看到她委屈自己，放下身段做这些，我内心也有点内疚，甚至很心疼丁敏，但我还是咬着牙对老伴说：这种苦她必须吃！

此时，我的侄女丁静，也辞去了在武汉药店的工作，回来帮我办学校，我极为感动。丁静是个正直、善良且睿智的孩子，她的到来，定能让学校如虎添翼。

一年后，经过学校管理层人员的考核推荐，丁敏提拔为二分校主管。这时候，我有意锻炼她的管理能力，决定让她独当一面，让她一个人管理这所分校。当时，我还派丁静帮她。因为丁静在武汉医药公司工作多年，有一定的管理经验。姐妹两个合作得很不错，在一个学期之内，居然把工作安排得非常妥当。

让我刮目相看的是，她在招生这一块也有了重大突破。由当初的68个学生，用一两年的时间做到500多人了，并且把小升初、初升高的衔接班也搞起来了。

当然，我们也有意见碰撞的时候。有一次她没经过我的同意，竟然擅自把工会校区的门窗，换成新式梭门窗，无端花掉了几万元钱。这让我暴跳如雷，我大声指责她是没吃苦过来的人，不知道爱惜财产。好好的门窗明明可以用，为什么还要换掉它。她则漫不经心地回应，好的学校，就得有先进的配套设施。新的软件过来了，硬件更得跟上来。气得我半天说不出话，我骂她是个败家子，把汉口的所谓潮流带到这儿来了。我俩僵持着，有半个多月，我气得没有和她说话。

但后来的事实，不得不让我承认，她的做法是正确的。她以现代化的新型模式，把校园打造成一派欣欣向荣的景象。每隔一两个月，她会举行一两次活动，活动的内容让我应接不暇。她以《奔跑吧，同学》为题，做一种游戏叫"跳蚤市场"，只为吸引孩子们携朋友"团伙作战"。每到"六一"，她会来一系列"秀校服""比嗓门""敬学姐""当主持人""勇闯关"等活动，这"时髦"的做法在黄陂人的眼里，无疑掀起一股清新的风，吸引了各校的孩子们前来围观，家长们也兴致勃勃地过来参与和报名。

看着崭新的校园这样耳目一新的气象，我不禁为自己的"节俭"叹了一口气。我必须承认，我以前的那些老观点，保守的教学方式已落后了，我必须点赞丁敏的时尚做法和金点子。她把大汉口的清新气息带回来了，也把她在外企那套现代化的管理模式，用在办校中来了。作为父亲、作为校长，我应该欣赏她，更要向她学习，接受各种新事物。

2010年底，我们的新星又经历了一次大变动。

当时，政府部门统一下文，国有资产不能出租它用。也就是说，工会已没权限再租房子给我们了，我们的新星文化培训学校不能在这儿办下去了。要办下去，只得再去找房子了。办学校找房子，对于我们来说，真不是一件容易的事。因为学校的要求非比其他，面积不能少于400平方米；必须要有双通道的消防设施，还需靠近学校或居民区，有明显标志物，交通方便，便于家长接送孩子。每次学校搬家，都得使尽九牛二虎之力。使尽了九牛二虎之力还不说，关键是很难找到合适办校的位置。

我和丁敏在那段时间天天就是外出看房子、选位置。有时看好了办校的房子,位置却极为偏僻。有的位置正值城关中心地带,但房屋的面积只够居家过日子,达不到办校的条件。急得我真是像热锅上的蚂蚁,不知道下一步怎么办。

想起五年前我们从城建学校搬到工会,又想到一年后,工会逼我校搬家,我们想尽一切办法,求组织帮助,最终才在这儿停驻了五年,正因为有了这五年的黄金时间,我们才突飞猛进发展到如今的大规模。

我内心真是无法平静。世事不断地变迁,有很多事情无法避免的到来了,这次是政府行文,我不能再找组织麻烦了,当然找也没用,必须离开工会,必须想办法找到合适位置。

当时,黄陂区正在大规模地扩建新楼盘。黄陂广场就是新开发的楼盘之一。当黄陂广场的开盘宣传广告单发得满天飞的时候,我抱着看一看的心理来到了楼盘现场。那时候,黄陂广场才刚刚盖好,也没有形成商业气候。加上这儿附近没有一所学校,要说在这儿办培训学校,真不是理想之地。但是,我实在找不到满意的房子,而且新的学期就要到来了,我的 1000 多名学生要安置在哪儿才是好呢?

当我来到黄陂广场售楼处打听写字楼是否可以出租办校时,售楼小姐马上回复了我,说只剩 8 楼一整层对外出租,可以去看看。果然,在广场 8 楼,有 1200 平米的整层房子是空的,因为是毛坯房子没装修,到处都是空荡荡的,放眼望去可是辽阔无边。丁敏说,面积达到了办校条件,不知道租金怎么样。当我们得知这 1200 平方米的办公楼每年的租金高达 40 万时,真是吓了一跳。就我们现在的条件,几十名教师的工资要发,如果加上这几十万的房租,恐怕我们要喝西北风了。我顿了顿,觉得在这儿租如此贵的房子办校,实在是不大现实。

当我们准备起身走的时候,售楼人员突然冒出一句话:你们可以把它买下来啊!这一句话同样让我吓了一跳。我的老天爷,这得要多少钱啊!当售楼小姐拿着计算器,按出这层楼售价 600 万时,我又一次打了个寒颤,就我现在的条件,哪有办法拿出 600 万,来成交这栋昂贵的房子?丁敏说:“爸爸,如果就租和买二字作选择,我觉得还是买下来划算很多。”丁敏的话让我再一次陷入深思中……

很快,我作出了一个大胆的决定:买下这 8 楼整层房子!尽管当时我身上并没有什么钱,但我还是下了决心,我准备再一次冒险。因为凭着敏锐的市场气息,我知道未来的黄陂广场,将是对外展示的重要地标和 CBD 商业核心。还被定位为黄陂区政治文化中心、商业核心区和高档住宅区。这儿集市政广场、商务办公、文化中心、星级酒店、休闲娱乐、步行街、中外餐饮、购物中心等多种业态于一体……

尽管附近没有一所学校，但并不影响我办培训机构啊，我何不在这个高端处，办一所黄陂前所未有的高端培训学校呢？最主要的是我不用担心生源啊。我把工会校区的1000多名学生带到这儿来，然后老生带新生，不也可以做起来吗？再说这儿是休闲消费之地，家长送孩子来上学。在孩子上课期间，他们可以自由在广场附近逛街购物，等孩子放学后，他们购物也好了。还可以带孩子去吃顿美食，或者陪孩子看一场电影啊。我被自己这个想法乐坏了，我越想越兴奋，仿佛看到未来的新星在天空中不停地闪耀……

想象归想象，但回到现实中来，我还是被600万的巨款吓住了。这600万对于有千万、亿万的富翁来说，可能不算是什么大数目，但对于我这个刚奔“小康”的人来说，还是一笔天文数字。于是，我把想在黄陂广场买商业楼办校的想法，对相关亲戚朋友讲后，他们个个称这是个好主意。

我两个女儿决定把在汉口的房子作抵押贷款，好在我当时的朋友圈子里，很有几位是成功人士，也是我的学生家长。他们曾经都是目睹我办校的见证人，看着我一步步从小作坊走到今天的大规模，在黄陂培训行业中有一定的影响，大家都非常看好我校的前景。知道我的现况，他们个个表示支持，都纷纷解囊相助。于是这个几十万，那个几万的借钱给我，让我在短短半个月的时间，凑足了400万。真是众人拾柴火焰高啊！

当借到最后还差近200万时，我咬着牙把汉口和黄陂的住房作为抵押，向银行申请贷款，最终凑齐了购房款，把黄陂广场的8楼敲定。回想这段看房借款买楼的过程，真有一种惊心动魄的感觉。在这么短的时间里，能凑足这笔天文数字，到如今我都佩服自己的好人缘，感谢我生命中那么多热心肠的朋友，是他们总在关键时刻拉了我一把。

敲定了这1200平米的楼盘，也算是了结了我心头的一件大事，学校一两千的学生，总算有落脚点了。很多学生家长，为了缓解我的困难，提前交了2～3年的学费予以支持。我用这笔资金装修新学校，经过大半年时间的装修，新的校区，终于以最完美的形象展现在众人面前。17间崭新敞亮的教室，规范实用的教师办公室，前台咨询厅、茶水间、放心超市、男女洗手间，各种先进的教学设施，诸如多媒体、电视、音响、空调全部配备齐全。三部电梯直达，另有两处通道，完全符合消防条件。走进这所现代化的培训学校，我有一种恍然如梦的感觉。

这是我的学校吗？比起以前两所校区的环境，真是有着天壤之别啊！每间教室墙面洁白无瑕，四面墙壁下边漆有淡绿色的油漆墙裙，给人一种美观大方的感觉。每间教室的窗户都挂着浅蓝色的窗帘，窗帘上配着小动物图案，最有趣的是墙面上还有几个可爱的卡通人物在招手，好像在说：快点跟我来吧！我恍惚着，犹如走进梦境，更像走进童话王国一般，分不清自己到底是在哪里。

眼前晃动着五年前的3月12日那天，我去《现代英语》培训学校，乞求龚老板续签合同的情景，当时我被他拒绝时，心情近乎绝望，最后精神恍惚地离开……只是，那时的"恍惚"是处在崩溃状态，而此时的"恍惚"呢？是甜蜜，是激动，是幸福地沉醉其间，而不愿醒来的梦——一个甜蜜而现实的梦！在恍惚中，不知不觉泪水模糊了我的视线……那一刻，一缕明媚的阳光，照射在教室宽大的玻璃上，一闪一闪的，像撒了一层金子的粉末照耀着我，我想那时我的眼泪，也一定在阳光下闪着光彩……

从工会校园搬到黄陂广场新校区时，是2011年的11月份。当我们大张旗鼓进入新校区时，黄陂广场各商家也如火如荼地进驻了，整个广场一派生机勃勃、欢天喜地的新气象。一切如我意料中的一样，我们的新校区也沾了商业圈带来的人气，天天有成群结队的学生家长带着孩子前来咨询和报名。这年寒假，我们还办了首期寒假补习班，几百个学生前来报名学习，弥补了从前这一块的空白，业绩也随之"蹭蹭"直线上涨。可以说，2011年对于我来说真是特别的一年，收获满满的一年。

每当听到孩子们的朗朗读书声，我的心情就无比舒畅。老师们寓教于乐的教学方式，激发了孩子们极大的学习热情。他们在快乐中学习知识，在学习中享受快乐。我凝视着楼前悬挂的"送我一个黄陂腔孩子，还你一个英语人才""知识改变命运，学习成就未来"的条幅时，再一次感受到自己责任之重大，培训事业的伟大。我感谢我校老师的辛勤付出，于是发自肺腑写下一联：万紫千红，多赖园丁描锦绣；九寒十暑，唯凭心血铸辉煌。

除夕那天，在辞旧迎新之际，我写下"十年建校，培桃育李怀远志；三次搬家，菇苦含辛为新星"的对联。一位学生的家长也凑兴撰写一联：建一流名校，帮千家父母圆梦；沐十载春风，助万名子女成才。当我把这两幅对联贴上新校区大门的时候，迎春的烟花已璀璨着绽放在荆楚夜空，广场四周传来人们的欢呼声、鼓掌声，大家以喜悦的心情迎接着新春的到来。

我和全家人在八楼俯视广场这片温馨而璀璨的夜景，心情真有说不出的激动。只见广场外的喷泉随着音乐在灯光的照射下，各种颜色交相辉映、变化万千。有的像珍珠，有的像烟雾，有的像小豆子，随着跳跃的音乐起伏，时而像蘑菇，时而一柱倾天，大有胜过那"飞流直下三千尺，疑是

银河落九天”的气势。

这时，春晚的电视里传来了沙宝亮动人的歌声：当花瓣离开花朵 / 暗香残留 / 香消在风起雨后 / 无人来嗅 / 如果爱告诉我走下去 / 我会拼到爱尽头 / 心若在灿烂中死去 / 爱会在灰烬中重生……当我听到“烈火烧过青草痕 / 看看又是一年春风”这句时，忍不住泪花闪烁，有一种幸福的忧伤在心间缠绕：我引万道清泉，浇祖国花朵，倾满腔热血，铸人类灵魂，正是为了“这份爱”而拼到尽头啊。如今，又是一年的春天了……

春节过了，新的学年到来了。这时，我们的新星又迎来新的一批新鲜血液注入团队。一天，丁敏打电话告诉我，有一位 80 后女孩前来应聘教学主管，但她开出的月工资是 4800 元，把丁敏吓了一跳。因为这数目是我校当时任课老师(工资)的两倍。丁敏说：“爸爸，我看这女孩很能干，也很有灵气，说起专业知识头头是道。显然有较强的工作能力，感觉是个难得的人才。但她开出的工资实在太高，你说要不要留下她呢？”丁敏的话，引起了我的兴趣。

办校这些年，我还没遇见这样一位自信的求职者，能张口为自己开工资，并说没有 4800 元就不干。多么有个性的孩子啊！她既然这么自信，必然有强大的资本作支撑。我支持丁敏把她留下来，试用三个月再说。

果然，这个叫鲁江平的女孩，是个不简单的人才。她热情、开朗、活泼、自信，思路开阔。她一来，就把新东方、巨人集团先进的教学模式和管理经验依次地展现出来，(她在新东方、巨人集团工作多年)让大家耳目一新。在很短的时间内，她制定了一套全新的管理制度，并制作了员工守则等。包括老师的进出制度、上课质量考核，以及老师的教研、赛课都进行了规范管理，让人看了拍案叫绝。

当然，这个女孩有才华是一方面，但性格过于透明，甚至在外人看来有点自负。在她刚进入新星开展工作时，并没有得到大家的认可。特别是同龄女教师们，很多人不吃她那一套，认为她太强势，太自以为是，太过于出风头而吸引老板注意。因此，在她主持的早会上，很多老师不买她的账，对她所说的话、所吩咐的事，也是爱理不理。但作为学校的领导，我听出她所说的每一句话，有她的道理，并且每一个观点、每一种做法都是我们从前所没听过的，也是我们缺少和需要填补的。我暗自为她不凡的才华点赞。

我非常支持她的工作，鼓励她大胆说、大胆做。同时，也指出要和大家搞好团结，多倾听大家的意见和呼声，使自己的每一项决策，变成大家的自觉行动。她果然听进去了，很快把紧张的气氛缓和过来了。把每件事用实实在在的行动，打理得有模有样，不得不让人刮目相看。

不到两个月的时间，她把我们学校从前不规范的地方里里外外作了修整，整理得十分合理，让人心服口服。在每周的例会上，当她一是一，二是二地开讲各种规章制度，演试操作教学流程时，再也没有人和她唱对台戏了，都配合着她，接受她安排的一切。就连我那高傲的女儿，从港资企业过来的高管，也对她钦佩有加，三个月试用期过后，我与她签订了就业合同。年终，我还给她发了不菲的奖金。这样算起来，她的月薪就是6～7千元了。

自办校以来，我深深懂得惜才、爱才的重要性，更明白"贵人不可贱用"这句话的内涵。鲁江平，应该说是我遇到的一位比较特别的人才，我既然大胆用她，就不会亏待她。她当年拿到手的工资远远超过我的女儿，甚至还高出我校最高层管理人员，这种破例的用人方式，我的家人都觉得费解，但我觉得非常值得。

鲁江平的到来，给我校带来一股清新的教学风。她那套独特、新颖的管理模式，让我们学校各方面有了一个质的飞跃。最难得的是，她有一股无私奉献和敬业精神，作为教学主管，她不光操作份内的那块，与已无关的行政方面的事情，她也是积极参与其中。就像学校的总务一样，里里外外都帮忙打理。每次她给出的点子，总让我和丁敏眼前一亮、会心一笑。有一种工作真可以用"心有灵犀"来形容。

可以说，鲁江平的精神影响了我校的很多教师。她把大都市最先进、最具有正能量的东西带到了黄陂，引进和注入了校园，让我们的新星文化培训学校，从前的"土"与"落后"逐渐消失，老师们也似乎上了一个档次，充满一种时尚的青春活力，甚至走路都带着一股清风，让学校氛围，显出一种优雅的书卷气。这种感觉我形容不出来，只能说她的到来，给我校增添了一道绮丽的风景。

这个能干的女孩在我们学校工作了两年后，被提拔为副校长，她为我们培训出一批高质量的管理人员，做出了相当出色的成绩。她个人的薪资也在她的努力下，一年高比一年，到第三年，我把学生人数及收费情况与她的收入挂上钩，这时她的年薪已超过十万了。不料到了第四年，她提出辞呈要去外地发展，尽管当时我们感到十分意外，内心非常舍不得她离开，但凡事不能强求，也只能"天高任鸟飞"了。在走之前，她给出三个月的预备期，并在期间内培养一批管理人才。她推荐接班人杨芬，手把手教杨芬操作教学管理这一块。好在杨芬也是个悟性极高的老师，她很快就上手了。比起鲁江平的雷厉风行，杨芬就是冷静温婉的管理者了。她工作扎实，话不多，为人比较低调，善于倾听大家的意见，也善于集中大家的智慧，而作出一个完美的总结，她以大智若愚的处世风格，赢得大家的信任。

很多人说，如果说鲁江平是一团火，那么杨芬就是一缕风。火能让人燃烧，风却能让人平静。鲁江平给人以激情，杨芬给人以宁和，让人有一种归属感。她们先后培养出陈烨、徐媛、徐敏、刘娜、张俊、李莎莎一批学科带头人，还有丁静、王端芳、杨柳等一批行政管理人才。我很感谢她们，伴随着我们，跟着我们走过风风雨雨，目睹着新星一天天成长、强大……

这几年，我也亲自目睹丁敏在教育行业一路的成长，说真话，女儿没有让我失望，甚至给我太多的惊喜，让我知道她天生具有领导者风范。这些年，她从最底层做起，低调地与每位同事和睦相处，从来没摆一点大小姐的架子，虚心地从最小事情做起。从一个对教育行业一无所知的人，成长为一名具有独特能力的管理者。

我常说当年的李凤柳是我事业的最佳搭档，鲁江平是我校走向高端的奠基人，而我的女儿丁敏呢？则是我事业突破瓶颈期的泄洪闸、瞭望台。在我精神突感迷茫的时候，丁敏来到我的身边，用她的聪颖与智慧拿上接力棒，并且把学校打理得有声有色，让我这位老校长，不得不感叹年轻人的魄力。

有一句话说：青出于蓝而胜于蓝。我想事实就是这样，历史的长河早就告诉我们，长江后浪推前浪，一浪必定高过一浪啊。我为女儿的成长高兴，更为找到理想的接班人欣慰。

到了 2011 年，我已完全退出自己创建多年的舞台。把学校的一切交给丁敏来打理，因为她已具备了学校最高级管理者的能力。交接会上，我告诫：学校要发展，一定要坚持“诚实守信，服务于民”的办学宗旨；一定要坚持“质量第一、安全第一、管理第一”的办学方针；一定要坚持“专业、高效、团队、品牌”的核心价值观；一定要坚持把老师队伍建设好。她不负我望，在短短数年，她让新星发扬光大，成长为一所多功能、高成效的培训机构了。不光把小学、初中语数外培训做好了，还把初、高中的数理化班也办起来了，尤其是一对一教学，很受家长们的欢迎。

2014 年，她又把中宫格练字（全国品牌）这一传统文化带到黄陂，并作为公益课堂走进各中小学校园。中宫格以“5 天时间学会写一笔好字”的特点，吸引众多师生们前来学习。2015 年，为开阔视野，她把学校的老师们带去朗培商学院进行培训，学习人力资源管理、销售技巧、会议策略、网络营销等专业知识。这让全校五十多个教师见到了世面，学习到先进的教学理念及专业知识。2016 年，她把“高分速读低阶课程”也引入进来，结合低龄段学生上课走神、写作业拖拉、记忆力不强、不爱思考、不喜欢读书等特点，提升了学生的学习能力和学习效率。

培养学习习惯、挖掘学习潜能，实现学生高效、快乐学习这一目标。这一课程，可以说是给黄陂家长们一份惊喜的礼物，也是家长送给孩子最好的学习利器。这些年，我们校的培训项目已越来越多，由当初的《现代英语》《小桔灯作文》《天奕直线数学》，走到如今的凹凸个性化一对一、中宫格专科练字、高速阅读、智康安亲高端托管等特色。让我最为欣慰的是，我们的分校也开到了周边的农村。不光城关有三所分校，李集、横店、罗汉、滠口、武湖等地也相继加盟成立分校。这些年，一系列的成绩和惊人的变化，让新星文化培训学校又上了一个新台阶。

可以说，现在的“新星”已与全国那些有影响的培训机构的距离越来越近了。能取得今天这样的成绩，我相当满意。我想起前些年看到的一句很经典的广告词：思想有多远，你们就能走多远！我那敢作敢为的女儿，可以说是继承了我的军人本色，以战狼般的精神，向时代最前沿挑战，我为她点赞！

2013 年，我有幸被全国培训行业校长年会邀请，作为特邀嘉宾参加全国培训行业教育会议，会议在北京的太阳岛宾馆举行。那次前来参加会议的，都是全国各地培训机构的实力派精英，而且大多数都是风华正茂的年轻人。在这些激情飞扬的年轻人面前，我显得有些与众不同，因为我年纪最大。

不知道为什么，我丝毫没有感到自卑。生活的磨砺，岁月的洗礼，已让我走在哪儿都淡定自若。我发现现在的我，时刻能以一份淡然、慈悲的心，温柔地注视每一个走在我面前的人。是的，我已经老了，脸上的皱纹，就像我曾经走过的，那些生命里的往事，早已经云淡风轻。此时，我目光里流过的是一份清透的安然，因为我依然保持着内心的年轻和纯净。

大会上，那些意气风发的年轻人畅所欲言，都非常自信地介绍自己的学校，推销各自的产品。在如何办学校、如何办实体这个问题上，新东方、巨人这些高端品牌培训学校，作了很精彩的分享，全场为他们热烈地鼓掌。在谈到如何预防培训行业大起大落，培训老师如何管理及如何当好校长时，讨论遇到了瓶颈。主办人之一小桔灯集团董事长杨董把我隆重介绍给大家，说这位 65 岁的老人，就是一位成功的民营学校校长，并简单向大家介绍，我退休后创业办校的历程。全场会员都以新奇的目光齐刷刷地向我投过来，大家用热烈的掌声，欢迎我上台分享办校的故事。

在高手如云的精英们面前，我平静地讲述我办校的大致经过，在谈到如何当好校长、如何管理老师、如何使学校可持续性发展这些问题上，我激动了起来，声音也明显提高了很多。从如何做人，如何尊重老师，如何服务于家长和学生，如何换位思考，如何树立办校理念与宗旨，如何提高教学质量,如何用好专业人才,如何建立学生档案,如何制定员工手册,如何为老师办社保、发福利,如何让老师入股等,成为战略的合伙人,十个如何亲身的体会,我都全盘一股脑儿地分享给了大家。

这场会议,我一个人演讲了一个多小时,大家随着我的述说,时而叹息,时而大笑,时而鼓掌,当他们知道我如今在黄陂创办 9 所分校时,全场响起了经久不息的掌声。最后我以一首诗作为结束语:培桃育李十年整,几多风雨几多晴?酸甜苦辣历历过,艰难历程细细吟;诚实守信人为本,专业高效稳步行;天道酬勤结硕果,放眼未来总是春。

在雷鸣般的掌声中,我回到自己的座位。大家都用热烈而仰慕的眼神看我,他们个个都感叹着说,这位老人创造了教育培训行业的奇迹。真正的精英应该属于他!那一刻,我再一次热血沸腾,为自己执着的追求,感染了这群年轻人而高兴。我相信他们的明天会更好!

如今的新星如同原上的星火,已成燎原之势。我作为新星文化培训的创始人,现在已把自己定为配角,站在幕后默默关注它的成长。我想:希望是属于年轻人的,我该把更多的机会,留给和女儿一样勇于创新、用心奋斗的年轻人。我知道未来的新星在他们的引领下,一定会更加辉煌……

人啊,活到一定的年龄,就会把什么东西看得很淡,逐渐变得与世无争。不知从哪一天开始,我变得异常的爱怀旧,老是沉浸在往事里,久久地回味。还喜欢拖上老伴,拉着她陪我一起,追忆年轻时候的故事。我常笑着说她那时候很傻,她也笑着说我那时候更傻,说我当初放弃那么多的好姑娘不要,而找她这个村姑过一辈子……我们说着说着,默默对望着,却满眼深情。

我还喜欢骑着自行车,一个人绕着曾经走过的路,来来回回地转悠。从当年的武装部,走到如今的司法局,那儿都有我曾经战斗的足迹;我起步的城建学校,现在成了培训施工八大员的培训基地,来来去去都是技术人员匆匆的身影;工会大楼已成了职工之家,当年很多熟悉的朋友都还在那儿工作。我每次路过遇见他们,大家都要拉着我上去喝一杯茶,聊一会儿天。每次离开,我心中总是充满一种感激、温馨、回味和依恋,耳边还萦绕着当年孩子们银铃般的欢笑声……

看着身边汹涌的车辆和来回的人流,我偶尔会产生一种孤独感,站在时光里回忆发呆,把过往的一切,默默写成记忆里的剪影。一份甜蜜的忧伤,一份欲醉的怀旧……我喜欢并享受这份感觉。觉得终于有着这样一份闲暇的心情,让自己的心灵,抽出一片叶儿,开出一朵花儿,让这样的绿叶与花香,陪伴着自己,温暖着自己,美好着自己。

我的记忆常回到48年前的那个夜晚，我还记得那一轮橙黄的月，它是那么的遥远而又亲切。我不会忘记我去部队当兵前的那个晚上，和我出发时离开家乡的那一刻，我站在湾对面黄土坳的松树下，抚摸着冰冷而精粝的树干，郑重许下的诺言：一定要改变自己及整个家族的命运。我更不会忘记乡亲们在那天夜里，聚集在我家里，这个送我一个水煮蛋，那个送我一个笔记本，队长丁厚发的老婆送我两块钱的场景……

我永远不会忘记，那一天我满眼的泪，深情地望着我的杨家田湾，对这片生我养我的黑土地深深地鞠了一个躬。我那时离开家乡的愿望是那么激烈，几乎是带着一种踌躇满志的豪情和悲壮离开。

那时我还是一个不到20岁的青年啊。我以好男儿志在四方的豪情，走向了军营，走向了那艰苦而又激情燃烧的岁月，走过很多与理想背道而驰的曲折路径，经历了无数次布满荆棘的路程，最终找到了梦想中的自己……我成功了吗？我不知道。只知道该拥有的，现在也都实实在在地得到了。当觉得自己什么都不缺的时候，却感到自己所要做的事情太多了。

我一刻也没有忘记当年那个20岁的青年，在星月下郑重立下的誓言。我经常在想，我什么时候才有能力，为我的老家杨家田做点什么呢，什么时候能够做到真正地感恩家乡，回报这片生我养我的黑土地呢？

记得我当年从松滋调回黄陂人武部工作的时候，我安定下来后，第一件事就是想办法修整通往我湾的那条路。那是怎样的一条路啊！一到下雨，那条羊肠小道泥泞半尺深，鞋子踩进去半天拉不出来；一到晴天，坑坑洼洼让人一不小心就会摔跤。

我20岁离开时，那条蜿蜒的小道延伸到远方；十多年后回到那儿，小路还如同从前一样，没有丝毫的改变，多的是飞扬的灰尘。每当有摩托车摇晃着离去的时候，身后必定有浓烟一样的灰尘在半空中盘旋，让路过的人沾上一身的灰土。老实说，每次回湾我心里真是不舒服。

我多次奔走于交通局、财政局、林业局，请相关的领导帮忙，最终争取到两三万元钱，让那条路修成了一条能走拖拉机的沙石路。后来我到了司法局工作，又通过多方关系，联合乡亲们出力，借着“村村通”的好政策，把那条沙石路拓宽成水泥路，这样汽车终于能进村了。在为老家修路的过程中，我尽了一份绵薄之力，内心感到十分高兴。我看到这条充满希望的路，也在对着我、对着来往的乡里乡亲展现出了喜悦的笑容。

当湾里的路修好后，我再次回老家看望左邻右舍时，发现每到晚上，整个湾里四处漆黑，想起城里夜晚灯火通明的生活，我马上又想到要为村里做点什么。

于是,为了让湾里亮起来,我联系电力部门,花了两万多元,为湾里安装了13盏大路灯。我认为好事应做到底,从2008年到现在,所用的电费都是我来出。路灯下的温情微不足道,可是能和当年的小伙伴,如今的老哥老嫂们聚在路灯下,你一句我一句的话家常,我感到从未有过的踏实和满足。

当年一起放牛、一起摸鱼虾的小伙伴,如今都是年近古稀的老人了,还有好多位长眠于地下,做了古人。能够围坐在一块的人,也越来越少了。每次回来,我都会陪着他们几个,坐在木制的椅子上,看天空落下的雨,看天空飘过的云,聆听风里吹过,聊着属于我们曾经年少的故事。聊着聊着,大家都一不留神地打起了盹,梦见了那些远走的故人,梦见那些惦念了一辈子的老朋友。我在梦里问:你好吗?梦醒时分,泪水模糊了我的视线……我这一辈子忘不了他们,我的一生属于杨家田,属于我的父老乡亲!

当我过上了好日子,我很想乡亲们也能过上好日子。他们虽然不向往城里的一切,但我希望他们过像城里人一样的舒适生活。这些年,我想办法筹集资金,为湾里修建文化广场,买健身器材。看到湾里的男女老少在自己的家门前,能和城里的老人一样跳起广场舞,我心里乐开了花。在青山绿水的掩映下,我的乡村永远是一首醉人的歌。

每天在静静的夜里,我总喜欢听一些熟悉的老歌,那些老歌总会在不经意间撩起衣角的往事。有一首叫《好人一生平安》的歌,每听一次,总会听出满眼的泪。

我又想起当年,那个在校园柳树下写诗的少年,在风中诉说娓娓的情话,诉说给柳叶儿倾听;我还想起教我语文的李肇福老师,当着全班同学的面,把我写的作文当范文念的情景;我还记得宋振东老师心疼我这个衣着单薄、总是为每周缺米少菜忧愁的孩子,而想方设法,为我申请每月2元钱助学金的情景;我还记得我的同学丁朝刚、丁朝运、罗仕凯、徐勤华、袁奇生,在我吃不饱饭的情况下,总是伸出援助的手……"有过多少往事,仿佛就在昨天;有过多少朋友,仿佛还在身边……"每次听到这一句时,泪水就淋湿了我的眼睛。

如今,我的李肇福、许扶民老师早都离开人世了,我只能想方设法找到他们的后人,在老师的坟前上一柱香,向他祭奠一世的恩情。我把他们的后代,当兄妹一样,亲密走好后面的路;庆幸的是当年的铁哥同学们,都还健康平安,我们隔一段时间就会聚一聚,诉说同学情深,畅谈儿女情长,感叹着青山依旧在,岁月仍从容!

我还找到了儿时的救命恩人,雷传山的儿子雷冬生。雷传山当年在蔡店粮管所当主任，在我家穷得揭不开锅时，总是想方设法弄些粗粮，让我们全家度过非常时期。我无法忘记，他们曾经帮我全家的点点滴滴，我只能把感恩之情转给雷冬生和他的儿女，尽量帮他及他的儿女做一些力所能及的事；当年的队长丁厚发生病的那几年，我想法为他找最好的医生看病，买补品为他补身子。他离开人世后，每年过年我回老家，都会感念他的儿女，发送红包表达自己的心意……

是的，我能做到的，也只有这份薄薄的心意。但他们的子女都深深理解，多少浓情多少厚意，全部在这份小小的心意里。

打捞记忆，一切都成风中的往事！我如何能一一捡起？走了的人永远地走了，活着的人还得充满希望地活着。当我再次踏着寻梦的步子去离村里几十里路的刘家山时，这儿现在已被开发成风景优美的清凉寨风景区了。

当年我跋涉那条寸步难行的山路时，还是一个瘦得像根竹竿子一样的单薄少年。那个像风一样的男孩，像挑山工一样担着超重荷的柴火，扛着那份与年龄不相匹配的责任，当时眼中闪烁的是一份倔犟的坚强吧。我站在高高的山巅上，追寻着当年那个蹒跚而行的少年身影，不知不觉泪流满面……

旧日的风景已随时光穿梭而去，当年的少年已成华发丛生的老人。而我的故乡，我该以什么的表情面对你？多少年过去，无论我是穷与富，你都保持以往的姿态，我们来与不来，你都在这里。与世无争，宠辱不惊。

如今，我湾已有新的开发商进驻了，华夏牧业有限公司也在这儿投入生产了。过去荒凉的田地已种上了蔬菜大棚，木兰古门风景区二期工程也准备进入杨家田。

面对这些可喜的变化，我激动得彻夜难眠。我通过各种途径，与招商部门协商，把更多投资者带到我的家乡参观，让他们作实地考察，我在中间穿针引线。希望他们的目光在我的家乡多停留一会儿，希望自己能为家乡旅游业发展起到一定作用，最主要一点是盼望我的父老乡亲们的生活越过越好，日子越来越红火……

希望的灯火，时刻在不远的地方向我们不停地闪烁，站在故乡的脚下，站在祖辈及故人的坟茔下，在光彩流转的灯影下，我回忆着我的一生，感觉有说不完的话，有述说不完的情。我，这位名叫丁朝东、1948年出生于杨家田的人，走过了人生的大半个世纪，与共和国同年岁。今年在北京电视台举行的知青春晚上，在电视里听到艺术家王佑贵演唱的一首歌《我们这一辈》，里面的字字句句如血如泪，深深地敲打着我的心，触碰到我心灵最柔软处：

“我们这一辈
和共和国同年岁
有父母老小
有兄弟姐妹
我们这一辈
和共和国同年岁
上山练过腿
下乡练过背
学会了忍耐
理解了后悔
酸甜苦辣的酒
不知喝了多少杯
我们这一辈
和共和国同年岁
熬尽了苦心
交足了学费
我们这一辈
真正地尝到了
做人的滋味
人生无悔……”

歌声如泣如诉，听得我的眼泪流了一串又一串。王佑贵泪雨滂沱唱尽人生一世辛酸，也道出了千千万万像我一样与共和国同年岁人的一世情怀。感谢这位歌唱家，让我在古稀之年，听完他的歌后，作出了一个重大举动：有生之年，一定要完成属于自己的回忆录，在笔下倾泻一生的心里话。

我这一生，尝尽了酸甜苦辣，如今留下的都是绵长的回忆。我很庆幸，从当年的一无所有，走到了今天的现世安稳。只有我知道，这现世安稳的背后，都是我用血和泪拼搏出来的美好青春。

人生有梦是多么好。因为梦想不灭，才有不老的青春。当我坐在书房，用了近一年的时间写完这一生想说的话。2017 年就要过去了。此时，站在故乡的土地上，凝视着我永远的故乡，凝视着我的父老乡亲，凝视着万家灯火，我久久地回望，久久地依恋，仿佛要用一生唱这首用心谱成的歌……抬头仰望天空那一轮金黄的圆月，和满天闪烁的星星，又想起我的新星文化培训学校,想起孩子们天真烂漫的笑脸,眼前仿佛有无数的星星向我迎面飞来……

又是一年的春天!

立志高端志如云,专业高效持有恒。

天道酬勤结硕果,新星腾飞勇攀登。

第四部分　亲情浓如水

我的父亲

每当读到“树欲静而风不止，子欲养而亲不待”这句诗时，我的心总有一种别样的疼痛。父亲于1996年7月3日患脑瘤去世，距离现在已有21年的时间了。21年的时间不算太长，可也不算很短。但搁在我心中的痛，常在暗夜里缠绕着我，让我无语泪流。我这一生，欠父亲的实在太多了！

父亲的一生是劳苦的一生，几乎没有享过一天福。就是大限到来时，也没有麻烦我们这些儿女。每当想起他老人家临终时，静静地躺在那里，眼睛久久不肯闭上的情景，我的眼泪就如泉涌。

父亲健在时，我远游了，我回来了，父亲却永远走了，这就是你不孝的儿子。苦日子过完了，父亲却老了。好日子开始了，父亲却走了。这就是我苦命的父亲！泪眼朦胧中，我追忆着父亲的一生……

我的父亲名字叫丁平植，号：丁忠斋，出生于1920年4月。在他14岁的那年，我的祖父因痨病无钱医治，刚满36岁就去世了，抛下祖母和两儿两女，生活之难可想而知。父亲是长子，当时年仅14岁，而叔父才8岁，大姑姑6岁，最小的姑姑还在襁褓中。最让人愤恨的是，贪心的幺爹（幺爹是祖父的小弟）竟打“孤儿寡母”的歪主意，在我祖父去世不久后，他准备将我的祖母卖给当地一个大财主作妾，好在那个大财主是性情中人，他知道事情的真相后，很同情祖母的遭遇，不仅没有为难她，还大方馈赠10银元，让祖母好好在家带孩子过日子。可狠心的幺爹依然把几个侄儿侄女当成障碍。有一天还以莫须有的罪名把我的父亲捆绑在椅子上暴打，甚至想取刀杀死他，幸亏被善良的幺婆婆拦住，并趁机把父亲放走。可怜的父亲为了活命，一口气跑到他的外祖母家躲避半个多月。直至几个舅舅出面制服了幺爹，他才回来和祖母及兄弟姐妹们相依为命。

作为长子,父亲从那时起,就担起养家糊口的责任。他在地主丁福安家打长工。因为做事非常勤劳,深受丁福安一家的喜欢。没父亲的孩子,是容易被人欺负的。有一次,因为父亲做错了一件小事,地主的大儿子竟劈手打了父亲一记耳光,顿时他的耳朵鲜血直流。从此,父亲的听力大大下降,成了一个半“残疾”人。祖母没地方讨说法,也只能搂着父亲流眼泪。后来,祖母想着光靠在地主家打长工也不是个长远的事,还得学点手艺养家。于是,把我父亲托给一个榨油师傅学习打油。

父亲在榨油行当学徒工时,也才15岁的年纪。这个年龄放在现在,还是个在父母亲身边撒娇的年纪,然而父亲却在这时体验人间的一切疾苦。他知道自己作为一名学徒工,必须付出常人所没有的努力,才能有个可以落脚的地方。他每天早上像公鸡一样早早起床,帮师傅打好洗脸水,再伺候好师傅吃完早饭,然后开始一天紧张的劳作。

在师傅面前,他都要看饭添饭,看菜伸筷子,不敢半点马虎。处在这样的环境中,师傅看出我父亲为人忠厚,诚实有礼,也乐意把榨油技术教给他,经过几年艰苦学艺,父亲终于学到了精湛的榨油技术。以至于后来很多年,父亲都是以榨油为生,并靠此养家糊口。

父亲长大成人后,姑妈见我家穷,难娶媳妇,决定把自己的女儿三妹许配给我父亲,我祖母喜出望外,说这是亲上加亲。表妹也喜欢善良忠厚、高大帅气的父亲。由于他们从小定亲,青梅竹马两小无猜,所以他们相处得格外和谐。他们的事,遭到姑伯的强烈反对。因为姑伯不但嫌弃父亲是个半聋子,还嫌弃丁家太穷,怕表妹跟着吃苦。很快将表妹嫁到了外地,让父亲彻底断了念想。父亲在万念俱灰之际,经人介绍与我的母亲成了亲。

父亲成家后,把所有的心思都放在养育一家老小上面。他上有母亲要照顾,还要照顾弟弟妹妹。母亲相继生下我的两个哥哥之后,父亲的压力更大了。他每天早出晚归穿梭于榨油行,挣得不多的工钱,只为了全家老少能不饿着肚子。然而,突如其来的灾难在几年后又降临到我家。1948年的9月,我那5岁的大哥、3岁的二哥,竟然在一周内得急病离奇死去,这让全家人痛不欲生。真是喊天天不应,喊地地不灵。父亲忍着巨大的悲痛,埋葬了两个幼年夭折的儿子,人在一夜之间苍老了十岁,不到三十岁的他竟然有了白发。

离奇的是,在两个哥哥死后的第三天,也就是1948年的9月23日那天,母亲悄然生下了不足月的我。我的出生让这个笼罩着悲哀的家庭有了一丝安慰,父亲又强打起精神去榨油行做事。只是,他更加沉默了。后来几年间,我的两个弟弟和妹妹相继出生,为了让我们一大家子能有饭吃，父亲干脆住到榨油行里，没日没夜地干活。然而在那个贫穷苦难的岁月，无论父亲怎么勤扒苦做，也没办法改善家里的生活条件。他能让我们全家七口人吃上一顿热饭而没被饿死，就够了不起了。

至今我还记得 1959 年那个寒冷的冬夜以及那一罐米粥。

那时正值三年自然灾害时，我才 11 岁，我的弟弟妹妹都还小，最小的妹妹还不到一岁。由于连年干旱，地里的庄稼也都干死了，榨油行也没有生意了。为了养活一家人，父亲便去汉口码头干苦力活。那时候，为了多挣一点钱，卖苦力的父亲每天晚上都去加班，晚上加班不仅有点微薄收入，还会有一碗白米粥犒劳。父亲人在武汉，心系我们。

他忍着饥饿一连加了三个晚上的班，而那三碗白米粥他一口也舍不得吃，因为他知道家里已没米下锅了。在积攒了三碗粥的那个夜晚，父亲用一个小瓦罐，把三碗粥装好，在深夜冒着刺骨的寒风赶回家。听父亲说，他是从汉口抄小路，一路小跑着回家的，他到家时天还没亮，他把我们一个个喊醒，让我们快起来吃粥。然后看着我们全家老少这个一口那个一口，喝完这一小罐粥，他才放心地走了。至今我无法想象，他在那个寒冷的夜晚用怎样的力量跑步回家，也无法想象来回近百里的路程，他是如何走过来的。但存在我记忆中的那一罐粥，仍然在半个世纪后的今天，依然还热腾腾地冒着热气，他让 1959 年的那个冬夜，定格在两行温暖的热泪中……

没有谁能够理解，当年轻的父亲失去两个儿子后，又在十年后失去最小的女儿，他是如何走出苦痛。父亲目睹着年幼的生命在他的眼前一个个消失，伤痛得已无法流眼泪。贫困已压得他无法伸直腰，他只能像一只蜗牛一样，用尽全身的力气，慢慢向前行走。他的步子虽然如此缓慢，却一直向着前方，不停歇地挪动每一步……

在我的记忆里，我还挨过父亲一顿打。儿时的我挺调皮，最爱去门前的塘边耍水。母亲管不了我，一次我在水中玩得正开心时，被父亲看到了，他把我从水塘中逼了上来，然后把我拖回家，拿着打牛的鞭子，在我身上使劲抽打，打得我的屁股鲜血直流。我呼天喊地的大哭，后来父亲也哭了。其实他心里哪里舍得打我呢？他是怕我玩水出意外呀！几十年过去了，我对父亲唯一一次打我的事记忆犹新，父亲那天的泪眼，我也一直记得。

父亲一生都用牵挂的目光看着我。

记得 1968 年，我去部队参军了。看到我着一身绿军装，父亲高兴得不得了，他的儿子终于长大成人了。临走时，他反复叮嘱我要听党的话，要听毛主席的话，不要怕吃苦，不要怕受累，要一门心思做好自己应该做的事，不要担心家里。他忍受着夜以继日的思念，时常让弟弟写信，嘱咐我在部队好好干，当好一名合格的兵。

在1970年的秋天，他想念至极，只身一人坐两天两夜的火车，来河南商丘我的部队驻地看我。父亲来时只能住在团简易招待所，那时我只是一名普通的兵，没有条件拿出好菜好饭招待父亲，更别说买酒了。他像我一样，只能吃食堂里的饭菜，我吃什么父亲就吃什么。但是父亲非常满意，看到我年年被评为五好战士，并且入了党，还当了班长。他用满意的眼神看着我，觉得自己的儿子已经不是普通人了。

当时我们连队的指导员亲切会见我的父亲，见父亲开朗，朴实。便请他为我们连队干部战士作忆苦思甜报告，讲述他经历的苦难和今天的幸福。让我刮目相看的是，厚道木讷的父亲竟然是一位精彩的演说家。父亲的演讲得到了部队上下的好评，那刻我真为父亲感到自豪。记得父亲走时，他又反复叮嘱我，在部队里一定要好好干，生在福中要知道惜福。并说不要挂念家，保卫好国家才有小家。

父亲的话，句句包涵着真理，里面装着一个朴实农民的心声。在我眼里，大字不识的父亲，心里其实装着无穷的知识，他教育我无论走在哪儿，都要堂堂正正做人民的好儿子。后来，我脱颖而出成为一名军队军官，直至一生与部队有着千丝万缕的联系。

1980年的冬天，由于大女儿丁敏已到上学年龄，部队照顾我这个“半边户”，同意让家属提前来部队。（那时还未办随军手续）小女儿丁晴，只能留在老家让我父母照看。但孩子毕竟年幼，天天想念我们，大哭大闹着要爸爸妈妈，逼得父亲没办法，只好带丁晴来看我们。当他和小女儿来到松滋后，发现我们三个人挤住在一间二十平米的小平房里，日子过得异常艰难，心里很不是滋味。当他知道我的工作经常要下乡，而我的妻子在厂里上班，并且是两班倒的时候，他就更不安心了。住了几天后，父亲决定还是带丁晴回家。他想方设法，做3岁小孙女的工作，让她再跟爷爷回家。

父亲那次带我的小女儿回老家，因为没钱买车票，是坐一位熟人的顺风车去汉口的。那天到达武汉时，是半夜的12点。父亲下车后，拖着我的小女儿，冒着风雪步行6个小时走到建港的姑妈家里。姑妈家没有东西招待他们。只是起来煮了一锅粥让他们填肚子，我的小女儿吃了几口后，就歪倒在桌上睡着了。这件事成为父亲心中最大的伤痛。

每次谈及此事，父亲总会老泪纵横，他说自己对不住小孙女。其实哪里是他老人家的错？而是我这个做儿子的，没能力照顾他老人家，才让这一老一小如此遭罪啊！每次想起这件事，就像有鱼刺哽在喉咙一般，让我难受得哭不出声。我实在对不起父亲！

父亲的一生与贫穷牵系在一起，而善良更如伴侣一样与他如影随形。

他爱做好事,乐于施贫,总爱帮助比自己更穷的弱者。每逢见到有上门前来乞讨的贫民、乞丐,他不分老幼,尽管自己饿着肚子,也要为他们送上一碗水、一个红苕、一个萝卜,或者半碗菜粥,或糊米羹,让这些面黄饥瘦、跌跌撞撞在生死线上的人,解解渴、充充饥,使其不成饿殍。

1986 年,国家出了新政策,参加工作 15 年以上的正科局级以上的国家干部,可以迁年过六十的父母转为城市户口,即吃“商品粮”。我当时任武装部军事科长,达到了条件,可以把父母的户口迁往城关。遂把父母亲的户口从农村转入黄陂县城,和我们一起过日子。

父母心系在农村的二弟朝和一家,要求户口换户口,把他们的商品粮户口让给二弟,他说老二一家在农村种田,生活得太不容易了……父亲用乞求的眼神征求我的意见。显然他为自己并不“合理”的想法而有点羞愧这让我惊讶得半天说不出话来。在他看来,我一大家子现在已是城里人了,最小的弟弟丁朝平 1977 年去部队当兵,彼时他通过自己的努力已兵改工在宜昌十六化建公司工作了。只有老二丁朝和在乡下……手心手背都是肉,他是见不得老二一家在农村受苦啊。

我还只得顺从父亲的“心意”,把他和母亲的商品粮户口指标通过关系,转到老二小俩口的头上。父亲很欣慰地笑了,他和母亲继续在乡下生活。

父亲一生忙碌惯了,就是到了老来,也是尽力而为做事,不愿增加我们的负担。他六十多岁时,还挑起“货郎担”走村串户赚些零钱花,父亲那抑扬顿挫的叫卖声,穿过前后湾村。无论炎夏酷暑,还是刮风下雨,父亲挑着担子的身影一如继往向前行。

进城生活后,父母还是在老车站处摆个烟水摊维持生活。几十年后的今天,我仍然记得他叫卖的声音。以致我后来每次听《酒干倘卖无》这首歌,就想起了我那有些耳聋的父亲,“多么熟悉的声音,陪我多少年风和雨?从来不需要想起,永远也不会忘记。没有天哪有地?没有他哪有你?没有你哪有我?……”这如泣如诉的歌词,听得我肝肠寸断。让我回想父亲的这一生,他把世间最好的东西都尽自己最大的力量给我们了,而我们看到的永远是他那高大身影向前奔走。

说到父亲的离世,我从没想到他老人家会走得这么突然。尽管父亲当时已 77 岁高龄,但是他身体素来不错,没有生病的前兆。1996 年清明节,我们还一起回乡祭祖。祭祖完后,父亲被乡邻们挽留,(那时候,父亲随我们在城里生活)父亲也想和左邻右舍话话家常。但就在老家留宿的当天晚上,父亲突然头痛欲裂,全身不能动弹。我的堂弟丁朝胜赶紧打我的电话,我们几个连夜把父亲送往人民医院。急诊科的医生很快下了诊断书：脑瘤晚期，最多还有三个月的时间。

得知噩耗，我无法相信自己的耳朵。可生命就是如此的不堪一击！医生建议，你们还是把老人带回家休养吧，别浪费钱了。想吃什么，喝什么尽量满足他的要求。我听了医生的意见，把父亲接回了家。我看父亲当时的神情，他显得极为惶恐。他用无助的眼神可怜巴巴地看着我，似乎他还想住在医院里，等医生来救他。可能每个人临到死时，都留恋世间的一切吧？我还是违心地把他接回家中。或者我这个穷其一生的儿子，被沉重的债务压怕了吧？但是，知道父亲不久就将别于人世，我还是不遗余力的奔跑于医院之间，打针服药一切按医嘱办理。即使我尽了心尽了力，但还是不能原谅自己，觉得应该让他在医院离开人世，才算对得起他老人家。比起父亲的大爱如山，我的这点尽力尽心，显得是那么的渺小。

唯一让我稍感安慰的是，父亲在病重的三个月时间，我每天都悉心照料他。天天坚持把他从床上抱下来洗澡，开始抱他下床时，我感觉非常吃力。慢慢地，父亲越来越轻了。轻得我不用花什么力气，就能把他抱下来。曾经强大的父亲，为我们操劳一生、东奔西走，即使在饥荒的岁月，也想方设法不让我们饿死，而他的苦愁，我们又何曾体会到呢？此时，他瘦得只剩下皮包骨了，气若游丝，奄奄一息……我帮父亲洗着洗着，泪水模糊了视线。

父亲在病重期间，他时而清醒，时而糊涂，但在清醒时总是念兹在兹地说：我的朝东百事都好，唉！就是没有儿子……在他心里，我的二弟朝和有一儿一女，三弟朝平有两儿子，他多么希望我和兄弟们一样儿女双全呀。

当父亲三天滴水未进、生命垂危时，我赶紧打电话给妻子，让她快来。那天是阴历 5 月 16 日，那天还是我妻子的生日。看着父亲即将闭上眼睛，我们全家哭得天昏地暗。

特别是我的妻子，她从小失去父爱，一直视我父亲为自己的亲生父亲一样，她扑倒在地上，哀嚎道：爸爸呀，你不能走啊！更不能在今天走啊，你不记得今天是我的生日吗？你怎么能让我的生日成为你的忌日呢？你是个明白老人呀……妻子这一大哭大喊，竟真的把父亲从“鬼门关”喊了回来。只见他缓了一口气，用虚弱的声音说：“唉，我都走在半路上了，你又把我喊回来了……”老人家果真挣扎着又多活了两日，于 1996 年阴历 5 月 18 日去世。

父亲安详地、静静地躺着，我一直守着他，从夜晚一直守到天明没合眼。我流着眼泪回忆他凄苦的一生，想起他作为一个男人，为家庭为社会所作出的担当。想起他对祖国对毛主席的热爱，对长辈对子女对乡亲，无不倾注所有的心血。他的童年如此不幸，他的青年如此艰辛，成家后生活如此拮据，但他始终把最阳光的一面，呈现在所有人的视线里，让任何人看不见他的万般凄苦，更不觉得他经历了多大的磨难……我为有这样的父亲而骄傲，同时也为自己是他的儿子而自豪。

只是此刻他那流着眼泪的双眼，无论如何也不肯闭上。我知道父亲的心思，我轻轻告诉他，你的病是脑瘤晚期，最多只能活三个月，根据医生的意见和建议，所以没在医院住院。但家里没少医生随时关注病情，从发病到去世正好三个月；我轻轻告诉他，我的两个女儿很优秀，事业有成，巾帼不让须眉；我轻轻告诉他，二弟朝和在宜昌，生意做得很不错，两个孩子（丁静、丁一）都很听话，很可爱，读书努力。我还轻轻告诉他，三弟朝平夫妇是双职工，又开了门店，两个儿子虽有些顽皮，但很聪明……当时，我的母亲和姑姑，也在旁边对着父亲，说了很多劝慰的话，说着说着父亲终于合上了双眼。

在为父亲守柩的几个晚上，我都是彻夜未眠。回想父亲的一生，我热泪不停奔涌，连夜写出《追忆父亲》作为祭文，送给父亲：

我之父亲，坎坷一生。十四丧父，孤苦伶仃。
母弱您小，受尽欺凌。卖您田地，卖您娘亲。
设置陷阱，要您性命。好心之人，指点迷津。
挣断绳索，死里逃生。母子依依，相依为命。
苦水泡大，苦里成人。我之父亲，勤俭一生。
善良忠厚，品端行正。做事下神，技熟艺精。
做小生意，最讲诚信。为人处事，宽厚待人。
不怕吃亏，与世无争。亲和友善，恩泽四邻。
常常教导，勿忘根本，忆苦思甜，勿忘党恩。
老实做事，忠诚做人。忠于国家，忠于人民。
潜移默化，终有所成。子女有四，有的从军，
有的从政，有的商林。各自努力，事业有成。
内孙外甥，有一大群。父慈子孝，其乐融融。
我之父亲，善良本性。收养弃女，待为亲生。
疼儿爱女，和善可亲。言传身教，教化儿孙。
进入暮年，病体缠身。子女奉养，衣食还行。
慈祥老父，勤勤恳恳。走村串户，卖些商品。
赚些零花，把命来拼。我之父亲，身染重病。
多方求药，难救您命。弥留之际，依恋般般。

与世长辞，地裂山崩。您之儿女，肝胆欲焚。
我之父亲，可亲可敬。音容笑貌，历历在心。
感恩载德，齐聚儿孙。化钱焚香，祭奠父亲。
吾之父亲，天灵感应。您之儿孙，谨遵遗训。
忠厚为本，诚实做人。仰仗父恩，家道中兴。
光大美德，告慰英灵。儿孙齐聚，祈祷父魂。
转世脱生，早脱苦冥。五湖尚飨，永忆深思。

这篇一气呵成的祭文，在父亲出殡这天，我长跪在父亲的棺材前，于烟火纸钱缭绕中，一字一句念给父亲听，念着念着泪流不止，听哭了前来送行的全湾人……

现在，父亲离开我们已整整21年了。生命的速度在飞，我也成了年近古稀的老人。面对挂在墙上父亲的遗像，我无数次幻想父亲要是还活着，那该多好啊！以我现在的经济条件，我可以让父亲去国外旅游，过富足的生活，让父亲能享受真正的天伦之乐。然而，人生哪有什么如果呢？当我们有强大的能力照顾身边的亲人时，他们已无法给我们照顾的机会了。“树欲静而风不止，子欲养而亲不待”表达的不就是这样的意思吗。原谅我啊，敬爱的父亲！

感谢我的父亲，您以明朗的一生，教育我做一个阳光、正气、厚道、善良的人。我时刻牢记您给我们的家训：勤俭为本，忠孝传家。任何时候，我都会以此明志、教育子女。如果有来生，我还要做您的儿子，用一世的恩情回报您，将您正能量的一生永世传承。

一声慈父恩似海，养育青杉负重行。
挡风遮雨言语少，夜深思起泪涟盈。

我的母亲

时逢2000年，即千禧年的十月初一，我敬爱的母亲驾鹤西去，享年81岁。母亲去世时，她老人家是倒在我的手臂上走的。那刻，我搂抱着我的母亲，哭得像个不知所措的孩子。母亲走了，我的世界在那一刻天崩地裂。母亲走了，我从此就是一个没有妈的孩子，人生也只剩下归途了……

一个人年岁再大，在自己的母亲面前，永远都是没有长大的孩子。想起幼年时候，每次放学回家，放下书包第一件事，就是寻找母亲的身影，看到母亲心情才会踏实。如果母亲不在家，心里就像没有主心骨一样孤立无助。每次想起已离开人世 17 年的母亲，我的心如同压着一块大石头一般沉重。母亲虽只是千千万万农村妇女中极为普通的一位，但她却是我情感世界的玉皇大帝，我对母亲的怀念，正如钟表可以停摆，而时间不会停止。

说起母亲的一生，感到她真是泡着苦水走过来的人。母亲生在农村，只有姐妹二人，由于家里没有男丁，这让外祖父外祖母在别人面前抬不起头来。外祖父在外受到别人的挤兑，当别人嘲笑他没有儿子时，他总是呕着闷气与外祖母过不去，这让她们母女三人常感不安。由于战乱，红安有一八岁男孩讨饭至此，外祖父母见其可怜，又见那孩子长得灵醒、可爱，遂收为养子，家里这才有了一些温暖和生气。但没过多久，外祖父就因病去世了，留下外祖母和三个孩子艰苦度日。母亲是家里的长女，从小就帮家里分担所有的家务。母亲精明、能干，十几岁时就会做一桌好豆腐，还很有经商头脑，每天一大早挑着新鲜的豆腐外出叫卖，在很短的时间就能把豆腐卖完。村里的人都夸母亲，是百里挑一的有福气的好姑娘。

然而母亲一生并没有享过什么福。

母亲 20 岁嫁给父亲。由于父亲当时做的是榨行打油手艺，大都吃住在油榨行，端别人的碗，要受别人管，很少回来陪母亲。母亲在家担起孝顺婆婆、勤于家务的责任。在外，则像个七尺男子，在田间辛苦劳作，扛起养家糊口的重担。她一心一意和父亲过日子。

由于我父亲缺乏父爱，从小在逆境中长大，耳朵还有点聋。青梅竹马的三妹离他而去，人虽然忠厚善良，但性格很是自卑、孤僻。他和祖母感情特别深，只要祖母与母亲发生一点点的不快，父亲就会把所有的罪过怪到母亲头上，给她脸色看，和她闹情绪。

但我的母亲是个智慧的人，从不和父亲计较，她处处忍让父亲，以柔克刚以理服人，到后来，父亲也十分敬佩母亲的为人处事，从此相敬如宾。

母亲的聪慧与贤淑，赢得丁家上下一致的好评，然而几年后一场突如其来的灾难，差点把母亲击倒。那是1948年的农历9月份，我5岁的大哥、3 岁的二哥得了一种离奇的病，在一个星期内相继死去，这让我的母亲痛不欲生。母亲那时肚子里怀着我，她不吃不喝，整日整夜痛哭不止，在两个哥哥死后的第三天，她竟然悄无声息生下了还不足月的我。

谁能理解一个母亲在一夜之间失去两个儿子的彻骨疼痛呢？在这个节骨眼上即使添下了我，也是无法抚平她内心深处的巨大伤痛。母亲生下了我后不吃不喝，那时也没条件让她坐好月子。年纪轻轻的母亲，在那期间害了眼疾，据说是眼泪流得太多所致。生的艰难，活的痛苦，让母亲饱受人世间的沧桑，她的眼泪早就流干了！

我出生后，母亲不得不打起精神，擦干眼泪面对生活。只是她害怕我再出点什么意外，总是步步不离开我。在我三岁那年，我们全家搬到土改时住的房子去住了。后来有一次，我和堂弟一起在水塘边玩，不幸掉入池塘，我差一点被淹死，这让母亲吓破了胆。为了避免两个调皮孩子再在一起惹出事，母亲坚持与住在汉口，常年没回家的堂叔丁平钜置换了房子。

当我到了求学的年龄，家里这时又添了弟弟妹妹们，家大口阔的一家人，时常穷得揭不开锅。尽管如此，母亲还是咬着牙送我上学。她常说“穷不丢书，富不丢猪”，就是再穷也不能让儿女成为睁眼瞎子。在那个苦难的岁月，我们经常饿得两眼发花。母亲为了不让正在长身体的我们饿死，想尽千方百计，为我们兄妹找吃的东西，她天天上山挖野菜，上树采树叶，能够填肚子的东西都被母亲想到了，找到了。

有一种叫“棉砣”的根砣，母亲常常带我们去挖。那种根砣非常的苦，挖回来要反复的泡、漂、洗，再放在锅里熬很久，才能由苦到微甜。然后母亲将花生藤粉、糠渣子和它混合在一起，做成粑粑给我们充饥。比起啃吃树皮、树根和吃观音土，这种粑粑在当时可算是美味佳肴。

即便这样，母亲都不允许我们尽兴地吃，她怕我们吃了上餐没有下顿，总在我们意欲未尽时把东西收走了。至于藏到哪儿，我们都没办法找到。待到别人家里断了炊，母亲却能变着戏法，拿出来让我们填肚子。

虽然我青春的回忆里全是与饥饿为伴，但是母亲做的各种美味至今还在我的记忆里飘绕。我记得她那时爱说的那句话：“细水长流，勤俭才能持家”。我还记得她常说“丰年不忘歉年，歉年不忘灾年”，是啊！正是母亲的这个“歉”字，才让我们没有饿死。正是母亲合理的调度与勤俭持家，才让我们走过那段艰难的日子。

直到如今，我的条件大为改善，都还记得母亲说的“丰年不忘歉年，歉年不忘灾年”，它提醒我和孩子在任何时候，不要忘乎所以，不要浪费粮食，时刻要注意勤俭节约，不要忘记苦日子。

母亲不仅善于持家，更会为人处世。虽然她没读过一句书，却有着读书人的大智慧。她随口说出的话，句句都有它的深刻道理，现在回想起来都是至理名言。如“出门看天色，进门看颜色”“人狠不缠，酒狠不喝”“吃要吃有味的，说要说有理的，做要做有益的”……这些朴实无华的话听起来似乎平常，然而母亲每次说出来，都是掷地有声，让我们深深地明白，她一生是这么说的，也是这么做的。

在那个贫穷的年代，每个家庭都很困难。母亲白天忙着田地的活，晚上,则在煤油灯下纺棉线。尽管我们家极为贫困,母亲都会亲手用自己织的布,为我们做衣裳,总能让我们穿着干净的衣服上学。

那个时候穷人的家庭穿衣原则都是:新老大、旧老二、破老三。还有一句俗语就是:新三年,旧三年,缝缝补补又三年。每当弟弟妹妹穿着缝补的旧衣服去上学时,都遮遮掩掩地不敢大声说话,怕别人笑话。母亲教育我们说,“笑破不笑补”。你们衣服虽然破了,可补得完整,还很干净,不用担心别人笑话,“心稳不怕天打雷,身正不怕影子歪!”母亲的话铿锵有力,让我们兄弟姐妹几个听了都心服口服。

而每次有人来我家乞讨时,母亲总会想法弄点吃的给他们,不让人家走空路。就是有客人来我家串门,母亲也能想着法子,从某个角落里掏出一些食品,做出几个像样的菜招待人家。母亲有再大的困难,只要有人前来求助,她都会尽力而为,解人家燃眉之急。她常说为人处世重在一个“舍”字,有“舍”才有“得”。

在我童年的记忆里,父亲常年不在家,他生性忠厚老实,但见不得别人欺负,湾里总有些人认为我们兄妹小、家里穷而欺负父亲。母亲总是在别人为难父亲的时候挺身而出,在人前智慧地说情、说理、说好话。最后总能将大事化小,小事化了,让大家心平气和地接受。

很多人说我们丁家如果不是有我母亲撑着,真不知道会成什么样子。母亲的善良直率与通达,很得人心,湾里的人虽然不时欺负父亲,但对母亲却是刮目相看。谁家发生口角和纠纷,必然要喊我的母亲过来评评理。

只要她过来了,总能“化干戈为玉帛”。时间久了,大家都叫她“王谈(团)长”。就连大队书记丁厚云、队长丁厚发也非常敬重我的母亲。很多年后,他们常在我面前讲,母亲人品好,智慧善良、会持家。家里再穷再苦,她都会把屋子打扫得干干净净,很多人都愿意来我家坐一坐。我经常想,在我家最困难的时候,总能得到贵人相助,这与母亲的才华、得体的为人处世有很大关系吧。

当我长大了,当我有能力为母亲遮风挡雨的时候,却选择了与母亲长时间的分离。19岁那年我去部队当兵,因为我的志向是成为横刀跃马、驰骋战场的战士。母亲支持我的梦想,为我成为“国家的人”而骄傲。送我去部队的那天,母亲站在村口,眼泪汪汪地看着我,左一个叮咛右一个嘱咐,要我在部队里好好干,为国家争光,为村里人争气。

望着母亲含泪的眼,那一刻我是带着悲壮的心情离开的。我暗下决心:离开农村,跳出农门。然而两年后,母亲为我安排的婚姻,让我又从终点回到了起点。

当我放不下首长为我介绍的小姨妹,不愿意娶母亲指定的村姑为妻,母亲对我动之以情，晓之以理，要我将心比心。告诉我，那姑娘心眼好。贤惠、善良忠厚，会一辈子对我好、对家里人好，我不知道那时的母亲，是不是有千里法眼，能预知世间万物的变迁？但有一点可以肯定，母亲的眼光没有错，她为我挑选的妻子，真是世间最好的女人。我能拥有如今的幸福生活，与我贤惠的妻子厚德载物，有着千丝万缕的关联。

想想我的母亲，她这一生真不容易。人说婆媳如仇敌，这话用在母亲身上，字字皆失灵。母亲当儿媳时，遇到的是我那早年就守寡的祖母。祖母一生经历坎坷，为了儿女不得不表现为强势。母亲非常理解婆婆的处境，对她尊敬有加。在祖母晚年，她不去武汉条件优厚的儿子家和在汉阳女儿家，而非要在我湾里穷家终老。我母亲升级婆婆后，把我的妻子则当成自己的女儿看待，好吃好喝的先给儿媳送去，自己忙前忙后，到最后吃大家剩下的饭菜。她能和我的妻子及两个弟媳，相处得情同母女，可见她付出了全部心血和无私的爱。无论是当儿媳还是做婆婆的时候，家务活她样样抢着做，孙儿孙女也都是她一把屎一泡尿地带大。想想她自己的四个子女，三房的6个孙子女都是母亲一个个带着长大，我真为她一生的无私奉献掬一把感激泪。我们现在的人养育一个孩子就叫苦连天，母亲一把年纪，还照顾这么多年幼的孙儿孙女，她是怎么过来的呢？她吃过一顿好饭菜、睡过一个安稳觉吗？我不知道！但只要想起母亲那累得伸不直的佝偻身影，我的眼泪就会忍不住夺眶而出……

值得欣慰的是，三个儿媳妇都对母亲相敬如宾，没有因为家事怄气，个个都尊敬母亲。

当我们兄弟姐妹个个成家立业后，母亲已实实在在地老了。她欣慰我们兄弟几个都读了书，两个弟弟还读到了高中毕业。但她有一桩心事没了，她始终觉得对不住的人，是我的妹妹玉姣。因为妹妹当年为了减轻家里的负担，主动提出退学，让哥哥弟弟完成学业。母亲说自己在这件事上，没有做到一碗水端平。手心手臂都是肉，她觉得自己误了女儿的青春。为了弥补这个遗憾，后来，她处处关照着妹妹一家。就连我们兄弟几个给她的零花钱，她也舍不得用，总是想着法子贴补妹妹。

当我们的境况有好转后，母亲反复嘱咐我们兄弟几个，一定不要忘记照顾妹妹。所以妹妹的几个孩子，都读到了高中毕业，儿子还从学士、硕士，读到博士后，现在是一类大学的正教授，在此期间，遵照母亲的嘱托，我们都给予一定的支持和帮助。

回想起我这一生与母亲在一起的日子，真是聚少离多。我从军23年，回家看母亲的次数屈指可数，回家陪她老人家过年更是少得可怜。当我从部队调回老家工作时，也经常是下乡镇驻点，与母亲见上一面并不容易。我常想,我这一生到底为母亲做了什么呢?前些日子,听到歌唱家刘和刚演唱《老房子》时,我的眼泪立即像断了线的珍珠串串滚落,《老房子》似乎代表着母亲,把我的一生带回了那个小村庄:

“隐隐约约看见了一个小村庄,
村前村后都是我熟悉的模样。
静静的小村旁一群小伙伴,
月光下面捉迷藏。
哎!这是我的家乡,
生我养我的地方,
我的祖先还埋在这片深情的土地上。
给爹娘磕个头,
给祖先烧柱香,
儿子的敲门声,
惊醒了梦一场。
梦回到老房子,
梦回到故乡。
急急忙忙走进了这个小村庄,
村庄里面有一间亲切的小草房,
房里墙上挂着一张像,
那是我的爹和娘。
……”

歌词情深意切,刘和刚唱着唱着哭了起来,我听着听着,满脸淌着流不完的泪水。仿佛看到老家墙上的母亲,在对我露出慈祥的微笑……

我清楚地记得母亲要走的那段日子,是在妹妹家度过。她仿佛知道自己不久于人世,说要去妹妹家“收脚印”。她一生勤劳,身体并无大恙,但到80岁后却患上严重的哮喘病。病情发作时,母亲总是难受得大汗淋漓。她说自己也活80岁了,儿女儿孙都有了,她已知足了,只求早点安稳地离去,给儿子儿孙留下后福。

母亲的话让我肝肠寸断,我痛恨自己,无法代替母亲受那病痛之苦,让她老人家遭受这种折磨。母亲痛到后来,睡觉都无法躺下,只能倚靠在厚枕头上半躺着,而且吃什么都说没味道。在妹妹家住了近一个月,我深知母亲喜欢吃小笼汤包和豆腐脑,于是,每天早上我很早起来,买好新鲜的豆腐花儿和热气腾腾的小笼包,然后骑着自行车赶往离城关十几里的乡下妹妹家,给母亲送早餐。看着母亲津津有味地吃着我送来的点心,我高兴极了。觉得母亲只要能吃能喝,就没有什么大碍,我相信母亲一定会挺过这个坎,再活几年不成问题。但事实上,母亲的“良好表现”不过是回光返照。

几天后,母亲让妹妹打电话给我,说要回杨家田自己的家里去。听说要回“自己的家”,我就知道母亲不行了,她是想回老家终老的。因为那时的我,正在司法局任副局长,按上面的政策,国家干部的亲属死亡,是要进行火葬的。但母亲非常害怕自己死后要火化,她想能留个全身进棺土葬。乡亲们也都想满足她老人家这个愿望,他们算计着:嘱咐我在母亲走时不要回老家,而等母亲土葬后才让我回家,认为“既成事实”,对我没有什么大影响。然而这种“不安全”的做法,最终又让母亲自己推翻了。

当我的妻子回老家把一切安排妥当的时候,母亲却又不肯回乡下,而要直接回到城关我的家中。她喃喃自语:我想见我的儿子,我不能回老家,我死后还是火化吧,我不能让我的朝东犯错误。她所说的“犯错误”无非就是怕我丢了饭碗啊。得知母亲的心意,我一人躲在家里大哭了一场。我又去了妹妹家,把母亲接回我的家中。

母亲回到我的家,心里仿佛踏实了很多。午饭她还简单地吃了几口,到了晚上,却连稀米糊也不能吞咽了。我和妹妹陪着她,她看了妹妹几眼,又把目光移向我,然后问我明天星期几?当我告诉她明天是星期五时,她微微地动了动嘴唇。然后长叹一口气说:我明天早上走算了。三餐饭都留给后人吃,周末,我的孙子孙女都有时间回来送我上山。母亲说出这么清醒的话,让我们无比惊异,同时又非常难受。

我们让她好好休息,不要胡思乱想。到了半夜,她让妹妹喊醒我。妹妹说:“哥哥累了一天,才刚躺下,您别喊他。”“我有事要跟你哥说。”接着母亲说:“养兵千日用兵一时。”妹妹应道:“哥哥才睡一会儿,他又有高血压,要是他犯病了,明天怎么有精力照顾你呢?”母亲听了,就没有再作声了。

第二天早上6点钟不到,我就醒了,我跑到母亲面前,妹妹谈及昨晚母亲说的话,让我深深感到不安。母亲对我说,她最放心不下的是在武汉的二弟和远在宜昌的三弟。当我告知他们生活得非常不错、事业有成的时候,她很满足地看了我一眼,说:我想躺下来睡一会儿。我连忙帮她把枕头垫高放好,当我把母亲抱在臂弯里准备放入枕头的时候,母亲就歪倒在我的手臂上走了。

母子连心,那一刻我的心向下一沉,感觉与母亲的灵魂相融在一起,我大声哭着喊:妈哇,你不能走的这样急,你的儿子、儿媳,你的孙子孙女还没回来啊！此刻的母亲就像睡熟的婴儿一样，丝毫没理会我的呼喊。我哭着让妹妹快把毛毯铺到地上。我抱着我的母亲，一步一步往床下挪。我不知道人死后，为什么会在一夜之间重如千斤。母亲全身浮肿，这时的她突然，重得让我无法抱起。我抱着我的母亲，累得气喘吁吁、大汗淋漓。

奔涌而出的泪水倾泻而下，那刻我浑身真的没有一点力气。然而，我不能松手也不敢松手，我拼着全身的力气紧紧抱着我的母亲。我每挪一步，母亲就远离我一步；我每挪一步，眼泪和汗水就打落在母亲冰冷的脸上。母亲一定能感应到我的温度吧？她把千斤之体托付于我，让我在最后的时刻抱着她，是想让我与她多偎依一会儿吧？我紧紧地贴着母亲的脸，一步一步地向前挪，我多么希望时光永远停驻在那儿，让我的心与母亲的心再次相连在一起。

母亲就这样走了！有很长时间，我无法从失去母亲的阴影中走出来。尽管那时我已是年过半百的人。总觉得母亲走了，我这个做儿子的也做到头了，她把我生命中最重要的一切都带走了……

母亲生我时，剪断的是我血肉的脐带，这是我生命的赞歌；母亲驾鹤西去，剪断的是我情感的脐带，这是我生命永久的伤痛！母亲一生给我们再多，都感到还有很多亏欠。就是临到死时，也不肯亏欠儿女一点一滴。而我们给母亲的一点点，都被她说成是孝心一片……

母亲就这样走了！世间再也没有人喊我的小名了，再也没有人催我回家了，我感到从未有过的空虚和缥缈，觉得自己在这个世界上，变得可有可无了……

慈母万滴血，生我一条命。还送千行泪，陪我一路行！

父亲走时，我在守柩前，为他老人家写下祭文追悼。而我的母亲，同样给我们留下了巨大的精神遗产。我拿出纸笔，一首"追忆母亲"的诗跃然纸上。我对她老人家永远是一份揪心的思念！每年的清明节，我都要站在她的坟前，在清风中一遍遍和她对话，一遍遍默诵《追忆母亲》，我相信母亲地下有知，能感受到儿孙对她的万般依恋与思念！

追忆母亲

吾之母亲，一别凡尘。阴阳两隔，悲痛难陈。
忆思吾母，坎坷一生。幼失慈父，孤苦伶仃。
照扶弟妹，辛酸长成。骞步丁门，居贱食贫。
丁家贫困，备尝艰辛。吾父老实，为人忠耿。
忍痛负重，把家来撑。勤俭持家，孝敬老人。
处世有道，克己待人。亲和友善，远近四邻。

头脑精细，泾渭分明。吾之老母，含辛茹苦。
一生苦难，千纸难书。勤扒苦做，躬身田亩。
一年四季，面朝黄土。夜半挑灯，纺线织布。
全家穿戴，浆洗缝补。吃糠咽菜，食不果腹。
衣不蔽体，一身褴褛。吾之老母，情深舔犊。
好吃让儿，好穿让女。关怀备至，夏扇冬焐。
吾之老母，教化儿女。谆谆教导，轻言细语。
教我做人，永走正路。教我做事，劳动致富。
教我立志，勤奋读书。教我处世，规规矩矩。
从小望大，就业嫁娶。有了孙辈，帮抚帮育。
再苦再累，不亦乐乎。吾之老母，接人待物。
周情答礼，从不马虎。礼尚往来，偿还有余。
人若送十，必送十五。与人为善，不分贫富。
花子依门，不走空路。帮贫济困，全力以赴。
良心可叹，受者念欤？老母智慧，难量难估。
目不识丁，口若悬河。吾之母亲，寿过八旬。
寂水承欢，略报深恩。无奈之测，重病在身。
八十刚过，匆匆西行。晚福未享，永别世尘。
魂游冥府，百喊不闻。呼唤老母，情何以申。
灵前祭奠，聊表孝心。继承母志，堂正做人。
教育后辈，志得事成。呜呼尚飨。山重海深。

万千百十一声长叹：纵有十分孝，难报一世恩，叹不尽人间母子情！
我怀念我的母亲，正如钟表可以停摆，而时间却不会停止！
萱堂是个智多星，善恶曲直自分明；
贤淑智慧人缘好，我辈成长赖娘亲。

家有贤妻

如今有句被人们常常流传的话：“一个成功的男人背后，一定有个贤内助。”这话说得太好了。如果说，我这辈子算是成功的话，那么，我的妻子，就是我成功的基石，就是我不可或缺的贤内助。

“两个苦瓜一根藤，沧桑岁月植根深。
劳燕分居城乡地，相守寂寞共艰辛。
孝亲育子为根本，勤劳善良人赞称。
待到百年人去后，来世与君再共枕。”

这首满怀深情的诗，是我为老伴 64 岁生日而写的，也是我献给老伴的一份特别的生日礼物。它是我们相伴一生的生活写照，更是老伴厚德载物的人生见证。

老伴今年 66 岁了，与我共同走过了人生的半个世纪。当年像花儿一样青春美丽的女孩，在岁月的打磨下已成为花甲老人。望着眼前青春不再，但依然优雅从容的老伴，我的记忆，恍惚回到我们婚前那个大雪纷飞的冬天，一个清澈眼眸、身材高挑的美丽女孩，在车站里东张西望寻找着的身影。

她的一张小脸冻得红彤彤的，不停地搓着双手呵着热气，还不停地跺着脚，那双有点湿润的眸子，左右顾盼着来往的人群，一脸的焦灼与期待……是的，这个美丽的女孩，就是我的未婚妻，她在等待着我从部队回来，准备与她成婚。当我在人群中发现她那双闪烁着青春梦幻的明眸，突然产生一种“蓦然回首，那人却在灯火阑珊处”的感慨。我走过去，轻轻地牵起她的手。这一牵手，我们就走过一生一世。

四十多年的相依相伴，我们共同经历了多少的风风雨雨？如今，我们都是当外公外婆的人了，两个女儿的孩子也都长大了。我和老伴从花样年华走到了华发丛生。每当回想起我们几十年来所走过的路，我的心真是五味杂陈。可以说，老伴跟着我这一生，真是尝遍了人世间的酸甜苦辣。我能拥有如今的幸福生活，与老伴有着千丝万缕的联系。她像一本耐读的书，伴随着我走过苦涩甘甜的日子；更如一盏明亮的灯，照亮着我一路风雨兼程。

回首沧桑岁月，一切仿佛就在昨天……

我形容和老伴是“两个苦瓜一根藤”，是因为老伴从小和我一样，都有着苦难的童年。和她比起来，我的成长史虽然心酸，却远远没有她经历的坎坷。老伴 1951 年出生于武汉堤角，在她出生之前，她的母亲和潘姓前夫已有四个儿子，不幸的是母亲的前夫在壮年时得疾病而去，后来在家族的主持下“招夫养子”，与一张姓单身男子组成家庭后，生下了“珍伢”，这“珍伢”就是我的老伴。因为按当时约定，招夫所生的孩子要随潘姓，所以“珍伢”就取名为潘茂珍。

11 岁的“珍伢”因为要读书而和哥嫂在城里生活。但兄嫂们容不下这个同母异父的小妹，天天给她冷脸看，不让她吃饱穿暖，逼着她回乡。深受委屈的她，只得跑到乡下找父母。两年后当她再回到武汉时，狠心的兄嫂已把她的城市户口，通过公安局注销了。

可怜的她只好再次回到父母身边，但此时生病的父亲，受不了病痛无钱治疗的折磨，在一个风雨交加的夜晚悬梁自尽。从此，这孤儿寡母，长驻乡下相依为命。好在后来受到亲叔叔张崇岳每个月 5 元钱的援助，母女俩才能勉强度日，付出的代价是“珍伢”必须改姓张，不然就没有每个月“5 元钱”的“接济”。就这样，老伴的名字由“潘茂珍”变成了“张忠英”。

可怜的老伴，从 15 岁开始就担当起养家糊口的责任，尽管当时她还是个不谙世事的小姑娘。由于从小生长在大都市，她不会做农活，也不会砍柴，生活在农村真是吃了不少苦。

她有着城里女孩与生俱来的自信，加上模样长得端庄秀丽，曾先后担任村里的团支部书记，兼任村妇联主任，还是村镇宣传队里的文艺骨干。她先后演过《沙家浜》里的沙奶奶，还把《龙江颂》里的江水英演得惟妙惟肖。“一家好女百家求”，那时的张忠英，是村里人眼中漂亮能干的女孩，很多村干部把她作为“儿媳”的候选人呢！

这个心性极高的女孩对这些“农村人”极不上心，她说自己是武汉人，必须嫁个武汉男人。

我不知道命运冥冥之中是不是早在把我与她安排在一起，还是一切皆有定数。说起来真是有点戏剧性，1968 年，也就是我去部队当兵的下半年，一位陈姓木匠来我家做木工活。在与我的母亲拉家常的过程中，陈木匠得知我这个 20 岁的家中长子在北方当兵，还没有对象时，他眉开眼笑地对我母亲说，我要为你儿子做一回“媒人”。

他想到了同村 17 岁的姑娘张忠英还待字闺中。当陈木匠得知我过继给在武汉工作的叔叔为继子时，就更高兴了。因为张忠英要找的对象必须是武汉人，而我不也算得上是半个“武汉人”吗？于是他把我的照片带回给张忠英看，还把张忠英的生辰八字告诉了我的父母。天真烂漫的张忠英看了我的照片，一下子就相中了“仪表堂堂”穿军衣的我。我的母亲欣喜万分，赶紧拿着我和她的生辰八字找人“算命”，发觉我俩属相般配，还有八字姻缘。这下父母亲彻底放心了，还没等我回音，就为我们定下了这门“亲事”。

或许人世间的姻缘，真的都是前世就注定好了吧，当年我在部队，不仅入了党，还提了干，我的首长亲自做媒把他漂亮的小姨子介绍给我，我内心纠结着家里母亲相中的，这位尚未谋面的“未婚妻”，在情感的天平上，我更倾向于首长介绍的城里姑娘。当我在祖母去世前回老家探亲时，与父母为我介绍的张忠英见面了。我虽然对这个眉清目秀的农家女子没有反感,但要说把她作为成家对象,我还真没有一丝毫动心。我经过部队多年的拼搏奋斗终于提干,脱离了农村,怎么会甘心娶一位“村姑”为妻呢?

然而,我的母亲坚称“珍伢”是百里挑一的好姑娘。自从认下这门亲事后,她一门心思等着我回家。三天两头来我家做事,不是帮忙清洗被子,就是去田里头干农活。这两三年,她把我的家当成是自己的家,为弟妹做布鞋,做棉鞋,打毛线衣,把家里收拾得干干净净。心底善良的她,深受我全家人喜欢。村里人同样认定她迟早要嫁到我家里,个个都以她是我未婚妻的身份对待她。

她娘家群联村的人,知道她拒绝所有的追求者,只为执意等我这个“兵哥”时,大家都对她“避而远之”。为此还在工作中处处为难她,让她和母亲在这举目无亲的乡下生活更加艰难。

知道了她的身世,知道了她为我及我的家人所投入的感情、付出的代价,最后我很无奈答应了这门“亲事”。从此我经历了人生的大起大落,可以说一切又从终点回到起点。

当然,那些不堪回首的往事都已成为过去。我在被贬松滋工作后的几年日子,也曾得到很多异性的青睐,但最终我把一颗心定在张忠英身上,只因为“父母命,不可违”这一传统思想,让我不得不面对现实。

两年后的那个冬天,当我在车站目睹张忠英左右顾盼的明眸时,我突然对这个接我回家的漂亮女孩有一种久违的亲切感,那种心情就像一个流浪很多年的人,回来见到久别的亲人一样,我走上前去,牵着她的手。她一脸的羞怯笑意、一脸的幸福甜蜜。

我和她就这样走进了婚姻,走进了命运安排好的围城生活。说是结婚,用现在的话说,真可谓是“裸婚”。没有买一件像样的家具,所谓的“家具”,都是父母亲从前用过的,

当时流行的“三转一响”,我们一样也没有,只有新棉被上面绣着的鸳鸯戏水,让我们的新房有一丝生机。还有窗户上贴着的大红“囍”字,桌台上一对点着的红烛,让别人知道这个家在办喜事。看着穿一身红衣裳的她,我感觉非常寒酸,对她也有一丝愧疚。

我对她说,我们俩可真是两个苦瓜一根藤啊,十足的“门当户对”。她却用深情的目光看着我说:我看中的是你这个人,又不是你的家境。再苦的日子,只要我们在一起,一切都会好起来的!至今我记得妻子说的这些话,她在我一无所有的处境下,选择与我同甘共苦。这是多么难能可贵的品质啊,并且她还为我点燃一盏希望的灯,让我带着期待向前行走……

我不得不承认母亲看人的精准，妻子真是天下打着灯笼都难找的好女人。自从与我成亲的那天起，她就担当起“长兄长嫂当爷娘”的责任。我婚期满后，就只身回到了部队，妻子却在家里照顾全家老小。当时我的父母都是年过半百的老人，而弟弟们还小，都在学校读书。妻子每天早上一大早起床，首先为家里的水缸担满水，然后帮忙喂猪喂鸡，接着打扫好房前屋后，出早工回来后，再去土灶台帮母亲打下手烧火做饭。

母亲对这个亲自挑选的儿媳非常满意，也没有把她当成外人，像对待自己的女儿一样。她非常喜欢我的弟弟妹妹们，每天都是笑脸相迎，笑脸相送。每当弟弟妹妹放学回来，她不是为他们烤几个红薯当零食，就是为他们炒一盘干豆子“打牙祭”。

想象着他们几个围坐在我母亲的灶台下聊天说笑，该是一幅多么温馨的画面啊。多年后，弟妹们还常在我面前，提大嫂做的饭菜好香，大嫂做的鞋耐穿，大嫂纳的鞋垫好看。而我的父母亲一遇到什么事，必定是第一个和她商量，然后由她定结果。她在我家能得到所有人的信赖和喜爱，这对于一个丈夫长年累月不在家的女人来说，是多么不容易啊。

一年后，妻子怀孕生下了我的大女儿丁敏。再过两年，我的小女儿丁晴出世。贫穷的婚姻生活，让那个花一样的女孩，成为一个实实在在的农村妇女。她的眼角不知不觉有了鱼尾纹，那双粉嫩的小手也被做不完的农活弄得粗糙不堪。写到此，我不由自主想起她 65 岁时，我写给她的一首诗：

昔日佳人今成婆，金婚同舟风雨多。
坎坷行来情愈笃，晚霞五彩唱新歌。

想当年她可是宣传队的一枝花呀！成家后，她把能放弃的东西，都放下了，把一颗心扎在了“侍亲教子”“种田种地”的农村老家了，或许这就是“嫁鸡随鸡，嫁狗随狗”吧。她似乎忘记了当年的承诺，要嫁给“武汉人”过城里人的生活。嫁给我这个假“武汉人”后，让她断了所有的念想，她一心一意地守着我的家人，带着我的两个女儿，一边忙着做不完的家务和田间劳作，一边等待远在部队的我。

那个时候，一年一次的家属探亲，是她唯一的期盼与念想。根据当时部队规定，未随军家属，每年可探亲一次，时间是一个月。但是每次来松滋探亲，妻子真是既高兴又害怕。高兴的是能见到日夜思念的我，害怕的是探亲之旅异常艰苦……

每次从乡下乘车到武汉，她都要带着两个孩子，在车站旁的简易旅馆住上一夜，然后买票到沙市，到了沙市又要在车站旁旅馆住一晚，再买票到松滋。沙市到松滋隔条长江，车子要轮渡过去。

妻子背上背着小女儿，手里牵着大女儿，同时还要拿大包小包的行李。加上两个小孩都晕车，一上车姐妹俩就哭天喊地，让她心如刀绞，同时还为孩子的吵闹，而向同车的人赔不是、求大家原谅。每次来部队花在路上的时间，如果顺利的话要三天，不顺利时则长达四至五天。

更为要命的是，当时通讯不畅，加之部队工作变动大。她们经常好不容易赶到了松滋，我却出差在外或下乡驻点去了。每碰到这种特殊情况，一身精疲力尽的妻子，像无家可归的流浪汉一样，绝望地坐在门口，搂着我的两个女儿痛哭……每想起这些往事，我的心就如针刺一般难受，觉得太对不起我的妻子和女儿了。

说起对不起妻子的事情，还远远不止这些。我在部队不能回来，她长年在家独守空房，还要忍受经济的拮据之苦。我那时的工资每月只有 52 元钱，每个月的 10 号，我都会准时寄给家中 30 元，作为补贴家用。这 30 元钱统统由母亲掌管支配。母亲是一家之主，家里的弟弟读书要钱用、人情往来要用钱。我把每月的生活费控制在 8 元之内，剩下的 14 元钱，留在一年一度的探亲假用。而我每次探亲回来，都会把身上仅有的钱如数上交给母亲，从来无法挤出一点给妻子零用。善解人意的妻子虽有微词，但也还是理解我。仿佛我回来了，就是天大的喜事，有没有一分钱给她都无所谓。

再穷的年代哪有不爱美的女人呢？妻子比别的女人更爱漂亮，更希望拥有漂亮的衣裳和美丽的丝巾，可是买这些都需要钱。她没有钱，只能把每个月叔父寄给她的 5 元钱留下 2 元给自己用，剩下的 3 元给自己的母亲。然后用这 2 元钱买些便宜的衣服，装扮自己和我的两个孩子。

她懂得家大口阔的艰难，处处都为我的父母着想，当然我的父母亲也是合情调度，很多钱还是运用在孩子身上。村里有些人认为，我每月寄 30 元回来，她却不能当家使用，甚为她感到不平，甚至有人鼓动她和我父母分家。

她总是婉拒其“好意”，说我的父母年纪大了，两个弟弟还没成家，他们个个都把我当亲姐姐看待，也爱我的两个孩子，我怎么能分开独过，丢下他们不管呢？

面对妻子的善良和通情达理，过后再也没有人在她面前，出什么坏点子了。我的父母亲知道后，心里非常感动。每次和村里人唠家常时，都说这个“珍伢”是天下难找的好媳妇，我的儿子遇到她真是好福气。

是的，遇见这样的好妻子，真是我上辈子修来的福气。几年实实在在的婚姻生活，让我知道了她是个富有内涵、具有高尚品质的女人。如果说初成家时，我对自己的婚姻，还只是应付的态度看待，那么后来妻子则是教我认识“婚姻与家庭”这门学问的领路人。她用一颗真挚的爱心，让我感受到家庭的温馨，并用宽宏与大度，让我懂得一个男人该承担的责任。

随着时间的推移，那些曾经在我脑海中挥之不去的女人，都慢慢地淡去了，我知道不属于我的一切，都该随风而去了，我应该忠于我的家庭，忠于我的妻子和孩子，和他们过一份实实在在的生活。

几年后，我的大弟弟和妹妹成家了。小弟去部队当兵，兵改工后还分到宜昌工作，家里的负担也轻了很多。这时候，父母心疼地对我的妻子说，丁敏也到了读书的年龄，你还是带着孩子去松滋吧，这样你们一小家子，就在一起了。妻子听了父母的话，感激地答应了。于是，她带着大女儿来松滋和我一起生活。说是过城里人的生活，其实也不比乡下好到哪儿去。我们一家三口，住在一间十几平方米的平房里，没有一件家什，只有部队配发的一张床和一个衣柜。

妻子来我这儿后，为了谋生，找了一份在塑料厂的临时工作。那份工作是两班倒，不仅工作环境不好，而且塑料的气味非常难闻。每天妻子下班回来，都要蹲在地下呕吐半天，才能缓个气来。妻子每天工作 12 个小时，很多时候没办法照顾我和女儿的生活。

遇到我出差、她上夜班的时候，6 岁的丁敏，只好一个人睡觉。好几次，她下班回来发现丁敏门未关，有时候还忘记关蚊帐就睡着了，满屋的蚊子，把她咬得满头满脸都红肿，吸血的蚊子，撑得飞都飞不动。我的妻子心疼得抱起睡熟的女儿，伤心得痛哭不止。

她自责没照顾好可怜的女儿。每次妻子提起这件事，我的心就很难受。那个时候，贫困就像一根绳索紧紧地缠绕着我，捆得我实在喘不过气来。“贫贱夫妻百事哀”，大概就是这样的处境吧。我没法给我的妻儿一份安稳的生活，只有把自己困在工作中，期盼有一天在事业上有所突破，给她们娘仨一个舒适、温暖的家。

我还清楚地记得，妻子工作后的第一个月工资拿到了 68 元钱，那一天她非常高兴。她预备着给自己买一件新衣服，还准备给女儿买双新鞋。可是，当她得知我小弟丁朝平正与一松滋女孩小杨谈朋友，并得到女方的认可时，就改变了主意。（当时有一政策，从农村去部队的现役军人，如果和城镇户口女孩谈朋友结婚，退伍后可安排工作。）她毫不犹豫地拿出刚到手的 68 元工资，跑到街上买点心和烟酒，代表父母到女方家送礼。由于种种原因这门亲事没成，妻子第一个月的工资也就这样泡汤了。

妻子心里装的是我的家、父母、兄弟,这让我对她的宽阔胸怀敬重的同时,心里始终对她有一份愧疚。我们全家人都记得这件事,大家都觉得对不住她。但她总是说,作为大嫂,这是我该负的责任,钱用了就用了,还可以再赚回来嘛。

这实实在在的话,可能让现在的年轻人听起来觉得好笑,但细想来,真是字字值千金啊!妻子对我的感情,从来没说一个“爱”字,但她始终把“爱”字表现在对我和我家人的实际行动上,“爱屋及乌”不就是爱的最高境界吗?在为人处世上,妻子永远值得我学习,可以说是我的老师!

说她是我的老师,其实妻子最高的学历,就是读到小学毕业,仅仅认得几个字罢了。但让我刮目相看的是,妻子是个善于学习的人。由于我的工作忙,经常下乡住队,无暇顾及两个女儿的学习,妻子在工作之余,挤出一切时间,辅导两个孩子的功课。为了孩子的学习,她必须先学习课本知识,待她学会后,就想着法子帮孩子预习功课。所以当两个女儿有不会的作业请教她时,她都能像老师的样子,把所懂的知识点点滴滴讲给孩子听。

我两个女儿的学习,没让我操过心,她们的成绩一直在班级遥遥领先。当女儿每年寒暑假拿回奖状时,我都会夸奖妻子“教女有方”。妻子乐呵呵一笑:不学不行啊,不然被孩子们瞧不起,多没面子!妻子不仅把我的家打理得井井有条,在工作上照样干得有模有样。

我调回黄陂工作后,她被安排在物资局综合公司上班,由于不怕吃苦,工作认真负责,加之她善良、忠厚,在单位与人共事,热心帮人,更不爱嚼舌头惹是非,很结人缘。因此每年她都被单位评为先进工作者。

我调回黄陂后,把岳母接到家中料理家务,这样免除了老人家的后顾之忧。有时煨汤,吃点好的,她必须把我父母接来分享,老人们有个三病两痛,她及时送他们去医院。1996年父亲和岳母先后去世,她又把我的母亲接到家中赡养,直到去世。别人都说,这个儿媳比亲闺女还亲。

每次和别人谈起公爹公婆时,她总是“我爸我妈”不离口,这一点,熟悉的人无不称赞她的孝顺与贤慧。记得我的父亲两次临别人世时,她悲恸不已哭得呼天喊地,祈求老天爷不要带父亲走,那悲怆的哭声,硬是把我的父亲从鬼门关喊了回来。父亲醒了后,还真的多活了一段时间。

想起与妻子共同生活几十年的点点滴滴,真是三天三夜也说不完。我这个从部队走出来的人,一生是个大大咧咧的,身上还有不少的大男子主义。可以说,在生活上我对妻子不够体贴,很少帮她分担家务事。她嫁入丁家几十年,仿佛为我们做了几十年的免费保姆,家中里里外外都是她辛苦操劳。为我受“男做女工,纵中不中”的大男子主义影响,这个缺点不改不行。面对她的唠叨,我总是一笑了之,从来都是"虚心接受,坚决不改"。孩子们有些不理解,问我为什么总是笑着不做声? 我以《幸福的烦恼》作答:老年夫妻最多秋时叮嘱喋不休,咋听唠叨不绝耳,怎知越老情越稠。

感谢妻子的辛苦付出,因为每天有她,当我和女儿的"闹钟",所以我和孩子们上学上班,从没迟到过;在生活上,她更是优秀的"后勤部长",总是想方设法,把一日三餐做得精致可口,看着我们一个个吃得津津有味,她觉得很满足,说很有成就感。而她对自己呢,像是"接代"了我母亲,总是伺候我们吃好喝好后,再吃剩饭剩菜。

她一生为人慷慨,舍得给人吃给人喝,唯独对自己刻薄,非常节约,总不舍得为自己买一件像样的衣服,穿得很朴素。我常对她说,现在又不比过去日子那么苦,为什么不打扮自己呢,她幽默地回应:你的两个伢都说我天生丽质,资深美女,不用打扮也漂亮。这番调侃,引来全家人的大笑,看着我们一家四口围坐在一起的幸福面庞,我觉得自己,是天下最幸福的男人。

当我在司法局退休后,已是55岁的年纪了。在家赋闲的我和老伴,搬到汉口常青花园住,这个时候的老伴又担起带外孙的重担,每天忙得不可开交。一个偶然机会,我在常青花园老年大学认识了一位办培训机构的老板,他鼓励我回黄陂和他共同开办培训学校,经过他的说服动员,我最终动了心,真的只身一人回黄陂进行"人生的又一次起航"。

创业最初几年,我吃尽了苦头,看着我日渐消瘦,老伴看在眼里,急在心里。每个周末,她都要坐公交车回黄陂,为我改善生活,对我请的所有任课老师,她也像对自己的孩子一样,每周都为他们熬排骨汤,做一大桌子好饭菜,让这些老师"加餐"。她常说的一句话就是:老丁啊,你办校不管有没有赚钱,一定不能亏待这些孩子啊! 他们从汉口过来上课不容易! 那些被她当成孩子们的老师,也一个个都喜欢她,总是亲热地喊她为阿姨,还有的喊她为"张部长"(后勤部长)。

记得后来,《现代英语》的龚老板和我发生矛盾,釜底抽薪要把所有的任课老师调走时,那些老师个个站出来,为我们说话。他们说不离开,因为丁校长人好,张阿姨好,我们不会离开他们! 我经常想,我有今天的造化,不都是老伴善于为人处世而积的厚德吗? 别人都说,一个成功的男人背后,必然站着一位了不起的女人。而我的身后正是有贤惠的妻子,在为我作坚强的后盾,才成就了今日的"新星"。

因为创办"新星"培训学校,想让"星星之火成燎原",我在退休后的岁月,依然没有停止学习的脚步,日日夜夜为学校操心。老伴在工作上帮不了我什么大忙，但家里的一切事情，都是她全盘打理。

她也是近六十岁老人了，还时常为我的兄弟妹妹们操心。我的二弟朝和家庭不顺，加上弟媳中年去世，我的老伴担心他老来没着落，总与我商量着怎么帮助他，最后她让我想办法，联系老二以前的社办企业，还帮他交了三万多块钱的统筹金，只为老二到了60岁后，能领到退休费。对二弟的一对儿女，她同样视为已出，生怕怠慢了这对失去母亲的孩子。好在侄儿侄女们也很争气，个个都有出息，与她相处得也情同母子。为此，我总是笑话她：唉，你老来还是放不下丁氏家族"掌门人"的职位啊。

千言万语倾诉不尽夫妻情分，如今我和老伴走进了我们婚姻的蓝宝石年。历经45年的风风雨雨，我们的日子越过越好，我终于有能力给她一份幸福安稳的生活了。老伴现在是66岁的老人了，虽然青春不再，但她气质超群，模样依旧端庄优雅。

她退休后，在老年大学模特班报了名，还在黄梅戏班、舞蹈班、音乐班参加学习，把从前放弃的爱好，一项项捡了回来。看着舞台上神采奕奕、光彩照人的老伴，我的记忆又回到她当年演沙奶奶、江水英那风光无限的岁月。觉得老伴找回了曾经，那个自信的自己，我真为她感到高兴。现在，她和我站在一起，别人都开玩笑说我们像是二婚，因为她显得比我年轻很多。听了这些话，我虽然有点小不快，但一点也不吃醋，哪个男人不为拥有漂亮的妻子而自豪呢？何况我的妻还是贤惠的妻、有才的妻。写《围城》小说的作者钱钟书，赞杨绛是他"最贤的妻，最才的女"，在我的心中，我的老伴何尝不是如此呢？尽管她没有过人的才华，但她以过人的智慧，将我的家打理得如此完美，今生遇到她，是我人生最大的幸福。

写着这些文字，我心里洋溢着无限温暖。在老年大学诗词班学习的我，每年在老伴过生日时，我都会当她的面献诗作为礼物奉送。记得老伴66岁生日那天，我在酒桌上献诗一首，这首诗获得满堂喝彩：

模特身材嫁大兵，比貌更美是心灵；侍亲育子喃喃语，助弟帮邻脉脉情；

友善勤劳良信誉，温柔贤惠好名声；三生石畔牵君手，转世轮回还娶卿！

那一刻，我的老妻满眼含泪，她对两个女儿说，你们的老爸年轻时候不懂得浪漫，老了倒学会哄人了。

是的，我很庆幸古稀之年，还有激情为老伴倾泻一行行情诗，还有机会对老伴吟唱一世的恋歌。今年，我下决心为自己写回忆录，里面有很多关于诗和歌的字眼，老伴每一篇都看了。看得她时而欢笑，时而泪眼婆娑。回忆老伴与我相伴一生的酸甜苦辣，我成了“才思泉涌”的诗人，还一气呵成三千余字的《致妻》书，来概括老伴的一生，同时也是表达我对老伴的挚爱之情。

致妻

我妻张忠英，武汉堤角人。一九五一年，五月十六生。
随其隔父兄，取名潘茂珍。岳母王文州，前夫是潘君。
生育有四子，夫病命归阴。孤孀带四子，实在难生存。
出于无奈计，寻找“倒插门”。单身张崇礼，组成新家庭。
约定生子女，都要随潘姓。今天张忠英，当年潘茂珍。
看来人两个，其实是一人。有嫂不贤惠，时常欺负人。
想起父母亲，暗自泪淋淋。人小性情倔，干脆不回城。
公安查户口，有名不见人。哥嫂心眼坏，趁机逐出门。
假托随父母，以假乱真。好端城市户，借故销了名。
年方十二岁，流落到农村。父亲常年病，无力事耕耘。
贫病双煎熬，实在难支撑。心灰意也冷，悬梁命归阴。
年小张忠英，顿时没父亲。母亲哭晕倒，泪水如倾盆。
喊天天不应，喊地地不灵。孤女和寡母，铁石也寒心。
雪上加霜压，母女苦零丁。忠英年十五，就把重担承。
人小力也薄，如何养娘亲？只身到武汉，要把叔父寻。
叔父张崇岳，人称快活人。一饱全家饱，一生未结婚。
只此一侄女，见面泪盈盈。有难出手助，骨肉见真情。
问起名和姓，叔父主意真：“若还我张姓，就是我血亲。
每月当接济，应当改姓名”。自此潘茂珍，改为张忠英。
每月寄五元，资助度光阴。年少张忠英，活泼又任性。
单纯且直爽，朴实也天真。农村宣传队，博得好名声。
曾饰沙奶奶，演过江水英。任职团支书，妇联村主任。
工作拼命干，与民鱼水亲。青春加活力，貌美身段匀。
好女百家求，希翼能联姻。忠英有主见，倔强又任性。
我是武汉女，得嫁武汉人！由于此决定，留下烦恼根。
木匠陈国福，是个好心人。挑起木匠担，走户又串村。
终于有一日，来到我家门。打桌又打柜，技艺还算行。
言谈和举止，应是老实人。茶余和饭后，了解我家情。
子女有四个，未见长子行？母亲忙答问，未答笑盈盈。

长子在部队，过继给他人。继父丁平隶，其兄即夫君。
家住胜利街，工作在江城。木匠心窃喜，想起张忠英。
门当户也对，理应结成亲。急忙牵红线，我母喜盈盈，
书信相片到，给我报佳音。当时在军营，见信难见人。
既是父母命，岂能不遵承。同意交女友，往来凭书信。
直到七一年，部队大练兵。野营到太康，上级传喜讯。
提干指标到，榜上有我名。一纸调动令，调入地方军。
告别野战旅，来到荆州城。分区组织科，干事是职称。
为了求上进，三年未探亲。当年五月尽，家电飞军营。
只因祖母病，获准启归程。一探祖母病，二见心上人。
祖母病膏肓，“孙媳”照看勤。洗衣又洗被，挨婆增体温。
终因无救药，还是命归阴。丧事办理完，初上岳母门。
彼此皆中意，相见喜盈盈。半月假期满，依依两难分。
双方决心表，相爱志坚贞。七三年春节，洞房结同心。
相聚时光短，假到回军营。时值一个月，家中来喜信。
报妻常呕吐，迹象是妊娠。七四年九月，生下长女敏。
母女均康健，神灵佑安平。家庭新添口，为父增责任。
暗把决心下，谋妻能随军。工作拼命干，照着目标行。
少说且多做，扎实做事情。循规又蹈矩，老实加本分。
尽职倍小心，恰似履薄冰。时值七七年，次女又降生。
连日连阴雨，生后天放晴。此时得灵感，取名叫丁晴。
老家底子薄，两弟未完婚。父母担子重，实在难应承。
我妻人贤惠，身体又力行。不分内和外，勤劳把家撑。
缝补人皆羡，敬老谁不钦。衣食精打算，两弟才完婚。
朝和朝平弟，感激每涕零。嫂子为家庭，贡献是功臣。
我们已成家，请你到军营。陪伴我兄长，做个城市人。
八〇到松滋，丁敏一同行。出行实无奈，次女留乡村。
户口未解决，生活怎安顿？开头百事难，再难要生存。
为了生活计，到处托熟人。找个工作做，糊口又安身。
就职塑料厂，塑料气难闻。全天两班倒，早晚只见星。
我又常下队，难坏母女们。六岁小丁敏，生活无照应。
吃饭要自理，送饭给娘亲。晚上一人睡，蚊子叮满身。
有时门未关，一觉到天明。可怜妻和女，艰难度光阴。
只有早随军，方能脱困境。前路无捷径，我当更发奋。
一九八三年，提职到副营。按照军队令，妻女办随军。

拚命十五年，天道终酬勤。家属未随军，见人矮三分。
人情薄如纸，患难见真情。决离伤心地，到我黄陂城。
到了新单位，革命加拼命。终于有成果，副营到正营。
调到军事科，成为掌门人。我妻张忠英，供职在知青。
孩子很乖巧，学习不操心。生活不宽裕，衣食倒还行。
我妻人贤孝，岳母接到门。操持家务事，全家乐和平。
我的父和母，也不忘看承。帮助弟朝和，一起到县城。
早晚勤照应，不忘父母恩。当时有政策，正科有照应。
父母迁户口，成为城市人。能吃商品粮，彻底脱农村。
时值九〇年，工作有变更。调到司法局，正处待遇定。
转业到地方，工作要学问。自考经济法，苦学伴星辰。
两年苦努力，大专有文凭。工作讲效率，做事先做人。
我妻张忠英，此时运不行。单位搞改制，公司换法人。
年仅四十五，退职到家门。不到退休龄，工资也归零。
找些零工做，勉强把家撑。岳母人良善，怜后一条心。
晚睡又早起，照顾衣食勤。我的父和母，勤劳是本性。
做些小生意，心系子女们。时值九六年，膏肓困严亲。
多方去求医，难救严父命。脑内长肿瘤，三月即西行。
此时我岳母，重疴染上身。不久别人寰，吾辈痛伤心。
想起长辈德，杀身难报恩。我等当自立，报答父母恩。
接母来家住，我妻贤惠人。嘘寒又问暖，细致又温馨。
时值九七年，丁敏长成人。谈婚又论嫁，愁坏张忠英。
教导女儿敏，要做人上人。时年五一节，婚嫁到李门。
家和百事顺，我们也放心。应聘新世界，工作稳步行。
店员到柜长，做人做事清。柜长提主管，管着几百人。
孩子有长进，父母喜在心。时至二千年，丁敏已怀孕。
听到此消息，全家溢乐声。我们要“升级”，等着抱外孙。
此时我母亲，思虑更深沉。“身患哮喘病，药物不离身。
那边抱外孙，我媳怎分身？你母八十一，已是高寿人”。
坚称要停药，决意要西行。母亲情和爱，感动吾辈人。
停药仅半年，一命就归阴。每当浮想起，心就颤惊惊。
次年五月份，爱孙到门庭。取名李诗月，豆豆是小名。
活泼又可爱，长得惹人疼。次女小丁晴，从小就勤奋。
读书未操心，做人很严谨。小学到初中，高中大学门。
一路风帆顺，考律未费心。九八出高校，供职在诚信。

事实为依据，法律为准绳。做事有标准，做事先做人。
取信当事者，遵守法律文。工作高标准，争做排头兵。
占领制高点，勤奋加用心。时进人俱进，知识作先行。
开拓谋发展，致力学法文。置身法马赛，离家又别亲。
勤学苦钻研，受尽苦和辛。吃得千般苦，有志事竟成。
历时四年整，获研法文凭。二OO二年，婚嫁到雷门。
长辈人良善，小婿人至诚。相处很融洽，我们很放心。
二O一二年，我们得外孙。取名雷安瑜，安安是小名。
爷爷奶奶带，思维很灵敏。健康又可爱，全家喜在心。
二OO三年，政策有变更。我年五十五，改非虚职存。
待遇不改变，让位年轻人。两孩均在汉，两老很冷清。
伢为父母想，购房在常青。下班和周末，相互好照应。
妻上模特班，我去习诗文。精神有寄托，日日都开心。
现代英语熊，劝我搞培训。优惠好政策，让我动了心。
零四六月份，回到黄陂城。选址城建校，宣传并招生。
学校公开课，震撼好多人。七月暑期班，学生上百人。
有个好开头，办学增信心。老师负责任，教学严而谨。
学生有进步，家长好心情。只因选址偏，发展难适应。
转址总工会，黄陂城中心。紧靠两小学，开拓有前程。
办学有宗旨：诚实和守信。工作有方针：质量是保证。
尊重教职工，齐心往前奔。安全加管理，规范人赞称。
教学质量好，生源连年增。学生跃过千，一校难支撑。
开拓二分校，老一中对门。学校发展快，眼红局内人。
现代英语熊，百般巧计行。威胁要毁约，欺世又盗名。
据理又力争，枉费精和神。硬气去现代，改名为新星。
新星如其名，劫后获新生。开拓大视野，紧把形势跟。
英语校之本，作文小桔灯。数学加练字，科科向前奔。
学校再发展，老校难承应。迁入新广场，沃尔第八层。
装修高标准，现代教学城。我已六十零，体力难支撑。
事业有承继，交班长女敏。孩子有作为，后辈胜前人。
两老无牵挂，放心去旅行。国内多景点，大都留脚印。
去过俄罗斯，两去曼谷城。韩国济州岛，朝鲜新义村。
柬埔寨吴哥，港澳自由行。带着照相机，处处有留影。
哪个不羡慕，幸福好家庭。物质生活好，更要富精神。
老年大学校，双双去报名。妻学黄梅戏，模特也精灵。

更能翩翩舞，整日忙不停。精神得充实，越活越年轻。
有人言相戏，道我是二婚。我上诗词班，国粹振灵魂。
一边学平仄，一边习声韵。老师常鼓励，慢慢有长进。
上课认真听，潜心习诗文。时有顺口溜，杂志有刊登。
指导加临摩，逐步增信心。只要有恒心，铁棒磨成针。
时下当努力，莫负好光阴。勤学加钻研，争做诗坛人。
我妻基础好，文艺有悟性。勤学和苦练，样样出精品。
更有好品德，做人无私心。人品诚高洁，做人不亏心。
谦虚又谨慎，处处获好评。圈子多朋友，善良人赞称。
家和百事顺，日子真开心。风雨四十载，铸就君我情。
相互搀扶走，笑看夕阳红。共奏和谐曲，迈向钻石婚。

老伴戴着老花镜，把我这篇《致妻》，用了整整一上午的时间反复阅读。一边读，一边抹着眼泪。最后，她哭成了泪人。尔后，她擦干眼泪，像当年那个羞涩的“珍伢”一样，不停地嗔怪我：你这死老头子，没事整出这么多，害得我眼泪流得没地方放了……

今年我七十岁生日，三弟朝平为我准备了大餐，两个女儿还为我买了丰厚的礼物。当女儿问她的妈妈需要什么礼物时，老伴笑着说：你们老爸为我写《致妻》，就是最好的礼物，我也希望多活几年，多陪伴你们几年，说完哽咽了。

她怎么能说这样伤感的话呢？我们真正的好日子才刚刚开始。人生最美不过夕阳红，我们已迎来人生最灿烂的季节。夕阳是晚开的花，夕阳是陈年的酒。夕阳是迟来的爱，夕阳是末了的情。多少情爱，化作这首温馨而从容的歌。我将和我的老伴共同走进我们的金婚、我们的钻石婚、我们的白金婚，把属于我们一生的歌，慢慢地吟唱，直到我们老得哪儿也去不了，我依然会把她当成手心里的宝……

相濡以沫缘注定，相夫教子暖人心；
围裙卷袖筷杯碗，成事家和石变金。

我的两个女儿

在我这一辈的兄弟三人中，我的二弟拥有一儿一女，三弟生的是两个儿子，而我这个老大却只有两个女儿。每次别人和我谈起“儿女”这个话题，总会为我没有儿子而感到有些遗憾。但是，我却为我的两个女儿感到自豪，因为我家的两个女儿“巾帼不让须眉”，丝毫不比男儿差。每次和别人谈起我的女儿时，我脸上总会露出喜悦的笑容，她们真可以说是我的骄傲！

我的大女儿丁敏，她现在是我新星文化培训学校的校长，也是我事业的继承人。在她的微信朋友圈里看到她以“新星笑长”自称，我为这孩子取的网名感到有些好笑，同时又觉得活泼富有生机。嗨！还别说，蛮适合她现在的“身份”。

“新星笑长”——丁敏

农历9月19日是观音菩萨的生日，而1974年的农历9月19日这一天，我的大女儿顺利降临于人世间。因为她是我们丁家的长孙，我对她抱有无尽的期望与喜爱，为她取名为丁敏，意为敏捷、聪慧之意。

丁敏的降临，给这个世界添了一抹诱人的色彩，给我的家庭带来了无穷的生机。丁敏长相甜美，皮肤白皙粉嫩，像个粉嘟嘟的洋娃娃；尤其那对乌黑明亮的大眼睛，一眨一眨时，就像天上的星星一样，闪烁着聪慧的神采。我的父母亲爱她爱得不得了，只要听到她哭，就会惊慌失措地跑过来，紧张地问怎么啦怎么啦？你们怎么把她弄哭了？只要听到她吵闹，我的父亲就会想方设法地哄她开心，时常把她背在双肩上，让她“骑马”到处转。大家对她真正是捧在手里怕摔了，含在口里怕化了。

那时我还在松滋武装部工作，孩子快到一岁我才看到。我的两个弟弟担当起“父爱”的角色，大弟那时在姚集农机厂上班，每天下班后回来的第一件事，就是抱着丁敏外出玩。孩子也和她的两个叔叔特别亲。每天傍晚，必然要守在叔叔下班的路上，“接”他回家，看到叔叔的身影，就从婆婆的怀抱里挣扎着下来，摇摇晃晃地向叔叔跑过去。

小弟朝平同样对她视若珍宝，每天变着法子为她弄好吃的，为了有钱为她买零食，就喂鸽子卖，卖的钱大都填了她的小嘴巴。1978年，小弟朝平当兵去了，丁敏在家日夜思念幺父，天天哭着要去找幺父。那一年刚好她母亲带她来松滋探亲，松滋隔三弟当兵驻地枝江，相距百十里路，且隔着长江。被她吵得实在没办法，我只好骑着破旧的自行车带她去枝江。那时候交通非常不便，我带着丁敏在羊肠小道上骑了好几个小时，一路高低不平，车子一摔一滑，我骑得胆颤心惊，丁敏居然一声不吭。后来我实在没办法骑下去了，又拖着丁敏步行几小时，才四岁的她既不哭也不闹，仿佛只要能见到幺叔，吃多大的苦也愿意。我们到傍晚才走到枝江。

此时我的双腿疼痛难以行走，丁敏也从车杠上下来动弹不得。当她见到幺父的那一刻，竟像箭一样奔跑过去，紧紧地抱住她的幺叔不放。那一刻，站在一旁的我都忍不住流眼泪了。

我有点嫉妒孩子对我弟弟的深厚感情，更为弟弟对我的孩子那份舔犊之情而感动。至今，丁敏一讲到她的童年，就离不开她的叔父、幺父，离不开爹爹、婆婆对她的爱。没有我这个父亲的陪伴，她的童年依然是在蜜罐中成长。

丁敏六岁那年，随她的母亲来到松滋和我生活在一起。这时的她，没有了爹爹、婆婆的溺爱，离开了叔父、幺父的呵护，小小的人儿仿佛在一夜之间长大了。她那时在松滋实验小学读一年级，每天放学回来，放下书包就去食堂买饭，吃完饭后再步行一公里的路，为她在塑料厂上班的母亲送饭。送完饭回来，还得自己洗碗，晚上提着小桶去武装部的厨房打水洗澡。

松滋武装部依山而建，去厨房得上 20 多个台阶。年幼的她，拎着大半桶热水，累得上气不接下气。武装部的叔叔、阿姨看到这么小的孩子干这么吃力的活，都非常心疼她，见到她总会帮着拎上一程。有一次，她下台阶不小心，连人带桶摔倒。看着泼得满地的热水和滚到很远的水桶，她哭着爬起来拿回水桶，返回厨房再次打水。很多人批评我不心疼孩子，说她只是比水桶高不了多少的小孩，怎么能干这么重的体力活呢。

那时我的心真不是滋味，当年我常出差外地，她妈妈也在工厂打工，还是两班倒，哪有精力照顾她呢。她如果不学会做事，谁能顾得上她。好在我的丁敏在这种环境下，养成了自立自强的个性。在那两年，她不仅学会了做饭、洗衣服，还学会了照顾我和她母亲，在学校更是品学兼优的好学生，每学期都拿回“三好学生”的奖状。

1983 年，我调回黄陂，丁敏也随之转到前川二小读四年级。松滋实验小学老师用普通话教学，而黄陂老师多是黄陂腔上课，成绩明显跟不上。自尊心极强的她，回家急得直哭，我也非常着急，每天下班回来都帮她辅导功课。我不在家时，她的母亲就帮着辅导，很快她就迎头赶上了。四年级期末考试她考了全班第一，被评为“三好学生”，我也沾她的光，被评为“模范家长”。家长会上，当老师表扬我教育孩子有方时，我真为上进的女儿感到十分欣喜。

1990 年，她参加中考，离一中分数线仅差几分。当时我想花点钱让她读一中，但她死活不肯。她说我们家又不是富裕，还是去上班吧。那时我在黄陂武装部任军事科长，于是向武汉警备区段凤林司令员要一个女兵指标，想让我的丁敏去部队当一名女兵。这件事办得非常顺利，但就在丁敏去部队前的那个晚上，我突然改变了主意。因为我想起了当年我在部队几年的生活，那种风吹雨打，在雪地里摸爬滚打的岁月，让我一想起来就不寒而栗，那时我是 20 岁的铁骨男儿，而我的丁敏只是年仅 16 岁的小女孩啊！

让一个花儿般娇艳的女孩去男人堆的地方接受那份残酷的考验，我于心不忍。想起我的女儿要去遭受那份罪，我的心如针尖在刺一般。我搂着丁敏哭了一个晚上，第二天坚决不让她去当兵。尽管这件事让我在多年后感到后悔，也对丁敏深为歉疚，但作为她的父亲，我还是自私地认为没有做错。因为我实在不放心年幼的她，远离父母受苦受累。唉，女儿是父亲的前世情人，这句话只有做父亲的人能够明白。

说起来，我也真是一名不合格的父亲，在管教孩子的过程中，时常把自己的主观意志强加在孩子身上，而没考虑到问题的实质。在丁敏就业这件事上，我的许多作法影响了她的前程。记得当时工商局的陈国茂局长，有意把丁敏安排到工商局上班。他是我多年的挚友，见丁敏待业在家，主动联络孩子的就业问题。我非常高兴，觉得去工商局上班还不错。

偏偏不凑巧的是，那一天我去菜市场买菜，发现一菜贩子正在和一位女工商人员发生争执。当那位穿工商制服的小姑娘开口向菜贩子收管理费时，那位菜贩竟调戏加侮辱地质问，我欠你什么钱啊？我欠你什么钱啊？说完戏谑大笑。小姑娘气得眼泪直流，站在那些七嘴八舌的菜贩子们面前，她像个孤立无助的幼儿一般……眼前的情景，让我心里很不舒服，想到我的女儿不久也要来这儿受这等窝囊气，我的心真不是滋味。

回家后我直接婉拒了陈局长的好意，说丁敏不适合在工商部门上班，气得陈局长说我脑子进了水。想想看，如果丁敏去工商局上班，就是国家的公务员啊，哪会轮到后来要四处打工呢。

随后，我把她安排在百货公司上班。我认为在商场上班比较体面，一手给钱，一手给货，不用看谁的脸色。她也乖巧听话，我说什么她都按我的意思来做。这孩子聪慧，从小就会看人的脸色行事。她似乎觉得家里没有男孩，我和她妈妈会在人前没底气一般，总是懂事地围绕着我们转，无论做什么事都追求完美，随时用自己的能力证明给大家看：我不比男孩差。只要派她做哪件事，不管这件事有多难，她都尽最大的力量去干，并且最终把事情办圆满。

就说她在百货公司工作的那两年时间吧，她上班从来就没有迟到过，把这份工作看得很重。每当单位组织义务献血，她总是第一个撸起袖管。1992 年发生水灾，商场的仓库被洪水淹了，她像那些男人一样，打着赤脚半个人浸在水中，跑来跑去抢着搬运货物。那年，她评上了“抢险标兵”。望着丁敏双手双脚发炎引起的各种伤泡，我心疼极了。可她一丝毫没在意这些伤口，仿佛认为是小菜一碟，不值得大惊小怪。当时我就在想：这孩子真是投错了胎，天生的男孩性格啊。

说她是天生的男儿个性，还有一个原因，是我发现了她有担当的一面。记得有一次，我正在操场打篮球。她突然走上前来，想喊我又一副欲言又止的表情。我当时也没有在意她，见我一直在忙着打球，她只说了一句：爸爸，晚上商场要加班。然后就走了。

当我打完球去找她的时候，发现商场根本就没有她的影子，而且商场的门卫说没有人加班，并说丁敏刚才确实来过商场，但一会儿又走了。我听了心里一咯噔，知道她撒谎了。我纳闷的是她为什么要说谎话，我平时一再教育她，做我的女儿，有两个要求：一是不准讲假话，二是不准占人家小便宜。她为什么要骗我说自己加班呢？她都干什么去了呢？

当我回到家里的时候，发现她已在家里。我厉声问：你不是加班了吗？她一听，脸立即红了。我大喝一声：跪下！她老老实实就跪下来了，接着就哭了起来。我问她到底怎么回事，她说商场有两个女同事闹了别扭，她想趁下班后去当个中间人，化解她们之间的矛盾。我听了她的话，感觉不像是撒谎，同时我想求得事实真相，于是我又骑着自行车去商场打听，果然在那两个小姐妹的口中，得知事情真相如丁敏所说。那两个小女孩叽叽喳喳地说，丁敏是很理解人的，她一来一说我们俩就和好啦

当我再次回到家里时，发现丁敏还在地下跪着，那一刻我的心在颤抖。我一把拉起她，心疼地说：你怎么这么傻，到现在还跪着不起来？你当时为什么不对我解释清楚呢，难道你爸爸是不通情达理的人吗？你做好事我肯定会支持你的。她哽咽着说：你当时打球正起劲，哪有时间听我讲这么多，何况这件事情一两句话又说不清楚。我只好说去加班……

望着我那跪在地下好半天都站不起来的女儿，我愧疚万分。她以男儿的古道热肠换来的是老爸不问青红皂白的体罚啊。在"家规"面前，她选择了"父母教须敬听，父母责须顺承"。而我这样的家规，真是带有明显的"家暴"行为啊！每次想起那次冤枉她的情景，我疚意深深。

说实话，我的丁敏真是个没让人操心的孩子。当她在百货商场上了两年班后，百货行业也走下坡路了，最后企业倒闭了。当时我想通过市司法局让她去何湾劳教所上班，在我办这些事情的时候，她自己一人跑到汉口找工作，最后应聘到新世界百货公司上班去了。她说不愿意爸爸为了她的工作到处求人，她要凭自己的能力生活。最初，她从柜台营业员做起，一年后提为柜长，两年后提为新世界百货公司的主管。在这个港资企业里，她这一干就是 17 年，从最初的一两百元工资涨到后来的七八千。在这 17 年的时间里，她在武汉经历恋爱、成家、生子，还通过自修获得大专

文凭，单位还把她送往复旦大学深造，一直把她作为重点栽培对象。

我为她的成长感到无比欣慰。我欣慰的不仅仅是她工作能力强，更让我高兴的是她重情重义、懂得感恩。她参加工作第一个月拿回来的钱，不是给自己买好衣服，而是买一大堆好吃好喝的，跑到乡下看她的爹爹和婆婆。每逢节假日，她都要准备好礼物送她的叔父、幺父，和他们有着说不完的话。说实话，真的把两个叔叔看得比我这个老爸还重，还有在农村生活的姑姑，是她最惦记的。平时总是想着法子贴补姑姑，节日里给姑姑发红包，和姑姑亲热得很。

在公婆家，她同样把一家老小照顾得妥妥贴贴，她孝敬公爹、公婆，两个老人也非常疼爱她。我的小外孙豆豆的性格就随她，对人热情有礼貌、知书达理，懂得孝顺老人。一个从小把亲情看得很重的人，在社会上同样会把朋友看得重，所以丁敏无论走在哪儿，我都放心。她有男儿的气概，更有侠士的性格，与她接近的人无不欣赏她。我的两个弟弟也一直以她为荣，把她作为标杆教育，子女向姐姐学习做人做事，作为她的父亲我怎么不高兴呢！

最让我欣慰的是，我的事业遇到瓶颈时，她勇于接下了“接力棒”。在我 63 岁的时候，也就是在 2011 年，我把当初创办的新星文化培训学校交给她管理。她从最底层做起，把我的学校从两所分校做到如今的九所分校，从城关做到乡镇，成为黄陂区规模最大的培训学校。也成为武汉市教育行业，较为有影响力的培训机构。看到她一直认真地朝着我当初的办校宗旨“诚实守信，服务于民”走到如今，我由衷地为她喝彩。

她继承我的军人本色，对待工作和同事，欣赏新星所有的任课老师，大胆用人，大胆创新。带着任课老师前住全国各地学习最先进的教学管理模式，把高品质的教学经验带回黄陂，让家乡的小城洋溢着一股清新的风。我欣慰我的女儿带着“新星”走到时代最前沿，走在这条永远充满希望的路上。每年她把学校管理好的同时，还带着我和她母亲及全校的老师去世界各地旅游。和那些青春洋溢、激情四射的孩子们在一起，我仿佛又年轻了许多。我羡慕这些拥有花样年华的孩子们，更为我的女儿“把人当人、把事当事、干活痛快、玩得潇洒”的个性感到高兴，她多像年轻时的我啊！

谈到教育这一块所取得的成绩，女儿总是说非常感谢当年教她初中的班主任程子荷老师，说程老师对她一生的影响非常大。程老师对学生既严格又疼爱，而且每一堂课都讲得那么生动有激情，让她觉得当老师是一件幸福的工作。她告诉我，以前觉得自己适合经商，从事教育行业后，让她觉得教师才是最有意义的职业。她说要像程老师一样，做一个认真敬业、善于工作，富有激情的老师，永远快乐下去！

谁说不是呢？她是新星的校长，更是“新星笑长”。新星一路笑着长大，她有什么理由不带着老师、孩子们一起笑着走下去呢。

祝福新星，祝福我们的“新星笑长”！

“律界新星”——丁晴

我家的两位女儿与“新星”二字有缘份。

大女儿丁敏是新星学校的校长，她戏称自己为“新星笑长”。二女儿丁晴，则是法律界的一名律师，我称她为律界新星。这称呼似乎有点“大”，但我觉得丁晴够格。

说起我小女儿丁晴，我内心总是有点伤感，觉得有好多地方对不住她。生她的时候，我期望是个男孩。因为妻子的头胎是女孩，我希望这一胎是个男孩延续丁家的香火，我甚至把名字都取好了，是男孩就取名为“丁锐”。有“敏”就该有“锐”吧？说起来也真是奇怪，妻子的第二胎超过了预产期，孩子还不肯出世，而我的探亲假也快到期了。我心里焦急得不行，生怕自己错过孩子出生的时期。那年是1977年，整个秋季似乎与雨水为伴。我回家探亲快一个月了，绵绵的雨就伴随了我快一个月。多情的雨敲打着我驿动的心，让那年的中秋节显得极不平静。我期待天气早点晴下来，期待妻子能顺利产下孩子。

就在节后的第二天，也就是八月十六这一天，妻子真的顺利生产了。我一看是个女孩，心里多少有些失落，但看到孩子那张粉嫩可爱的小脸，我的心顿时被融化了。第二次当父亲的喜悦弥漫了全身，我立即起身准备去岳母家报喜讯。当我走出大门时，一缕灿烂的阳光扑面而来。连日的雨水居然说走就走了，明媚的阳光照耀着四周，像是迎接着我家新生命的到来。我突然灵光一闪，决定为我的小女儿取名为“丁晴”。希望她一生做个阳光灿烂的人，过阳光明媚的生活。

说对不起丁晴，是因为丁晴的童年少了很多温暖。孩子才两岁多的时候，妻子带着大女儿丁敏到部队，和我们一起在松滋生活。我们把小丁晴放在老家，让父母亲照顾。那个年代的留守儿童并不多，我的丁晴就属于这少数人中的一位。比起姐姐丁敏的活泼好动，丁晴显得内向很多。是啊，一个不在父母身边的孩子，能快乐到哪儿去呢？她唯一黏贴的人就是婆婆了。

每天搬一个小凳子守在婆婆的灶台前，当婆婆把烧开的饭滤起来的时候，通常会专门为她炒一碗油盐饭。那香喷喷的油盐饭成为她童年时代最美好的回忆。每次婆婆把油盐饭,放在她手里时,她会离开那个小凳子,抱着那碗油盐饭走出家门,向别的小朋友炫耀。也许那时的油盐饭对于所有的农村孩子来说,是奢侈的佳肴吧。

她每天有这样的待遇,让村里的小伙伴们羡慕得直流口水。这个时候,她才是真正快乐的孩子。为自己的富有,为自己得天独厚的"宠爱"而满足。而多年后,女儿在我面前提起吃"油盐饭"的幸福时,我总会忍不住地伤感,心隐隐地痛,觉得欠孩子的太多了。

那时我的处境太难,贫穷像一根绳索,扼在我的喉咙里,让我时常喘不过气来。我没有条件把她也带在身边,因为她太小了,她母亲不能不去上班而专门照顾她。幼小的她,缺少父母的呵护,只能把爹爹婆婆和叔叔当成救世主了。当我的父母亲问她最爱谁时,她用小手拍着胸脯,理直气壮地说:最爱爹爹婆婆!当爹爹婆婆问她想不想爸爸妈妈时,她毫不犹豫地说:不想!和爹爹婆婆一起就最开心。

事实上,哪个孩子不会想自己的父母呢,何况是个两三岁的孩子。在最需要父母关爱的时候,我的大弟弟又一次担当起"父亲"的责任。(因为小弟当兵去了)每次出门都背着她,去河里捕鱼也带上她,去镇上购物,更是带上她。走到哪儿都没亏待她那张小嘴,总有小零食伺候着。

毕竟她只是个幼小的孩子,时间久了,她也受不了见不到父母的痛苦。有一段时间,她天天坐在家里大哭大闹,要去看爸爸妈妈,要去找姐姐。我的父亲被她吵得没办法,只好带着年幼的她,辗转数次车来松滋看我们。当我的小女儿见到我们时,像受到天大的委屈一般,"哇"的一声扑倒在她妈妈的怀里。成串的泪珠滚落,边哭边喊"妈妈",哭得她的母亲肝肠寸断,我在一旁同样泪水涟涟。然而现实很无奈,几个人挤在一间十几平方米的房子里,艰难地维持着生活,这样的处境让父亲很心酸。

他陪丁晴玩了几天后,又说服孩子快回老家,并说爸爸妈妈过年就回来,到时又有很多好吃的东西。小丁晴见到了父母,也见到了姐姐,似乎也满足了。听了爹爹的话,一直点头着答应回家。她那么小就如此通情达理,让我鼻子阵阵发酸,我的妻子搂着小女儿偷偷地哭了一夜。

那次刚好有个熟人的顺风车去武汉,我就让我的父亲,带着女儿坐这趟顺风车回武汉。这趟顺风车到汉口时,已是深夜的十二点钟。我的父亲拖着不到三岁的丁晴,在那个寒风刺骨的冬夜,步行六个小时才走到我建港的姑姑家。姑姑家没有什么招待他们,只煮了一锅稀饭给他们吃。我的小丁晴喝着那碗汤汤水水,喝到一半,就趴在桌上睡着了。

这件事成为父亲和我心中最大的隐痛。唉,穷人的孩子早当家啊,我无法想象那六个小时,她和我年迈的父亲是怎么走过来的。我可怜的孩子，她满足于和亲人在一起的快乐，哪记得住那些早就模糊了的往事呢。

在这种环境下成长的丁晴，从小就有着细腻而敏感的个性。姐姐大大咧咧像个男孩子，她则是温婉的小家碧玉型。从小话不多，做事却很沉稳。她四岁的时候，来松滋和我们一起生活，就像个小大人一样和姐姐一起上高高的台阶，去厨房打热水，然后两个人抬着回家。

那个时候，为了贴补生活，我在家属院子里还养着一笼子小鸡，想小鸡长大后下蛋给孩子们吃。一次下大雨了，从笼子里放出的小鸡不知道回家。当时我和妻子都没有下班，丁敏还没有放学，只有读幼儿园的丁晴一人在家。

她见小鸡在满院子里乱跑，居然追着小鸡们，一只只把它们捉回笼中。那时她还不到五岁啊，一个还不大懂事的孩子，能冷静地处理紧急事件，真让人刮目相看。她操作这件事的过程，被我们武装部的部长看到了。当部长活灵活现向我描述小丁晴的所作所为时，我真不敢相信我的小女儿会这么能干！那天，我乐得把她抱起来亲了又亲。

当我调回黄陂后，家里的环境稍微有些好转，可我的工作依然很忙。平时我没有多少时间照顾两个孩子，但我总会想各种办法培养孩子们的学习兴趣，为姐妹俩设置了小红旗、小红花作为奖励。不忙的时候，为她俩报听写，教她们做算术题。姐妹俩成绩都不错，尤其丁晴，一直稳居班上的前几名。通常情况下，我们都是早出晚归，为了培养他们会做事，我让她们洗碗、打扫院子、整理房间，并实行一周一轮换“制度”。

对于懂事的小丁晴，我向来是带着几分偏爱的，因为她性格内向，不像姐姐有什么就说，而是把什么都放在心里，不和大人说。当她和姐姐偶尔闹矛盾时，我都会无理由地站在她那边，为她说话，因此，她和我更亲近一些。那时我们住在武装部的家属院里，门前有一棵百年大树，每到夏天，我就把家中的大竹床搬到树荫下，晚上带着两个女儿睡在竹床上，陪她们数满天的星星。我总爱把丁晴搂在怀里讲故事，这让丁敏醋意大发，总是哭闹着说，爸爸只爱妹妹不爱她。

那是一段快乐的时光，也是我们全家最幸福的时光，我终于把父爱一点点弥补给两个孩子了。尤其是我的丁晴，她的笑容也越来越多了，话也越说越多了，当她用清脆的声音，在我面前唱《童年》这首歌时，我真是幸福得陶醉了：“池塘边的榕树上，知了在声声地叫着夏天；草丛边的秋千上，只有蝴蝶停在上面……”那欢快的童音飘荡在整个夜空，也灿烂了我的心房。

多年后，我从丁晴的日记里读到这段幸福的往事时，一瞬间她快乐的歌声，又把我的记忆点燃了。我俩激动着，为我们共同拥有的那段美好回

忆，说着笑着就流下幸福的泪水。

我的小女儿真是个优秀的孩子，从小学到中学，一直到高中，都没有让我们真正为她操心。但是高考那年发挥失常，没考上她满意的分数，这让她痛苦万分。她把自己关在房里好几天都没出门，那段时间，我天天安慰她、鼓励她。那时我已调到司法局上班了，每天回来就在她面前讲有关法律的故事，她听得津津有味。慢慢地，她从失落中走了出来，也开始对法律产生了兴趣。于是我趁热打铁，让她就读中南政法大学。

这一决定真的改变了她的命运。从那以后，她一路茁壮成长，读大三时就考上了律师。大学毕业以后，就到武汉第一律师事务所当了一名律师。当然，成长的路上布满荆棘，她吃了很多苦，也付出了常人所难想象的代价。

用丁晴的话评价自己，她说自己算不上是个非常聪明的女孩，但她始终以“笨鸟先飞”这句话，说服自己一定要努力，并相信“付出必有收获”。在武汉市第一律师事务所工作时，她跟着她的职业领路人王荣杰律师，学习到了扎实的专业知识。

工作了六年后，她越来越感到所学的知识不够用，感觉到很多方面需要提高，于是决定去法国留学。当时丁晴已经 28 岁了，并且成了家。其实她那时的收入在武汉律师中，已经算不错的。但她还是决定放弃优越的工作环境，去国外留学，双方父母也都无条件支持。

这样的选择，其实需要很大的勇气，更需要承受外人无法想象的压力。法语俗称“贵族语言”，是比较难学的一种语言，而用法语学法其难度可想而知。考虑到法国和中国的经济交往频繁，而律师界少有法语人才，她毅然决然选择到法国留学。

她所在的大学法国保罗·塞尚大学的法学在法国是排名前一、二的，要求非常高，有笔试、面试各种考试。法国学生十分钟看完的文章，她要花两个小时看，还无法看懂，急得她多次产生退学，回国的念头。然而冷静下来，她知道这条已选择的路，就如同泼出去的水，是再也收不回来了。

她咬着牙说服自己，一定要尽全力而为。即使不能毕业，至少也无悔。那是一段让她蜕变的时光，她每天早上 6 点起床，晚上 11 点睡觉，比读高三时还紧张忙碌。除了简单地吃三餐，所有的时间都用在学习上，每天至少花 15 个小时来学习。一个单词一个单词地看，再拼成一段一段文字来读，不停地作笔记加深记忆。

功夫不负有心人，她在法国淘汰率接近三分之一的严格考核中，研究生两年，均取得了“良”的好成绩，并顺利取得了法国法学硕士学位。这了不起的成绩，让很多国外的学生对她无比仰视，有很多中国留学生找到她，惊讶地说：你就是传说中的那个学法律的中国留学生啊？真是太了不起了！

是啊，女儿是同学的骄傲，更是我的骄傲！

她回国后，一切又从头开始。可以说从“海归”变成了“海待”。我曾想找以前的关系，把她弄到政府法制办上班，她坚决不同意。说一定要靠自己打拼，不给父母添任何麻烦，就是再苦再累，也要闯出一条路来。并说在法国用法语学法都没难倒她，现在回国了，还怕找不到满意的工作吗？于是，她又回到从前的律师事务所，当年一起工作的同事都小有成绩了，而她还得从零开始干。她说做律师就是做人，拿出真心对待当事人，把当事人的事，当成自己的事来做，一定会做成功。

说起她当律师的点点滴滴，真是异彩纷呈。在2015年，她还处理过一起涉案件及问题可能导致重大国有资产流失。那个案件是一起借款合同纠纷，标的额超过1亿。案件已经经过法院第一次开庭，在庭审时对方抛出一份加盖了国有公司公章，主要内容是放弃向债务人主张债权的补充协议。此协议这家国有公司确实没有签订过，但盖的公章是真实的。主审法官当时明确表态：如果公章是真的，国有公司就败诉了，为了减少损失让他们撤诉。这个时候，丁晴参与处理此案件。

她接手后，经过认真细致地调查、深入分析案情、反复研究法律，与同事进行讨论后，她提出协议应当是双方当事人真实的意思表示，在有充分证据证明，当事人没有签订过该份协议的情况下，公章的真实性并不能证实协议的真实性的观点。就此，她还补充提交了一系列的证据。经过艰难的反复沟通，最终法院没有采纳那份有争议的协议，判决国有公司胜诉！这是她律师生涯中，最有意义的一件案件，让她一想起来就无比激动，充满一种成就感。觉得在黑白是非面前，坚持法律的公正与正义，对于一个律师来说是多么重要啊。

后来，丁晴的事业如日中天，一直走向辉煌。在短短几年，通过努力，成为诚明律师事务所的合伙人。再后来，应聘到中伦律师事务所，这是一家在全国排名前五的“红圈所”。有一本书叫《中伦的秘密》，写的就是中伦所的成长和发展。她一直对中伦充满敬仰。当她登上中伦这列飞驰的法律列车，向前奔跑的时候，她觉得真正的人生才刚刚开始。

她每天下班后，陪女儿小安安做完作业，安顿好孩子后，又在灯光下学习到深夜。她说律师是需要不断学习的，不然无法跟上时代前进的脚步。“路漫漫其修远兮，吾将上下而求索”，她把屈原这句话作为座右铭勉励自己，我为女儿积极进取的奋斗精神赞叹不已。说实话，我当初让她学法律，只是希望她将来有一份稳定的工作，并没认准她有当律师的能力，而现在她以顽强的拼搏精神，为自己在法律界赢得一块崭新的天地，我不得不为她竖起大拇指！

看了《律政先锋》这部电影，我感觉女儿有大律师凯瑟琳的时尚风采；看了《律政佳人》这部电视剧，我觉得女儿的生活就像剧中的女律师们一样，把人生最美好的一面展现得淋漓尽致。同时，感觉她的奋斗过程亦如我当初创办“新星”培训学校一般，充满着无数次挑战。我把她形容成律界的一颗“新星”，预示着她将以更完美的姿态迎接属于她的明天。

相信她的未来更加美好！

下笔千言万语，描述不完我家两个女儿的故事。像天下所有的父母亲一样，一谈起自己的孩子，总是滔滔不绝。在我所写的近二十万字的回忆录里，涉及到两个女儿的话题并不多，但此时把她们的故事作为结尾，却是我人生传记中的点睛之笔。

有了出色的她们，我的人生才如此丰硕圆满。尽管很多人在我面前说，没有儿子是我此生最大的遗憾，但我内心一点也不承认，因为两个女儿在不同的工作岗位上，做出了不平凡的成绩，她们都找到了最优秀的自己。她们热爱生活，热爱家庭，孝顺公婆、孝顺父母，每一项都做得不比别人家的儿子差，我怎么不为她们感到自豪呢！

人生百年事，无非后人兴。且看丁家门，喜有两千金。

巾帼不让须眉，有志何须男儿！拥有这两个女儿，是我和老伴一生的福气！

我祝福她们！祝福我们的“新星”前程似锦！

长女丁敏次女晴，一对双馨赖自身；

教学律师争建树，各自努力向前行。

习 作

白露情怀

一场秋雨一场凉，
白露昼短夜渐长。
阵阵金风掀稻浪，
累累果实溢清香。
苍山此去层林染，
遥望苍穹雁成行。
农家小院欢声语，
又到开镰丰收忙。
秋风习习三农爽，
粒粒粮食尽归仓。

凉城利川

凉城利川美如画，
白云深处有我家。
绿水青山开门见，
秀色不比桃源差。
气候宜人是天赐，
漫山盛产富硒茶。
避暑度假哪里好？
此地天然大氧吧。

恋

潺潺清江水含情，
满目耸翠话温馨。
我爱凉城山和水，
更恋利川纯朴人。

思乡

朦胧烟雨洒清凉，
步道风微花草香。
望水犹同临瀑水，
登岗恰似上天岗。
凉城寂寞亲朋少，
陂邑繁华物业昌。
仙境利川堪避暑，
梦魂尤恋是故乡。

再见，利川

秋风习习天渐凉，
恋恋不舍整行装。
利川避暑千般好，
故土难离是家乡。

下象棋

稳坐中军士相守，
炮车马卒攻防道。
运筹帷幄奇招出，
捉将擒帅剑封喉。

八一抒怀

戎装追梦赴商丘，
热血殷殷为国酬。
汗洒柳营磨硬骨，

心诚虎帐运良筹。
归乡未忘匹夫责，
卸甲犹怀滕子忧。
不老宝刀豪气在，
冲锋尚可缚凶酋。

致老伴七十秩寿

岁月磋砣七十春，
前行何计苦和辛。
孝尊抚幼情深切，
贤媳贤妻好母亲。

向快乐出发

阴雨连绵今放晴，
高温催我利川行。
清凉世界养生地，
再醉山欢鸟和鸣。

清明祭祖

清明时节雨纷纷，
携妻带女祭坟茔。
泪洒碑前长跪拜，
萱堂教诲铭记心。

致诗词班

禁足宅家不愿闲，
敲章啄句斗凶顽。
全班犹似啦啦队，
鼓劲加油赞美篇。

恭贺罗正明先生七十寿诞

蹉跎岁月七十春，
一身正气令人钦。
胸中有梦朝气在，
老骥伏砺踏歌行。

打麻将

聚向方城摆擂台，
各施谋略运心裁。
输赢若能置度外，
自有欢声笑语来。

利川避暑

云淡风轻利川天，
胜似空调不费钱。
散步品茗麻将乐，
清凉自在赛神仙。

利川抒怀

利川自古有声名，
山水风光如锦屏。
景点商圈融一体，
宜居宜养胜都城。

我欠父亲一首诗

（轱辘体）

我欠父亲一首诗，
百岁诞辰忆严慈。
幼年丧父频遭侮，
受尽欺凌有谁知！
如山大爱岁寒枝，
我欠父亲一首诗。
挡雨遮风不辞苦，
终身受累爱心痴。
翻身不忘党恩重，
送子当兵心意浓。

我欠父亲一首诗，
继承传统合家融。
积善能逢福报时，
春晖照耀茂繁枝。
子欲养而亲不待，
我欠父亲一首诗。

致胡怡文主任医师

健康养生好平台，
名医应邀欣然来。
深入浅出细讲解，
怡文教授大雄才。

武汉解封

明媚春光染碧空，
好将诗意画图中。
封城两月民心稳，
开启及时荆楚通。
汽笛声声催鹤舞，
彩霞朵朵笑新风。
东湖绿道喜迎客，
浴火重生花更红。

致理财经理李亚东

金牌理财李亚东，
业精品尚事圆通。
客户皆誉勤细暖，
圈内年年立头功。

"双清零"赞

春有百花秋有月，
夏有凉风冬有雪。
新增疑似双清零，
便是人生好时节。

悼建华

惊闻建华赴蓬莱，
顿足锥心泪满腮。
家庭痛折顶梁柱，
税务神伤骨干才。
砺志劬劳铭肺腑，
孝亲反哺遂情怀。
新冠夺魂真可恶，
君赴仙班永脱灾。

下楼小转

宅家两月笼中鸟，
今日放飞兴致高。
雾散云开山水秀，
踏青观景在今朝。

战瘟疫

地暗天昏瘟疫祸，
萧疏万户困何多。
隔帘放眼樟葱翠，
铁槛羁行影瑟何。
勇士驰援施圣手，
精兵围剿斩妖魔。
凝心聚力齐发奋，
荆楚明朝奏凯歌。

开春惊雷

开年瘴气罩江城，
今又奔雷贯耳惊。
伫立窗前思绪远，
何时云淡伴风轻？

致新星文化培训学校

培桃育李说艰辛，
十六年来气象新。
风雨袭来忠朴实，
苦酸遭受炼坚贞。
师资宝库朝阳灿，
弟子高端热火腾。
天道添肥枝挂果，
长空璀璨耀新星。

贺易厚新局长诗集付梓

不辞奋力向前行，
追梦银龄总是春。
一卷新词欣付梓，
同窗惊羡笔如神。

抒怀

人生逝水惜华年，
尝遍酸甜苦辣咸。
留得桑榆健康在，
夕阳红遍是家园。

定远公园行

银装素裹气清新，
滠水河畔迎客人。
携手吟诗留倩影，
琼瑶世界笑声频。

贺丁氏家族又出状元

十年窗下苦，榜上大名扬。
今日扬帆远，他年报国强。

美好的遇见

梅绽寒冬溢芳馨，
坴上迎来四精英。
各携一部奋斗史，
雄关漫道踏歌行。

模特队排练

滠水河畔响金音，
尽显模特精气神。
猫步婀娜姿态美，
一群俏皮追梦人。

七十二岁感怀

子鼠轮回本命年，
尝遍酸甜苦辣咸。
有梦人生不言老，
雄关漫道再扬鞭。

世界军运会在木兰湖

（一）

木兰湖畔办军运，
山欢水笑迎客人。
比武场中勇夺冠，
彰显我军精气神。

（二）

木兰湖畔舞红旗，
比武竞技风雷激。
我军健儿齐奋勇，
夺得金牌数第一。

（三）

木兰海工摆战场，
军歌铿锵声嘹亮。
智勇双全操胜算，

我军个个好儿郎。

久旱盼雨

龟裂看池塘，凭栏鬓发苍。
盈眸枯无果，拭目桂不香。
饮水已告急，禾苗枯已黄。
苍天应怜悯，莫让泪湿裳。

致吴江涛老师

风雨兼程胸有春，
诗田沃土细耕耘。
拼得锦绣铺原野，
丰稔金秋慰赤心。

木兰湖见闻

金秋十月艳阳天，
木兰湖畔笑语喧。
猫步品茗搓麻将，
一群快乐活神仙。

参观三里桥“丰华农业园”

昔日小虫危害繁，
今朝已是美家园。
休闲娱乐随君便，
一睹芳华不思还。

贺吴泽春战友高堂九十寿诞

慈母寿星戏连台，
彰显儿孙情满怀。
盈座亲朋齐赞颂，
萱堂九秩笑颜开。

阅兵观后感

立正，一道长城，
前进，铁流滚滚。
祖国喊口令，
我们向前进。
一，二，三，四，
脚步永不停。

贺谭敦武战友诗作出版

己亥迎中秋，诗成付卷收。
光阴经两载，毛笔秃三兜。
无意声名雅，有心阅历留。
夕阳飞异彩，霜鬓展风流。

利川避暑

气候宜人胜氧吧，
游山细品富硒茶。
纳凉避暑寻何处？
当数利川为首家。

贺肖大华老师“采光”付梓

一卷宏文骚客痴，
先生妙笔绘新枝。
山河锦绣曈曈日，
愧我无才写贺诗。

贺万仕田《万世耕田》付梓

生花妙笔正传神，
《万世耕田》立意深。
横笛好吹牛背曲，
跨鞍长听马蹄音。
乡间漫步常怀旧，
学海求知总较真。

觅韵寻词星月伴，
孤灯寒冷醉中吟。

七旬晋一感怀

七旬晋一喜扬眉，
耳聪目明乃自怡。
世事沧桑宜放眼，
脚手灵便余乃期。

贺朋友女儿于归有赠

窈窕淑女初长成，
婷婷玉立如明星。
于归之日情难舍，
孝女贤婿更贴心。

玫瑰园行

同壕战友赴陂行，
天公作美今放晴。
满园玫瑰存厚意，
山欢水笑鸟和鸣。

港珠澳行

春意盎然南国游，
醉人风景不胜收。
一架飞架港珠澳，
惊叹天堑变通途。

港珠澳游感怀

有缘结伴南国行，
互帮互扶满温馨。
载歌载舞情无限，
期待不日再行程。

赠陈思宇医生

普爱医院远近闻，
刮骨疗毒有能人。
微创精妙陈思宇，
手到病除真高明。

赠郭晴晴医生

腰椎病发折磨人，
全赖名医郭晴晴。
巧用先进新科技，
解除病患一身轻。

说痛风

通则不痛痛不通，
不尽苦楚说痛风。
心到眼到脚不到，
万千患者感慨同。

致三八妇女节

三八恰逢龙抬头，
龙凤呈祥福满楼。
百年难遇吉祥日，
巾帼须眉乐悠悠。

三八妇女节游木兰水镇

木兰水镇美如诗，
轻歌漫舞杨柳枝。
闭月羞花三八节，
嬉戏笑浓追逐时。

重游古门

古门景区车马龙，

故地重游兴犹浓。
桠枝蓬刺老朋友，
扯住衣裳不肯松。

病中吟

偶遇风寒小恙生，
四肢无力步难行。
借来仲景强筋散，
驱走邪魔浊气清。

病愈出院

桂馥风悠爽朗天，
安然病愈笑开颜。
白衣真似拿云手，
腿脚灵便又如前。

避瘟宅家

两月猫家为避瘟，
回眸往事忆犹新。
征程无论有多苦，
胸中有梦总是春。

观棋有感

车马炮象仕帅卒，
各显神通巧运筹。
兵来将挡不相让，
楚河汉界竞风流。

悼同学钟育庭

惊闻育庭撒手去，
顿足锥心痛断肠。
思兄忠厚诚为本，
遇事求精顾周祥。
胸藏锦绣少言语，
身怀绝技不张扬。
凄风苦雨君莫畏，
仙鹤引接赴佛堂。

悼同学罗仕凯

惊闻仕凯赴天庭，
顿足锥心泪雨奔。
昨日同窗才相聚，
今朝撒手两离分。
生平忠厚信誉好，
性本和善人志诚。
此去蓬莱会故友，
酒宴重开待朋亲。

黄梅戏班定远公园演唱会

漫水粼粼岸柳青，
公园美景又呈新。
黄梅戏曲精英亮，
乐了同窗追梦人。

生日感怀

生日恰逢军运会，
心情愉悦人陶醉。
三军骁勇摘金多，
双喜令吾难入睡。

避暑思归

满目青山暑不生，
利川不愧是凉城。
一弯新月钩思绪，
黉门催我赴归程。

致松滋战友群

当年携手战松滋，
兄弟情深老尚思。
今日群聊如促膝，
平台续谊赋新诗。

游桂林

高铁风驰何用催，
合家心向桂林飞。
山奇水碧美如画，
秀色盈眸乐忘归。

冬游定远公园

隆冬将至夜初寒，
万木凋零百蕊残。
往事萦回寻旧梦，
诗情涌动逛公园。
西陵宝地添新景，
水榭琼台映碧潭。
高唱低吟成雅韵，
吹拉弹奏倍怡然。

聆听《可可托海牧羊人》有感

风吹落叶雁难行，
思绪如麻难理清。
昔日花香芳草地，
今朝信杳两离分。
烟霞聚散奔新路，
鸥鹭纷飞觅前程。
自酿苦酒常饮醉，
伊人只有梦中寻。

贺《新星教育》建校十周年

培桃育李十年整，
几多风雨几多晴?
酸甜苦辣历历过，
艰难历程细细吟。
诚实守信人为本，
专业高效稳步行。
天道酬勤结硕果，
放眼未来总是春。

家乡今昔

六十年前仁和村，
荒山秃岭道难行。
如今发展重生态，
车到家门尽绿阴。

回乡感怀

昨夜失眠，今晨头昏。老家建房，代步回营。本想补觉，乡味诱人。父老乡亲，至真至纯。嘘寒问暖，和蔼可亲。走到山间，田埂步行。路边花草，笑脸相迎。秋风袅袅，神爽气清。雄鸡高唱，百鸟和鸣。山雨滋润，绿树成荫。乡村田野，耕者辛勤。汗流浃背，足踏彩云。农家田园，焕然一新。催我脑醒，洗我魂灵。爱我家乡，爱得深沉。敬我乡邻，敬得情深。故乡热土，倍觉温馨。房屋建成，我当回村。扶老携幼，助困帮贫。报效故乡，不忘初心。

桃园行(孝感杨店)

柳绿桃红织彩袍,
阳春三月客如潮。
杜鹃油菜交辉映,
万紫千红分外娇。

贺侄儿丁锦,侄媳王小莉新婚志庆

丁兴财旺小康家,
王子欢心茉莉花。
锦绣前程双比翼,
相亲相爱乐无涯。

贺姜家春先生获《全国百姓学习之星》

姜老先生诗书画,
恰似天空放彩霞。
年过八旬身康健,
祝君圆梦靓中华。

甲午感怀

东洋鬼子野心狼,
咧嘴龇牙欲逞强。
蛊惑人心修宪法,
图谋军国做文章。
觊觎钓岛怀痴梦,
遏制神州放冷枪。
胆敢偷天燃战火,
新仇旧恨一起偿。

六十六岁生日感怀

岁月蹉跎六六春,
几多风雨踏泥痕。
人生苦短光阴失,
世事沧桑德范存。
投笔从戎追夙梦,
改行司法秉公心。
退休兴业培桃李,
霞照前程又一村。

贺熊焱清老师《金凤红叶》付梓

曾经西北着戎装,
鸿雁归来进课堂。
依旧闻鸡剑起舞,
重新拨墨韵文长。
谋求国粹新天地,
精研神州老典章。
执着能收奇异果,
金凤红叶满园香。

参观武汉抗战第一村

武汉抗战第一村,
姚山红土血染成。
五师官兵中原逐,
大刀梭标史留名。
扶贫春风浴深谷,
老区人民喜盈盈。
绿是青山满岭翠,
红是生活万代青。

九三大阅兵

气势恢宏大阅兵,
尽显国人精气神。
排排利器雄风显,
队队银鹰虎气生。
四海欢腾颂胜利,
五洲瞻目仰北京。
《三个必胜》指航向,
保卫和平反战争。

木兰山观感

人文底蕴此山深，
始建隋唐鼎盛清。
道观佛堂金殿宇，
忠孝勇节女将军。
和谐宗教传薪火，
义勇雄师播远声。
时下旅游评八景，
木兰耸翠数头名。

美丽乡村行

（木兰张冲参观）有感
天佑三农政惠民，
东风吹得满园春。
打工种地行行富，
改水修楼日日新。
泥土羊肠成历史，
柏油马路到家门。
一提变化乡人笑，
能有如今谢党恩。

习马会

六六春秋如梦令，
有缘习马会狮城。
和颜欢笑恩仇泯，
龙子深怀骨肉情。
九二贻谋开美景，
百行猛进达昌明。
联谊共献复兴计，
一统山河际太平。

澳洲行

穿云破雾澳洲行，
异国风情别样新。
袋鼠角园无袋鼠，
黄金海岸少黄金。
安树行行棕榈秀，
塘鹅只只考拉亲。
花红草绿难迷眼，
澳月无如故国明。

有感于六六届同学聚会

别离五十冬，今日得重逢。
脸庞虽皱褶，白发亦从容。
浊酒清香溢，老歌情意浓。
难得同窗友，温馨回忆中。

再读张恭华先生赠联有感

“朝霞红胜火，东旭美如丹”。
雨洒琼台阁，风吹桃李妍。
情游个叠水，爱渡万重山。
教诲声犹在，催吾不畏难。

游木兰湖水坝

当年工地战旗红，
大坝建成巍且雄。
今日思源情不尽，
千秋功利谢毛公。

听吴世干先生讲竹枝词

吴兄世干讲竹枝，
听之如醉又如痴。
才高八斗人钦敬，
信手拈来都是诗。

贺丁一巧先生《忆乡斋》诗词集付梓

捧读华章感慨深，
一腔热血注情真。
言传正道称师表，
身作灯光怀党恩。
曲赋铿锵皆玉律，
诗词朗朗乃金音。
精耕未觉斜阳晚，
墨砚豪端尽是春。

诗词班微信评诗有感

时临二九雪纷纷，
微信平台热气腾。
斟字酌篇谋布局，
精雕细琢好诗文。

人丁兴旺（贺孙女丁祁惠出生）

赤日炎炎瑞气生，
门前喜鹊报佳音。
丁家新有千金降，
共贺亭亭菡萏芬。

南海仲裁

狼狈为奸施计阴，
组成非法仲裁庭。
奴才拍马欲掀浪，
主子撑腰枉费心。
蓝疆厚土皆祖产，
邪门歪道是空文。
蕃邦胆敢犯吾境，
自有天兵一扫平。

海洋水手号游轮行

"海洋水手"巨游轮，
重达"辽宁"两倍零。
食购娱居融整体，
冰溜影泳汇同城。
豪华广厦凌波起，
诺亚方舟镇浪行。
度假休闲最佳处，
怡情赏景好温馨。

贺侄儿丁一，侄媳刘玉玲百年如合《藏头诗》

丁家喜气浓，一凤配蛟龙。
玉润千秋色，玲玲八面风。
百灵歌铁汉，
年酒醉仙翁。
好景春常在，
合欢花正红。

安陆银杏沟

安陆驰名银杏沟，
一年最美是深秋。
车如潮水人如织，
争向黄云抢镜头。

木兰花乡

荒山秃岭变花园，
芍药玫瑰红牡丹。
景点天然如画美，
春风一路载歌还。

赠友人淑女于归

于归淑女配才郎，
相亲相爱永成双。
喜结良缘逢吉日，
琴心夜度凤求凰。

《新星教育》老师教学比武

教学比武摆擂台，
成竹在胸有备来。
老将铿锵新秀出，
新星教育尽英才。

贺《鹰台诗社黄陂分社》成立

结社鹰台聚俊才，
报春花引百花开。
又添苗圃一枝嫩，
习宋追唐好共台。

步万君原玉

山光旖旎晓风轻，
夏赴利川如沐春。
曾觉万君诗似锦，
犹思诗友德如人。
黉门一载交深谊，
暑假旬天鉴赤金。
微信朝朝传信息，
音书千里可传神。

附《万仕田原玉》

前川花柳暖风薰，
相遇丁君已数春。
怀旧常吟军旅事，
思今总说故乡人。
春兰夏蕙情如蜜，
秋菊冬梅意似金。
每日清晨传信息，
喜尝美酒长精神。

致万君

诗词班里乐洋洋，
信息交流如课堂。
对句敲章能尽意，
炎炎烈日亦清凉。

万仕田《致丁君》原玉

丁君步韵夏天凉，
万里之乡似故乡。
甜梦思哥情酿蜜，
黉门相会诉衷肠。

杨柳，洪亮百年如合《藏头诗》

杨门巾帼娇，柳绿启新桃。
洪运开基业，亮途铺路桥。
百般皆胜意，年盛正登高。
好借中秋月，合欢鸾凤巢。

贺《西陵红枫》创刊

学子莘莘情意爽，
黉门绚烂举旗高。
地灵荟萃三春暖，
人杰峥嵘一代娇。
求道当从文典找，
传经不怕路途遥。
《红枫》今日彰才智，
敢把青萍亮九霄。

新马游有感

惬意金秋新马游，
亲中疏美识潮流。
并肩合作图兴业，
携手互赢商远谋。
港建黄金通要塞，
帆扬蓝水畅咽喉。
心牵命运共同体，
一带交辉一路酬。

七十抒怀

生在改朝换代间，
缺衣少食度童年。
寒窗苦读心怀志，
恰遇狂飙梦化烟。
投笔从戎磨剑曲，
改行司法为民篇。
退休兴业培桃李，
往事回眸苦亦甜。

我欠伊人一首诗

致工作搭档李凤柳（轱辘体）

我欠伊人一首诗，
敬业品尚谁不知。
砥砺前行经风雨，
难忘冰天送炭时。
梅花傲雪绽新枝，
我欠伊人一首诗。
以校为家心操碎，
盈园桃李令人痴。
霜欺雪压松筠翠，
滠水南奔心意遂。
我欠伊人一首诗，
挥毫难写心带愧。
疫情肆虐凄风雨，
常忆精诚合作时。
君生疾病吾难伴，
我欠伊人一首诗。

贺丁玖，蔡伟玲喜结良缘

蟾宫玉树月含情，
秦晋联盟百载姻。
蔡氏门中贤德女，
丁家府上栋梁臣。
久久有幸迎佳妇，
伟玲含羞作贵人。
鸾凤和鸣歌盛世，
比翼长空万年春。

后　记

记忆真情，永远幸福

张萍

2017年末，我写了一篇年度总结，题目是《2017，我遇见最好的自己》。之所以说遇见了最好的自己，是因为在这一年我完成了近20万字的人物传记，而采写的对象就是现已付梓的新书《一直朝东》里的主人公丁朝东先生。

人与人之间的缘分真是奇怪，2017年我正准备与文友合作完成一本以人物纪实为主的散文集，作为新的一年的写作目标。在春节不久后，恰好有朋友介绍我认识办民营学校的企业家丁朝东先生，年已69岁的他一直有写回忆录的打算，无奈自己在写作的过程中遇到瓶颈，想找个合适的人帮他梳理稿件。与他见面交流后，看了他提供的资料，我直截了当对他说：干脆让我来为你写一部传记吧，你的经历值得写！我的话让他大吃一惊，他本意只是想让我帮他梳理一下稿件，并没有请人代笔的意思。我的毛遂自荐让他眼前一亮，他用欣赏的语气对我说：你这么自信，说明胸中有丘壑，腹内藏锦绣。刚好我也觉得自己写得吃力，那就把这个重大任务交给你完成吧，相信你会写好！

因为他的这句"相信你会写好"，于是我毫不犹豫地接下了这个"大单"。说实话，其实与他谈完话后，我内心是怯怯的。尽管从前采写了不少人物专访，但大多数只是5～6千字的小文，要说写长达几十万字的"大部头"，这还真不是随便就能"吹"出来的。当我把自己的担忧告诉了我文学上的老师伊汉波先生时，他说：不用怕！写，大胆地写。"大部头"也是由一篇篇短文凑在一起完成的！你有驾驭短篇的本领，就有写"大部头”的能力。伊老师的鼓励句句铿锵有力，给我注入了无穷的动力。于是，我以“初生牛犊不怕虎”的精神向“大部头”进军，在2017年把所有的精力投入到《一直朝东》这部纪实传记当中。

非常幸运的是，我采写的对象丁朝东先生是个非常有趣且极富才华的人。尽管他年近70高龄，但心态很年轻。我与他交流起来并不吃力，他非常健谈，能把自己的每一段经历用丰富的语言表达得活灵活现，让人身临其境。他经常讲着讲着泪流满面，让我这个写故事的人听得唏嘘不已。因为无穷无尽的岁月长河负载着人生的幸福和悲伤，犹如普希金在诗中所感悟的：“我们的心永远向前憧憬……那逝去的将变得更美好。”就是因为那“逝去的”岁月变得更美好，所以丁朝东先生能以最真挚的情怀讲述自己的过往，给自己的生命历程留下了一份色彩斑斓的纪念。

很荣幸，在收集这段斑斓记忆的历程中，我收获了很多东西。从丁朝东先生童年、少年的生活中，我读懂了上个世纪四、五十年代人的苦难生活；从他戎马倥偬的军营故事里，我读懂了那段激情燃烧的岁月；从他执法行政的机关生涯里，我读懂了奋进与拼搏的力量；从他退休后创业办校的过程中，我读懂了人生的梦想与坚持……可以说，他的人生经历充满艰辛与励志，有时候，写着写着我也泪流满面。它们如同一个个动人的音符，在我的笔下跳跃出一首首动人的歌。

我感动于这首动人的歌，正如有人说：读一本好书，就是和一位高尚的人谈话。同样，写一位好人，更是交了一位高尚的朋友。因为透过这首歌，我看到了青春、热血和梦想；透过这首歌，我读懂了生命、激情及奋斗的力量。感谢丁朝东先生给了我这次执笔的机会，让我把他所有的记忆变成了实实在在的文字。记忆是幸福的，把记忆变成文字，让别人来分享，同样是一种幸福。感谢这首歌让我拥有了这份幸福！

作为执笔者，在写这部“大部头”的过程中，每完成一篇，我都会有轻松的感觉，同时也产生一丝忐忑，因为害怕自己的水平达不到主人想要的效果，但每次听到丁朝东先生说“你一篇比一篇写得好，真正融入到我的故事中”时，我便格外地高兴。因为他的鼓励就是最大的认可。如果这本书能得到大众的好评与认可，那就更加完美了。我期待着更多的惊喜等着我……

在新书《一直朝东》付梓之际，再次感谢丁朝东老人的欣赏与信任，在长达八个月的采写过程中，他风雨无阻地与我进行配合，并投入最真的感情，让我顺利完成采写任务；还要感谢的是，我的恩师伊汉波先生，他是这部作品最忠实的读者。每次写完初稿，我就第一个发给他看，让他进行审核和点评，他总在第一时间打开阅读，并进行认真校对，再作出真挚的长篇点评。说实话，正因为有了他的指点与鼓励，我才有勇气把这本“大部头”用心写完整。也正因为有了他和丁朝东先生的“好作家都是鼓励出来的”“用人不疑，疑人不用”这些充满力量的鼓励，才成就了这部20万字的《一直朝东》!

《一直朝东》，岁月芳华！愿《一直朝东》这本回忆录给丁朝东先生及家人留一份温暖的记忆，也给你、我、他留一份美丽的回忆，愿我们一起记忆真情，永远幸福！

札 记

潘安兴

《禹贡》云："江汉朝宗于海"，"一直朝东"可见气魄博大，卓尔不群。作者以制高视野，诠释"人间正道是沧桑"的真知灼见，于平凡中让人感动，非深思熟虑者不能到此。

打捞钩沉往事，回忆曾经的岁月，将时空缩影在一轴长卷中，读来牵肠挂肚。穿越七十多年的沧桑，把家国情怀倾注于文字中，烙上鲜明的时代胎记，弦音响彻心扉，朴实高吭的旋律，在脑海回荡。

这一代人的成长，经历不同气候，早期赋予了火红的基因，不因风向的改变，蜕变本色。而黄陂北乡朴实的水土，哺育了始终如一的憨厚坚定，引发同时代的的共鸣，走进彼此的心灵世界。

退休后如何开拓自己的天地？作者交了一份完满的答案。不仅如此，一种文化觉醒，呼唤着他去梳理纷繁的过往，厘清如烟的琐碎。以非凡的记忆，伏案疾书着走过旅程，把足迹留在墨香，是一件非常有意义的事情。

与其说是一部回忆录，倒不如说是一部长篇小说、亲缘故事集。将自己的经历，家庭的变迁，亲人们的浓郁情怀，战友同事们的火热心肠，娓娓道来，人物诩诩如生。让读者进入情节，起伏跌宕，仿佛身同感受。

纵观全书架构，分为四个部分：第一部分，往事非云烟，主要写童年与学生时代；第二部分，一生中难忘的岁月，重点是展示了从戎从政的跨度桥，人生的重头戏；第三部分，春光再度嘉年华，倾斜于退休以后，开创新天地，投身培训办学的坎坷与丰收；第四部分，亲情浓于水，回归到家庭，亲人父母妻女的情感。每一部分都由若干故事情节组成，故事中的故事，更是一步一景，引人入胜。作者并没有停留在简单的叙述上，成功创造了人物的世相百态图，如电影中立体感一样，用蒙太奇的手法，呈现在我们面前。

现在，最时髦的一个词，就是“初心”。所谓初心，就是踏上社会那一步起，所抱定的做人处世之宗旨。然而，在任何时候，能够不忘初心者，几乎寥若晨星。“一阔脸就变”“穷人富不得，富了了不得”，在茫茫世俗红尘中，却比比皆是。

特立独行，不被市侩所湮没，没有忘记当初出发点，坚守着本色，才是立身之道。抱着这个根本，一路走来，无愧于生养自己的土地，无愧于给予自己生命的爷娘，一个好男儿的默默的宣誓。

作者生在黄陂的西北利亚，偏僻的山乡仁和村杨家田。父亲是一个老实巴交的农民，曾给地主做过长工。挨过地主大儿子的一耳光，打成半聋。

母亲是附近村落的双女户，外祖父在湾里抬不起头来。嫁到湾里后，撑起了这个家一片天。

来到这个家庭的作者，在饥饿与贫寒中挣扎。苦涩的童年，饱尝着世态炎凉，人情冷暖。

笃信读书改变命运，从上小学起，成绩在班上名列前茅。在家大口阔的重压之下，幼嫩的肩膀上，不时停下功课，回家干农活，分担家庭的经济压力。

带着黄陂七中的录取通知书，挑着十几斤大米、咸菜、红苕、换洗衣服、一小担干柴，从小山坳里走十二里来到学校报到。在那个时代，上学几乎是半耕半读。

求知的渴望，驱动着他异常刻苦。一篇《我心中的母校》，得到了李肇福老师在课堂上作为范文朗读，激励着他一生笔耕不辍。老师对写字的苛刻要求，对他的严格偏爱，成就了后来工作的认真。

一场空前的狂飙，彻底告别了学生时代，踏上了武汉打工日子。在仓库当搬运工，上肩扛的是200多斤的货物，赚取的是血汗钱。在“寄人篱下”的滋味中，遇上了把他当“乡巴佬”的一帮混混大毛等人，寻衅滋事。在万般无奈之下，把为首的教训了一下，再也不敢找他的麻烦了。

汉口不是久留之地，回到家乡，正逢农村征兵。他踊跃报名，经过严格的体检与政审，开始从戎生涯。

临行前，队长送来了钢笔与笔记本，代表全湾的心意，叮嘱他在部队好好干。祖母拉着他的手，流着眼泪说：“以后长出息了，可别忘记左邻右舍的叔爷婶娘们啊”！

从离别故土那一刻，站在村对面的黄土坳时，就暗暗发誓：既然上天给了当兵的机会，就一定紧紧地抓住，好好的努力，拼命地干！将来改变自己与家族的命运！

军人的职责是忠心报国。穿上军装，就意味着在关键时刻，舍却自己，敢趋危险，能牺牲一切，担当大义凛然、不怕死的勇士。

在炮连的训练中，两次与死神擦肩而过。一次销毁哑弹，在黄河边上的靶场上，毫不犹豫举手申请参加引爆。在点燃引信、奔跑撤离现场100米处，突然爆炸。巨大的声浪伴随着弹片自天而降，落到身上，足以致残致命。他与副连长用双手捂住头，迅速就地卧倒。爆炸掀起的泥沙，掩盖了他们的身躯。战友们闻讯赶来，扒开泥沙，发现他们没死没伤，顿时欢呼起来。

用烈马拉炮车，是当时部队运输的通常做法。他主动要求担当驯服烈马的任务，义不容辞地请缨一线，作为驭手班长的他，与一匹名叫“火龙驹”的烈马磨合。在一次训练中，拉炮的烈马被爆炸声震惊，一反常态地拉着炮车拼命狂奔。作者紧紧地抓住缰绳，咬着牙被马拖得浑身伤痕累累，血肉模糊，终于在坑洼处，将炮车牢牢卡住，避免了车马颠覆的事故。

两次的英雄壮举，在部队广为流传。生与死的考验，在自己的履历上，写下了浓墨重彩的一笔。忠心耿耿，才是军人的本色。这个惊险的镜头，将载入他的史册，增辉着人民解放军奋不顾身的一页。

农村长大的孩子，深知出门的艰辛。孝感军分区在黄陂罗汉周寨村试点：“一兵带全家，一排带全村”工作，他向军分区宣传科科长吴怀金建议，第一件事是把村里路修好，得到领导支持。全村民兵一齐上阵，干得热火朝天。在当时条件下，挖山挑土平铺夯实路基，整平路面，达到规定的标准。通车那天，整个周寨村轰动，中李湾更是张灯结彩，一片沸腾！群众齐赞党和政府做了一件好事、实事！

下乡扶贫，他主张扶贫首先扶智治愚，改变卫生落后面貌，率先进行“厕所革命”，保障农民健康。他设计了图纸，建立公厕，每家每户设立了粪池，杜绝粪便暴露在外的恶臭，改善了环境。村里农民欢天喜地，也受到了上级的表彰。在全省经验交流会上，作了典型发言。

他还将村里仓库改成文化室，购买了以种田科技为主的书刊，让农民在闲暇时养成阅读习惯。有了文化、图书室，摸牌赌博的人大为减少了，乡村的风气也悄然发生变化。

忠心爱国，就要秉公办事，不循私情。在1984年，拟选一批优秀青年充实乡镇。人武部有26个指标，他拟定了考核评估办法，得到领导同意。

经过细致工作,采取公开、公平、公正、透明的办法,名额顺利产生。有位领导私下对他说:“在未公布名单以前,是否可以换下一人?他明白了意思。明确表示:你要换,出了问题我不负责。他顶住了压力,坚持了原则,维护了公正,这批青年中很多人成为乡镇的骨干,挑起了大梁。

从35岁至55岁这20年间,他在老家黄陂工作,在人武部、司法局担任领导。凭着工作关系,完全可以将自己两个女儿安排在相当好的单位。但他却没有利用这种资源,而是让她们凭个人的奋斗闯出一片天地。

孝心是中华民族的美德。在艰苦条件下成长的子女,更体谅父母及长辈的不易。同时代的过来人都深有体会,作者更是如此。从童年起,砍柴、拾粪,栽秧、割谷,为家里挣工分,到年底多称些口粮进来。在汉口仓库当搬运工,抢着卸货,把挣来的血汗钱,补贴家用。刚参军那会儿,将每月6元钱的津贴积攒起来,还找战友借,凑整数寄给家里。

孔夫子讲,孝的最高境界就是“色养”。所谓“色养”,就是让父母快乐,遵从父母的意愿,满足他们的精神需求,不违背他们的初衷。

作者遵循着传统,不让父母心灵上有一片阴霾。“父母之命 ,媒妁之言”,尽管不愿意娶母亲指定的村姑为妻,尽管有部队首长介绍的小姨妹,两者权衡利弊。以牺牲前途为代价,最终还是顺从了母亲的选择。这种孝心,流淌着农耕文明的血脉,作为乡土气息,是这一代人的坚守。

就父母的意思,让二老开心,再难的事情,也要豁出去。此生对父母不留遗憾,仿佛作者做人的守则。当他达到条件,可以将父母转为“商品粮”时,父亲却提出一个异常的要求,将他们的户口指标转给二弟,让作者惊讶得半天说不出话来。万般无奈,只得顺从父亲的心意,几经周折,换来父亲欣慰的一笑。

在父亲病重三个月期间,他每天都在床前悉心照料,端茶喂饭,抱上抱下为之洗澡,避免感染褥疮。母亲病重,他接到家中,精心护理,守候在身边,聆听临终的嘱托。父母都由他送终合上双眼,即使如此,他仍然抱恨终天,心里有无尽的内疚。还写二首长诗,缅怀祭奠,表达无尽的思念。

爱心是一种社会公德,高贵的品格,个人素质在公益上的作为。侠骨义胆,是他的一向性格。刚办培训学校时,有一位郭老师的父亲,在聚餐时饮酒过量突然倒毙。得知消息,他第一时间赶去安慰,了解情况,家庭条件困难,他带头捐款,号召老师们一起献爱心。根据法律法规,不辞辛苦,奔走于司法机关,多方协调,使当事人获得应有的赔偿。

关心孩子的成长,不仅仅是成绩,还有家庭的氛围。有一个十岁的小女孩,在培训班写了一篇作文《渴望》,用细节揭示主题。通过妈妈对爸爸的藐视、冷漠的态度,发出撕心裂肺的呐喊:“渴望有一个幸福的家,希望爸爸妈妈恩爱,希望他们永不分开,希望我们三人永远在一起”。这本来不是学校的事,但他却满怀爱心,试探着给她妈妈打电话交流,从而拯救了一个感情濒危的家庭。

办校最初几年,自己还要从退休金掏钱支撑教学。一个寒冷的冬天,有个衣衫破旧的老太婆,在办公室门口徘徊,他忙请进来烤火。老人进屋几次欲言又止,他让老人实话直说。老太婆终于说了实情:儿子在外打工染病,媳妇离家出走。她带着十岁的小孙子相依为命,每月只有 500 元生活费,还要租房陪读。从乡下转来,基础差。如果不补课,就会掉下来。

他总是抱着怜悯仁慈,见不得别人流泪,见不得穷人不开心。一说好话,心就软了。当即收下这个孩子,不要他交学费。并提出了要求,每次考试必须 90 分以上,达到 95 分还给奖励。一年后,每门功课成绩都超过 95 分。两年在培训学校,没有收一分钱,还常常买些作业本、圆珠笔等文具给他。到了春节,还封 1000 元钱红包过年。这个孩子很争气,以优异成绩考入初、高中,还考进了重点大学。这样的结局,让他很高兴。觉得自己所做的一切,都很值得。

起步阶段,没有多少钱去资助别人,却尽最大的努力,撰写爱心的新篇。一个大雨滂沱的清晨,家长打来电话,孩子不能上学。一问原因,孩子溺水。闻讯立即准备 3000 元,所交学费 600 元,带着副校长叫上的士,同两位副校长前往孩子家探望。劝慰他们节哀,将准备好的钱,作为精神安抚送给他们。现场表态,免去他家大女儿的培训费用。这件事,在东风村产生很大影响,在别人眼中,一个培训学校的校长,还这么用心用情,真是太难能可贵了。

亲情血浓于水,延续着生命的始终。亲情是一部纪录片,珍藏着永远讲不完的故事。亲情是一坛陈年老酒,须细细地品味。亲情须用心去经营,不为利益驱动去破坏,造成抱恨终生。

感恩祖母,把他从脚盆抱起来,这个世界才有作者的存在。当他上面两个哥哥离奇夭折时,作者悄然无息来到了这个家。母亲看到他又黄又瘦,像个猫娃,恐怕养不活,也没有理会。祖母却高兴不得了,小心翼翼抱起来,放在心窝里捂着,用爱抚育他长大。

做别人不可能做到的事情,这才叫感动。作者的小弟丁朝平在松滋谈恋爱,他的妻子刚刚领到了上班第一个月的工资,准备给自己买衣服,给女儿买鞋。得知女方认可,立即改变了主意,跑到街上买烟酒,代表男方的父母到女方送礼。对小叔子如此大慨,是嫂子中鲜有的贤惠。她的行为,赢得了全家的敬重。传到湾里,成为附近十里八湾的佳话。

不仅如此,他的妻子,极其关心侄儿侄女,当弟媳中年早逝,她把这一对儿女,当作自己亲生一样,生怕怠慢了失去母亲的孩子。

她还担心二叔子老来生活没有着落。商量如何帮助二叔子朝和,想办法联系以前的社办企业,还拿出 30000 多元钱,代二叔子交了统筹,到了 60 岁领到了退休费。湾里人说:这样的嫂子哪里去找哇,真不愧是丁氏家族的掌门人啊!

说到这里,不得不佩服他母亲的慧眼,为儿子选了好媳妇,可谓用心良苦,家和万事兴啊!而媳妇的不凡表现,更是婆婆最好的接班人。媳妇用实际书写道德模范事迹,是农耕中国宗法的时代标杆。

叔侄的深情,在当今社会里,已成稀罕。他在松滋工作的时候,大女儿丁敏刚一岁,两个弟弟担当起“父爱的角色。大弟弟朝和一下班,第一件事就是抱着侄女出去玩。孩子每天傍晚,必然守在叔叔下班的路口,看到叔叔的身影,立马投到他的怀抱,亲了又亲。

小弟弟朝平,同样把侄女当作掌上明珠。每天变着法子为她弄好吃的,他养鸽子,卖的钱都填了侄女的小嘴巴。小弟当兵去了,她日夜想念,天天哭着要去找幺父。

趁着来松滋探亲,四岁的女儿吵着要去见幺父。没办法,只得骑破的自行车,带着她在崎岖的路上颠簸百里,她居然一声不吭。当到达枝江部队驻地,见到幺父那一刻,如箭一样飞奔,紧紧抱住幺父不放,当时的画面,让人感动忍不住只流眼泪。叔父对侄女的舔犊之情,孩子对叔父的没齿难忘的眷念,更是当今亲情课本,最有说服力的乡土教材。

真善美与假丑恶,相比较而存在。道德的尺度,在衡量每个人亲情,也如一面镜子,照见本来灵魂深处。

他家祖辈仲昆四人:大爹丁和寿、二爹丁和斌、祖父丁和畅、幺爹丁和焰。

当祖父 36 岁痨病去世,贪心的幺爹动了歪心思,想霸占三房的财产。打起“孤儿寡母”的主意,将祖母卖给当地富户作妾,想方设法把侄儿整死,将侄女送给人家当童养媳。这种伤天害理的事,在人看来,哪里还有什么亲情呢?这个反面教员,给人上了深刻的一课。这种人,在任何时候、任何地方都有,只是表现手法不同而已。

爱情是人类永恒的主题。愿天下有情人终成眷属,在残酷的现实生活,并不尽然。古往今来的爱情故事、神话传说,给人扑朔迷离。

尤其是进入青春期的少男少女们,对美好生活的追求,在现实生活的碰撞中,演绎着无数悲欢离合,这样的诗歌,拨动着多少心弦,响彻天籁。

初恋,是一生难忘的回忆。在汉口当搬运工时,一段温馨的往事,如

一股清流，荡漾在灵魂深处。

正值豆蔻年华的女孩，与他年龄相仿，极具林黛玉的内涵。在仓库上班同事，碰到什么重东西，总上前帮她一把。女孩红着脸，冲她一笑，道一声“谢谢”，激起了阵阵漪澜。

情窦初开的少女，总是从家带来面包、糖果等零食，偷偷地塞给他。品尝这份甜蜜，不仅仅是往来，而是相互的依恋，进入朦胧状态的情感。女孩眼神中的羞涩，便读懂了其中的涵义。

当这种初恋发展到一定程度，女孩便捅破了窗纸，对他说：“父母知道我喜欢你，偷偷来看你，他们很满意。说你人长得帅，对人其诚，为人忠厚，有担当。不会寄人篱下，以后会有前途的……”一席话，实际上露了底牌，让他热泪盈眶。

一场与地痞流氓的打斗，继父让他回乡，来不及告别，也没有向这个美丽女孩说一声“再见”！这段感情就无声无息地结束。若干年后，这个女孩还在打听他的下落。

在荆州军分区工作的一年里，首长对他照顾有加。每逢周末，喊他去吃饭。休息时喊他去陪家人打扑克，首长夫妻俩对坐，安排20岁的小姨妹与他对家。有意与无意间让他与小姨妹赢，乐得哈哈大笑，还开玩笑说，你们俩配合不错。小姨妹不好意思看了他一眼，低着头笑了。

首长这位小姨妹，不仅美丽端庄，受过高等教育，具有温文尔雅的气质，还有殷实的家境，稳定的工作。家里给她介绍朋友，她一个也看不上，偏偏独钟情于他。军分区的同事们开玩笑，说他就要成为首长家的“姑爷”了。

婚姻，在冥冥之中是一种缘分。就象神话中所说的，月老系红绳，三生石上证前盟一样。

《诗经》云：“关关雎鸠，在河之洲。窈窕淑女，君子好逑”。一个妙龄少女，行止中的高华气质，对他情有独钟。还能给他带来一片光明。“心有灵犀一点通”，怎么不让人心动？然而，莫名其妙的难以名状，让他不敢正视。

现在的妻子，是经人介绍，从未见面。一经父母首肯，即来到这个家庭，风风火火的打理老幼生活，投入农活的繁忙之中。捷足先登，融入同母亲的浓郁情感。直到探亲，才初次见面。她用朴实证实着自己，以贤淑赢得了弟妹的接纳，把无私奉献给常年在外的恋人。她以主人身份，操持家务，让大家感悟到“长兄长嫂当爷娘”的地位。

没有花前月下的浪漫，却在寒风凛冽的车站，等待心上人的归来。在流行“三转一响”的当年，结婚连个开水瓶都买不起，睡的是父母的床，用的是父母的旧家俱，仅刷了个油漆，窗户上贴了一个大红“囍”字而已。她却一脸满足与甜蜜，抉择同甘苦共患难，这么实在，是多么难能可贵呀！

从荆州军分西调到松滋人武部，驻点老城公社文丰大队。这个省、地、县的民兵工作先进单位，住在农民杨凤早家中。在粮食短缺的年代，只能吃三分饱。饥饿感不亚于三年灾荒。

进村的第一天，大队长书记带着他，认识了 18 岁的李英桂，民兵排长。不仅初中毕业，写得一手好字，还能说会说，工作泼辣。见他带来一纸箱书，用一种特别眼神聚焦在他的心扉。

这个农村的小女孩，不仅有美丽的脸蛋，脱俗的气质，还善解人意，隐藏着丰富的情感。得知他吃不饱饭时，早早准备为他加餐。帮助他熟悉周围环境，了解大队干部个性，注意的问题。

在乡村两年日子，这个小女孩俨然大人一样，处处关心着他，给他心灵的温暖，投来心照不宣的默契。工作中的接触，不经意中，竟成了红颜知己。自从有了她，不再饿肚子干活，不再单枪匹马孤军奋战。当他离开这个地方时，产生了一种难以割舍的依恋，难以想象的失落感，多年以后，总觉得“我欠伊人一首诗”。这种惆怅，岁月弥久在心头。

友情是人间最美好的诗篇。那些超越血缘关系的情感，彼此的忠诚信任，关键时的援手相助，留下动人的传说。

《诗经》云：“嘤其鸣矣，求其友声”。朋友之间的友谊，春秋时有管仲、鲍叔牙的帮助，唐代有柳宗元、刘禹锡的真挚，德国有马克思、恩格斯的合作，撰写友情的经典。

在部队，有一个叫黄斌昌的战友，湖北襄阳人，半个同乡。这个战友喜欢上小时的玩伴，很想缔结秦晋之好。求他代写情书，几经琢磨，投石问路，在乡情浓浓中，抒发部队生活。半个月后，收到回信，让战友望外。接下来，鱼雁频繁，这个姑娘突然来部队探望，让战友们欣喜若狂。这位姑娘赞扬他：“够重情义的，帮兄弟帮到家了”！

妻女刚来松滋生活，一大帮朋友来看望，空空的单人宿舍，在煤矿上班的徐敦才倡议：“哥们都是有手艺的人，帮丁哥打一屋家具送给他们，怎么样”？他的话得到大家热烈响应，都豪爽地答应下来。说到做到，徐敦才送来木料，罗自然包干做工，肖伯才负责油漆，哥们合作，利用节假日，大家忙乎着。不到一年功夫，满屋闪耀着鲜红排列，他的妻子一脸兴奋。

告别松滋，城关人武部杨德龙部长为他饯行，人武部领导与家属都来相送。那种热情、依依不舍的场面，紧紧拥抱，让他至今难忘。

当车行汉阳时,突然熄火。上不着村,下不沾店,跑步镇上。立即打电话汉阳战友龙善岳,随即开车到现场,接走了妻女及司机,安排食宿,真是"及时雨"啊!第二天一大早,将坏车拖去修理,又为他接风洗尘。战友啊,战友!

退休了,开拓一方新天地,办培训学校。从城建搬到工会,恰恰五月到来,天气渐热。教室急需安空调。他倾其所有,还找同学借了几千元,仍然有很大的缺口。刚接手不久的会计李凤柳,非亲非故,见此情形,把家中20000元存折递在他手上,买了十几台空调,解了燃眉之急。

老同学张新宇,得知学校搬家,第一时间赶到现场。帮忙策划设计装修,把每间教室粉刷一新,不收任何费用。这样的同学慷慨,在最困难的时候,大力支持。完了,还看作是份内应该做的事。发自肺腑的声音,是友谊的赞歌。

政府部门下文,国有资产不能出租。搬出工会,又一场考验着他。重新选择校址,找到黄陂广场新开发楼盘,1200平方米的整层,开价600万,天文数字,怎么办?

在他的朋友圈、学生家长成功人士中获悉情况,个个表示支持。纷纷解囊相助,短短的半个月,就借到了400万,再将汉口与黄陂的住房抵押,向银行贷款凑齐。自己好人缘,才有热心肠的朋友,雪中送炭。

反观那位把位把他引入培训机构的龚校长,为了自己把利占尽,采取赶尽杀绝的做法,把友谊送到断头台上。到头来是"兴也萧何,败也萧何",翻脸成了仇人,还落得身名狼籍,又有什么意义呢?退一步天宽地阔,看不穿啊!

乡情是一种剪不断的脐带。我从哪里来,这一问,千丝万缕的情结,引发了无穷的遐想。"亲不亲故乡人,甜不甜故乡水"。对故乡一山一水的眷恋,魂牵梦绕在心头。不论走到哪里,仰头一望,发出来的感叹就是:"月是故乡明"!

对于生我养我的故乡,作者总是那样的一往情深。一想起来就流泪,这种对故乡的热爱,渗透在文字中。开卷第一篇就是"永远的故乡",赤子之情,跃然纸上。

对自己的家乡作了描写,带有浓厚的感情色彩:"我的老家杨家田湾,是人间仙境。山不高却俊秀,水不深却清澈……门前一条小溪绕村而过,冬暖夏凉,终年不涸"。一轴水墨山居图,舒展在读者面前。

故乡人更是可亲,那朴实善良的乡亲们,他们用自己的行为,传播着热心助人的清风。他的父亲只在粮管所做过临时工,在全家无米下锅的时候,母亲让他去找粮管所的雷传山主任,把希望寄托在他身上,雷主任批了20斤细米渣子，在饥饿年代，救了一家人的命！

故乡的老师格外的好，特体贴人，爱自己的学生。班主任宋振东，见他做作业没有一支象样的笔。无米下钵，经常用红薯、南瓜充饥。便向学校申请，每月给他发2元钱的助学金。

故乡的同学，都很淳朴。对于贫困家庭的芸窗学友，没有谁瞧不起谁。条件稍好的同学，时常接济他，总是多带点米，分一点给他，分享家里带来的菜。吴业敖、朱星亮、朱绍焱、郭国勤等同学知道他爱打篮球，运动量大，总把自己蒸的饭，偷偷地倒一些在他钵子里。那亲如兄弟的情景，如电影镜头，一幕幕地回放。

参军出发的前夜，队长丁厚发的妻子敲门来到了他家。早知家里经济拮据，送来了两块钱，说是给他路上用。这是多么沉甸甸的送行礼呀！在当时农村，大家都很贫穷的情况下，可不是一个小数字。一个孩子一学期的学费，也只两块钱，同比当今货当今币值，超过了200元。它承载着乡亲们多少深情厚谊啊！

乡情啊，乡情！每次回家，有一个解不开的结。

如何感恩这片土地，感恩乡亲们寄托的厚望，改变那世代那泥泞的小道？让乡亲们出行方便，是他的梦寐以求。当他从松滋调回黄陂人武部时，第一件事，就是想办法修湾里路，连接外面的世界。

当自己过上好日子的时候，很想乡亲们都过上好日子，像城里人一样，能够舒适地生活。他多次奔走于交通局、财政局、林业局，不辞辛苦，不怕卖脸，恳请相关领导帮忙。最终争取到两三万钱，筑成一条能走拖拉机的砂石路。

到司法局当了领导，借着“村村通”的东风，多方联系，协同乡亲们出力，把那条砂石路拓宽成为水泥路，汽车可以直达乡亲们的门口，乡亲们堆满了笑容。尽了一份绵薄之力，内心感到非常高兴。

路修好了，再次回家，看望左邻右舍。到了晚上，找当年小伙伴聊天，却瞎灯摸火，一片漆黑。马上想到：亟需解决输送光明，为湾里做点实事。他立即联系电力部门，花了二万多元钱，安装了13盏路灯，所有电费都由他买单。当看到老哥老嫂们在灯下唠家常时，心里有一种幸福感。这种幸福感，是为家乡做事充实了自己的追求，脚踏实地在行动中。

让乡亲们休闲快乐，他又想办法筹集资金，为湾里修建文化广场。当看到湾里跳起广场舞的时候，心里乐开了花。

乡情的引擎，驱动着他，尽自己的最大的努力，让家乡日新月异。他穿针引线，通过各种途径，与招商部门协调，把更多的投资者带到这里实地考察。他作义务讲解员与宣传员，介绍家乡的风土人情，人文底蕴，竭力为家乡的旅游观光业，推澜助波尽到自己的心愿。

儒家主张治国、修身、齐家、平天下，而齐家是重要的一环。家庭也是孩子成长的学校，有什么样的家庭，就出什么样的孩子。有什么样的父母，就有什么样的子女。家庭文化氛围，是熏陶孩子的摇篮。

俗话说："龙生龙，凤生凤，老鼠生儿会打洞"，仔细想来，不无道理。环境决定孩子的未来，潜移默化地塑造孩子的灵魂。

他的两个孩子丁敏与丁晴，在祖父祖母、父母、二叔、幺叔善良朴实熏陶下，秉承着忠厚传家、自强自立的祖训，靠自己的努力，分别成为外企高管、著名律师，开创了自己的天地。赢得了业界的好评。大女儿又华丽转身，接过父亲的火炬，从头开始，登上新星培训机构的掌门人宝座。

这部回忆录，既是家族史，又是创业篇。作为家族史，记录上辈的苦难，留下详实可信的文字，让后人知道昨天。付梓让更多的人阅读，比树一座碑，在乱鸦斜日中孤独在荒野清明祭祖更有意义。

我与丁朝东先生相识不到一年，也只打过两次照面。在朋友圈中，看到"一直朝东"的微信，算是神交。

前不久，一次聚会邂逅。委托我为他的鸿著把关，实不敢当。我们是同时代人，他长我一岁，同是北乡人，也属同乡，有许多共同语言。读了他的回忆录，那些亲情故事，不禁让我感动流泪。

虽然是回忆录，却是一部不可多得的乡土教材。它的价值，远大于族谱，从中可以缩影时空，管窥匆匆的历史脚步，聆听大海的潮音。起到存史、育人、修身、资政的作用。

跋

潘安兴

十月怀胎，一朝分娩。

丁朝东先生的自传，经过六年的构思，上十个月的奋笔疾书，洋洋近20万字的宏篇巨制，初稿如遂杀青。

我有幸初睹为快，感谢他对我的信任，给了我这么好的机会。反反复复地拜读了几遍，不得不佩服作者的超强记忆力，让我叹为观止的精神世界，在苦难中的倔犟不屈，保持奋斗者初衷的风骨。

不知不觉，我进入了作者的心灵。突然发现，我是在读李密的《陈情表》，体会到让人潸然泪下的孝子情。在这种撕心裂肺的痛陈中，揭示着不幸家世，上辈的茹苦艰辛，几代人的苦苦挣扎。

我们这一代人，在贫困与饥饿中成长，在坎坷与蹉跎中行进，却始终憧憬着美好，在苦难中仍然顽强奋斗，从来没有忧天怨地，痴痴地坚守着信仰。

从书中拾痕作者的脚步，似同保尔·柯察金《钢铁是怎样炼成的》一样，笃定着远大的理想，心无旁骛地一往无前。作者在学校、在部队、在机关，尽管遭遇挫折，却始终与命运抗争，用百折不饶去开创明天，在崎岖的道路上徘徊，信仰的明灯，驱散了彷徨的阴霾。

作者从黄陂姚集仁村和杨家田起步，在充满荆棘的路上，迈向军营，这一路磕磕碰碰，有几多曲折，还是在山路弯弯。而从野战军转入地方部队，到荆州军分区，到松滋人武部，这种起落，十三年的煎熬，回到家乡黄陂，又由人武部转司法机关，悲欢离合的剧情，有着迭宕起伏的砺志。

励志篇贯穿着风雨历程，从上学读书那一天起，他勇往直前，做最好的自己，是基本要求。有了追求，有了奋斗目标，就有了动力。在学校，用优秀得到老师的青睐；在部队，以勇敢获得首长褒奖；在地方，把真诚换来领导信任。

活到老，学到老。学习是励志的指南，把读书当作终身的事业，披荆斩棘，开拓前进的道路。从班上的尖子生到培训机构的领头雁，无时不刻在充电，保持强劲的动力，风驰电掣般地走在新的征程上。那些斑驳的证件，在说明着多少次挑灯夜战的难忘的旦宵。

不论是逆境，还是顺境，把读书当作一种修养，静下心来，在自己的世界里，去“筚路蓝缕 ，以启山林”。已逾不惑，在法律上涉足自己从未有的知识，以拿证实践自己过关。同样，在培训这个陌生的领域，耕耘让收获的结果，说明一切。

这部鸿著，是一封长长的感谢信。为生命中所遇到的“贵人相助”，立一座丰碑。这些“贵人”，不仅仅是同事、上司，而更多的是那些普通的百姓，社会底层的弱势，他们真诚地施以援手，成为善良的榜样。

懂得感恩的人，才能站在良知的高地，以崇高的视野，去拥抱广阔的天地，迈向光明灿烂的明天。这就是“厚德载物”“自强不息”的君子情怀。作者笃行着这一宗旨，回报曾经的慷慨，延续感恩的香火，承接“世交”的情谊。

每个片段，在日常生活中，都有扣人心弦的故事。故事连着故事，起伏跌宕，如同“套娃”一样，构成社会底层的世态百相图，一幕幕展现在我们面前。不是大题材，只是身边的人，身边的事，更觉得耐读耐看，可信度骤然飙升。吸引读者走进当中，那些角色，是现实中的鲜活，给予无限遐思。

每个人的履历表，都在演出自己的故事。是好是坏，无形中给自己的角色定位。是正面还是反面，留下了不经意间的痕迹，旁观者都看得很清楚。真善美与假丑恶，一目了然。是当正角还是当丑角，在人间万象中，行为在镜头聚焦。这些故事，也是现实版的《山海经》《搜神记》《聊斋志异》，续写着《世说新语》，茶余饭后的谈资。

以诗人的情怀，对亲人、战友、同事、朋友真挚的礼赞，那些行云流水般的散文诗句段，沁人心脾。如琴台一曲高山流水，阳春白雪，拨动文中人物的心弦。作为当事者，留下了自己的镜子，看看昨天的我，无疑是一阵漪澜。力透纸背的抒情诗句，是生命的乐章，陈年的老酒。邀几个亲人、同事、朋友小聚，品尝品尝人生百味，小隐于山，大隐于市。翻开这部传记体的回忆录，这种不拘形式的座谈，赏心悦目，共享峥嵘岁月，何尝不是一种快乐呢？

黄陂文联原主席周大望先生，对这部传记文学著作作了高度评价，称其为：“置身于波澜壮阔大时代背景下，所记的人和事，无不打上时代的烙印，是社会生活的真实记录”。周主席认为：“他始终以一个普通人的身份、立场，一个普通共产党员的价值标准，叙写过往，评价生活，就有了真实的感人力量”。这种平民化的视觉，在同时代的阅读，极具广泛的共鸣。

这场聚会，我是迟到者。相识不到一年，也只碰面两次。交流中，找到很多共同点，似乎相逢恨晚。按规矩，首先自罚三杯，写上三篇文字，不知以为当否？仅作为文字之交，抒发一下个人感慨，算是见面礼吧。